京城トロイカ

安《アン》 載成《ジェソン》 著
吉澤文寿 迫田英文 共訳

同時代社

〈口絵写真について〉
※新聞記事は『東亜日報』、『朝鮮日報』より提供された。
※人物の写真は『韓民族独立運動史資料集　別集』（国史編纂委員会、1991年、ソウル）に掲載されている写真を使用した。

京城日報
號外
執拗兇悪の朝鮮共産黨遂に壊滅す
追撃開始以來四年有餘
元兇李載裕遂に就縛
一切の國際ルートと絶縁
赤の獨裁者を夢みて暗躍
李載裕の生立ち
百姓姿に變裝し
雪林に現れた怪漢
刑事隊包圍して逮捕
奇縁の日
十二月二十五日

『京城日報』1937 年 4 月 30 日付号外

日帝の御用新聞である『京城日報』は李載裕を逮捕した記事を掲載し、「執拗兇悪の朝鮮共産党遂に壊滅す」と報じた。朝鮮の立場から見れば、李載裕こそ朝鮮共産党運動の最後の希望だったのである。

『朝鮮日報』1937 年 5 月 1 日付号外

1936 年 12 月 25 日のクリスマス、西大門警察から逃走してから 2 年 8 ヵ月ぶりに逮捕された李載裕の写真である。李載裕の逮捕に成功した記念として、刑事たちは潜伏するために着ていた服装のままの李載裕と記念撮影をした。当時の西大門警察署はお祭り騒ぎだったという。

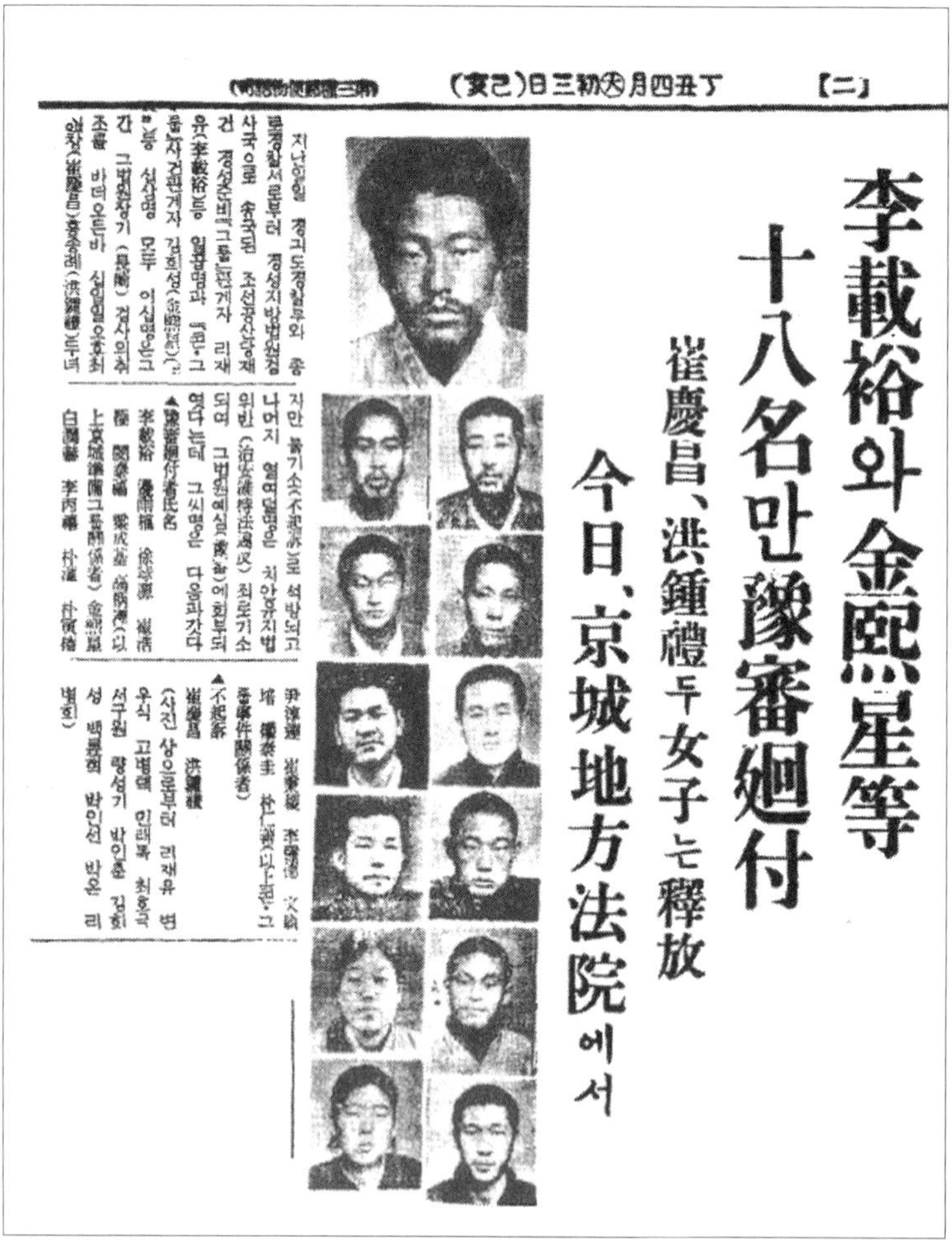
【二】 丁丑四月初三日(己亥)

李載裕와 金熙星等 十八名만 豫審廻付

崔慶昌、洪鍾禮두 女子는 釋放

今日、京城地方法院에서

(사진 상으로부터 리재유 변우식 고병택 민태복 최호극 서구원 량성기 박인춘 김희성 백윤혁 박인선 박온 리병희)

『朝鮮日報』1937 年 5 月 12 日付記事

写真の人物は最上部が李載裕、右側が上から、邊雨植、高柄澤、閔泰福、崔浩極、徐球源、梁成基、左側が上から朴寅椿、金熙星、朴仁善、朴温、李丙嬉である。李載裕は日帝による検挙から逃れるために、金小成という農民として逃避生活を送りつつ、「朝鮮共産党再建京城準備グループ」を組織した。彼は生来の活動家として、裁判所でも堂々と朝鮮の独立、共産主義の実現を主張した。しかし、邊雨植、崔浩極、徐球源、梁成基、閔泰福などは天皇制という素晴らしい制度がある限り、革命は不可能だと述べ、裁判部の寛大な処分を請うた。

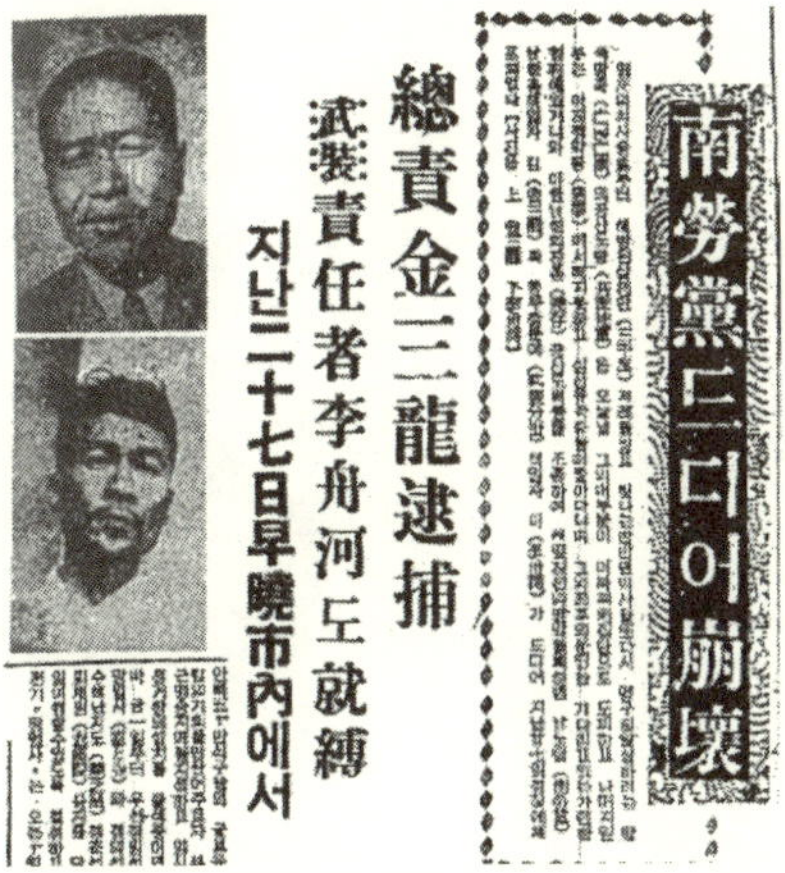
南勞黨드디어崩壞
總責金三龍逮捕
武裝責任者李舟河도就縛
지난二十七日早曉市內에서

『東亜日報』1950 年 4 月 1 日付記事
金三龍と李舟河が逮捕され、南労党（南朝鮮労働党）が崩壊したと報じている。記事のうち、上の写真が金三龍、下が李舟河である。

金三龍
ぶ厚い唇に人情味がある垂れ下がった目尻が魅力的な人物である。李載裕と刑務所の中で出会い、トロイカの一員となる。気さくな性分で、出会う人を次々と味方にしてしまう天賦の才能を備えた大衆活動家である。解放後、南労党の実質的な総責任者として活動した。転向した南労党出身者たちの情報提供により、隠れ家が発覚し、逮捕されてしまった。

李舟河
厳しい表情で遠くを凝視している。日帝時代の伝説的な労働運動家として咸鏡道地域で活動した。気難しく鋭い性格で生真面目な原則主義者である。解放後、金三龍の責任秘書として南労党を指揮した。金三龍と共に逮捕されると、毒薬を飲み自殺を図ったが、警察は胃の洗浄までして彼を生かした。朝鮮戦争勃発後、国軍憲兵により、金三龍とともに銃殺された。

李鉉相
めったに口を開かず、真摯で生真面目な性格である。気難しい目つきが印象的である。革命に関係しなければ冗談さえ言わなかったという。李載裕と刑務所で出会い、親しくなった後トロイカの一員としてともに活動することになった。解放後、智異山一帯のパルチザン総隊長として活躍し、国軍の銃に撃たれて死亡した。

三宅鹿之助
日本の共産主義者であり、京城帝国大学教授であった。自宅に竪穴を掘り、李載裕をかくまった。以後、検挙されると、一日間は隠れ家を口外しないという同志との約束を守り、李載裕が脱出する時間を稼いだ。結局転向書を出し、二年で釈放されたその日に、李載裕が検挙されたという記事が報道された。朝鮮戦争後、朝鮮民主主義人民共和国政府は彼に愛国勲章を贈った。

『東亜日報』1936 年 7 月 16 日付記事
朴鎮洪の母、洪氏が李載裕と朴鎮洪との間に生まれた息子の李鉄漢を抱き、朴鎮洪の公判廷に現れた時の写真である。朴鎮洪は妊娠した状態で日帝に逮捕され、拷問を受け、監獄で子どもを出産した。だからであろうか、病弱だった子どもは夭折してしまった。

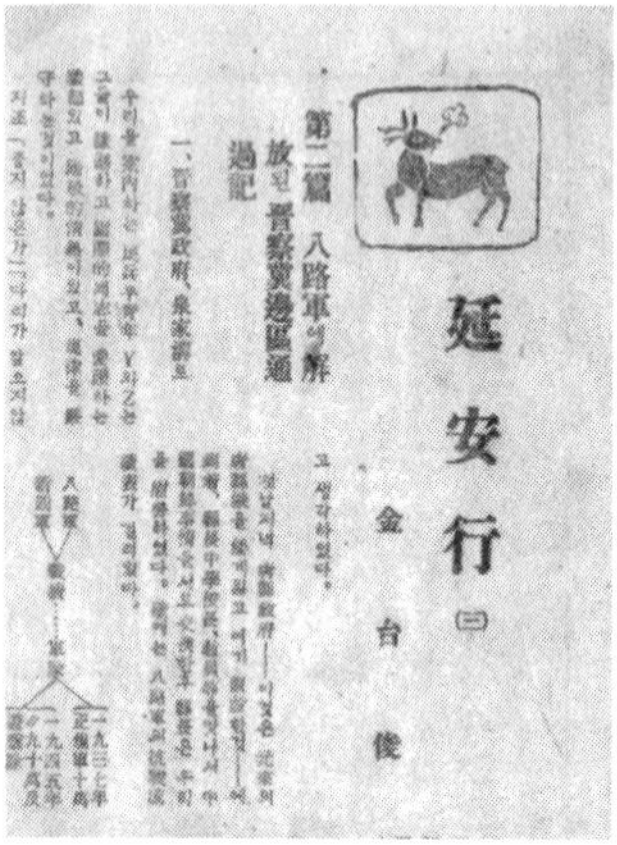
延安行 (二)
金台俊
第二篇 八路軍에 解放된 晋察冀邊區通過記

「延安行」
解放直後に発刊された『文学』第 3 号（朝鮮文学家同盟、1947 年）に掲載された、金台俊が書いた「延安行」である。朴鎮洪と金台俊が中国共産党の根拠地であった延安に向かったという話を記録したものである。朝鮮人革命家たちを暖かく迎えた中国八路軍の懐の深さが実に感動的である。

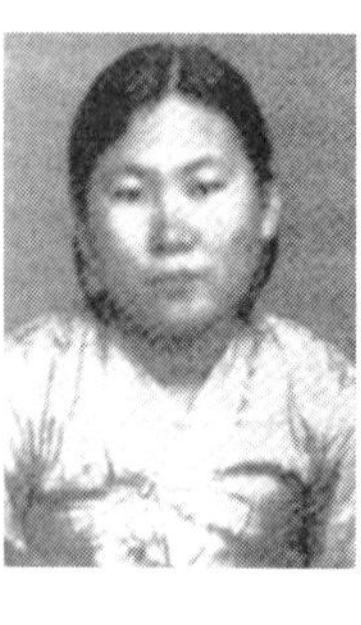

朴鎮洪（左）
同徳女子高等普通学校（同徳女高）出身で京城地域の社会主義運動の中心的女性だった。天才と呼ばれるくらいに聡明だった。美しい顔ではないが、人をひきつける魅力がある朝鮮女性だった。彼女は自らが愛した李載裕が死亡すると、金台俊とともに延安行を決心した。

李孝貞（右）
朴鎮洪、李順今と同徳女高の同窓であり、ともに労働運動に入った同志である。警察に逮捕されても、「知らない」と押し通したため、「インク瓶」というあだ名がつけられた。「京城トロイカ」の生存者でもあった。90 歳を越える歳でも聡明さと純粋さを失わない、少女のような人物である。

조선일보 昭和十二年七…

留置場서 邂逅된 戀敵이자 또 同志

警察部에 檢擧된 朴鎭洪의 뒤 따라 李順今

四年만에 出監하자 또 被捉

列車에 觸死

社會課에서 發案 住宅組合을 計畫

低利融資로 基金을 작만…

『朝鮮日報』1937 年 7 月 28 日付記事
当時の新聞は李載裕、朴鎮洪、李順今の三角関係を「デリケート」な関係だと論評していた。朴鎮洪と李順今は相変わらず友人として付き合った。だが、李載裕は朴鎮洪、李順今との関係を否定した。

李順今（左）
同徳女高に教師として任命された腹違いの兄である李観述の後を追って同徳女高に進学した。何かをしてあげることを好み、度量が大きく、義理深い性格である。女高を卒業した後、工場に入って活動した際に逮捕され、監獄に入れられることになった。監獄で運動をするなら李載裕のところに行けと言われて、友人を通じて李載裕を紹介してもらった。李載裕をはさみ、朴鎮洪との三角関係にいたるが、後に金三龍と恋に落ちた。京城コム・グループが解体した後、朴憲永とともに光州に潜伏し、彼の連絡役になった。

李観述（右）
李順今の腹違いの兄で、日本で師範学校を卒業した後、同徳女高に歴史教師として赴任した。慶尚道彦陽の富豪の息子であったが、「光州学生運動」以後、民族主義に限界を感じ、共産主義者になった。背が低く、肌は鋳掛け師のように真っ黒で、顔は小じわだらけである。李載裕と共に孔徳里で農民として逃避生活をし、李載裕逮捕の後に京城コム・グループで活動していたところを逮捕された。私心というものが全くない献身的な性格で同志たちの信頼を得て、運動に邁進したが、「精版社偽造紙幣事件」により死亡してしまった。

黄金町の街

1930年代の社会主義者たちが度々接触した黄金町一帯の写真である。黄金街は現在の乙支路で、黄金町一丁目は今日の乙支路一街である。李載裕が西大門警察署から二度脱出し、タクシーを捕まえた場所がこの街である。また、李載裕が息子の鉄漢が死んだという知らせを李孝貞から伝え聞き、李孝貞と清酒を飲んだ食堂があるところでもある。

金三龍의 潛伏

庭

『東亜日報』1950年4月1日付記事

金三龍が解放後に隠れていたアジトである孝悌洞の総菜屋の写真である。金三龍は産まれてから1950年に検挙される前まで、写真を一枚も撮られたことがなく、指名手配されても正確な顔がわからず、逮捕するのが困難だったという。彼は麦藁帽子を深く被り、古びた自転車に乗り、警察が目を光らせているソウルの街を悠々と縫って進んだ。

わたしの魂が旅立ってしまい　空になった皮が
めらめらと炎を上げて
一点の灰さえも残したくない気持ちだけれど
この世のどこかに
記されるところがあるならば
必ず記されるところがあるならば
躊躇わずに捧げるだろう
すでに遠方からの若者に固く誓った
心の約束だったから

京城トロイカ／目次

序　消えた時間をさがして――日本語版に寄せて　11
一　蓋馬高原の子どもたち　29
二　京城の朝　37
三　東京から再び京城へ　45
四　初めての出会い　53
五　光州から吹いてきた風　67
六　十月書信　83
七　生涯の同志に出会う　95
八　三頭馬車よ、進め　105
九　上海からきた密使　113
一〇　朝鮮の影　121
一一　乙女たちの夢　131
一二　一杯の茶が冷めるときまで　144

一三　床下の穴に隠れる……170
一四　偽の夫婦、真の夫婦……182
一五　鉄窓の中で生まれた子ども……198
一六　孔徳里の金氏兄弟……205
一七　倉洞駅のクリスマス……218
一八　恋敵……230
一九　汝矣島事件……247
二〇　結婚作戦……252
二一　最後の公判……257
二二　京城コムグループ……269
二三　永遠《とわ》の別れ……276
二四　延安行き……291
二五　消される記憶……322
二六　生き残った人々……342
訳者あとがき——355

序　消えた時間をさがして

——日本語版に寄せて

私が初めて彼らの存在を知ったのは二〇年余り前の一九八〇年代初めに、九老《クロ》工業団地の製鋼工場に勤めながら、韓国労働運動史を学んでいた時だった。日帝支配下の植民地朝鮮の都であった京城《キョンソン》で「京城トロイカ」という名の地下革命組織が労働運動を開始し、李載裕《イ・ジェユ》という人物がその指導者だったという記録を見つけた。

本には詳細な説明もなく、東大門一帯の紡績工場でのストライキを主導したということが書かれているくらいだったが、右翼・左翼を問わず、当時、多くの労働運動団体が多様な事件に複雑に関与していたにもかかわらず、「トロイカ」という名称だけが脳裏に焼きついたのはその名に特異な響きがあったからだった。労働者協議会とか、無産者同盟という政治的な用語ではなく、三頭の馬が先導する「トロイカ」とは……。なぜそのような名称をつけたのか、どんな活動をしたのかわからなかったが、その名称だけは記憶に残った。

一〇年の歳月が過ぎた一九九〇年代初めに、日帝時代の労働運動史の専門家であり、進歩的な歴史学者として知られた徳成《トクソン》女子大学の金炅一《キム・ギョンイル》教授が『李載裕研究』を出版し、労働運動家の間で小さな波紋を起こした。

李載裕を含む京城トロイカの「主犯」たちに対する膨大な捜査記録と裁判記録を調査し、整理したこの本は、李載裕という忘れられた革命家を歴史に再登場させた。日帝警察の記録に基づいているために、彼の仲間たちの人柄が十分に表現できていなかったが、一編の映画のような彼の逃避生活、そして最後まで変節を拒んだ末に日帝の監獄で死に至った不屈の意志は第一線の労働運動家に少なからぬ感動を与えた。

何年もの間、江原道《カンウォンド》の炭鉱で労働運動をしてから九老工業団地に戻り、労働相談所に勤めていた私もやはり金教授の本を読んだ。社会主義者であったけれども、ソ連や中国などの外勢に依存しない国内派の革命家であり、知識人中心の観念的運動ではなく、自ら労働者として工場から出発するという大衆主義的な運動方法を選択したこと、日本の警察に逮捕されても、何度も脱出し、半坪の地下空間で四〇日近く隠れた後、農作業に勤《いそ》しみつつ秘密活動をしたという点など、不屈の実践家としての諸相が深い印象を与えた。

さらに、李載裕とともに「三頭馬車」を形成した指導者李鉉相《イ・ヒョンサン》と金三龍《キム・サムニョン》が解放後、それぞれパルチザン総隊長と南朝鮮労働党（南労党）総責任者として、激動の主人公だったという歴史的事実、李載裕の恋人でありながら、人目を憚らずに恋愛を楽しむことができなかった朴鎮洪《パク・チンホン》と李順今《イ・スングム》のような魅力的な女性運動家の存在も興味深い。天才的な頭脳を持ち、金持ちの息子でありながら、社会主義運動に飛び込み、変装と避身の鬼才と呼ばれた李観述《イ・グァンスル》のような人物も魅力的だった。

だが、当時の私は李載裕や京城トロイカを文学的に復元しようとは考えていなかった。ソ連や東ドイツなどの社会主義政権が次々と崩壊した時代だった。何が彼らを崩壊させているのか、人類が志向すべき正しい社会構造とは一体何かという点について、確固とした判断を下せなかった自分に、南韓

〔大韓民国〕共産主義運動の中心的人物だった彼らの話を書こうという欲求が生じなかったことは当然であった。

その後、私は労働運動から退いた。進歩的な思想で労働者を先導し、歴史を立て直すことができるという自信を取り戻せないまま、ひたすら食いつなぐために、工場と工事現場を転々とし、時間があるときに短い原稿を書いて生きていく、本当の労働者になった。数年後には地方に移り住んで農作業に従事し、妻と子どもたちのためにほとんどの時間を過ごす、名もない農民になった。金炅一教授の李載裕についての研究は他の労働運動の書籍とともに、私の机の下の、なかなか手の届かないところに押し込めてしまった。「京城トロイカ」という名前もしばらく忘れていた。

また時間が過ぎ、新世紀が始まってから二年が過ぎた一昨年の秋、偶然という案内人が私を導かなかったら、「京城トロイカ」という名称とその名称の下に組織された数百名の人々は多くの事件が明滅していった韓国現代史のとても小さな記憶にすぎないものとして、忘れられてしまっていただろう。

ソウルで人に会う約束をすると、たいてい仁寺洞《インサドン》で待ち合わせるのだが、田舎から上京してみると、約束よりも早く到着する場合が多く、手持ち無沙汰に画廊街を一回りすることになる。もの書きの友達に会うために上京したその日、仁寺洞の路地裏の小さな画廊で開かれていた彼の個展に立ち寄ったことは、単なる偶然とはいえない。けれども、特別な期待もなく立ち寄った会場で、彼の作品を発見したことは明らかに予期せぬ大きな収穫だった。

パク・ジンファン。聞いたことがない作家だった。案内パンフレットには六〇歳を超えたということと、南部出身ということのほかに略歴が一切なく、初めての個展と推測される無名の作家だった。ところで、何かおかしかった。広くない会場が早晩のような重たい暗さに沈んでいたからだろうか。

彫刻作品が全て赤黒い鉄板でつくられていたからだろうか。観覧客といえば、私を含めて二人くらいだったからだろうか。手でつかめるくらいの大きさから成人の背よりも高い作品までが、展示場に入った私の気管をむっと詰まらせた。

薄い鉄板を切り取っては溶接し、様々な模様をかたちづくった後、涙が流れる様をそのまま作品にしたものが陳列されていた。涙が赤く流れ落ちる鉄板からすすり泣く声が聞こえるようだった。天に向かって飛び立った後に突然落下して、翼が折れたかのようにぴょんぴょんと飛ぼうとするトビや、鉄板を突き破って天に向かって何かを渇望する手の姿などが一体のモノのように、独特かつ奇怪であった。

その中でも、とくに目に付いたのは、中年女性と思しき銅像もあったが、干《ひ》からびてぼこんとへこんだ頬とぐしゃぐしゃになった髪、明らかに下着と思われる服の広がった襟などの調和はありふれたものではなかった。眠りから覚めたばかりの姿ということは推し量られるが、人生の多大な時間のうち、よりによって、なぜこの瞬間をとらえたのか、作家の意図を知る術はなかった。

本当に奇妙なことだった。その作家については何も知りえなかったし、ただ偶然に立ち寄っただけなのだが、彼の作品群は激烈な身振りで、私に向かって絶叫していた。どんな声を発そうというのか分からず、一般人の関心をほとんど引くことができないまま、がらんとした画廊の隅に捨てられていたが、不思議なことに私にだけはありふれたものではなかった。「触るべからず」という案内板を無視して、鉄板にそっと触れるたびに鳥肌がぞぞっと立った。

作家はちょうど不在で、女性の案内員だけが座っていた。女性の机の上には案内パンフレットとともに、数十冊の販売用の詩集が整然と積まれていた。

「先生のお母様がお書きになった詩集なのですが、先生をお待ちになる間、一冊お買い上げになってお読みください。とてもよい詩なんですよ」

題目は『八〇歳を生きて』だった。表紙の真ん中に、題目どおり八〇を過ぎたと思われる、面長な老婆が微笑を浮かべて立っている写真があった。顔は面長なので、若い頃に美人だったと思われ、すらっとしているので背も高く見えた。李孝貞《イ・ヒョジョン》。一九一三年、慶尚北道《キョンサンブクト》の奉化《ポンファ》で生まれる。同徳《トンドク》女高〔女子高等普通学校。高等普通学校は植民地期の朝鮮において、朝鮮人が通う中等教育機関〕を卒業。こうしてみると、私は作家より先に彼の母に会ったわけである。

パク先生は私が詩集を開こうとした時に戻ってきた。作品の雰囲気とは異なり、背が高く、あまりにも安らかでやさしそうな印象だった。観覧客などほとんどいない会場で作家に会いたがる真っ黒な顔の田舎者を、彼は快く酒場に案内した。

パク先生はほとんどの画家たちに共通する、品性があって、率直淡白で、気さくな人物だった。個展会場を女性案内員に任せたまま、仁寺洞の路地裏にある行きつけの酒場、「おばさんの家」で焼酎を飲み交わしてから何分も経たないうちに、彼が中学校しか出ていないこと、今回が初めての展示会という事実がわかった。

私もまた、農業を営みながら、時々反応もさっぱりな原稿を発表している三流作家だと告白するのに、別段恥じらいを感じなかった。私が暮らしている村で、私がもの書きでもあるということを知る者がほとんどいないという事実を話しながら、我々は大きな声を出して、一緒に笑った。

三〇分あまりの短い時間に、いろいろなことを話すことができたが、我々は二〇歳の年齢差とは関係なく、すぐに親しくなることができた。パク先生は私が詩集に関心を示すと、自分の母が日帝時代に独立運動をした後、監獄生活までしたという話をしてくれた。また、もの書きなのだからこれも読んでみなさいといって、母が書いた別の一冊の詩集をカバンから取り出し、私に手渡した。『回想』というタイトルだった。

帰宅してから、二冊の詩集を読んでみた。人生最後の時間を迎えた一人の知性的な女性の感傷が主流をなしていた。依然として活気にあふれて美しい現世の空の下でもっと生きたいという気持ち、別れてから五~六〇年が過ぎた旧友たちに対するしみじみとした懐かしさが静かに、そして見事に描写されていた。美しく輝く夕焼けのように、奥深い詩だった。

ところで、作家としての直感だったのだろうか。素晴らしい詩も多く、作家の暖かい感性が充分に感じられたにもかかわらず、何かが抜け落ちた感じがした。一七歳の若さで奪われた国を取り返そうと、指切りをして誓った女学生たち、とても親しかった友人と「光州学生運動」に賛同する問題で口論になった末に絶交せざるをえなくなったという胸の痛む記憶などの、若かりし頃の話はあった。それから七〇年が過ぎ、冷気のこもった窓際に座り、依然として不条理によそよそしい世間を眺めてはため息をつく老人の姿もあった。ところで、何かが抜け落ちていた。獄中生活をするほどの独立運動がどんな活動だったのかということについても全く言及がなかったが、その程度で済む問題ではなかった。

私は直ちに作家の人生の後半部分がそっくり抜け落ちていることに気づいた。その多くの詩と作家の言葉のどこにも、解放後の半世紀の人生が推し量られる内容がなかった。ところどころ、身が切られるように痛切で悲しい時間と表現されているだけだった。日帝の下で忠誠を誓った売国奴とその子孫たちが解放後も羽振りを利かせて金権を掌握する一方で、独立運動家とその子孫たちは貧しさと疎外の中で生きてきたという話は目新しいものでこそないが、「胸のうちで泣いた時間」とか「胸に怒りの炎を燃やして灰を積もらせた時期」という言葉で痛切に表現されると印象が異なった。詩のところどころに隠れている、過ぎ去った旧友に対する沈痛な懐かしさと、価値もなく続いてきた麻のひものように長生きした自らの命にたいする嫌悪の中に、明らかに言葉にできない、とてつもなく重大な秘密があると私は確信するに至った。

数日後、私は再び展示会場を訪れたのだが、彼が彫った小品を一つ購入するという約束がなくても、李孝貞という人物に対する「気懸かり症」が心の片隅を占めていた。何が彼女の人生の後半期をかき消したのか、また、それとパク先生の作品の暗さとはどんな関係があるのか知りたかった。作家としての好奇心というよりは二十余年の青春時代全てを歴史の進歩のために捧げた、人権運動家の一人としての本能的な関心だった。

パク先生は、お母さんについて話してほしいという執拗な要請に対して、彼女が日帝時代に京城で労働運動をした廉で監獄生活までしたという事実を打ち明けた。母とその仲間たちの話が本に出ているということ、パク先生自身がその本を書いた金炅一教授を訪ねて、直接面会したことがあるという事実も話した。私は金炅一という名を聞いた途端、一〇年間私の机の隅に押し込んであった本がふっと思い浮かんだ。

「もしや、その本の主人公は李載裕ではないですか？」

パク先生は大きな目をパッチリと開いて、私を凝視した。

「ああ！　安《アン》先生もその本を読みましたか？　『李載裕研究』という本ですよ」

パク先生の母は京城トロイカ組織の一員だったのである。七〇年前の事件の主人公の中に生存者がいたなんて。どんなにうれしいことなのだろうか。何かあるだろうと思っていたが、本当に予期せぬ収穫だった。

そこではじめて、私もやはり若い時期を労働運動をして過ごしたのだと打ち明けた。パク先生もはじめて心を開いて、痛恨の長い歳月を語り始めた。彼は自分の父も日帝時代に労働運動をしていたが、左翼だという理由で解放後も光を見ることなく、監獄に出入りしてから越北したということ、後にスパイになって南に入り、再び北へ帰っていったこともあると告白した。

父の南派〔朝鮮民主主義人民共和国から南にスパイを派遣すること〕により、彼の母は二度目の監獄生活をしなければならず、家族全員がスパイ集団という烙印を押され、凄惨な日々を送らねばならなかった。どこに引っ越しても警察と情報部員がいつでもやってきて、家の中をひっくり返し、本と手紙を押収していった。真夜中にも土足で押し入り、母と子供たちを蹴り起こし、一つの壁に全員を立たせておいて、タンスの中までくまなく探した。子供たちが泣いたり反抗しようものなら、何の憚りもなくビンタを食らわせたり、外に蹴り出すなど日常茶飯事で行われた。下着のままで茫然自失の状態で立っている女性の醜悪な姿はまさにそのような日の母を描いたものだという。

三児を育てる寡婦にできることは工場や肉体労働で働くことだけだったが、それでも警察が出入りして噂が立つと、何ヶ月も経たずに引っ越さねばならなかった。幼い頃から美術の才能があったパク先生の兄弟は金もなく、中学校もろくに通うことができなかった。子供たちからスパイの息子だと後ろ指を指され、きまって集団暴力を受けることも嫌だった。幼少の時に映画館の看板作成補助になって絵描きを始めた。ほとんど無学と変わりない二人の兄弟が彫刻家と画家として職を持つまでに数十年の歳月が流れねばならなかった。その長い歳月で表具商の小間使い、劇場看板書き、鋳物工場の労働者として生きてきた日々の苦痛を一度にまとめて話すことなどできなかった。

「それでもこんな話ができるようになってから、まだ何年もたっていません。盧泰愚《ノ・テウ》までの軍出身の大統領が全て退き、金泳三《キム・ヨンサム》政権になった後にはじめて警察の査察や夜間捜査がなくなったんですよ。でも、相変わらず、軽い気持ちにはなれないんですよ」

家に戻り机から探し出した『李載裕研究』にはやはり李孝貞という名前が数ヶ所登場していた。東大門の外にある大規模製糸工場である鍾淵紡績でストを主導したが、その指導者は後日南部軍の司令官として智異山パルチザンを指揮した李鉉相となっていた。ストが起きた年が一九三一年だから、なんと七〇年も前のことだった。

李孝貞ハルモニ〔おばあさんのこと〕の生存をきっかけにして、改めて精読した李載裕の生涯は相当興味深かった。彼は、日帝時代としては、背が高く、ハンサムな顔立ちで、明るく活発な性格に不屈の意志まで備えた魅力的な青年だった。まだ社会主義者に対する嫌悪が一般的でなかった頃、日帝の警察に連行されても、何度も奇跡的に脱出した神出鬼没な神秘の英雄として当時の朝鮮の人々の胸をスカッとさせた人物だった。また、彼とともに活動した金三龍、李鉉相、李観述、李順今、朴鎮洪など、トロイカ指導部のほとんどが解放後に南労党指導者になり、一世を風靡した者たちだった。京城トロイカの主人公たちは充分に魅力のある人物であり、興味津々な事件に関与していた。作家の目から見ても、充分興味深かった。

パク先生は、李載裕と京城トロイカを復元したいという私の言葉に、そんな話を書いても大丈夫なのかという心配から始めた。いくら世の中がよくなったとはいえ、僅か数年前までは時を選ばず情報機関員たちの来襲を受け、人間以下の侮辱を受けて生きてきた人々の話を出版してもよいのかと訝しがった。

私としては出版とは関係なく、書きたいから書くのだと答えた。正式な出版がだめなら仕方ないが、なるべくよい出版社を探してみると私はいった。実際に、その仕事は若い頃からの労働運動で知り合った仲間で、旧友の社会評論社のユン・チョルホが担当した。

それからようやく、パク先生は自分の母を私に会わせてくれた。馬山《マサン》の妹の家にいるからということで、詳細に道を教えてくれた。

建てられて久しい赤いレンガの家だった。女流詩人とか、女史と呼ぶにはあまりに年老いた、九〇歳のおばあさんが私の訪問を待って、一人で家を守っていた。インターホンで鍵を開けてもらうと、私は大門を押して中に入り、石段を何段か上ると、小さな家が一軒建つくらいの、なかなかの広さの庭園が現れた。苔が生えた石臼の上にガラスの板をかぶせ、周囲に平べったい石臼を敷いて椅子にしている素敵なテーブルがある芝生だった。よく手入れされた芝生の上にはサルスベリと梅の葉が散りばめられていて、明け方に降った雨水がきらきら光っていた。

玄関には薄い青磁色の韓服を着たハルモニが待っていた。華奢な腰は紅葉した木のように曲がり、髪の毛はほとんど抜け落ちて、残った髪が転々と生えていた。皮膚は白くむけていて、褐色だった大きな目には青い染みが広がっていた。若い頃に澄んで落ち着いた声はふがふがとしてほとんど聞き取ることができなかった。二度にわたって受けた声帯手術のためだそうだ。それでも、その白い顔には形容しがたい優雅さが秘められていた。

いつ、命を繋ぐ糸が切れてしまうのかわからない、このハルモニの顔から感じる光彩の正体は何だったのか。きれいに年をとったという言葉では表現し尽くせない強烈な何かの光だった。金持ちの老婦人たちにありがちな、年齢不相応なきれいな皮膚と分別のなさという印象とは全く異なる、激烈な人生の桎梏と、その中で自尊心を守りつつ、自ら培ってきた雰囲気が感じられた。

ずっと前に建てた家なので、居間がオンドルの代わりに板の間になっていて、ひんやりとしていた。冷蔵庫は歳月という名の垢にまみれて黄色く色あせ、ベトナム戦争のときに使ったと思われる古い扇風機はカタカタと音を立てて回っていた。台所にも、価値がありそうな陶磁器の器が一つも見当たらなかった。一見ひどく困窮した生活を送っているようだが、室内は外の庭園のように、端麗に整理されていた。壁には何点かの風景画と静物画がかかっていて、古くなった米びつと文箱《ふばこ》の上に、先の個展会場で見たパク先生の作品が置かれていた。多少奇怪なかたちで何かをつかもうとする手と鳥を描写した作品群は小品であったが、とても印象的だった。

「お元気でいらしていただきたいと思って、持ってまいりました」

私はまず、準備してきた贈り物を取り出した。昆布で作った健康食品だった。しかし、ハルモニは贈り物を受け取ろうとしなかった。

「ありがたいけど、お持ち帰りください。私はこのようなものを食べません」

「どうしてですか。いつまでもお元気でいらっしゃらなければ」

ハルモニはふつうの人より細くて長い手を振ってみせた。

「いいえ。あまりに長く生きすぎました。時が来たら死ぬべきでしょう。こんな強壮剤を食べたら命が延びてしまって、死にたくても死ぬことができません。わざわざ死ぬことができないから、最近では一食に一杯の粥しか食べません。よい食べ物や強壮剤は絶対食べません。本当にお持ち帰りください」

礼儀で断っているのではないことは明らかだった。心から死を迎えようと準備している態度だった。

私は家の主人である娘さんにあげて下さいといって、無理に贈り物を押し付けて、米びつと文箱の上にある彫刻品に話題を移した。

「息子さんの作品ですね。絵もそうですよね。実にすばらしい息子さんがいらっしゃいますね。詩人のお母さんに似て、芸術に才能があるみたいですね」

おばあさんは長く伸びた指を持つ手を振ってみせた。

「私は何でもありません。母の実家の大人たちに似たのでしょう。民族詩人李陸史《イ・ユクサ》が一族にいるのだそうです。私より行列〔一族の間で、始祖から数えた男性の世代の上下関係をあらわす語〕は上ですけど、私と同い年で京城で同居しながら抗日運動をともに戦ったこともあります。」

李陸史の子孫だったとは、さらに驚いた。

「そうだったんですね。頭の良い家系だったようですね。先生も同徳女高に通っていらしたのですから、当時の秀才だったわけでしょう」

おばあさんはもう手を振ろうとしなかった。

「当時の朝鮮には大学がなく、高校〔高等普通学校〕さえ出れば何でもできたんですよ。でも、賢ければなんだというんですか。苦労ばかりして、みんな死んでしまって、忘れ去られるでしょう」

久しぶりに訪ねてきた若い客人に心を開いたのだろうか？　九〇歳という年齢がこの世のすべての恐ろしさを消し去ったのだろうか？　ハルモニは気兼ねなく自分の過去と夫について言葉短めに打ち明けた。パク先生から聞いたとおりだった。

「けれども、もうすべて過ぎ去ったことですよ。最近は警察でも昔ほどの関心はないようだし……、たぶん夫が死んでもおかしくない年齢を過ぎたから、これ以上スパイとして南にやっては来られないだろうと考えているからかもしれませんね」

「もしかしたら、だんなさんが北韓〔韓国における朝鮮民主主義人民共和国に対する呼称〕で生きていらっしゃるかもしれないじゃないですか。離散家族再開申請をなさってみては？」

おばあさんは飲料水の代わりにぬるい麦茶で乾いた唇をぬらした。

「生死の確認をしようと何回も申請をしましたが、何の返事もありません。できることならこっそり調べてみたいですが、どうしようもないですね」

私は思わず笑みをこぼした。

「そうしてまた捕まったらどうなさるんですか」

おばあさんは恥らう少女のように、しわしわの長い指を口にあてて笑った。

「監獄に行ったらどうでしょうか。監獄がどんなに変わったのか、この目で見てみたいし、監獄の食事がどんなに良くなったか、試食もしてみたいですわ」

少女のように無邪気に話す彼女の顔には一辺の暗さも垣間見えなかった。日帝時代の朝鮮を主導した知識人女性の闊達で才気溌剌とした姿に戻っていた。彼女は多少いたずらっぽい笑みを浮かべて聞いた。

「さあ、この死に際に立った老いぼれから何を知りたいのですか」

「すべてを知りたいです。本に出ようが出まいが、日帝時代の京城で皆さんがやってきたことについて全部知りたいです」

家の中のどんな家具よりも長生きし、しかし心は未だに二〇歳の乙女のような老婆の話が始まった。年をとっても女たちのおしゃべりは変わらない。さらに、彼女は七〇をとっくに過ぎた歳に二冊の詩集を出した、とても知的かつ鋭利で、豊富な感性の持ち主だった。歴史的事実の裏面に隠れていた人間たちの話を、過酷な試練の中で理想社会のために生き、死んでいった彼らの愛と喜びと絶望を心の中にそっくりそのまましまっておいてあったのだった。

話は興味深く、感動的だった。朝早く始まった対話は午後まで続いた。時間が過ぎるほど、私は私の前に座っている女性がどんなに美しい人なのか分かった。相手の魂を貫いて見るように、落ち着き払って眺める視線のうちに思慮深さと聡明さが秘められていることを悟った。若い頃に命をかけて民族解放運動に飛び込みつつ、完全な純潔を得た彼女の魂は解放と戦争の混乱、そして以後の貧困と恥辱によっても、決して汚れることはなかった。見慣れない客人を恐れたり、警戒したりせず、度を越えて歓待したり、やたら大げさに振舞ったりもせず、まっすぐ向かい合い、穏やかに笑うことができる気風の中に、数十年間話題に上ることさえ禁じられた社会主義者たちについて、ためらうことなく話をする勇気の中に、一世紀を生きてきた、完成された魂を感じることができた。

ハルモニは話が終わりに近づくと、話が終わる頃、しわがれた声で、しかし、一つ一つの単語を正確にはっきりと言った。彼女はセリフの間に「……ね」という助詞をつける癖があった。

「今はわかりませんけどね、日帝時代には社会主義が民族の将来を開く一つのかがり火だったのです。民族解放の道を切り開いてね、またそのために最後まで闘いましたからね。日帝時代の初めは民族主義者たちが多くの活動をしたことは否定できません。でも、二〇年代以後にはね、社会主義者が本当に多くの活動をしたのです。私はね、今でも青春を社会主義運動に捧げたことを後悔しません」

小ぢんまりとして上品な洋館を後にしたとき、私は静かな興奮に陥っていた。私自身はもちろん、他の誰の関心も引くことなく過ぎ去った革命家たち、いっときの朝鮮の進歩精神を代表した秀才たち、しかし失敗し、忘れられた彼らの話を書かねばという欲求で胸が踊った。李載裕とその仲間たちについての話はこうして私の話になった。

馬山から上京して、一番最初に金炅一教授を訪ねた。徳成女子大学から韓国精神文化研究院に職場を移した金教授とは一面識もなく、紹介してくれる人もいなかったが、彼は突然訪ねてきた私にこの上なく穏やかに接してくれた。李載裕について書きたいというと、快く支援を約束し、みずからが所蔵している貴重な資料をコピーしてくれる一方で、書店で購入したり、図書館で探さねばならない資料のリストも細かく書いてくれた。根本的に権威意識とか利己心、権力欲のような遺伝子を受け継いでいない人に違いなかった。

金炅一教授の私心のない援助を土台に、忘れられた資料を収集してまわり、日帝と解放直後の資料を集めて読む過程で、私は李孝貞ハルモニくらい魅力的な人物が無数にいるという事実がわかった。彼らは廃棄物同然の資料の中に宝石のように隠されていた。ぼろのような古雑誌と古新聞の中に、退屈でたまらない論文と書架に差し挟まれても決まり悪く、箱の中に押し込められてあった『日帝下共産主義運動史』のような本の中のあちこちに隠れていた。

ソウル大学図書館に所蔵された西大門刑務所の在所者記録帳から主人公たちの写真を一つずつ見つけ出した時の喜びはとうてい言い表すことができない。末っ子のようにいたずらっぽい表情で人より長い二つの耳が目立つ京城帝大の秀才鄭泰植《チョン・テシク》、口ひげを生やした農夫の格好で捕まり、病を患って死ぬまで常に自信をみなぎらせて笑っていた義理の男朴英出《パク・ヨンチュル》、「鋳掛け屋」というあだ名の通り、小さな顔を小じわでいっぱいにし、鉄の鐘を揺らして町を歩き回る鋳掛け屋のような李観述、丸く平たい顔で深い考えに浸っているような、もしかすると写真師のそばにいるかもしれない朝鮮人刑事に軽蔑するような眼差しを投げつけている李順今、変装の名手という言葉どおり、面長でハンサムな顔に、あるときはひげを生やし、あるときはスーツを着て撮った李載裕の数枚の写真、恐ろしく、しかめた目で写真師を睨みつける李鉉相の鋭い印象、面長な顔に意味を図りかねる笑顔を浮かべている貴婦人のような李孝貞、李順今のように朝鮮人刑事を睨みつけるような、丸顔に小さな目と八の字眉が典型的な朝鮮女性の朴鎮洪、人情深い唇に人好きのする目で笑っている金三龍の村作男のような姿、暴風雨に直面したような険しい表情で遠くを凝視する李舟河《イ・ジュハ》の涼しくハンサムな顔、冷静で理知的な顔の典型的知識人朴憲永《パク・ホニョン》……。彼らの写真をひとつひとつ眺めていると、七〇年間の歳月のタイムトンネルの中に吸い込まれる気分だった。

私はコピーしてきた写真帳を何十回も眺めた。すると、その度に生きている人々に会っているような錯覚に陥った。彼らは私を呼んでいた。親しみのある顔で、暗部に埋もれてしまった自分たちを訪ねてきた客人に対して、やさしく手を差し伸べていた。

解放直後に発見された雑誌を念入りに調べたところ、朴鎮洪と夫の金台俊《キム・テジュン》が中国共産党の根拠地であった延安に行ってきた話を記録した「延安行」を発見した時の喜びも言い表せないものがあった。戦争末期の日帝による手当たり次第の弾圧に抵抗し、武装闘争の隊列に加わろうとして出発した朝鮮人革命家夫婦を迎えた中国共産党八路軍の度量の広さは実に感動的だった。この文章では男の目を通してみた朴鎮洪の魅力も、あちらこちらで窺い知ることができた。彼女は決して美人ではなかったが、すべての男性に愛される女性であったことに間違いなかった。

国立図書館で日帝時代の咸興で労働運動をしていた日本人、磯谷（李次）の手記を発見したときの喜びも大きかった。そこには日帝時代の社会主義労働運動家がどんなにロマン的で人間的な人たちだったのか、解放後の北韓権力の中心になった人々が彼らだったということが今更のように証言されていた。

磯谷の手記によって、私が抱いていた日本人に対する偏見も軽減した。京城帝大の教授職をかけて、李載裕をかくまった三宅鹿之助教授、李載裕に感化され、彼が脱獄できるように助けてくれた日本人巡査、またもう一人の主人公である李観述と共に逮捕された何名かの日本人社会主義者たちの姿を通して、私は日本人の中にもよい人間が多く、彼らが韓国の進歩運動に与えた影響が少なくないことがわかった。

古い資料と格闘している間、写真の中の魂たちが私に消え去ってしまった時代を眺望できる視野を開いてくれた。一時は世界を震撼させた共産主義の幽霊が、幽霊になってしまった魂を通じて煙のように生き返った。あでやかで聡明な若き女性たちの幽霊が、他人のために喜んで命を捧げた革命家たちの幽霊が、死を前にして恐怖におののきつつも決してみずからの魂を汚さなかった、或いは恐怖に勝てずに膝をついてしまった、しかし最後まで良心を失わなかった意気地のない彼らの幽霊が、南北韓どちらからも無視されてしまった、歴史から失踪してしまったその侘しい幽霊たちが私に手を差し伸べている。勉強すればするほど、私は彼らの時間の中に吸い込まれていき、彼らすべてを生き返らせたいと思った。

本格的な執筆に入った私が直面した、最も大きな難問は南韓の歴史で語られている彼ら社会主義者たちの否定的な役割だった。主人公たちはまるで一枚岩であるかのように語られ、八〇年代までの反共ドラマに「陰謀的かつ冷酷で、悪辣なアカども」というおなじみのイメージで登場し、韓国戦争〔朝鮮戦争〕を経験した世代には、名前を思い浮かべるだけでも恐怖を呼び起こした。私もまた、社会主義者という理由で獄中生活をした経験があるが、今は社会主義の理論と実践の限界と矛盾に対して、以前より多くの批判的な視角をもっている人間の一人だといえる。社会主義者たちの活動を美化したなどと言われて、私自身の本意と違った結果にならないか、憂慮せざるを得なかった。

このような憂慮にもかかわらず執筆を続けたのは幽霊たちとの約束があったからだ。過酷な時代の苦痛を全身で受け止めて死んでいった彼らとの約束であった。自らを守る最小限の武器さえなく、組織とストライキという武器だけで日帝と戦った、残ったものといえば拷問と疾病のほかになくても常に楽しくみずからの任務を遂行し、仲間を守るために拷問台に上り血をひさご一杯ずつ流しながら、留置場で会えば抱きしめあい、笑いあった、不幸な時代の美しい魂たちとの約束だった。一九二〇年代中盤以後、積極的であれ、消極的であれ、親日売国奴として寝返った大多数の右翼保守主義者たちの代わりに、日帝に抵抗した唯一の独立運動であり、復元しなければならないという、南北どこでも待遇を受けることなく死んでいった彼らのために、鎮魂曲を演奏しようという私の心の約束だった。

演奏の形式としては小説方式を選んだ。基本的には充分な資料と証言に依存しており、歴史的事実において誤った箇所は多くないと思われるが、証言や文書に現れない、細かい部分を描写するためには、やむを得ず小説形式を選ばざるを得なかった。

研究書とは異なり、小説に限界があるとすれば、特定の事件や人物についてのさまざまに異なる評価があるなかで、ある一方の意見だけを選択しなければならないということである。このような理由で、幾つかの部分において、作家の偏見や誤りが現れることもありうることは認める。

だが、小説家のために想像で埋めた部分や、実際の事実を大袈裟に書いた部分はきわめて少ないし、故意に歴史的事実を歪曲した部分はほとんどないといってもよい。この本は日帝下の国内社会主義運動家の生と死を記録した、ドキュメンタリーとして考えていただいても構わないだろう。

一　蓋馬高原の子どもたち

蓋馬《ケマ》高原の冬は長く厳しかった。海抜二〇〇〇メートルを越える峰々が柱のように大地を押し上げ、零下四〇度を越える無慈悲が極寒にさらしているようだった。一〇月から始まった寒さは零下三〇度を超えると、地表面を人の背丈近くの深さまでカチカチに凍らせた。真冬に人が死ぬと、苦労して土に埋めた。日当たりのよいところに薪を積んでおき、一晩中火を入れて燃やし続けると、ようやく死体を葬るための小さな穴を掘ることができる。肉体に流れる血液まで氷結させるような凍てついた風の音、巨大な喬木の幹が雪の重さに耐えられずに折れる音、陰鬱な狼の鳴き声が長い冬の夜にいつまでも響いていた。

二月が過ぎ、三月になっても、春はなかなかやって来なかった。泉が湧き出る渓谷や、尾根ごとに凍りついている巨大な白玉のような氷河はなかなか溶けなかった。凍土は繰り返し表面だけが溶けてなくなるだけで、陰になったところは四月下旬まで氷が溶けずに残った。それでも、ぬかるんだ土中から成長した植物の新芽は時期はずれの春雪で跡形もなく埋もれてしまうのだった。

春雪が降ると昨年、山の中腹まで火をつけて作っておいた焼畑が、ところどころ大きな岩が墓のように盛り上がっているだけの完璧な雪原になった。雪の粒が、鴨緑江《アムノッカン》を越えて満洲と白頭山から風が吹き降ろされるたびに津波のように流れ、渓谷と尾根を飲み込むようにして吹き抜けていった。日光はまぶしく、風は冷たく澄んでいた。昼になると気温が零度を超え、雪がすばやく溶けて、落葉とともに岩の隙間から流れ落ちた。落葉の香りをのせた澄んだ水は溝に集まり、渓谷に流れ落ち、小さな川をつくった。木の幹が折れるような、バキバキといって割れる氷の音が聞こえ、割れた氷の隙間に水が流れ込み、新たな流れを作っていった。高山地帯の雪は五月になってようやく完全に溶けるが、春雪は五月下旬まで時々降り続いた。一年の半分は冬である。

いつからか人々はここに焼畑を作って暮らすようになった。尾根に火をつけて、そこに種を蒔き、食料を収穫した後に、また隣の山で火をつけた。春になると広大な高原山岳地帯のあちらこちらに炎と煙が上がった。火田民〔焼畑を生業として営む零細農民〕たちは針葉樹よりも広葉樹が鬱蒼としているうえに湿気が多い山のふもとを選び、火が広がり過ぎないように木の枝で火花をたたきながら焼いた。幼い子どもまで、家族全員が動員され、何日も何日も火遊びを続けた。それでも時には誤って、そうした火花が山一つを丸焼きにしてしまうこともあった。山火事になると、寒い冬を耐え抜いた、青々とした針葉樹が巨大な火炎と煙に包まれて、数百年を生きた荘厳な大木がいとも簡単に倒れてしまった。

日本に国を奪われた後、日本人巡査が山林を焼くことを取り締まったが、一度入ると自力で抜け出さない限りはけっして発見されることのない、この深い山中をいちいち監視することはできない。村の人々が共謀して、数万坪の山野を同時に焼いてしまっては、巡査が現れると、あらかじめ犠牲者になることを約束した老人が実話のように陳述し、捕まっていったこともあった。代わりに村人たちは食料をかき集め、老人の家族を食べさせた。敢えて老人を監獄に送るのは裁判官の同情を買うためだった。

官憲たちの持続的な取り締まりにもかかわらず、植民地権力が公示しても火田民は増え続けた。総督府の土地調査事業により、土地台帳にないという理由だけで代々耕してきた土地をそっくりそのまま奪われた農民たち、他人の田を借りて農作業に勤しむが、七割の小作料を払い終えると、肥料代さえ賄えない小作人たちが集まってきた。村を離れて満洲に行くと中国人農民の抗日運動に押し返されて咸鏡道《ハムギョンド》の山奥に抑留された人々、犯罪をおかしたり独立運動をして手配された人々、不倫を犯して逃げてきた男女が山の奥の、奥のほうへ、さらに深く辺鄙なところに入り、火をつけた。

巡査の監視が厳しくなると、夜に火をつけることも増えた。月も昇らない暗い春夜なら、山中のあちこちで煙が立ち上がるのを見ることができた。火をつけた人々はずっと遠くまで逃げて焼畑を見守ってから、何日か後に家族全員が畑に入り、石や木の枝を除け、火がついたまま立っている大木を切り倒した後、ジャガイモやとうもろこしを植えた。伐採した木と石と土を利用して、粗末な小屋も建てた。一度家を建てると、官憲たちも撤去せよとはとても言えずに帰っていった。朝鮮末期にようやく二、三家族がわびしく暮らしていた山奥が日帝時代になって、百余戸を上回る大きな村に変わったところも何ヶ所かあった。

高山地帯なので、五月初旬でも季節外れの豪雪が降り、新芽が全て凍って育たなくなることがしばしばあった。急傾斜の畑が雪崩にあったおかげで、農作業ができなくなった人々が餓えに耐えかねて満洲へと向かうこともあった。洪水が起こった年の山村は全体ががらんとした。そして、翌年になると、どこからか流民たちが入り、焼畑を作った。多くの火田民は何年かは白米一粒もみることができず、ザラザラした雑穀で命をつながねばならなかった。不毛の地、蓋馬高原に人が暮らすということ自体が奇跡のようなことであった。

李載裕はこの険しい高原の北側、咸鏡北道《ハムギョンブクト》三水郡《サムスグン》別東面《ピョルドンミョン》船所里《ソンソリ》に暮らす面書記李珏範《イ・カクポム》の末息子として生まれた。

父の李珏範は勤勉で賢い人だった。頭がよく、漢文が上手に書けたおかげで面事務所の職員から始まり、郡庁書記にまで昇進した彼は家族に対しても誠実だった。祖父の代から耕してきた火田を輪作にはせず、石を取り払い、牛糞と落葉の肥料を撒き、毎年農作業ができる熟田に仕上げた後で、官公署の公示を利用して安く買い入れた。千坪あたり五円程度にしかならない個人所有の火田も少しずつ買い入れ、火田を放棄して山を去った者から牛と豚を安値で買うことができた。畑にはジャガイモとトウモロコシ、粟や蕎麦を植えた。李載裕が青年になった頃、李氏一家は田畑あわせて二万坪の土地から、金銭に換算すると一年に五〇〇円相当の穀物が収穫できるくらいになっていた。

しかし、火田二万坪は南方の穀倉地帯の二千坪程度の価値しかなかった。どこも石だらけなので、土地の広さに比べて収穫量が取るに足らない上に、生産したジャガイモやトウモロコシなどの農作物は買う人がなく、カネにならなかった。家に食べ物がなくならなくても現金は非常に貴重だった。しかも、祖父から叔父一家までが全員一つの屋根の下で暮らす、伝統的な大家族だった。面書記といっても賄賂などを受けなかった李珏範はわずかな月給しか稼ぐことができず、格別に才気に富んだ末っ子の載裕さえ都市で学ばせることができなかった。ただ、春窮期を迎え、流民たちがさまよい歩く時期になると、彼らを率先して家に呼び入れて食料を与え、穀類を包んで送り出すくらいのことはできた。

別東面船所里の李氏一家は人付き合いがよく、温和な人たちとして知られていた。別東面の住民動向報告には李珏範の家について、家族の仲が睦まじく、円満な生活で、豊かに暮らしていると記録されている。とくに、生活に苦しむ人々に施すことや客を迎えることを好むのが李氏一家の伝統だった。器が貴重だった時期であったが、数十個の皿と箸と匙を揃え、春窮期に流民たちを迎えたり、村祭りを開いた。李家の玄関にはいつも客足が絶えず、李載裕は自然に人と付き合うことに慣れながら育っていった。

李載裕は卵形のきれいな顔に適度に活発な性格を持った子どもだった。李載裕の実母は彼が三歳の時に病で死んだので、李珏範は息子よりも辛うじて十歳年上の女性を妻として迎え入れ、李載裕は自然に祖父と祖母の下で成長していった。祖父母の温情の中で育った彼ははやく母を亡くしたとはいえ、自分が不幸な家庭で育ったと考えたことはなかった。家族に対する特別な愛着もなかったが、不平もなかった。

祖母と父は自分たちの初孫が非常に賢い頭脳を持っているという事実をいち早く発見し、漢文と日本語、数学などを直接教えた。中心街が家からあまりに遠いので、学校に通わせなかった父は彼が十二歳になったとき、一人で歩いて通うことができるだろうと判断して、三水の普通学校に入学させた。賢い彼は入学当初から五年生の補欠として入ることができた。しかし、僅か四ヶ月でやめた。学ぶべきことがないので行く必要がないと言って、自ら辞退したのだった。

朝鮮末期の困難な時勢を背負って入山し、火田民になった祖父母や新たな権力である日帝に適応し、低い官職を得て生きている父は宗孫〔宗家の一番上の孫〕である載裕が故郷の地にとどまり、面書記にでもなって、静かに暮らすことを望んだ。しかし、日本の強占に抗って起こった「三・一万歳運動」〔三・一独立運動〕は純朴な田舎の青年の人生を完全に変えたのだった。

三・一万歳運動が起こったのは彼が一五歳だった年の一九一九年だった。山間《やまあい》にある三水邑《サムスウプ》でも市場の日に万歳示威が起こり、主導者たちが監獄に行ったという知らせが入ってきた。太極旗を振りかざした女学生の一人は巡査の剣で手を切断されたという噂もあった。日本の憲兵たちが木で作った十字架に朝鮮人たちを逆さまに縛って刺殺したり、教会に朝鮮人たちを閉じ込めて放火した後、逃げ出る者を剣で切り捨てたという残酷な話も聞こえてきた。少なくとも一万人以上死んだだろうという、ただごとでない噂が飛び交った。李載裕は万歳示威に直接参加したり、目撃したりはできなかったが、衝撃的な話はしばらく続いた。

三・一万歳運動以後、多くの人びとが独立運動をするために朝鮮の土地を離れた。満洲と沿海州、あるいは遠く米国に向かった。ロシア革命が起こり、社会主義政権が成立してから何年も経っていなかった。北方に向かった相当数の亡命客が社会主義者になった。朝鮮解放までの公式な数字として三千余名の社会主義者が監獄生活をしたとあり、警察署まで連行されて記録に残っていなかったり、連行されたことがない運動家まで含めると非常に多くの数の者が社会主義者として革命運動に立ち上がったのである。

李載裕がはじめて社会主義について知ることになったのは朴基春《バク・ギチュン》という人物の処刑によってであった。朴書記と呼ばれた朴基春は李載裕の父とともに三水郡庁で働いていた青年だった。李載裕も父に連れられて郡庁に行ったときに何回か顔を見たことがあったのだが、静かで親切な人物であり、地下運動に加担していたとは想像できない人物だった。父も朴基春について誠実でまじめな友達だと言ったことがあった。そんな彼が社会主義者だということが分かると即決処刑されたのだった。

「内地」〔日本本土〕には裁判所があり、弁護士もいるというが、独立軍との銃撃戦が頻発した国境地帯では日本の憲兵隊長が朝鮮人を好き勝手に即決処分した。死体は人びとの往来が多いところに縛り付けておいたり、首を刎ねて竿先に刺して掲げられた。強制的に動員されて見せられた人々もいた。日帝に反抗するとどんな残酷な結果にあうのか見せしめるためであった。

銃殺された朴基春の死体は李載裕の家から二キロしか離れていないところに「展示」されていた。李載裕は何日か過ぎた後、村内の友人安宗浩《アン・ジョンホ》と一緒に死体を見に行った。皮膚が黒く乾いていく死体にはすでにウジがわいていた。銃を撃たれた胸から流れた血は地面に流れ落ちたまま、黒く凝固していた。大きく開いた二つの目は腐っていて、光をなくしたまま崩れそうだった。安宗浩とともに家に帰る長い道で、李載裕は衝撃からずっと抜け出せないまま、一言も話せなかった。

隣の館興面開雲城里《クァンフンミョンケウンソンリ》で二人の青年が独立運動のために家を出たという話が入ってきたのもこの頃であった。彼らが近くにある国境を越え、武装独立運動団体に入ったということは、知る人ぞ知る秘密であった。彼らばかりでなく、村ごとに賢く、義侠心がある若者たちはどんなかたちであれ、抵抗運動に加担した。家を出て満洲に行ったり、朴基春のように秘密裏に社会主義組織に加担したり、あるいは京城や日本に留学して、知識を磨いた。留学生の相当数は社会主義者になり、抵抗運動に飛び込んだ。

昔から権力闘争から蹴落とされた両班たちの最後の帰郷地であり、民衆反乱の根拠地だった咸鏡道は日帝融和の手を拒む最後のとりででもあった。新文明を押し出した植民地支配に自ら適用していった「内地」の人々とは異なり、険峻な山脈に遮断された咸鏡道には不平不満と抵抗の雰囲気が長らく続いた。その中でも三水甲山《カプサン》という熟語に象徴される蓋馬高原の北端、三水郡と甲山郡地域は鴨緑江をはさんで中国に続いており、痛恨の念を抱いて朝鮮を離れる移民たちや、国境に出没する武装独立軍に、毎日のように会うことができるところだった。そこで少年時代を過ごした彼らは本能的に抗日精神を抱くことになったのだった。格別に賢い李載裕が朝鮮の独立のために生きると決心することになったのはとても自然なことだった。

二　京城の朝

万歳運動〔三・一独立運動〕が起こった翌年、まだ山川の雪氷が溶けきらない高原の春の日だった。李載裕《イ・ジェユ》は父から隣村の親戚に返してこいといわれて預かった金を胸に抱いたまま、家を出て行った。

村の入り口で彼は一度だけ振り返り、友人とともに朝鮮山椒魚を捕まえにいったり、ドングリと栗を拾いに行った裏山を眺めた。祖母にひとことも言えなかったことが心残りだった。自分の腹から産まれた息子よりも心をこめて育てた孫が一言もなく京城《キョンソン》に去ってしまったことを知ったら、どんなに悲しがるだろうか。そう思うと心がしびれるようだった。隣家で暮らしていた、姉のような育ての母親にも何もいえなかったことが申し訳なく思えた。ともあれ、父が驚くことはあるまいと思った。以前から何度も京城に上京して勉強したいといっていたのだから、それほど大きなショックはないだろう。

村内で心からの親友だった安宗浩《アン・ジョンホ》と祖父の代でつながっている親戚だったが、同い年の友人のように過ごした李粉善《イ・ブンソン》、またその弟の李仁行《イ・インヘン》などの子どもたちには京城に行くと伝えておいた。明日になれば、彼らを通じて息子がどこに、なぜ旅立ったのかわかるだろうけれど、自筆の手紙を一枚も残さなかったことに罪悪感を覚えた。就職したら筆をとろうと考えた。

村が見えない山道に差し掛かると、家族に対する申し訳なさや心残りが薄らいでいった。一歩一歩故郷が遠くなるにつれて、未知の世界に向かう興奮で胸が高鳴り始めた。冒険心と好奇心、早く新しい世界を見たいという焦燥感で胸が熱くなった。話に聞いていた秘境の山里、甲山《カプサン》を目指して歩みを速めた。

野原に下りると、頭雲峰《トゥウンボン》から流れる河川が行く手をさえぎった。未だに雪と氷が残っている高山地帯から流れ下る、冷たく澄んだ水の上に飛び石が浮いていた。飛び石に使われた石が平たくないので、足を置くことが普通の難しさではなかった。しかも、石と石との間隔が広すぎて、どうかすると水の中に足を滑らせかねなかった。しかし、李載裕は新世界に向かって飛び立つように、躊躇することなくぴょんぴょんと飛び石を跳ね進んだ。一歩一歩前に跳ね進んでいくと、向こうの川岸が新世界のように近づいた。

蓋馬《ケマ》高原最北端の別東面《ビョルドンミョン》から京城までどのくらいかかるのか、正確に見当をつけることができない時代だった。いかだに乗って鴨緑江《アムノッカン》の千里の水道を下り、新義州《シンウィジュ》から汽車に乗れば一週間ほどかかるが、恵山《ヘサン》までポンポン船が入ってからとても早くなったという話もあった。ところが、内陸に慣れていた彼は船に乗るつもりはなかったし、高い船賃を払うこともできなかった。東南方面に咸鏡《ハムギョン》山脈を越え、東海岸に出る道を選んだ。京城から元山《ウォンサン》まで鉄道が敷設されてから何年か経っており、元山から再び咸鏡道の海岸に沿って鉄道が貫通しているという噂を聞いたからである。虚川江《ホチョンガン》を遡って甲山と豊山《プンサン》を過ぎ、東海岸に隣接した北青《プクチョン》まで行けば、鉄道に乗ることができるという噂を道しるべにした。

北青までは三〇〇里弱だと聞いていたが、海抜一五〇〇メートル以上の山々と峠を越える、険しい道のりだった。バスや木炭車のような大衆交通というものがない時代だった。平らにならされた自動車用の道路の上を時々軍用トラックや憲兵が乗った車がもくもくと土ぼこりをあげて通り過ぎるばかりであった。たまに屋根が人の背の高さくらいある黒褐色の高級乗用車が通り過ぎたりもしたが、停まる気配さえなかった。

蓋馬高原の溶岩地帯を奥深く削り取りながら鴨緑江に向かって突っ走る虚川江岸の絶壁に沿って、三水よりもさらに深い奥地の甲山に向かって歩いているうちに午後になっていた。運がよいことに、甲山から豊山郡上里《サンリ》までは干しキノコやソバを売って帰宅する農夫の牛馬車に乗せてもらうことができた。さらに運がよかったのは牛馬車を操る農夫と親しくなり、彼の家で一晩泊めてもらえたことだった。気立てのよい農夫は京城に勉強しに行くという奇特な少年のために、喜んで一晩泊めてやったし、出発の時には蒸かしたジャガイモをたっぷり包んでくれた。

次の日も歩き続けた。空腹を感じると道端に座ってジャガイモを食べ、山腹のところどころから流れ落ちる澄んだ水を飲んで、休むことなく歩いた。少しの間、牛馬車に乗せてもらったりしたが、前日ほど幸運に恵まれず、ほとんど一日中歩き続けた。夜には名も知らない小さな村に入り、山のように積まれた薪の中で眠った。春とはいえ、夜になると零下まで気温が下がる蓋馬高原の寒さにガタガタ震えながら夜を過ごし、日が出る前に出発した。

一日中歩いても一〇〇里進むのがやっとの遅々とした行路だった。ハムスウォン〔または黄水院《ファンスウォン》か?〕を過ぎ、海抜一三〇〇メートルにもなる厚峙嶺《フチリョン》を越えるのに二日もかかった。足にまめができて、ふくらはぎがぱんぱんにはれた。歩みは徐々に遅くなった。故郷が遠くなるにつれて、不安な気持ちが深まったが、きびすを返す考えはなかった。四日目にして北青に到着した李載裕が遠く煙を上げて走っていく蒸気機関車を発見した時、不安と疲労はいっぺんに吹っ飛んでしまった。

北青で李載裕は生まれてはじめて汽車に乗った。彼を乗せた汽車が元山で一時停車したのは深夜だった。これが三水だったら、すべてが静かな暗闇にふける時間だった。しかし、元山は眠らない都市だった。とくに東海《トンヘ》〔日本海のこと〕の海岸沿いに建設された新興工業地帯はその深い夜にも火を明々と灯しながら稼動していた。黄色の街路灯の明かりと工場からもれる黄色い光と、煙突の煙は新世界を示す一つの象徴だった。

元山から内陸に削られ、太白《テベク》山脈を貫通した汽車は金剛山《クムガンサン》行きの汽車が分岐する鉄原《チョロン》平野を過ぎ、京城に向かっていた。植民地朝鮮の都《ソウル》である京城は話に聞くよりずっと美しい街だった。軟らかい花崗岩でできた北漢山《プッカンサン》を背にして川幅が一キロメートルもある漢江《ハンガン》を南に見やりながら広がる、人口四〇万のこぢんまりとして風情のある古都は地形自体だけでも絵画のように美しかった。ヨーロッパ風の建物と古宮が一体となった中心街はヨーロッパの一角を切り取ったような優雅さを帯び、騒々しく活気のある市場の町並みや汚い朝鮮人居住地さえも植民地の哀愁を魅力的に漂わすかのような、田園都市だった。

この美しい天恵の古都に近代の雄壮さが押し寄せていた。東西南北の四つの城門を繋ぐ城郭は道路を建設するためにほとんど取り壊されてから久しかったし、王宮にまっすぐ通じないように東西にのびた鍾路《チョンノ》と乙支路《ウルチロ》の素朴だった町並みは光化門《クァンファムン》を移してしまったところに新しく建てている巨大な総督府の建物を基点として、南にのびた平らな大路に圧倒されていた。鍾路一帯の風景を数百年間守ってきた黒褐色の平屋の瓦葺と藁葺きの家が取り壊され、そこに華麗で雄壮な西洋式の石造建築物が建てられていた。先の尖った屋根を連ねた日本式建築様式で建てられた龍山《ヨンサン》駅からチンゴゲを中心にした南山《ナムサン》一帯には日本人街が造られていた。いくつかの大型百貨店と日本領事館、警察署、郵便電信局、銀行などが列をなして建ち並ぶ街は日本人と西洋人、中国人たちでごった返していた。

中区貞洞《チュングチョンドン》一帯には外国の領事館と外国人宣教師たちが運営する教会と学校が建ち並び、そこが東洋の都市だという事実を疑わせるくらいだった。ロシア公使館とフランス公使館は雄壮であり、優雅でもある中世ヨーロッパ式の建物で美しい姿を誇っていたし、米国人が建てた監理教宣教会の巨大な赤レンガの教会は京城のどこからでも見ることができた。王朝時代には王宮より高い建物などありえなかったが、いまや南山のふもとに雄壮にそびえる明洞《ミョンドン》聖堂から始まり市街地一帯を掌握した西欧式の建物が王宮の屋根の高さを押さえつけてしまった。

一般の住宅街と庶民たちの街も変わった。柔和な屋根の主稜線の両端にまた小さな屋根を連ねて終わる優雅な韓屋〔朝鮮式の家屋〕とは異なり、菱形の半分を切り落としてからひっくり返しておいたような粗雑な日本式の屋根瓦が南山のふもとから汽車と電車が通り始めた野原に見る見るうちに広がっていった。電車と乗用車、そして後ろに商店の広告板をつけて走る乗合バスが人をいっぱい乗せたまま、一日中走り回っていた。地方都市でよく見ることができる、大きな笠を被ってロバにまたがってのんびりと市場に通っている老人の姿もほとんど見かけなかった。

しかし、京城の華やかさは、咸鏡道の奥地から何も考えずに上京した貧乏少年とは何の関係もなかった。李載裕は京城の夜景を頼りに街を徘徊してから何日か経ったある日、西大門《ソデムン》の外の京畿道《キョンギド》高陽郡《コヤングン》に属する延禧面阿峴里《ヨンヒミョンアヒョンリ》の丘の貧民窟に下宿しながら土方仕事を始めた。中学校に入学するための学費を得ようとしたのだった。家出をした身なので、父から学費の支援を受けることは考えもしなかった。

阿峴里は工事現場の肉体労働者や屑拾い、乞食などが群がり住む貧民村として、農村から貧しさに耐え切れず上京した彼らが国有林や所有者がやって来ない土地を見つけ、ひとつふたつと藁葺きの家を建てて住みはじめ、いつのまにか村のようになったところだった。それでも主人の家は木を使って、箱のように四角く枠状に組み、藁をかぶせることで、壁と屋根を作ったのだが、何人かの労働者と「集団合宿」することになった李載裕の下宿はとても人間の住処というには恥ずかしい、一人分の深さに穴を掘り、笠の形に藁葺き屋根をかぶせただけの、粗末な家だった。温突《オンドル》はもちろん、まともな布団もなく、草と木を敷いた土間の上に寝転んで、寒さに震えながら眠らなければならなかった。飲み水を汲むために遠く麻浦《マポ》の渡し場が見通せる急な坂道を下ってから、家に向かって再び登り終えた頃には夕方になってしまっていた。

土を掘って、そこで暮らすことから土幕村と呼ばれる貧民窟では日雇い労働者やチゲクン〔チゲ（背負子）を使った運搬業者〕くらいならまだ安定した職業を持っているほうであった。とくに李載裕が暮らすことになった阿峴里の共同墓地付近の土幕村には京城駅に通い詰める乞食や屑拾いたちが多かった。まともに着替える服を一着も持てない彼らは、冬の間ずっと洗濯できない分厚い綿入れで過ごし、夏になると綿を取り出し、あちこちに穴のあいた布切れの服を引っ掛けて過ごした。また冬がやってくると、再び綿を詰め込んで、あちこちにあいた穴を繕ったものを服と呼んで、体に引っ掛けて過ごした。寒波が襲いかかる日には、そこらじゅうの家から凍死した老人や子どもがあふれ、土盛りの墓もろくに作られず、他人の墓の横にそのまま土もかぶせずに放置された。京城市内のここそこに華麗な建物がどんどん新築されていたが、朝鮮人離農民の居住地はどこも雨水と寒さと暑さ、そして不潔さでいっぱいだった。都心の建物ひとつひとつに、太陽を象徴する日章旗がはためいていたが、貧しい朝鮮人たちの屋根に降りそそぐ陽光はなかった。

阿峴里の土幕村で冬を過ごした李載裕は翌年の春、東大門《トンデムン》方面の線路拡張工事現場で働くことになり、清渓川《チョンゲチョン》の堤防の上に南京虫のようにびっしりと群がった貧民窟に移り住んだ。絶え間なく上京する離農民たちのための貧民窟は京城の外郭と京畿道との境界地域に急速に広がっていった。しばらく清渓川沿いで過ごしてから、昌信洞《チャンシンドン》に位置する急斜面で古ぼけた城壁の下で、テントを張って夏を過ごすこともあった。条件のよい仕事につくのは難しかった。東大門一帯に煙をふかしている紡績工場や龍山の製鉄工場に入りたかったが、年も若かったし、人脈もなかった。土方仕事で命を繋ぐしかなかった。

雨が降ったり、仕事がない日は図書館に行って本を読んだ。幼い頃から文字をよく書いていたので、自然に文学作品に手を伸ばしたが、社会科学分野の本にも興味を覚えた。流暢に対話をする水準には至らなかったが、支障なく読むことができる日本語の実力であったから、日本語の書籍に近づいては読み漁った。

このとき社会主義関連の書籍を探し求めたのは、処刑された故郷の面書記朴基春《パク・ギチュン》に対する記憶のためだった。誰の案内もなく偶然手にした本が、有名な社会主義者である河上肇が翻訳した『唯物史観』だった。驚くべき本だった。この本を通読してみると、世界が以前と全く異なって見えた。この世になぜ貧富の差が存在し、権力者と虐待される者が存在するのか、どのようにこの矛盾を解決すべきなのか、この世に覆い被さっていた霧が晴れるような気分だった。

李載裕はこのときから社会主義入門の書籍を集中的に探して読み始めた。そして、まもなくロシア革命の熱烈な支持者になった。翌年、大家の家で読んだ新聞にレーニンが危篤であるという記事を見つけると、病気が治るようにと一人で祈った。レーニンが危篤になり、一切面会謝絶になったという記事、そしてその後まもなくして死亡したという記事まで、まめに集めたこともあった。

京城の外郭昌信洞の山腹のある労働者宿所で一八歳の誕生日を迎えた朝、彼はみずから社会主義者になったことを宣言した。

三　東京から再び京城へ

下関港を発った関釜連絡船は対馬と釜山《プサン》の間の玄界灘で急な潮流に差し掛かると、転覆するかもしれないと思うくらい揺れた。船のいちばん底の、どんよりと暗い三等客室の朝鮮人たちは至るところで嘔吐をして、気が休まるどころではなかった。日本に金を稼ぎに行ってから帰路についた労働者や貧しい留学生たちであった。汚く、嫌な匂いがする板敷きの船底のここかしこに寝そべり、何とかして眠りにつこうとした彼らも目覚め、不安な顔できょろきょろしたが、真っ暗な夜の海は彼らに何も教えてはくれなかった。

甲板にずらっと並んでいる日本人専用室は二等客席だが、椅子がついている上に、電灯も本が読めるくらい明るかった。朝鮮行きの辞令を受けた官吏や、故郷を訪問して朝鮮に帰る日本人移民たちが利用する、安くて快適な客室だった。晩夏の暑さにもかかわらず、だいたい着物や洋服をこぎれいに着こなした日本人たちが座っていたのだが、例外が一人だけいた。

普通の日本人よりも高い背に楕円形に均衡が取れた、ハンサムな顔の青年だった。本来の年齢である二四歳よりも若く見える童顔で、聡明できらめく目線が印象的だった。しかし、何日も頭を洗えず、ひげも剃れなかったので汚らしい上に、元々白かったシャツは垢まみれになっていた。しかも、一方の手は横に座っている男の手と連結していて、手錠がかけられていた。刑事が他の乗客に嫌悪感を与えないように、手錠の上に手ぬぐいを被せておいたが、乗客たちはすでに彼が朝鮮人の囚人であり、日本で捕まり、京城《キョンソン》に押送される途中であることをみな知っていた。名前が李載裕であることがわからなくても、一般の凶悪犯ではなく思想犯だから、それほど危険なことはすまいという点もよく知っていた。

「李載裕、お前、日本で七〇回も逮捕されたんだってな、三年間で？」

船が揺れた勢いで目がさめた若い刑事が日本語で聞いた。李載裕を押送するために京城から東京に出張してきた西大門《ソデムン》警察署の高等係刑事だった。

「そんなに噂になったんですか」

日本語で答えると、左に座っていたもう一人の年配の刑事が言った。

「東京署のお前の担当が七〇回は越えるだろうと言ったんだよ。そんなに有名になってうれしいか」

「有名になりたいと思うなら別のことをしましたよ」

「今度京城に行ったらしばらくはわざわざ警察署に行くこともないだろう。監房に入って、三〇過ぎるまでは出られんだろうさ」

李載裕は聞かない振りをして目を閉じた。僅か何年かの間に起こった、あまりに多くの出来事がめまぐるしく頭を駆け巡った。何も考えずに上京した京城で土方仕事をしながら、普成《ポソン》高等普通学校の入学試験に受かったが学費が払えず、何ヶ月か通っただけで辞めた。重病で死を目前にした父の懇請により、故郷の隣村に住む年増の女と半強制的に結婚式を挙げたのが一九二四年のことだった。

父が彼に結婚という束縛だけを残して、間もなく亡くなると、彼は再び故郷を去ろうという思いばかりをめぐらせた。翌年、京城の松都《ソンド》高等普通学校に入学したが、同級生たちと社会主義を勉強する社会科学研究会をつくり、同盟休校を主導した廉で退学になった。一九二六年一一月のことだった。彼には新しいことを計画するのに消耗する時間が無意味なもののように思えた。退学してから一ヶ月後に、仁川から東京行きの船に乗った。

東京は世界屈指の大都市だった。京城とは比べものにならないくらい大きかった。何年か前に起こった関東大震災で多くの建物が破壊されたにもかかわらず、新たに建てられた二、三階建ての建物が並び、皇居や、西洋式の建物の間に数え切れないくらいの人々があふれ出ていた。東京は世界的な恐慌に、地震まで重なり、深刻な不況の沼にはまっていたが、朝鮮から渡ってきた貧しい書生たちを驚かせるには十分だった。関東大震災の時、数多くの朝鮮人たちが何の罪もなく、日本人たちによって虐殺された痛恨がいまだ消え去ったわけではなかったが、日本の街にはどこに行っても朝鮮人たちが目に付いた。たいていは仕事を求めて関釜連絡船に乗り、玄界灘を渡ってきた労働者や留学生たちであった。

富裕な朝鮮人留学生たちにとって、東京はこの上なく満足できるところだった。自由恋愛はもちろん、同性愛に独身主義まで、共産主義と軍国主義、印象派からダダイズムまで、東京は二〇世紀初の世界文化が集約された、東洋最大の文化空間だった。封建主義の思考方式と劣等感に疲れた朝鮮人留学生たちにとって、東京は肉体的ばかりでなく、精神的な解放空間だった。たいてい地主や買弁官僚の子孫である彼らは定期的に仕送りをもらって下宿をし、心置きなく自由を享受できた。余裕がある朝鮮人留学生たちの間では、流行病のように自由恋愛が繰り広げられ、社会主義思想は知性を証明する装飾品のように、酒の席をつねに飾りつけていた。富裕な家の子息たちは朝鮮に戻っても就職のようなものは拒んだまま、文学や芸術をやるといって、悠悠自適に歳月を送り、故郷の妻を捨てたままで、「新女性」と二つの家を構えるということが流行った。

反面、餓えに勝てずに故郷に背を向け、海を越えてきた朝鮮人労働者や、李載裕のような貧しい留学生にとって、東京は辛いところだった。はじめて京城に上京した時と同じように、彼は東京に到着するやいなや、仕事を探さねばならなかった。もともと漢文に長けていた上に、京城での生活を通じて日本語の会話もうまくなり、就職さえできればどんな仕事でもこなせるくらいだった。しかし、何のあてもない植民地朝鮮の青年を雇ってくれるところは肉体労働の現場しかなかった。

暖かい海水に囲まれた島国ということで、真冬でもそれほど寒くないのが幸いだった。李載裕は現場に出て行くために、東京のはずれにある集団合宿所に寝床ひとつを得た。人夫紹介所を兼ねた人夫宿所だった。宿所の半分の、まっすぐ立った建物は家主兼紹介所長が暮らす民家であった。その残りは屋根が低く、どんよりと暗い古い家屋で、二〇歳から七〇歳までの人夫たちが二〇名あまり寝起きしていた。日本人もいたし、朝鮮人もいた。天気がよく、現場が決まっている時はいいのだが、そうでない日は労働者たちと求人者たちが自然に会う路地裏の人力市場で、誰かが声をかけてくれるのを待った。不況でもあり、朝鮮人であるおかげで、ひと月に一五日間働くのも苦労した。

当時は関東大震災後の復旧作業が続いている最中だった。上下水道工事の現場でシャベルを持つことが最も多かった。道路工事用のアスファルト製造工場と学校の建築現場に行ったこともあった。あるときは道路測量助手として測量棒を持つ仕事をしたが、流暢な日本語に測量技師の指示をよく聞き分ける賢さのため、一ヶ月近くその現場に勤務していたこともあった。このとき、測量器具の名称と利用法、測量方法、地図を読む方法を学び、別のところで測量技師だと言って騙せるくらいの知識を持った。雨が降ったり、仕事がない日には、京城のときと同様に、図書館に閉じこもって本を読んだ。

労働をしながら時間を見つけて勉強しなければならなかったので、二度も受験に失敗した後、日本大学専門部社会科に入学できた。それでも、何とか二ヶ月分の月謝を払っただけで、三ヶ月目からは学費を出すことができなかった。肉体労働の現場と学校に、同時に通うことはできなかった。月謝が払えないという理由で、学校では出席簿に名前さえ載せられなかった。三ヶ月通った末、通学をあきらめざるを得なかった。

食いつなぐためには即座に金を稼がねばならなかった。生活が不規則であまりに力が消耗する肉体労働よりは疲労が少ない仕事を選ばねばならなかった。数ヶ所あたってみた末に、本所区寺島の国民新聞出張所に配達員として就職することができた。比較的時間が多く取れる職業として、朝鮮人留学生の中に新聞配達をする者がかなり多かった。日本人ばかりでなく、朝鮮人社会主義者の相当数が新聞配達をしながら、地下活動をした時代だった。

新聞配達で生計を維持しつつ、独学をしていた彼は思いもよらず懐かしい人びとに会うことになった。故郷の友人、安宗浩《アン・ジョンホ》が日本に渡ってきたのだった。一つの村で兄弟よりも親しくして育った彼に会えたことは、李載裕にとってあまりにうれしい出来事だった。会って間もなく、ともに寝起きするようになった。

安宗浩を通じて、京城で普成高等普通学校に一緒に通った金漢卿《キム・ハンギョン》が東京に来ていることも知った。忠清道《チュンチョンド》の堤川《チェチョン》出身の金漢卿は京城ではただの学生団体の幹部に過ぎなかったが、日本に渡ってからは忠実な社会主義者になっていた。彼は日本で暮らす朝鮮人労働者のための労働団体の幹部だった。李載裕は金漢卿を通じて、後に社会主義農業の専門家になる印貞植《イン・ジョンシク》や尹道淳《ユン・ドスン》のような、様々な留学生と交流することになった。彼はいろいろな集まりに出て、社会主義について討論する一方で、いろんな労働団体に通い歩いて、労働運動を学んでいった。

東京大学には新人会という団体が主催する労働夜学があった。社会主義と労働運動について集中的に勉強する思想学校だった。李載裕はこの夜学に登録し、三ヶ月ほど通ったが、そのとき佐野学や福本和夫のような有名な社会主義者たちから直接講演を聞くことができた。また、このときに学生の身分で直接労働運動をしていた人々と親しく付き合った。彼は新聞配達員という労働者の資格をもち、「全国無産者評議会」のような日本人労働組合に加入し、集会と教育に参加した。

一〇万近くの朝鮮人が渡日し、労働者生活をしていた時だった。関東大震災の時、日本政府は朝鮮人たちが井戸に毒を入れたという噂を流し、これに興奮した日本の民間人と警察、日本軍らが朝鮮人を無残に虐殺した。日本人は朝鮮人だとわかると老若男女を問わず引っ張り出し、道端や広場で刀で首を斬りつけたり、滅多斬りにして殺した。同じ工場に通っていた朝鮮人労働者二〇〇名が日本軍に連れ出されて、何の抵抗もできないまま、ことごとく刀で切り殺された。女性たちは別のところに連れて行かれ、強姦された末に殺された。日本人たちによって凄惨に殺害された朝鮮人は六千名に達した。

このような恥辱にもかかわらず、食いつなぐ道がなく、故郷に背を向けた朝鮮人たちは依然として日本に残り、炭鉱と工場、工事現場で辛い日々を過ごしていた。日本の労働者の日当が一円五〇銭くらいだったのに対して、朝鮮人はその半分ももらえず、人格的な蔑視と冷遇を受けるのが一般的だった。朝鮮人労働者のための労働組合の結成と闘争は日本における社会主義者たちにとって、最も緊急な問題だった。

李載裕はその適格者のうちの一人だった。富裕な家庭で育った普通の留学生たちとは異なり、下級生活者の暮らしをよく理解していた彼は観念的になったり、教条的にならず、実践的な人物として朝鮮人労働者の間でたちまち人気を得た。故郷で農作業をした経験と京城での労働者生活は、ほとんどが農村出身である労働者たちを理解した上で説得するための、よい下地となった。さらに、文才に長けた彼は秋から在日朝鮮人労組の組織宣伝部員になり、活発に自分の意見を発表した。才知に富み、感動的な比喩で織りなす彼の文章は識者の間でも広く知られていた。

現場の労働者たちから人間的な信頼を得たうえ、卓越した文筆力が認められた彼は活動をはじめてから間もなく、当時左翼と右翼を網羅した、朝鮮の進歩的な知識人たちの総結集体であった新幹会東京支会委員に選ばれ、「東京朝鮮労働組合」のようないくつかの団体の重要な核心人物として推戴された。

この頃から自分の家のように警察を行き来する身体になった。ストライキや篭城が起こるたびに、いちばん前で警察に抗議して戦い、数え切れないくらい連行されては殴られた後に処分保留で釈放されたり、何日間か拘留されたりしなければならなかった。集会の途中に警察の襲撃を受けて連行されることも茶飯事だった。拘束された労働者に面会しようといってみると、面会を拒否する警察と口論となった末に、ともに拘留されることも何度かあり、東京警視庁と神田、金町などの警察署を下宿のように通いつめた。

間もなく、管内の朝鮮人労働者と日本警察の間で李載裕という名前は総理大臣の名前と同じくらい有名になった。李載裕は三年間で日本の警察に七〇回も連行されたと記録された。

一方、合法的な労働団体活動の裏面で秘密組織運動も進められていた。彼が松都高等普通学校に入った年に結成された朝鮮共産党は瓦解と再建を繰り返していた。一九二八年に朝鮮共産党が四度目の再建を果たし、その下部組織として日本総局がつくられたとき、李載裕は中央委員に選出され、「高麗共産青年会」日本総局の宣伝部長を任された。

警察はこれ以上彼を放置することができなくなった。李載裕は「全日本無産青年同盟」解散命令に対する抗議文を内務大臣に発送した後、これを各地の労働運動家たちに送付するために印刷していたところを検挙された。この事件で李載裕の共産党活動が警察に明らかに暴露されたのである。警察は一旦彼を釈放したが、最高の要注意人物扱いとした。

その年の八月、京城の高麗共産青年会が大々的に検挙され、東京にもその余波が押し寄せてきた。一時釈放されてから活動していた彼は再び検挙され、高麗共産青年会捜査の管轄警察署がある京城に押送されることになり、玄界灘を越え、朝鮮に帰ってきたのだった。

「釜山だ！　釜山港に帰った！」

李載裕は大声の日本語を聞いて目を開いた。朝鮮に移住した後に故郷日本を訪ねたと思われる、着物姿の日本人が窓の外を眺めながら大声で叫んだ。遠く暗い夜の海の上に、平べったい明かりの集まりが揺れていた。釜山だった。船が鳴らす長い汽笛の音が聞こえてきた。

京釜線で釜山から京城まで押送された李載裕は西大門刑務所に収監された。日帝は思想犯に対して正式起訴をする前まで捜査期間を無制限に設置することができる予審制度を制定していた。正式裁判を受けて刑が下される前まで、二、三年はほとんど何の調査もなく監獄に放置されてから不起訴になって釈放されるケースも少なくなかったが、その期間は刑量には全く加算されなかった。李載裕もいつ刑量が決定されるかわからない処遇に置かれ、西大門刑務所の赤レンガの壁の中で惜しい歳月を過ごしはじめた。

四　初めての出会い

同徳《トンドク》女子高等普通学校は二階の木造建築一棟と広いとはいえない運動場がある、小ぢんまりとして上品な朝鮮人女学校だった。光化門《クァンファムン》から景福宮《キョンボックン》の前を過ぎ、昌慶宮《チャンギョングン》に行く大通りのほうにあった。鍾路《チョンノ》から行くとすると、仁寺洞《インサドン》から曹渓寺《チョゲサ》を過ぎ、安国洞《アングッドン》へ渡る大きな道の曲がり角だった。一階は八歳から一二歳以下の少女が通う普通学校で、二階は四年制女子高等普通学校だった。日本人の中学校は男女ともに五年制で、高等普通学校に通う朝鮮人男子も五年通ったが、唯一、朝鮮人女学生だけは四年間学ぶことになっており、同徳女高もそれにならって四年制になったのである。朝鮮人女子には人文的な素養よりも生活に必要な技術を中心に教えるというのが総督府の方針だった。

二階の北側の窓に立つと、北漢山《プッカンサン》の下に広がる朝鮮王朝の古宮が見えた。ひと目ですべて見ることはできないが、朝鮮王朝の正宮である昌徳宮《チャンドックン》と景福宮、昌慶宮が新式の建物と鬱蒼と広がる木々の間からちらちらと垣間見えた。北漢山の雄壮な花崗岩の岸壁の下に、東洋画のように広がる古宮宮闕群と、何百年かかけて育てられた鬱蒼とした松林でいっぱいの王宮の庭園は六〇〇年の神秘が大切に守られていた。王朝の権威は消え去り、人も消え去り、植民地の悲しさばかりがぽっかり空いた宮闕を押さえつけていたが、東洋建築の落ち着きと優雅さは依然として保たれていた。学校のすぐ隣には王朝の権威を守るために必死に努力した後に引退した大院君が暮らしていた雲峴宮《ウンヒョングン》が位置しており、その周囲に外国公使館と総督府傘下機関が建てられていたが、赤レンガと華麗な花崗岩の彫刻で装飾されたヨーロッパ風の建物が主人を失った王宮とともに、絵のように美しい景観をかたちづくっていた。

一九二九年、暖かな日差しが降りそそぐ春の昼休みのことだった。同徳女高はバスケットボール部が有名だった。試合を目前に控え、バスケットボール部が練習をしている運動場の一角に、何人かの女学生が大きなポプラの樹下で、椅子に座り、日差しを浴びながら話を弾ませていた。

「わたしは……羅雲奎《ナ・ウンギュ》が素晴らしいとは思わないな」

金甲華《キム・ガプファ》がゆっくりと太い声で言った。鉛筆でさっと引いたような目に、ナマズのように飛び出た口をもつ太めの女学生だった。まだ空気が冷たい初春ということで、他の女学生たちは分厚い綿入れや制服を着ていたが、金甲華は黒色に染めた絹の、手織りの薄いチマチョゴリを着ているだけでも寒さを感じなかった。

「どうして。わたしはとっても好きなんだけど」

まぶしい日差しをさえぎろうと額に手をかざしていた李孝貞《イ・ヒョジョン》が問い返した。気品のある白い肌に、鏡のようにきらきらした大きな目を持った少女だった。顔が西洋人のように長く、やせこけたスタイルから「メンタイ（明太）」というあだ名までつけられた彼女はか細くけだるい口調で言った。

「『アリラン』の、あの素敵な姿を考えてみなよ。男らしくて、反抗的で、魅力的でしょ」

「みんな、そう思うんだけどさ。わたしはそうじゃないんだな。一生懸命働いて生きようっていう考えもないゴロツキがさ、なんか……大志でも抱いているような振りをしてさ、なんかの思想を隠し持ってるような雰囲気をつくってるのがイヤね。朝鮮民族をリードする力はそんな小英雄主義的な幼稚さから出るんじゃないわ。みずから悟って、覚醒して、最高の民族にならなくちゃ。未熟な感傷主義にハマってるようじゃだめね」

「そうねぇ、そういうところもあるわね」

李孝貞は頷いた。一年生として入学してからはじめてできた親友だった。はにかみが激しく、知っていても一度も手を挙げることができない李孝貞とは違い、金甲華は先生が質問さえすれば、知っていることも知らないことも、さっと手を挙げ、大きな声で答える闊達な女の子だった。笑う時も人並みはずれて豪快で、一日に何度も「ハハハ」と吹き出す笑い上戸のおかげで、行く先々で恥をかいたのだった。器量が悪いということで「モグラ」と呼ばれても、怒るどころかニコニコ笑ってばかりいた。見た目と違って、文字をきれいに書き、勉強もよくできるほうだった。豊富な想像力と文章力で、行ったこともないオランダを旅行したかのように描写した文章を書き、先生たちを唸らせたこともあった。忠清南道保寧郡《チュンチョンナムドポリョングン》の海辺の種籾三〇〇石分の苗を植えるほどの水田を持つ富豪の娘である彼女は喧々囂々《けんけんごうごう》と理論闘争を展開している社会主義と無政府主義に、取り立てて同調することはなかった。彼女は安昌浩《アン・チャンホ》と李昇薫《イ・スンフン》のような民族主義により共鳴した。『アリラン』をみずからの手でつくり、主演した羅雲奎に対する彼女の批判は今に始まったことではない。

詩を書くこと以外に政治問題に特別な関心がない上に、自分の意見を他人の前でまともに主張できない、内省的でもの静かな性格の李孝貞は金甲華の主張に首を縦に振ることしかできなかった。ところが、その横で聞いていた朴鎮洪《パク・チンホン》が口を開いた。

「羅雲奎の『アリラン』を見てそんなことを言うなんて、わたしは納得できないな」

咸鏡道《ハムギョンド》訛りが染み付いた朴鎮洪の話し方はぶっきらぼうだったが、ハキハキしていた。金甲華が民族主義の性向が強い少女だとすると、朴鎮洪は咸鏡道出身者がたいていそうであるように、故郷にいたときから社会主義の影響を受けた少女だった。普通の女学生はだいたい白いチョゴリに膝下までかかった黒のチマを着て、肩まで下がった髪を後ろで端正に結んでいたが、ひとり朴鎮洪だけは学生服を着ていた。彼女のあだ名は「鯛」だった。一五〇センチの低い背に、鼻筋と顎が魚のようにぷくっと飛び出ていて、美形とはいえなかった。少女たちはその口から「タイ」と呼んだ。しかし、妙に人をひきつける、愛らしさがある顔だった。口ばかりではなく、北方民族の典型的な小さく黒い目と頬骨、狭い額に平たい鼻を持っているのに、彼女は不思議に愛らしい雰囲気を漂わせていた。きらきらした瞳で、落ち着き払って堂々とした話し方をするからかもしれない。行動もこれまた申し分ない。「一等」で入学してからずっと、「優」をとり続けているが、傲慢な素振りをすることもなく、いつも優しく寛大な性格だった。家庭が貧しく、一四円の月謝を払うことができないので、先生の家に家庭教師として入り、寝食を解決している立場でありながらも、少しも気が滅入ることもなく、活発だった。金持ちの子どものように、学生服を着ることができたのも先生のおかげだった。彼女は何よりも文才に長けていたので、作文大会で何度か優勝をした。そのため、先生たちからも愛されていた。日本人教師たちさえも、同徳女高開校以来、最高の才媛が現れたといって嬉しがった。朴鎮洪の夢は女流小説家になることで、みなもきっとそうなるだろうと信じていた。彼女が唯一できないことといえば、それは裁縫だけだった。裁縫の時間になると、針で指を刺してはてんてこ舞いだった。手先が不器用だという点を除けば、非の打ちどころがない少女だった。朴鎮洪は言った。

「わたしは田舎に暮らしていたから、その映画がよくわかるわ。学校に通っているうちに気が変になって、田舎に戻って遊んで暮らしてるからといって、それがルンペンですって？　朝鮮の現実を学んで、気が変にならない人間のほうがおかしいと思うわ。映画に出てくるつぶれかかった藁葺きの家、青年会の看板が張られた古びた仮設売場の姿、長いトゥルマギ〔外出する時にいちばん外側に着る外套のような服〕をはためかせて農民たちといっしょに働くインテリの朴《パク》先生……、わたしたちの田舎の風景そのままだったわ。学べば学ぶほど絶望して、お金がなくては生きていけない、ため息ばかりの朝鮮の姿だったわ。大学生のスーツに三角帽をかぶって、農民たちと一緒に『豊作だ！』と歌って踊る、発狂した主人公の姿を見て、小英雄主義だと感じるのがやっとなのかしら。その悲痛な苦悩をともに分かち合うことができないなら、あなた自身が朝鮮人の心から遠ざかっているということね」

金甲華の顔が赤くなった。めったに怒らない少女だったが、朴鎮洪の最後の言葉に深い羞恥心を覚えたことは明らかだった。

「わたしに朝鮮を想う気持ちがないですって。わたしは誰よりも朝鮮民族を考えているわ。ただ方法が違うだけよ。朝鮮の未来を導く人間は羅雲奎が好きなルンペンじゃない。着実に現代文明を学び、独立国家を繁栄させることができる知識と技術をもった人間よ。あなたたちが何を考えようが勝手だけど、私はそう考えてるわ」

李孝貞はどちらの側にもつくことができず、困った表情で二人の友人を眺めるばかりだった。幼い頃から独立運動をしている大人たちの中で育ってきた彼女は朴鎮洪の言葉に共感を覚えつつも、個人的には金甲華の方が親しかったからだ。

李孝貞の家は宗廟《チョンミョ》の向かい側の町内で、甲華は鍾路四街の一室で自炊をしていたので、登下校の道が同じだった。金甲華は朝から李孝貞を呼びにきて、勉強が終わると氷のように冷たい金甲華の部屋に一緒に行き、火をくべて、食事を一緒に作っては食べ、宿題もおしゃべりも一緒にした。李孝貞はキムチやらチゲやら、おいしければ全部包んでいき、彼女の部屋に逃げ込んだ。電車道を渡り、くねくねした路地に入った時のどきどきする楽しさは生活の最も重要な部分になった。彼女たちはどういうわけかいつも一緒で、キャッキャッと笑いながらよく行き来したものだからか、蓄音機のラッパを意味する「ラッパ管」というあだ名まで付けられてしまった。少女たちはもちろん、先生たちさえも、「針と糸」の関係だとか、「死ぬときは一、二の三と数えて一緒に死ぬんじゃないか」などと言ってからかった。実は、二人は死ぬときまで離れませんという誓約書を書き、拇印まで押して、毎日カバンに入れている数学の教科書のカバーに貼り付けていた。

「わたしはあなたたちの言ってることがどっちも正しいと思うわ。二人とも正しいわ。どんな方法であれ、朝鮮民族を思っている点では一緒なんだから」

李孝貞が和解を試みたところで、ちょうど昼休みが終わるチャイムが鳴った。三人の女学生はすぐにでも口論になりそうな主題を煙のように巻いてしまい、他の少女たちと一緒に風のように教室に向かって走っていった。

午後の最初の授業は二年生になってはじめて習う歴史の時間だった。教室は昼食の弁当で食べたキムチの臭いと咲き誇る少女たちの体臭による、奇妙な香りで充たされていた。換気のために、すべての窓を開け放ったところで、教室の戸が開いた。

教室に入ってきたのはやや小さな体格の若い男性だった。二〇代後半くらいになるだろうか。小さな額に、目も鼻もすべて顔にぎっしり詰まった感じで真ん中に集中していたから、一見喜劇映画の助演のように見えた。肌は穴が空いた釜を修理するために街を練り歩く鋳掛け師のように真っ黒だった。

いくら寛大な基準をもってしても、田舎の書堂〔在来の初等教育機関〕の漢文訓長〔教師〕くらいにしか見えない人物だった。彼は黒板に漢字で自分の名前を「李観述《イ・グァンスル》」と大きく書いて振り返った。

「これからみんなと一緒に歴史と地理を勉強することになった李観述だ。日本で師範学校を卒業して、今日初めて教壇に立つことになった」

慶尚道《キョンサンド》なまりの強い、話し上手とはいえない口調だった。数十人の女学生の前にいるという事実だけでも脂汗が出るようで、真っ黒な顔が紅潮していた。開いた窓から入ってくる冷たい風のおかげで、彼は何とか呼吸をすることができた。李観述はあまりにも緊張していたので、言葉の条理を失い、脂汗を流したまま立ちすくんでしまった。新たに赴任してきた若い先生に対する好奇心と期待感をいっぱいに膨らませていた女学生たちはこの予想もしなかった状況に直面して、あっけにとられてしまった。誰かがさっと手を挙げた。

「先生、結婚されましたか。故郷はどこですか」

女学生たちはいっせいに笑い出した。多少突飛な質問だったが、それが窮地に立たされていたこの若い教師を救ってくれた。李観述は額の脂汗を拭って、ふふっと笑って見せた。鋭敏な学生たちはまじめで愉快なその笑いから、善良で潔癖な人間味を感じたのだった。

「結婚はした。故郷は慶尚道の彦陽《オニャン》だ。父は米が千石穫れる金持ちで、面〔村〕でいちばんの富農だ。」

女学生の間で感嘆のため息が漏れた。女学生たちの失望は一瞬にして羨望に変わってしまった。そんな彼女たちを笑いながら見つめていた李観述はさっきより少し楽になった表情で言った。

「しかし、金持ちは僕じゃなくて父だ。僕は単なる貧しい教師だし、僕はわが朝鮮民族がどのようにすればよい暮らしができるかということだけに関心がある」

自分について簡単な紹介を終えた李観述は初めての授業に入るや否や、教科書には出ていない朝鮮民族の発生と古朝鮮の建国にかんする神話から始まり、祖先たちの雄大な気性について話し始めた。かつての扶余《プヨ》と高句麗《コグリョ》は満洲平原をあわせた大帝国だったのであり、日本にも百済《ペクチェ》と朝鮮《チョソン》〔朝鮮王朝〕の文化がたくさん伝わったということを、いくつかの証拠をあげて興奮して話す彼は、はにかみ屋で訥弁に見えた第一印象とは全く異なる人物だった。

今までこんなふうに朝鮮の歴史を教えた人物はいなかった。歴史ばかりでなく、時間があれば朝鮮の誇りについて教える先生はいなかった。教師の多数が日本人だということもあるが、朝鮮人の教師もやはり自分の祖先の過去に対する劣等感を抱いていたのであった。総督府で編纂された歴史教科書には朝鮮人たちが「李氏朝鮮」六〇〇年の間、ずっと党争に明け暮れていたという点が強調されており、たいていの朝鮮人はその通りだったと信じた。しかし、李観述は彼ら両班の話よりは洪景来の乱〔平安道農民戦争〕と東学乱〔甲午農民戦争〕のような、朝鮮民衆の反逆について教えるのを好んだ。朝鮮民衆がどれほど外勢に対して頑強に抵抗し、四千年もの間、単一民族の伝統を守ってきたのか、熱弁を振るった。

女学校の授業で「修身」という時間があった。校長が直接講義を担当し、「お前たちは女だ。将来は男の妻になり、男の母になるだろう。男の妻になったら、その男の命令に絶対服従しなければならない。仮に気が合わないことがあったとしても、必ず従わなければならない。また、息子が大きくなったら、息子の命令も聞かなければならない」と教える時間だった。幼いときは父の命令に従い、結婚したら夫に従い、老いたら息子の言うとおりに生きよという「三従の道」だった。女学生たちは当然、この時間がいちばん嫌いだった。

李観述は女学生たちの心を的確に読んだ。授業中に「修身」の話が出ると、彼は校長の言葉について全面的に反駁し、女性も男性と同等の権利を持っており、これを社会的に貫徹させるために女性が先頭に立たねばならないと言った。女性を抑圧する封建的な家父長制をなくさねばならないという破格的な主張は女学生たちの間に新鮮な風を吹き込んだ。

彼は非常に面白い人間でもあった。学生たちに体罰を与えたり、抑圧することがなく、いつも和気藹々とした雰囲気を作った。授業中に居眠りをする学生がいても、自分が直接叱り飛ばすのではなく、隣の学生に一発叩いてくれと冗談を言ってみせた。たまに、わざときつい慶尚道なまりで話をして、学生たちを笑わせたりもした。真っ黒なので「鋳掛け師」とか「水売り屋」などというあだ名までついた李観述のぶっきらぼうな外見は子供たちとの意思疎通に何の問題にもならなかった。新思想を広めるのに全く気兼ねがなく、富裕な家庭に生まれた自分に対する恐れもない、確信に満ちた若い先生の血気は直ちに女学生たちの心をつかんでしまった。彼は学生の間でもっとも人気のある教師になっていた。

赴任して間もない若い教師の憚りない言動は学校側を緊張させた。雲峴宮の角にある鍾路警察署から派遣された担当刑事が学校にほとんど常駐している状態で、学生たちと教師を監視していた時期だった。李観述は頻繁に校長室に呼ばれ、担当刑事からの訓戒を聞かねばならなかった。しかし、彼の態度はとくに変わらなかった。基本的には教科書に出ている通りに歴史と地理を教えたが、機会さえあれば、去る数千年間朝鮮が日本よりも優れた文化をもっていたという事実を教えようとしたし、女が男より劣等である理由はなく、男女は平等だと力説した。彼は自分が反省する理由は一つもないと確信していた。校長や担当刑事は彼の気をくじくことができなかった。

しばらく後に、李観述の妹、李順今《イ・スングム》が同じ学校に編入されてきた。李順今は盆のように大きく、丸く平たい顔に特徴がある少女だった。背は朴鎮洪より少し高いくらいだったが、肩と腰の肉付きがとてもよく、普通の太り具合にはみえなかった。だから、入学するとすぐに「広告板」とか「ヒラメ」というあだ名がつけられた。朴鎮洪のように賢くて人当たりがよい性格ではなかったが、鷹揚で義理に厚いので、すぐに友だちができた。他の子どもたちは昼食の弁当のおかずにチャンチ〔大根の塩漬け〕やチャンアチ〔干し野菜のしょうゆ漬け〕を持ってきたが、李順今はいつも牛肉のしょうゆ煮や卵焼きを持ってきて、他の子どもたちと分け合って食べた。昼食の時間になると、だれもが李順今の机の周りに集まって、食事をした。

李観述の母親は早死にし、李順今は父親の二人目の妻が生んだ娘だった。李観述は死んだ母親に似て、小ぶりな体格と顔をもっていたが、反対に李順今は新しい母に似て、容姿が大ぶりだった。彼女の父親は近隣随一の大富豪だったが、娘に勉強を教えようとしなかった。女が多くを学ぶと生意気になったり、軽率になったりすると考えたのだった。諺文〔朝鮮文字（ハングル）のこと〕でも学んで手紙が読めて書ける程度で足りると考えた。友達が好きで、新しい世界を学びたいという欲求でいっぱいだった李順今は父の生真面目さに不満が多かったが、「金蔓《かねづる》」の許諾なしに都会に出ることができない立場だった。

彦陽で普通学校を卒業した彼女をソウルに行かせるように父を説得したのは腹違いの兄である李観述だった。実践女学校に入学した李順今を最初から自分が勤務している同徳女高に転学させたのも李観述だった。たとえ生みの母親が違っても、二人は本当の兄妹よりも親しかった。兄妹は父が昌徳宮の前の益善洞《イクソンドン》に新築してくれた、きれいな瓦葺の家で暮らした。早婚風習により、早くから結婚した李観述は妻とともに暮らしたが、学校と遠くないところなので、女学生たちが何名ずつかで押しかけたりした。貧しい家の子供たちが食べたこともないバナナや製菓店で買ってきたパンと菓子を出してあげたり、牛肉スープに、晩御飯までたっぷりと食べさせた。

李順今は勉強に優れていたわけではなかったが、気まぐれなところがなく、おっとりとして情に厚い子どもだった。とくに彼女は李観述の娘の善玉《ソンオク》をとてもかわいがった。友達を呼んでいるときも、善玉を抱いて顔を摺り寄せたり、頬や手足が赤くなるくらい洗ってあげた。学校で勉強しているときも善玉が頭に浮かんで、早く家に帰らなきゃとそわそわするほどだった。

感情が豊かな彼女は自分の母が亡くなったという電報を受け取った日、教室の床にぺたんと座り込んだまま、学校全体に響き渡るくらいに「お母さーん！」と叫んで泣いた。痛哭の声がどれだけ大きかったかというと、各教室で授業が中断し、皆が声のする方を見遣るくらいだった。李観述とともに葬式に参列し、帰宅してからも母の話が出ると、幼子のように「母さん！　母さん！」と叫んでエンエンと泣いた。

施すことに全く惜しみを知らない性格なので、道端で乞食に出会うと、金銭や食べ物をあげずにそのまま通り過ぎることができなかった。毎日のように友達を家に呼び入れ、食べ物をあげたり、映画館に連れて行って料金を出してあげたりするのは単に金持ちの娘だからではなく、生まれつきの本能のようなものだった。そんなふうに金銭を使いながらも、傲慢だったり、相手の気分を悪くすることはなかった。女同士で集まると、きまって人の欠点を見て、おしゃべりの花を咲かせるものだが、李順今は人のあら捜しをしたり、誰かを自分の側につけるための利にさとい行動などをとったことがなかった。周りの人すべてをよい友人にしておきたがる、天性からの社交的な子どもだった。

自然と、益善洞の李順今の家にはほとんど毎日、同徳女高の学生たちが集まった。李孝貞が常連で、朴鎮洪も家庭教師がない日は必ず一緒にやってきた。もう一人の常連が李鍾嬉《イ・ジョンヒ》だった。忠清南道《チュンチョンナムド》牙山《アサン》の富豪の娘である李鍾嬉は面長《おもなが》できれいな顔で内省的な性格を持つ箱入り娘で、李孝貞よりもスリムでかっこいい魚の「ヒラ」というあだ名のある少女だった。李鍾嬉は寛大な朴鎮洪や鷹揚な李順今とは全く異なる性格をもっていたが、親友として付き合っていた。済州島《チェジュド》出身の李景仙《イ・ギョンソン》もとてもしっかりした少女で、時々一緒に遊んだ。

元々楽天的でロマン的な、そして友達になりえたこの少女たちの心を奪ったのは、汚れきった封建社会に向かって吹いてきた自由の爽快な風だった。朝鮮の地に朝鮮人のための正規の大学がなかった時期に、数ヵ所しかない女子高等普通学校に通う学生たちはたいてい故郷で秀才といわれた少女たちだった。当然、輝く才媛の朴鎮洪ばかりではなく、他の少女たちもそれぞれの故郷ではすべての人の注目を浴びた才女だった。彼女たちには共通点があまりに多かった。皆が文才に長け、賢かったし、女流作家か新聞記者になりたいという夢をもっていた。小説と詩と映画を好むという点でも同じだった。

学校では朝鮮語と日本語が教えられていたが、朝鮮語の教科書が一冊であるのに対し、日本語の教科書は二冊だった。愛国心を持った中年の朝鮮語教師はもっと多くのことを教えるために朝鮮の文人たちの作品を選び、文字をきれいに書く朴鎮洪や李孝貞に紙を渡して筆写させた後、これを教材として子どもたちに読ませて、感想を話し合わせた。当代最高の大衆作家である李光洙《イ・グァンス》の『金剛山紀行』はもっとも人気のある筆写の教科書だった。とくに文学が好きな朴鎮洪と李孝貞は李光洙の名文をすべて頭の中に入れているかのようだった。

抑えることのできない溌剌さと感受性を備えた思春期の少女たちは驚くべき「新文明」にすっかり魅了された。彼女たちが交流していた時期の京城は「半島の東京」と呼ばれるほど繁栄していた。中心街である鍾路から南山まで、優雅でありながら華麗な西洋式の建物が立ち並んでおり、夜が更けるにつれて建物が灯りに染まっていた。米国映画の輸入がまだ自由な時代だった。映画館では米国映画とドイツ映画、日本映画が交替で公開されていたが、当然のごとく、米国映画は人気があった。ハリウッド映画が新たに入ってくると、映画館の前に人並みが雲のようにどっと押し寄せた。チャーリー・チャップリンの無声映画やメリー・ピックフォード、リリアン・ギッシュのような女優が最高の人気だった。金持ちの李順今と李鍾嬉がいたので、映画館のチケットを心配することもなかった。ハリウッドからやってきた映画は欠かさず見に行った。映画館に行けば、コロッケやカレーライス、スンデ〔腸詰め〕やおでんのような食べ物もなくてはならない楽しみだった。

どの新聞にも新風潮と世間の雰囲気を知らせる記事と写真が載り、連載小説という新しい読み物が人々に豊富な話のタネを提供した。社会主義者の相次ぐ逮捕や裁判のニュース、同性愛に落ちた女学生の恋人との心中、妻のいる男と恋に落ちて玄界灘に身を投げて心中した女性歌手の話などの、衝撃的な素材さえも軽い興味をそそる話題として扱われた、絢爛な時代だった。

街に出ると女のように髪を長く伸ばし、粋なスーツを着た青年たちが練り歩く姿に出会うことができた。アナーキストたちだった。人々は彼らを社会主義者と呼んだが、日本の警察は、組織活動にはとくに関心がなく、ロマン的な性向が強い彼らを危険視しなかった。警察を緊張させたのは、独立を望むが日本から知識を学ぼうと努力する民族主義者や、対策もなくロマン的なアナーキストではなく、労働者と農民を組織し、ストライキと暴動によって革命を起こそうとする共産主義者たちだった。彼らは武力闘争に恐れることなく命を捧げようとした。実際、満洲一帯で日本軍と戦闘を繰り広げている武装独立軍もたいてい共産主義者であるという噂が飛び交った。草創期には金佐鎮《キム・ジャジン》将軍などが有名だったが、月日が経つにつれて、共産主義者が武力抗争の隊列を組んでいったのだった。

共産主義が幽霊のようにさまよっていようがいまいが、朴鎮洪とその友人たちは時間が経つのも忘れて、明治町百貨店の中を歩き回りながら、膨らむ気持ちを慰めたり、製菓店に座り、小説と映画の話で何時間もおしゃべりしたりした。夏休みになると「貧乏人」が大挙して汽車に乗り、慶尚道蔚山《ウルサン》付近の彦陽にある李順今の家へ遊びに行くこともあった。賄い婦と下人たちが一日中食べ物を出してくれた。そこで一週間ほど泊まって遊んだ。李観述先生の引率で太和江《テファガン》上流の澄んだ水で泳いだりもした。暁の露がたまる頃にちょうど咲き始めたつぼみのように、みずみずしい一七歳の少女たちは一日中澄んだ水の中から出てこようとしなかった。李観述が自分で集めた牛馬車に乗って、加智山《カチサン》に遊びに行き、飯盒炊爨をして帰ってきたこともあった。

だが、同徳女高の文学少女たちの自由奔放でロマン的な人生にも時代の暗闇が押し寄せてきた。普段から時局に対して話し合い、日本に対する抵抗心を抱いていた彼女らを朝鮮の痛哭の中に引きずり込んだ、決定的なきっかけは全羅道光州《チョルラドクァンジュ》で始まった光州学生運動だった。

五　光州から吹いてきた風

李観述《イ・グァンスル》が赴任してきた最初の年である一九二九年一一月、冷たく激しい風とみぞれが降る、暗くてじめじめした朝だった。朝礼を待っている二年生の教室には重く、落ち着かない雰囲気が漂っていた。陽気なおしゃべりといたずらでわいわいとした、いつもの雰囲気とは全く異なっていた。先生たちは職員室で特別会議を始めると言ったきり、一人も出てこなかった。女学生たちはあちらこちらで顔を付き合わせて新聞を読んだり、低い声で話をしたりしていた。静かだったがそわそわした雰囲気のなかで、李順今《イ・スングム》だけが立っていた。彼女は廊下側の窓の横にぴたっとくっついて、外の動静を監視していた。

「来た！　隠れろ！」

李順今は低い声でそう言うと、自分の席に戻った。集まっていた女学生たちもそそくさと自分の席に戻った。廊下の窓に見知らぬ男が教室の中に顔だけぬっと入れ、冷たい視線で教室をじろじろとなめ回してから去っていった。丸い縁なし帽子をかぶった朝鮮人刑事だった。刑事の姿が去っていくと、朴鎮洪《パク・チンホン》は折っておいた新聞を再び拡げた。

「光州《クァンジュ》高普と光州中学生が衝突」

太字の見出しの下にある記事は、全羅南道《チョルラナムド》の警察が総動員され、夜を徹して警戒しているという内容だった。制服を着た朝鮮人高等普通学校生たちが日本人巡査に捕まっていく写真も載っていた。光州中学校に通う日本人の学生たちが通学列車のなかで朝鮮人女子高等普通学校生たちをからかったことがこの事件の発端だった。憤激した朝鮮人学生たちが一斉に立ち上がり、日本人学生たちと何日もお互いに陣を張って抗争をはじめた。一部の学生が日本人新聞社を占拠し輪転機に砂をまいたりしながら、抗争の波は急速に広がっていった。

李順今は再び廊下を監視する間、朴鎮洪が立ち上がり強い咸鏡道《ハムギョンド》なまりで言った。

「いま、京城の学校でともに戦おうという計画が進んでいるという。わたしたちも何かやるべきじゃないのか」

普段の朴鎮洪はソウルの言葉を使おうと努力しているが、緊張すると我知らず頑固な咸鏡道のアクセントが現れた。彼女は強烈な視線をクラスメイトに投げやりながら、言葉を続けた。

「同盟休校をやろう。どうだ。わたしが先頭に立つからさ」

「四年生の姉さんたちはどうなのよ」

金甲華《キム・ガプファ》が訊いたその時、床を鳴らして大勢の女学生たちが外に出て行く靴音が聞こえてきた。李順今は窓を勢いよく開けた。

「姉さんたちもみんな出ているじゃないか。わたしたちも教室を出よう」

会議の最中に驚いて飛び出してきた教師たちと日本人担当刑事が何か大声を上げたが、波がどっと押し寄せるように出てきた女学生たちの気勢を止めるにはあまりに役不足だった。「万歳！」という声とともに教室のドアをバンと開けて、四年生の女学生たちが飛び込んできた。

「みんな出ろ！　運動場に集まれ！」

女学生たちは待ってましたとばかりに椅子を蹴っ飛ばして出ていった。朴鎮洪が先頭に立ち、李順今、李鍾嬉《イ・ジョンヒ》が後に続いた。李孝貞《イ・ヒョジョン》と金甲華も彼らについて出ていった。ほんの一瞬の出来事だった。怖がっていた女学生までこの群に加わり、一度にどっと出てきた。職員室で訓示を聞いていた教師たちが出てくる前に二〇〇人くらいいる全学の女学生たちが運動場に集結した。

「光州学生万歳！」

「連行学生を釈放せよ！」

我彼なく叫びはじめた。ようやく出てきた教師たちはこれを制止しようともせず、ただ見守るだけだった。あらかじめ校門を警備していた巡査たちは銃剣をガチャガチャいわせて整列したところに、鍾路警察署の非常サイレンが鳴り始めた。それから何分経っただろうか。大きく鳴り響く蹄の音とともに、騎馬巡査隊が校門に近づいてきた。

「キャーッ！」

スラッと背の高い馬と長いサーベルを差した騎馬巡査たちの物々しい威勢に圧倒された女学生たちは一斉に悲鳴を上げて後ずさりを始めた。その時だった。一方的に押されていた女学生の集団から甲高く、鋭い声で叫ぶ者がいた。

「ここで下がってはいけない！　怖がらず、校門の外に出よう！　朝鮮が独立するその日のために最後まで戦おう！」

李鍾嬉だった。普段はめったに言葉を出さなかったが、緊迫した状況になるや、彼女は内に秘めた勇猛さと闘士の気質をよどみなく発揮した。巡査があっという間に李鍾嬉を取り囲み、腕と長髪をぎゆっとつかまえて引きずっていこうとしたが、彼女は叫ぶのを止めなかった。

「外に出よう！　鍾路《チョンノ》に出よう！」

興奮した女学生たちは騎馬巡査たちの隙間をぬって、学校の外に出ようと試みた。朴鎮洪と李順今、李景仙《イ・ギョンソン》らが先頭に立った。李孝貞と金甲華も手をしっかり握りあったまま、巡査の包囲を押しのけようとした。騎馬警察は学生たちの間を割り入り、鞘をかぶせたままの刀で学生たちをしきりに殴り始めた。

「キャーッ！」

女学生たちが悲鳴をあげ、至る所でバタバタと倒れ始めた。女学生たちが倒れると、騎乗しない巡査たちが駆けつけ、彼女たちをずるずると連行していった。笑い声に溢れていた校庭はあっという間に悲鳴と喚きの修羅場と化してしまった。数十名の女学生が連行されたところでようやく事態は沈静化した。巡査と教師たちは悲鳴をあげて泣いている残りの女学生たちを教室に押し入れた。

李観述は学生たちを教室に押し入れる仕事に参加しなかった。かといって、日本警察と戦うこともできなかった。彼は職員室の窓の前で、口をぎゅっとつぐんで立ち、学生たちが連行される光景を見つめていた。彼の顔は怒りと自戒の念でゆがんでいた。言葉では民族だ何だと叫んでいながら、妹を含む自分の学生たちが犬のようにずるずると連行されていくときに、指一本差し出せない自分の無気力を、苦痛を以て何度も噛みしめていた。この事件は李観述が民族主義を啓蒙する教育者の夢を捨て、革命家になろうと決心する契機となった。

一方、連行された学生たちは学校の前の道路に跪いたまま待機させられてから、イシモチの束のように縄で縛られ鍾路警察署まで連行された。彼らが調査を受けている間も、他の学校の学生たちが列をなして引っ張られてきた。京城帝大の大学生たちから近隣の高等普通学校に至るまで、数百名の学生が警察署の巡査室と剣道場、食堂をいっぱいに満たした。後ろ手に縛られた学生たちは巡査が脅したり棒で殴るのを避け、汚い床に頭を打ち付けながら、自分の番が来るまで待たねばならなかった。あの部屋この部屋で学生たちの悲鳴が夜通し聞こえてきた。同徳《トンドク》女高から連行された女学生たちはようやく周りが静かになった数日後に、要注意人物と目されたまま、四年生の何名かを除いて釈放された。

警察の無差別連行と騎馬隊まで動員した鎮圧にもかかわらず、光州学生抗争は止まらなかった。光州では第二次、第三次のデモが全羅道の農村全域にまで広がりながら継続し、年末に京城帝大で日帝打倒を叫ぶ激烈なビラが撒かれたことに始まり、再び全国の専門学校と高等普通学校で集会と街頭示威、同盟休校が連鎖的に起こった。連行者が増えると、彼らの釈放を求めるデモと休校が一層激烈になった。この期間に五万名を超える学生たちが参加し、六〇〇名が拘束された。三・一万歳運動〔三・一独立運動〕以後、最大の全国的なデモだった。

冬休みが近づいた頃、同徳女高であの日以来再びデモが起こった。この二度目の示威においても朴鎮洪と李順今、李鍾嬉が一番前に立った。李鍾嬉の演説は今度も胸をスカッとさせる煽動力があった。今度のデモでは李孝貞と金甲華まで連行された。警察はメンタイのようにやせ細った李孝貞には比較的寛大だった。しかし、体格がよい金甲華と李順今は男子学生と同様に殴られ、拷問を受けた。首謀者に分類された女学生たちは釈放されてからも、担当刑事によって見張られ、監視されることになった。李孝貞もそのなかに含まれた。

翌年も光州学生運動の余波は続いていた。同盟休校は減っていったが、学生たちの間に抗日運動のためのサークルや読書会が急速につくられていった。同徳女高には以前から何名かの学生たちがいろいろな人脈を通じ、他の学校の社会主義者たちと交流し、理論書を読むなどして、じわじわと後輩たちにその影響を及ぼしていた。

その頃の京城地域で学生組織を主導したのは、上海に亡命した朝鮮共産党の首謀者朴憲永《パク・ホニョン》の指示を受けた李平山《イ・ピョンサン》だった。京畿道高陽《キョンギドコヤン》出身で、スラッと長い顔に縮れ毛の髪を持つ李平山は京城一体の高等普通学校の学生たちに対して、男女を問わず広く影響を与えた人物だった。そんな李平山が昨年の学生デモで名を上げた同徳女高の朴鎮洪とその友人に注目したのは当然のことだった。彼がまず朴鎮洪に会って提案をしたところ、すでに社会主義に対して好感を持っていた彼女はこれに積極的に呼応したのだった。

李平山が背後で学習内容を提示し、これに必要な秘密文献を提供するなかで、朴鎮洪が主導する同徳女高の読書サークルが始まった。朴鎮洪と李順今、李鍾嬉、李孝貞の四名のほかにも朴鎮洪の故郷の後輩である金在善《キム・ジェソン》、デモのときに先頭に立ち共に戦った任淳得《イム・スンドク》と李景仙も一緒だった。担当刑事たちの目を避け、特別に外部から講師を呼ぶこともなく、不定期的に読書会を開いては集まった。

いったん集まると、まず自分たちがなぜここに集まったのかという口実をつくる討論から始まった。警察が奇襲したときに備え、誰かの誕生日会だとか、あるいは道でばったり会って一緒に来たといった言い訳をつくり出すのが手順だった。これを裏付けるためにわざわざ文学と映画、音楽会や展示会のようなものについて話したりもした。実際、女学生たちはそういうことに関心が高かったので、ある時はこんな雑談で多くの時間を過ごしたりもした。そうしてから、始まりと終わりの時間を決めておき、朴鎮洪がまず読んできた社会主義関係の書籍を置いて、討論した。

読書会のメンバーたちは拘束された運動家たちが裁判を受ける日を選び、裁判所に傍聴しに行ったりもした。街に出ては果てしなく続くおしゃべりをし、大声で笑っていた彼女たちも、法廷に入ると同時に暗うつな民族の現実に全身が氷の矢で射られたような戦慄を感じた。法廷に行った次の日、他の学生たちが映画の話や人の悪口で盛り上がっている教室の一角で、読書会のメンバーだけは民族の命運を握っているかのように、深刻に前日の感想を語り合っていた。

同徳女高の教師のなかで、世界共通語としてつくられたエスペラント語ができる洪《ホン》先生がいた。四〇年ほど前にポーランドのザメンホフ博士がヨーロッパ語の共通点と長所を活用し、規則的な文法とやさしい語彙でつくったエスペラント語は一九二〇年代初めに詩人金億《キム・オク》が朝鮮に紹介してから、進歩的な知識人たちの間に広がっていった。各自が自国固有の言語をそのまま使用すると同時に、民族間の相互理解と世界平和を追求する中立的言語としてエスペラント語を使おうという運動は抗日運動家たちに対する反応が良いため、学校ではこれを教えなかった。洪先生はＹＭＣＡ青年会館を借りて教えることになった。

朴鎮洪は読書会のメンバーにエスペラント語を学ぼうと呼びかけた。エスペラント語を使うということ自体に抗日の意味が込められていたが、刑事や教師がわからない隠語として使うためでもあった。読書会のメンバーは近隣の学校の男子学生と共に新しい言語を学びに通うことになった。しかし、ヨーロッパ人にはやさしい言語らしいが、東洋人が学ぶには簡単ではなかった。一か月くらい一生懸命通っても、基本的な会話もできなかった。そこそこの会話が上手にできるようになった学生は多くの受講生のなかでも朴鎮洪ただ一人だった。朴鎮洪は何よりもエスペラント語が文学的描写に非常に適合していると言って好んで学んだ。洪先生は自分が教えたことをとてもよく吸収する朴鎮洪をとても可愛がり、後には自分の代わりに教壇に立たせて本を読ませたりもした。何しろ頭脳が優秀で人当たりの良い朴鎮洪はどんな場に行っても、独歩的な存在として認められるほどの学生だった。

学校の隣にある天道教会館で開かれた時局討論会と講演会にも頻繁に参加した。時局講演会には日本人警部が最前列に座り、腕組みをしてじっと目を閉じたまま聞いていた。少しでも妙な内容が出てくるとすぐに「止めろ！　中止！」と大声で叫んだ。しかし、聴衆はすでに講師が何を話そうとしたのか、全て分かっていた。民族主義者や社会主義者であった講師陣は独立とか民族解放という単語を巧妙に避けつつ、朝鮮人たちの覚醒を促すために、弁舌を振るった。

李平山は同徳女高の読書会メンバーと中央高等普通学校の男子学生のうちの何名かを集め、別の学習会もつくった。まだ、恋愛という単語も聞きなれなかった時代だった。学習時間に恋愛とか愛という単語が出ただけで皆が気恥ずかしく、顔を赤らめる時代に、男女の学生たちが集団で顔を付き合わせ、夜遅くまで討論すること自体が革命的なことだった。

ところが、恋愛事件のようなことが起こるにはあまりに緊迫した雰囲気だった。公式的に出版された冊子を置いて学ぶ普段の学習とは異なり、この学習会ではコミンテルンから配られたパンフレットや日本の社会主義者が書いた秘密文献を読み、討論したからであった。李平山はゆったりとした印象のとおり、冗談も時々言うし、口調も柔らかかったが、常に緊張を緩めなかった。彼は社会主義の基礎理論よりも国内の社会主義運動の現況や、国内情勢について冷静に説明してくれた。

金甲華と李孝貞が離れ始めたのもこのころからであった。騎馬警察との戦いでも恐れることなく立ち向かった金甲華は二度目のデモでこっぴどく殴られてから、消極的な態度に変わっていった。彼女は変節した一部の民族主義者がそうだったように、独立し、力のある国になろうとするならまず西欧文明を学ばねばならないと主張するようになった。李孝貞が学習会に参加しようと誘ったが、金甲華は拒絶した。李孝貞もあえて勧誘するつもりはなかった。お互いの考えは異なっても、依然として朝夕お互いの家を行ったり来たりしてはおしゃべりをし、よく笑い、よく騒いで、二人の時間を過ごしていたので、あえて論戦をして仲を悪くしたくはなかった。

だが、二人が別々の道を歩むことになった、決定的な事件が一九三〇年一二月の光州学生運動一周年記念闘争だった。

冬とともに光州学生運動一周年が近づいてくると、京城《キョンソン》市内各地の学校ではこれを記念する同盟休校やチラシのばら撒きが計画されていた。同徳女高の読書会でも自然に記念闘争をやろうという話が出てきた。朴鎮洪は同盟休校までするのは難しいと判断し、目前に迫った地理の試験時間に白紙の答案を出す「白紙同盟」をやろうと提案した。この作戦に同意した読書会のメンバーたちは同級生を相手に白紙同盟の意味を説明し、同調することを提案した。大部分の学生はよろこんで同調の意志を明らかにした。

李孝貞は金甲華を中心とする民族主義性向の学生たちを説得する役を任された。説得は難航すると思われた。しかし、予想外にも、金甲華はあっさりとこれに応じた。むしろ、彼女は李孝貞に約束を必ず守れよとまで言ったのだった。二人は何度も念を押しあった。李孝貞は試験用紙が配られてからも、目くばせをして確認するくらいだった。

朝鮮人教師の監督のもとで試験が始まった。普段から民族主義的な性向を強く打ち出していた教師だった。大部分の学生たちは番号と名前だけを書き、黙々と頭を下げたまま、時間が過ぎるのを待ち始めた。教師は予想さえしなかった事態に出くわし、当惑の表情をありありとさせた。彼は机の間をせわしく歩き回りながら、早く書けと催促し始めた。しかし、学生たちの指はぴくりとも動かなかった。誤って刺激すると、昨年のようなデモが起こるとも限らないと憂慮したためか、教師はそれ以上急きたてることができなかった。彼は重いため息をついた後、短い「訓戒」を述べた。

「いいだろう。お前たちの将来はお前たち自らが決めることだ。今我が朝鮮は日本人に代わって産業を育成し、教育をし、政府を運営する多くの朝鮮人を必要としている。分別のない友人の誘惑に負け、一時の衝動で人生をだめにするのか、それとも将来の朝鮮を牽引する知性人らしく、遠い未来を見通して試験を受けるのか、お前たち自身が判断すればいい。俺は、お前たちを信じる」

教師は教卓に戻ると、口をつぐんでしまった。試験用紙をサワサワとなでる音と低い咳払い、椅子をギイギイさせる音ばかりが静寂を埋めた。ぴんと張り詰めた緊張の中で試験が終わり、教師が答案用紙を回収して出て行った。

その直後、甲高い叫び声が静寂を切り裂いた。

「金甲華！　あなた、答を書いたの？」

鋭く叫んだのは他でもない、李孝貞だった。彼女の顔は青白く色失せ、目と唇が小刻みに震えていた。背が一番高いということで一番後ろの席に座っていた彼女は試験時間の間に教室で起こったことをすべて知ることができた。背中しか見えなかったので確実ではないにしろ、金甲華と何人かの学生が答案用紙に書き込む様子をはっきりと目撃した。彼女は自分が見間違えたのだと切に望みながらも、顔がどんどん気色ばみ、振り返った金甲華に向かって足を震わせながら近づいた。

「まさか…、金甲華、答を書いて出さなかったわよね」

心の中で彼女が「違う」と答えてくれるのを切に望んでいた。試験用紙を配っている時までは目で笑って見せて、お互いの気持ちを確認しあったのだ。たとえ自分が悪いことを頼んだとしても、自分との約束だったら快く聞いてくれるだろうと信じていた金甲華が裏切ったなんて、認めたくなかった。

だが、金甲華は顔色ひとつ変えずに堂々と言った。

「よくよく考えてみたら、先生のほうが正しいわ。こんなことで試験をだめにして退学になったところで、一体私たちに何の意味があるっていうのかしら。朝鮮に必要なのは未来を導く人材なのよ。衝動的に行動すれば、一瞬は気持ちが晴れるだろうけど、これからこの国を誰が引っ張っていくというのかしら」

「言い訳なんかするな！　そういうことは民族の裏切り者が言うことだわ！」

普段、はにかんでばかりいて、お姫様のようにつんと澄ました顔で過ごしてきた李孝貞だった。彼女は金甲華に反論する余地も与えずにまくしたてた。

「じゃあ、試験が始まるまでの約束は何だったの？」

「考えが変わったのよ。あなたたちが正しいと考えていたけど、後になって違うなって悟ったわけ」

「な、何を悟ったって？　あなたの言うとおり、こんな白紙同盟ごときも守れないのに、どうやって日本に抵抗するって？　総督府の官吏や学校の先生にでもなれば、今よりもっと勇敢になれるとでも？　まったく話にならないわ！　今よりもっと臆病になって、二千万の同胞を裏切るだけよ。日本の連中の下で愛嬌振りまいて生きるのがそんなにいいの？」

李孝貞は自分が何を言っているのか意識できないまま、しきりに叫び続けていた。大声を出しながらも、心のどこかで金甲華が自分の過ちを認めてくれることを切に望んだ。この世界でもっとも親しい友達が一瞬の失敗を犯したとするなら許してやるのが道理というものだからだ。

しかし、金甲華は友人として最後かもしれない李孝貞の切なる願いをついに打ち砕いてしまった。彼女は最後まで自分の行動が正しいと力説した。李順今と李鍾嬉、後には姉のように寛大に接してくれた朴鎮洪まで、金甲華とその友人たちを非難したが、彼女は最後まで自分の主張を曲げなかった。答案を書いた他の学生たちは肩を落としたまま、黙って聞いているだけだったが、金甲華は独り、声を張り上げて口論し続けた。彼女の論理は貧弱であり、数的にも道徳的にも挽回不能な趨勢に追い込まれながらも、自分の主張を守り続けた。

誰よりもいちばんひどく彼女を罵った李孝貞の胸の内には、三年間の大切な思い出が炎をあげて燃えていた。氷が融ける前の早春の風景を見に、洗剣亭《セコムジョン》の渓谷へ遊びにいった日のことが炎の中に包まれていった。白く転々と雪のかたまりが残る雑木の間をかき分けながら走った、小川の中の磐石に飛び乗りながら、ぷかぷかと浮いてきた氷塊を見て「氷山発見！」といってはけらけらと笑ったあの日の記憶がずっとずっと遠ざかっていった。ネコヤナギを何本か折って、カチカチに凍った手に持ち、もう一方の手には森に座って書いたばかりの詩が綴られたノートを持ち、京城の中央にでんとのさばっている総督府の前を堂々と歩いて帰ったあの日が真っ黒な灰となって、心の深いところに癒されることのない傷となって沈んでいった。

「白紙同盟事件」により、李孝貞はもっとも親しい友人を失った。李孝貞は心から友だちを裏切ったのはまさに自分自身だと、秘かに自責の念に囚われていた。金甲華は普段の持論どおりに行動しただけで、友人を裏切ろうとしたのではなかったのだ。しかし、いざとなると、自分こそそのことを取り上げて金甲華との友情まで裏切ったのではないかという自責感だった。しかし、白紙同盟事件以後、激烈に分裂し対立する過程でお互いに対する恨みが積もっていくなかで、そのような感情までも消えていった。二人の間に起こった変化と同様に、双方の学生たちの間には後戻りできない溝が「党派」をつくっていった。二つの党派は昼食の弁当も別々に座って食べ、掃除も別々にするようになった。お互いの間で対話がなくなり、軽蔑的な人身冒涜と悪口を投げ合う仲になった。

学校の外でも似たような事態が起こっていた。民族主義と社会主義の二大陣営が抗日という大義名分のもとで大同団結してつくった新幹会は光州学生運動以後、終わりのない路線対立の渦中にあった。遠い将来を見据えて現在の闘争を自制し実力を養成しようとする民族主義者の主張と、当面の闘争を無視してはいけないとする社会主義者の主張がぶつかり合う過程で二大陣営は相互の信頼を回復できないほどの傷を負った。結局、合法的な抗日運動団体として国内抵抗運動の求心点だった新幹会は内部から崩壊し、自刃解体してしまった。これとともに大衆的な支持を失った穏健民族主義は独立運動の指導力を失い、急速に退潮していき、社会主義が抵抗運動の主力として確固たる地位を占めた。

光州学生運動は李観述にも重大な心境の変化をもたらした。以前から社会主義に好意的ではあったが、直接運動に飛び込む決心がついていなかったし、そうなるべき組織や契機がなかった。しかし、光州学生運動以後、民族主義者が提示した準備論的で優柔不断な態度は彼を大いに失望させた。李観述はいよいよ本物の社会主義者になっていった。

冬が終わる頃、いくつかの学校の読書サークルが秘密裏に点組織で連結し、「京城学生革命協議会」が結成された。李平山が会長を引き受けた。春が過ぎ、六月になった頃、学生革命協議会の主導のもと、京城市内の一四校でほとんど同じ時期に同盟休校が起こった。

学校ごとに要求が異なった。同徳女高の学生たちは校舎が平屋の木造建築で不便かつ窮屈なので、校舎を増築すること、保健室に保健担当の教師を配置することなどの実質的な問題から、学校内への警察出入り禁止、学生自治会の認定などの要求まで掲げた。

校舎を占拠した学生たちは自由に謄写機を使うことができた。文才に長けた朴鎮洪が謄写用の原紙をつくり、李孝貞と李順今は手が真っ黒になるくらい謄写をした。朴鎮洪が書いた「両親に送る文」という感動的なメッセージは、学生たちと父兄、教師たちがひそかに回し読みするほどの大反響を引き起こした。

李観述は学生たちが同盟休校に突入すると、朝鮮人教師を相手に署名運動を始めた。学生たちの要求する条件を聞き入れなければ、集団で辞表を出すという内容だった。民族主義性向が強い幾人かを除き、快く署名に参加した。教師まで立ち上がったというニュースが伝わると事態はさらに拡がっていった。すでに卒業した女学生たちも学校を訪ね、同窓会名義の抗議文を届けた。このことにより、李観述は学校と警察から取り返しのつかない烙印を押されることになった。教師としての彼の役割も終わるときが来たのだった。

学校側は教師と卒業生まで立ち上がり、新聞にまで報道されると、警察撤収などの敏感な部分を除いたほとんどの要求を受け入れざるを得なかった。しかし、同盟休校が終わり、授業が正常化するや否や、警察の指示通り朴鎮洪を退学させ、同調者たちをひとまとめに停学処分にした。首謀者に不利益を与えないという約束は破られたのだった。

学生たちは再び同盟休校に突入した。今度は李鍾嬉が先頭に立った。李鍾嬉の煽動的な演説の前に学生たちは一致結束した。警察と学校側はまたしても一歩後退せざるを得なかった。朴鎮洪に対する退学処分を除き、すべての学生に対する処罰が取り消されて、事件は一段落した。

朴鎮洪は唯一の犠牲者となった。学校から追い出され、家庭教師の仕事さえ奪われた彼女はソウル駅南側の青坡洞《チョンパドン》の小高いところにある、安く古びた貸間で、わびしい自炊生活を始めた。その頃、モスクワのコミンテルンでは朝鮮の社会主義者たちに工場に入れという指針が出されていた。朴鎮洪はその指示に従った。彼女は「京城製綿会社」を皮切りに、「朝鮮製綿」と「大倉織物」などを転々としながら、女性労働者たちを組織し始めた。

工場生活は朴鎮洪に新たな活力を吹き込んだ。彼女は友人が来ると裏山に連れ出して酒を飲んだり、満洲の独立軍がうたう歌や革命歌を教えたりした。彼女の歌は活気に満ち、力が溢れ、聞く者の心を激しく揺さぶったという。彼女は工場労働者とともに立ち飲み屋に行ったときの話もした。いつか小説を書こうとするときのために、あらゆる経験をしておきたいから、わざわざ労働者について行ったのだと説明した。李孝貞は以前、金甲華のために持っていったキムチやチャンアチのようなおかずを青坡洞の下宿に運んだ。朴鎮洪は金甲華の代わりに、李孝貞のもっとも親しい友人になった。李順今と李鍾嬉、李景仙とも気持ちが通じ合う仲となった。

朴鎮洪が拘束されたのはその年の冬だった。彼女は工場に勤める一方で、李平山を通して学生運動との連携役を務めた。学生運動組織に講師として行き、自分の労働経験を聞かせるという役割だった。学生サークルに行けば、自然に同盟休校や白紙同盟のような話もすることになり、初冬に起こった儆新《キョンシン》高等普通学校の同盟休校に深く関与していた。休校には成功したが、儆新高等普通学校の学生たちが連行され、調査を受ける過程で、朴鎮洪が介入したという事実が明かされてしまった。ただでさえ警察に注目されていた彼女は直ちに拘束された。西大門刑務所に収監された朴鎮洪はいつ終わるともわからない予審制度の犠牲者になり、ひたすら監獄で歳月を送ることになった。

一方、学校に残った読書会のメンバーたちは警察の執拗な監視を避けつつ、学習と組織活動を継続した。いまや、いつ連行されるかわからない状況におかれた彼らはまず各自の貴重な思い出から消し去った。警察に手配された場合に利用されないように、以前友人とともに撮った写真や自らの証明写真、友人と交わした書信などをすべて焼き捨てた。日記や落書き帳まで無くしてしまった。

同盟休校以後、この三人に付いた担当刑事はいつどんな時にも家に現れ、路地に張り込んでは突然検問をした。彼らの任務は動態を監視することだけではなかった。三人の女学生を転向させることもまた、彼らに任された重要な任務のうちの一つだった。刑事たちは食べ物をいっぱいに包んで両親のところに行き、娘をしっかり監視するようにと警告したり、担当の学生に「社会主義だけはやめておけ」と耳障りよく言い聞かせたりもした。「朝鮮の独立を考えるのは理解するが、社会主義はダメだ。社会主義者が残酷に処刑されていることを知っているか」などの言葉で脅せば、家族はぞっとするわけである。

女学生たちは大人たちと刑事の言葉を聞くふりをしつつ、やるべき事をすべてやった。スカートの中にビラを隠して駐在所の前を通り過ぎ、刑事に遭ったらまず挨拶をし、母親の使いに行くのだと言ってニコニコと笑って通り過ぎた。マルクスやレーニンの著書を買い物かごに入れ、駐在所の前を通り過ぎたことも何度かあった。路地裏に行くよりも、むしろ大通りの方が安全だからであった。

李孝貞は自分の机の上に、「私の小さな名前を革命に捧げる」という文章を書き置いた。ずっと後に、革命家の名簿に自らの小さな名前が記録されていればそれで十分だと考えたのだった。

六　十月書信

一九三二年三月、同徳《トンドク》女高の卒業式があった。

京城《キョンソン》の名門私立学校の卒業生たちの未来は明るかった。公立学校の教師になろうとすれば、正式に師範学校を卒業しなければならなかったが、私立学校は高等普通学校さえ卒業すれば教師になることができた時代だった。成績がよい卒業生たちは総督府や銀行に就職したり、日本に渡って大学に入学する夢を膨らませていた。卒業式で抱き合って涙を流していた女学生たちは式が終わると、何時からとも分からないくらいの明るい笑い声を弾ませていた。校庭の至るところで写真師が焚くフラッシュと白い煙が花火のように咲き上がっていった。

しかし、同徳女高の読書会のメンバーたちにとって、卒業式は大きな意味を持たなかった。朴鎮洪《バク・チンホン》が監房に入れられてから釈放された後、工場に勤めてからぷつんと学校に来なくなり、「反帝同盟」の同徳女高の責任者になった李順今《イ・スングム》も少し前に拘束され、厳しい取調べを受けて不起訴処分となって釈放されたところだった。

同徳女高と中央高等普通学校の読書会のメンバーたちが最後に読んだ文献は数ヶ月前にコミンテルン傘下機関の「国際赤色労組」から朝鮮の社会主義者たちに送られた「十月書信」だった。書信の内容は朝鮮人の社会主義者が工場に入り、労働組合をつくらねばならないというところに核心があった。

朴鎮洪がそうだったように、訓練所を出て戦場に向かう軍人のように、彼女たちは学校からまっすぐ工場に向かっていった。彼女たちにとって、工場は階級闘争と民族解放闘争を同時に繰り広げる、もう一つの戦場だった。李順今、李鍾嬉《イ・ジョンヒ》、李孝貞《イ・ヒョジョン》たちは全員が工場を選んだ。読書会のメンバーで進学を選んだ者は李景仙《イ・ギョンソン》だけだった。彼女はすでに梨花女子専門学校への入学が決まっていたのだった。しかし、すぐに退学処分になると、同徳女高の後輩たちの読書会を指導した後、朝鮮織物という人絹工場で働くことになった。

東大門《トンデムン》一体には巨大な繊維工場群が昼夜を問わず稼動していた。過酷な労働条件と抑圧のために逃げ出す女工が多く、工場の寄宿舎ごとに二重三重の監視網が張られているにもかかわらず、新たに就職しようとする農村女性たちが列をなしてやって来た。コネや紹介がなければ、工場で働くことは難しかった。

李鍾嬉は同水製糸という小さな製糸工場に就職した。金持ちの家の娘である彼女が工場に就職したと聞けば、担当刑事が怪しがるに違いなかったため、家を出てすっかり行方をくらませた状態で工場に通い始めた。李順今も警察の監視が集中するのを避けるため、直接就職せずに、京城ゴムの労働者たちに会って、組織に潜入した。

李孝貞は同居していた、父の従妹にあたる李丙嬉《イ・ビョンヒ》の紹介で、当時の京城でもっとも大きな工場に属する鍾淵紡績に就職できた。祖母の兄弟の間で年齢差があった関係で、父の従妹にあたる李丙嬉は姪である李孝貞よりも四歳年下だった。彼女は京城女子商業学校に通っていたが、学費が払えずに退学し、鍾淵紡績に就職して金を稼いでいた。小さな背にきらきらした目をして堅実だった彼女は一六歳の若輩にもかかわらず、模範賞を受賞するくらい一生懸命働いたので、その資質が認められていた。李孝貞は彼女の姪という理由で簡単に就職できた。

もともと慶尚北道《キョンサンプクト》の奉化《ポンファ》が故郷の李孝貞の家系は曽祖父から始まり、ほとんどの男性が独立運動に関わっていた。行列〔序章の訳注を参照〕でいうと曽祖父の代にあたるが、年齢では七歳しか離れていない李陸史《イ・ユクサ》をはじめ、父のいとこたちと母方の親戚を含め、朝鮮内外で独立運動をしていた。日本の警察による迫害を避け、満洲に去った者のうち、奉天の独立学校で国語の教師をしていた者もいた。

幼い頃、慶尚北道奉化の山間の村で暮らしていた彼女はいつも祖国を取り戻さねばならないという大人たちの言葉を聞いて育った。親戚たちは一様に一四歳を過ぎたら独立運動に加わらなければならないと言っていた。李氏一家の子どもたちは男女を問わず、すべてそうすることで大人になるのだと信じた。非常に辛く、苦痛に満ちた、しかし誇らしく堂々たる冒険が待っているという考えが幼い子どもたちをいち早く成熟させた。

李孝貞の父は彼女が三歳の時に病で亡くなった。母は幼い兄妹を連れ、満洲にいる夫の親族を訪ねていった。李孝貞が五歳のときだった。満洲流民のほとんどはひたすら食いつなぐためにやってきた農民たちだったが、彼女が知っている大人たちはすべて独立運動家だった。まだ社会主義革命の影響が押し寄せていなかったため、理念の違いがなく、皆が一つの志を持って日帝に抵抗し、闘った時期でもあった。

母は夜通し、独立運動家たちの服を背負い、彼らの連絡役を引き受け、金銭や手紙を伝達したりした。あるときは親族が持たせた拳銃を懐に入れ、幼い娘を連れて駐在所の前を通り過ぎ、安全なところで手渡すなどの冒険も甘んじて引き受けた。たった一人の娘を独立学校に入学させ、独立運動家から直接文章や愛国歌を教わった。しかし、広大な満洲平原は若い女性がたった一人の娘を連れて暮らすにはあまりに薄情なところだった。彼女は満洲生活を三年で終え、娘を連れて奉化の義父のところに戻った。

徹頭徹尾、封建的な考え方をもった義父は代々の両班の家系だという自負心を抱くばかりで、新しい時代に適応できない人間だった。独りになった嫁と孫たちの面倒を見たくても、経済的な余裕がなかった。母は針仕事の内職や賃労働に勤しみ、やっとのことで食いつないだ。幼い孝貞にはあまりにも空腹だった頃であった。

ある日、母が釜でジャガイモを茹でておき、兄ちゃんが普通学校から帰ってきたら分けて食べろと孝貞に言って、畑に出て行った。ところが、あまりにも空腹だった孝貞は一つ食べ、また一つ食べていくうちに、たった一つだけを残して全部食べてしまった。兄に申し訳なく、母が怖くて、裏庭にある甕置き台〔しょうゆや味噌が入った甕を置く庭にある台〕の後ろに隠れ、陽が落ちるまでじっとしていた。遅くまで畑にいた兄と母は家に帰るとすぐに、へとへとになるまで彼女を捜し歩いた。やっとのことで甕置き台の後ろにいる孝貞を発見した母はなぜ隠れていたのかと怒鳴った。孝貞が事実を打ち明けると、母は言葉もなく、フーッとため息をついただけで一切怒鳴ろうとしなかった。そして、次の日、母は家族全員が一日中食べられるくらいのジャガイモを茹でておいてから、畑仕事に出て行ったのだった。幼い孝貞はこのことが忘れられなかった。二度と自分の欲望にまかせるような人間にはならないと心に誓った。

村ごとに広い土地を持つ地主たちや面事務所の職員たちを除き、植民地の百姓たちの人生はどこでもしんどかった。抵抗する者としてのプライドが李孝貞の一族を慰労し、持ち堪えさせたのだった。

春に生える新芽のうち、食べられないものは一つもなかった。ナズナとヨモギはもちろん、ワラビや山菜類、イチョウの新芽に、シンジュの新芽、ウルシの芽まで、新たに土から出てきた芽たちはすべて摘み、和えたり茹でたりして食べた。それさえもない初春には香ばしい水気を含んだ、白くて丈夫な松の皮を剥ぎ、それを一日中噛みながら過ごした。それでも独立運動家の家系という誇りを持って、苦境に耐え続けた。

満洲で孝貞を可愛がった若い親族のうちの一人が、ある寒い冬の日、広木〔粗織りの木綿〕に包んだ謄写版を背負って突然現れたことがあった。幼い頃から自分の前腕に「奮闘努力」という漢文を刻みこんで育った、なかなか気性が荒い人間だった。彼は故郷の家で何泊かする間、幼い孝貞に上海臨時政府を非難する発言をし、彼女を驚かせた。ビラを一枚も撒かず、銃を一発も撃たずに、地位争いに興じている情けない民族主義者たちだと吐き捨てたのだった。臨時政府を独立運動の象徴のように考えていた彼女にとって、驚くべき言葉だった。彼女は満洲で日本軍と武装闘争を繰り広げ、国内に侵入しアジビラを撒く彼らのほとんどが社会主義者だということをそのとき初めて知った。再び謄写版を背負ったまま、冬の平原に消えていったこの男は特別に可愛がった姪の孝貞に小波《ソパ》・方定煥《パン・ジョンファン》が発行した『オリニ〔「子ども」という言葉〕』という雑誌を欠巻なく送った。また、彼女が同徳女高に入学すると、何重にも包装された分厚い本を一冊送ってきた。『資本論』だった。

ところで、全く意外なことに、李孝貞を同徳女高に進学させたのは日本人女性教師だった。奉化郡では聡明な子どもとして認められていた孝貞だったが、その祖父と母は彼女を上級学校に進学させる力がなかった。担任だった日本人女性教師がこれを残念がり、自分の懐から授業料を払って、彼女を同徳女高に入学させたのだった。これほどありがたい人でも、いざ学校に入って民族意識が芽生えてからは、日本人ということで挨拶一つもせずに済ませてしまった。このことは長い歳月が過ぎてはじめて申し訳なく思い出されることであった。

孝貞の進学をきっかけとして、家族全員が京城に移住することになった。京城には曽祖父が暮らしていた。女子には普通学校教育も受けさせない家がほとんどという時期だったが、曽祖父は女子も男子と同等に学ばねばならないと考える人だった。自身の父よりもさらに固陋な儒教思想を持ち、孫娘が普通学校に通うことにも不満だった祖父は、京城に上京してから突然「開化」されたように、毎朝孫娘を学校に連れて行ってくれた。

鍾路三街《チョンノサムガ》の団成社という映画館の裏側の、鳳翼洞《ポンイクドン》にある曽祖父の家には祖父の姉妹から父の兄弟姉妹とその子どもたちまで、二〇人近い大家族がひしめき合った。その雰囲気は奉化の時と大きく変わらなかった。大人たちが集まって座ると、独立運動の話が欠かせなかった。

孝貞は鳳翼洞の家で、後に京城女子商業学校に入学する年下の、父の従妹李丙嬉とともに同い年の叔父の李丙驥《イ・ビョンギ》と親しくなった。早く学校を卒業した李丙驥は労働運動を準備していた。世間を変えつつある新しい思想について話したくて仕方がなかった彼は、幼い妹と姪に社会主義革命について息を弾ませながら、熱弁を振るった。壮大な白樺の森が広がる、吹雪がふきあれるロシアの平原で、レーニンとその同志たちが離陸させたばかりの革命について、繰り返される失敗と逆境を乗り越えて世界最大の国家を社会主義に転換させた革命について、どんなに語っても疲れを知らなかった。孝貞は丙驥おじさんがいちばん好きだったので、社会主義についてもいいものだと考えるようになった。学校で朴鎮洪から社会主義学習をしようと誘われた時、とくに躊躇することがなかったのもそのためだった。

孝貞が同徳女高四年の頃、曽祖父は値が張る鳳翼洞の家を売り、南楊州郡《ナムヤンジュグン》の閑寂な農村である清涼里《チョンニャンニ》に安値の家を構えて引っ越した。哀れなことに、金を稼ぐ者はなく、男子全員が独立運動に加わったせいで、増えるばかりの借金を返すために、家を小さくしたのだった。

電車の開通とともに、閑寂な農村だった東大門《トンデムン》外の野原に大小の製糸工場が盛んに建てられた時期だった。その中でもっとも大きな鍾淵紡績は農村で作られた繭を持ち込み、絹糸を採取する工場として、五〇〇〇人を越す朝鮮人女工たちが働く、当時の京城一帯でもっとも大きな工場に属した。ここに叔母と姪が一緒に通勤することになったのも、よくよく考えてみると大人になった男たちが独立運動に駆り出され、家計が苦しくなったせいだったといえる。

鍾淵紡績の生活が始まった。工場での仕事は孝貞の手に余ったが、欠勤することなく通った。堅実で賢い叔母の丙嬉の助力が大きかった。模範賞を受賞したことに加え、愛嬌にあふれ、知恵もよく働く丙嬉は日本人監督の人気を独占し、単に年上というだけで軟弱な姪がつらい工場生活に適応する上で、いろいろと力になった。その対価として、孝貞は叔母に自分の頭にあった知識を伝えていった。初心者水準ではあったが、程なく丙嬉も社会主義の基本を理解するようになった。

男性中心の咸興《ハムフン》や元山《ウォンサン》と違って、京城には繊維や靴工場が多かったため、女性労働者が多かった。一万五千人の労働者のうち、三分の一が女性だった。許《ホ》マリアとして知られた鉄原《チョロン》出身の女学生許均《ホ・ギュン》と李貞淑《イ・ジョンスク》のような他校出身の女学生も東大門近辺に就職して活動をはじめ、同水製糸に就職した李鍾嬉《イ・ジョンヒ》も一生懸命仕事に勤しんだ。男子学生は鉄工所が集中している永登浦《ヨンドゥンポ》一帯で職に就いた。孝貞の叔父、丙驥もそこで就職して労働運動をはじめた。彼が日本で拘束されて朝鮮に連行された、有名な社会主義者李載裕《イ・ジェユ》に会い、組織に加担したのは後のことだった。

産業化が始まり、京城の朝は労働者たちとともに動いていた。京城電気株式会社の運転手と車掌を乗せた電車が暁の空気を突き抜けて走り、京城の朝を知らせた。明るくなりつつある空を背にして、東大門の古い城門がくっきりとした輪郭を現すと、がらんとした十字路に仕事を求めてやってきた日雇い労働者たちが集まり始めた。作業服を着た者からスーツを着た者、韓服を着た女子まで、多くの人々がそれぞれ電車に乗り、現場に向かった。雲のように群がって押し寄せる出勤の人波の中に、ご飯茶碗のような髷をきつく結って、白いチョゴリに黒の半チマ〔普通よりやや短めのチマ〕を着た、長身で涼しい顔をした女性も混ざっていた。李孝貞だった。

将来の夢が詩人で、勉強して文章を書き、本を読むことにだけ慣れた彼女にとって、工場での労働はあまりにもしんどかった。しかし、彼女が目撃し、体験した朝鮮の労働現実こそ、彼女を工場から出られなくした強制力だった。

植民地労働者の生活は過酷だった。何ヶ所かの大工場を除けば、ほとんどが木版やブリキを継ぎはぎのようにくっつけて造った倉庫のような工場で、便所が設置されているところさえめったになかった。職工の大多数は乞食が住む穴蔵のようなところで寝起きしたが、部屋の中は食事ができないくらいに不潔だった。一日一六時間労働で五〇銭から一円にも満たない日給をもらい、一家を食べさせねばならない男性労働者は作業服を一着しか持っていなかった。だから、彼らはそばに近寄ることができないくらいの臭いを身にまとうことになった。大工場であっても、労働者に対する処遇はほとんど同じだった。まともにもらっても家族の生計をやりくりすることができない月給さえも、二重三重の罰金制度で奪われることが常態だった。数分遅刻しただけで日当から半日の半分が削減され、一日欠勤すると数日分の日当が差し引かれるというのが工場の規則だった。不良品を出すと、その場で殴られ、罰金が課せられた。どの工場でも、朝鮮人は日本人よりも二〜三時間多く働き、日本人よりもはるかに少ない賃金を受け取らねばならなかった。京城の新聞記者や雑誌社の知識人たちが、月給が四〇円不足しているとして、小市民的生活を悲観する記事を書いた時期に、工場労働者たちはその半分にさえならない賃金で家族を養わねばならなかったのだ。

女工たちの待遇はさらに暗澹たるものだった。農村で募集されて上京した女工たちはたいてい一五歳の子どもで、一日二〇銭ほどにしかならない養成工の賃金をもらって工場生活を始め、何年かたった後にようやく日当四〇銭の正式工になった。映画一本見るのに三〇銭、一家族が一回の食事で食べる米一升に六〇銭かかった時代であった。養成工のときはもちろん、正式工、すなわち本工になっても一年に肉が入ったスープを一度でも味見することさえできないくらいの、厳しい薄給だった。

このような月給でまともな部屋で暮らすことは夢のまた夢であった。寄宿舎は一部屋に一〇人以上が収容され、足と頭を重ね合わせながら寝そべり、イシモチのように身体をピンと伸ばしながら横向きに詰めて寝なければならなかったし、逃げられないように守衛たちが交代で監視していた。寄宿舎の食事は監獄と変わりなく、風が吹けば飛んで行きそうな安南米と豆を半分ずつ混ぜた飯で、おかずといっても真っ黒で塩辛い大根の塩漬けが出るくらいだった。日本人監督たちは女工を制限なく罵倒したり殴ったりし、早退や外出を一切許可しなかった。

ある工場は女工が逃げ出すのを防ぐため、就業の条件として保証金を受け取らせ、数年間義務的に労働させた。契約期間以前に退社したり、逃げ出した場合は、何倍もの違約金を請求し、その間強制的に貯蓄させられた給与を一銭も渡さなかった。それにもかかわらず、女工たちの唯一の抵抗手段は脱出であった。大工場では寄宿舎の壁を越え、逃げ出す女工たちが続出した。警備員たちが子どもを連れ戻しに来た労働者の家族を殴打する事件がぎっしりと新聞紙上を埋め尽くすくらいだった。工場周辺の食物連鎖は一つにつながっていた。一旦寄宿舎脱出に成功した女工たちは工場周辺の民家や派出所に飛び込み、助けを求めてみるが、工場と同類の彼らによって申告され、再び連れ戻されることが日常茶飯事だった。

京城地域は軽工業の中心地なので、直接的な産業災害はそれほどひどくない代わりに、肺病などの職業病が多かった。幼すぎる歳に労働をはじめた彼らは成人になったときに、すでに回復できない疾病で重い病気にかかっていることがしばしばあった。人びとは自分とともに働き始めた者が僅か五、六年、長くて一〇年でほとんど生き残らないという事実を悟らねばならなかった。早死にする人間だけと付き合っていたのではなく、工場が早死にさせたのだった。

咸興や元山のような重工業地域は労働自体が命がけの危険な仕事だった。咸興の興南肥料工場のような所では公害を防ぐ設備や服装がまったく整わないまま、化学薬品のなかで仕事をさせ、夕方にはお互いの顔が判別できないくらいに埃だらけになった。有毒臭を放つ有酸ガスにより、肺病と肋膜炎にかからない労働者はほとんどいなかった。会社では粉薬を買って飲むことを推奨したが、金がない労働者たちは民間療法だと言われるままに持たされた、むかむかする落花生の絞り油を飲んだ。その某工場における死傷者は一年で千人を超えたといわれている。

同じ咸興の興南精錬所では一六歳の少年が四〇キロのレンガを背負って一キロに至る道のりを一日中行き来しなければならず、大人たちは赤々と燃える溶鉱炉の前で裸足になり、裸同然の格好で働いた。鉛中毒、墜落、感電などの事故で死亡者や不具者が出ない日は一日もなかった。製鉄所病院にずらっと並んだ寝台の上には足を切断された痛みに呻吟する者、根元から切られてなくなった腕を包帯で巻いている者、目を除く顔と頭をぐるぐる巻きにした血染めの包帯、折れたあばら骨の間にゴムひもを通して、息をついている若者などが方々にいた。夜中にバタバタと足音を立てて重傷者が担ぎ込まれても、夜を越すことができずに死んでしまい、病室内に泣き声が響きわたることがしばしばあった。植民地工場は死の監獄と同様だった。かかる病気と事故の種類が違うだけで、すべての工場労働者の命のあり方は同じだった。

李孝貞が勤めた鍾淵紡績もそうであった。工場で長期勤務する女工を見ると、何歳なのか推測できなかった。顔がとても老けているが、体格はあまりに小さく、華奢で、年齢の見当がつかなかった。後姿だけを見て、体格を基準に「一六歳くらいだな」と思って聞いてみると二〇歳だと答えた。体ができあがる前に工場に入り、ろくに食べることも寝ることもできずに仕事ばかりさせられるので、体格は大きくならず、顔だけが早く老けてしまったためである。

李孝貞は朝五時に起き、飯を炊いて食べ、六時までに出勤し、正午に弁当を開いて食べ、夕方九時まで空腹に耐えながら労働した。家が清涼里だからよかったものの、家が遠い者は電車賃にすべての日当を充てねばならなかったから、通うことができなかった。労働者たちは通勤問題を解決するため、数名がグループになって、工場の近くの藁葺き小屋かバラックを賃借したり、下宿したりした。東大門郊外の平原に工場が建ち並び、黒い煙と熱い排水が農土を汚染していくのと並行して、工場周辺に土幕村が形成されていった。

工場の中に入っても同じことだった。暖房も冷房もない工場だから、真夏には汗が入り混じって靴底がぬめり、冬には手首まで真っ赤にむくみ、耳たぶが凍傷にかかった。日本人監督たちは日常的に女工たちを殴り、罵倒した。また、可愛らしい女工を連れ出して性的に暴行を加え、何も言えなくさせたこともあった。遅刻、欠勤をすれば、罰金として日当から多額の給料を差し引いてしまった。

李孝貞ははじめの数ヶ月は全く賃金がもらえなかったが、養成工として認められてからようやく二五銭の日当をもらうことができた。サイダー一瓶が二〇銭、氷砂糖一掴みが五銭だから、これらを買って口にするとなくなってしまう程度の金だった。現実的にはサイダーのようなものは夢にも見ることができず、一日中働いた金で米を買い、握り飯をつくり、塩をぱらぱら振って食べるのがちょうどよかった。すべての指に水ぶくれができ、その傷から流れる粘液が乾く日はなかった。背が高いだけでやせ細っていたので、体が非常に弱かった李孝貞にとって、あまりにも苦しい日々だった。

李丙嬉が監督に話して、休みの日をもらえるように助けてくれたこともあったが、それでもつらかった。ひたすら「私は詩人なのだ」と考え、耐えた。朴鎮洪が物書きになるための経験として立ち飲み屋についていったように、彼女は世間をあまねく見通して生活に苦しむ百姓たちの心を察知できる人間になりたいと思った。革命をする詩人ではなく、ただの革命家だと考えていたら、とても耐えられなかっただろう。

七　生涯の同志に出会う

真夏のカンカン照りの日差しに晒された西大門《ソデムン》刑務所の北方に隣接する凕底洞《ヒョンジョドン》採石場は息つくことさえできないくらい暑かった。既決囚になり、ガリガリの丸坊主にしたものだから、強い日差しがいっそう堪えた。何よりもガラスの粉のようにヒリヒリ痛む石の粉が喉を通って肺に入り、呼吸を困難にさせた。四角い石築用の花崗岩を背負った李載裕《イ・ジエユ》はよろよろと何歩か歩いただけで座り込んでしまった。

「どうされましたか。つらいのですか」

石を背負い、後をついて来た青年が尋ねた。李載裕より若かったが、日に焼けて真っ黒になった皮膚にぶ厚い唇と丸い鼻、垂れ下がった目尻が間違いなく老いた田舎の作男のような顔だった。青年は看守たちの監視に構うことなく、李載裕が背負う石を降ろしながら、彼の顔を注意深く覗き込んだ。

二人とも汗でびっしょりぬれていたが、李載裕の顔は人並みはずれて蒼白だった。毎日日差しに晒されていても、血の気が全く失せたかのようにやつれて青白かった。ちょうどそのとき休憩を知らせる呼び笛の音が聞こえた。看守らが銃を構えているなか、囚人たちが作業場のあちこちに座り込んだ。囚人たちの足首にかけられた鎖には五キロを越える重さの鉄球がつながれていた。二人は倒れるように座り込んだ。

「俺の体はご主人様に不満が多いようだなぁ。疲れか風邪か知らないが、もう一ヶ月経ってるのにまだ居座ってやがる」

「とにかく顔に血の気がないから肺病かもしれません。診療申請をなさったらどうですか」

「朝鮮人の囚人が死ぬとか何とか、いちいち気にしてくれると思うか」

……と言った李載裕の視線が青年の胸に下がった赤札に止まった。ほとんど同時に青年の視線も彼の胸に向かった。治安維持法違反の囚人に付けられる赤札だった。李載裕はまず手を差し出し、握手を求めた。

「俺は李載裕という。同志はどんな事件でムショ入りしたんだ」

青年は素朴な顔に明るい笑顔を浮かべた。

「ああ、あなたが日本からきた李載裕同志ですか。お会いできて本当に嬉しいです。日本で勇猛をならした李載裕同志を知らない運動家はいませんよ。私は金三龍《キム・サムニョン》といいます」

「おお、あなたが金三龍ですか。名前もよく聞いてます。よろしく」

「やめてくださいよ。私のほうが若干年下だと思います。忠州《チュンジュ》の厳政《オムジョン》という山村出身です。とくに学校には通っていません。ソウルに上京して、土方仕事をしながら苦学堂〔労働者を対象にした夜間学校〕に通ったくらいですよ。いろいろあって、治安維持法に引っかかってムショ入りしたんですけど、来年になれば釈放されます」

金三龍の口調は単純でさっぱりしていた。李載裕は一目で彼が気に入った。

「俺もいろんな学校の門をくぐってはみたが、学費がないからまともに卒業したところが一つもない。

松都《ソンド》高等普通学校に一年以上通ってから退学させられたくらいで、あとは二ヶ月も通わなかったさ」

「そうすると、我々は二人とも無産者であり、無識者〔知識がない者〕ですね」

金三龍はそう言って、いかにも愉快そうに何度も笑った。大きく太い笑い声が人並み外れていた。相手の心をとらえる力があった。彼は自信に満ちた声で話を続けた。

「同志もそうでしょうけど、私の学校は監獄でした。監獄に入ってから、しっかり勉強することができたのです。外では食っていくのに働かねばならないし、運動もしなくてはならなかったので、落ち着く暇がなかったのですが、監獄に入ってからは本もたくさん読めるし、時間も十分あります」

「実は俺も監獄に入ってからちゃんと勉強したのさ。三年間に四回も『資本論』を通読した。はじめのうちはよく分からなかったが、読み返すたびに頭のなかに光が差し込むような気がしてきたんだ」

手錠をかけられたまま、関釜連絡船に乗り、玄界灘を渡ってから始まった監獄生活はすでに三年を経過していた。懲役三年六ヶ月を言い渡されたが、予審裁判が始まる前まで拘禁されていた長い時間は刑期として認められなかったため、実際には一年以上余計に監獄で暮らすことになった。

生まれつき学究的というより実践的だったうえ、労働と組織と闘争で独りになることがほとんどなかった彼にとって、独房生活は貴重な機会だった。二人が身をすくめて寝そべるといっぱいになるくらい狭い空間だったが、昼は窓から日差しが入り、一般囚による妨害もないので、勉強するにはそれほど悪くなかった。当時の西大門刑務所はまだ検閲手順がお粗末だったため、書籍搬入が自由であり、マルクスの『資本論』の翻訳本まで差し入れすることができた。無知な検閲官が読んでみても、難しい経済学の書籍に過ぎないと思い、差し入れを許したのである。おかげで学生時代に日本語版で読み始めたものの、あまりに難しく、時間もなかったので、途中で諦めてしまった資本論を四度も通読することができた。

李載裕と金三龍は真夏の採石場でともに過ごした。初期の肺病だった李載裕は体調がよくなかったのだが、労働が強制されていたため、金三龍がそばについて回るようにして、彼を助けた。日本人には一口の水も請わないくらい自尊心が強い李載裕の代わりに、金三龍自らが看守に願い出て、彼が休めるようにしてもらったこともあった。金三龍は誰にも気さくな性分で、会う人すべてを自分の味方にする、天賦の大衆組織家だった。大衆を組織する上で、この上なく重要で、努力しても持ち得ない貴重な「資産」をもっている人物だった。

当時の朝鮮における多くの社会主義者たちは富裕な家庭に生まれ、日本に留学して帰ってきた後に新聞社や雑誌社に就職するなど、共通した経歴をもっていた。現場の大衆組織建設よりは国際線と連結することで、自分の位置を強固にしようとする点でも共通していた。李載裕は彼ら知識人出身の社会主義者を信用しなかった。自然に、労働者出身で卓越した組織力と頭脳を持った金三龍のような人物こそ、生涯をともにすることができる同志だという確信を持つようになった。二人は夏の間ともに働き、兄弟のように親しくなった。李載裕より五歳年下の金三龍は彼に「同志」という呼称を使わず、「載裕兄さん」と呼ぶようになり、李載裕も「同志」の代わりに、「三龍」と呼びすてた。

冬になっても体調がよくならず、咳までひどくなった李載裕は朝の点呼の時間に寝たまま起き上がらないことで、意思表示をした。この行動のおかげで、彼は診療を受けることができた。肺病と診断された。病棟に移され、治療を受けねばならなかった。監獄での治療というのはとくに意味がなかった。毎日同じ薬が与えられ、それをひたすら飲む程度であった。金三龍と親しくなったので、彼に会えなくなったことだけが残念だった。幸いなことに、肺病はこれ以上ひどくならないまま、沈静化したので、一般監房に戻ることができた。

舎棟が変わり、金三龍に会えなくなったが、新しい人物と付き合うことになった。金三龍と同じ忠清道《チュンチョンド》出身だが、印象が正反対の李鉉相《イ・ヒョンサン》という人物だった。李載裕より一歳年下の彼は、忠清南道錦山《チュンチョンナムドクムサン》出身で、中央高等普通学校時代から社会主義者になり、「六・一〇万歳運動」のときにビラを配布して捕まり、退学処分を受けた前歴がある。西大門刑務所に来ることになったのは、李載裕の拘束事由でもあるが、高麗共産青年会の幹部として活動していたためだった。二人は共犯というわけだが、実際にはじめて出会ったところはこの監獄であった。

李鉉相は鋭い目つきでめったに口を開かず、一言一言があまりに真摯で、人びとを緊張させる性格だったので、監房の中では高い知識をもつ冷静な人物と評価されていた。しかし、李載裕は毎日運動場と洗面場で会って話をするうちに、彼が自らの任務にあまりに忠実なため、多少融通が利かないという欠点があるものの、その内情は温順で暖かい人物だということを見抜いたのだった。

李載裕は天性が善良でない人間は社会主義運動ができないと信じていた。利己的で打算的で平凡な人間は決して他人の幸福のために自らを犠牲にしないと信じていた。純粋で理想主義的な人物だけが社会主義運動家になれると考えた。ロシアのように、社会主義政権が成立した国では出世主義者や機会主義者がいるかもしれないが、拷問や監房の他に得るものがない過酷な日帝下で、社会主義運動をする者たちは根本的に利他的で、善良な人間であると考えた。少なくとも、彼が知る者はそうだった。理論で社会主義を理解する学生の中には観念的で小英雄主義的な者がいるが、有り余る監獄の時間を惜しんで勉強し、革命に関わらなければ冗談さえ言わない李鉉相はそのような意味で、大いに貴重な人物だった。李載裕にとって、『資本論』を通読したことと、李鉉相と金三龍の二人に出会えたことが、長い監獄生活におけるとても大きな収穫だった。刑務所の中で義兄弟のように親しくなった三人は、釈放されたら必ずともに活動することを約束した。

翌年の一九三二年二月、金三龍が釈放された。五月には李鉉相が釈放された。李載裕は六月になって、在所者の処遇改善を要求する抗議行動を主導した後、保安課地下監房に連行されてひどい拷問を受け、健康が悪化したまま、京城刑務所に強制移管された。そして、一一月末に満期出所した。

服と本が入ったふろしきを抱いて、冷たい風を受けながら京城《キョンソン》刑務所の鉄門を出た李載裕の顔は青白くげっそりとしていた。持病になった肺病のせいであった。ともに監獄暮らしをしてから先に出獄した李星出《イ・ソンチュル》とともに、どこかで見たような高校生一人が待っていて、李載裕に駆け寄った。李星出と握手を交わして喜んでいたところに、高校生が手を差し出して笑った。祖父の兄弟の曾孫にあたる、故郷の李仁行《イ・インヘン》だった。李載裕が松都高等普通学校への入学が決まり、三水《サムス》を発ったときにまだ一三歳だった少年が一気に成長し、普成《ポソン》高等普通学校の卒業生になっていた。李仁行はまだ懐の温かみが残る豆腐を差し出した。そして、李載裕が豆腐を食べ終えるのを待って、彼は新聞紙で平たく包んだ若干の紙幣を手渡した。

「こないだ、三水に行ったら、叔母さんが叔父さんに渡しておいてくれと言ってこのお金を託されたんですが、私がそのまま保管していました。どうぞ」

李載裕ははっきりしない態度で、妻から送られた紙幣を受け取った。先般、妻が面会に来た時、李載裕はもうここに来ないで、田舎に帰って再婚しろと諭したのだった。しかし、まだ彼女は実家には帰っていなかった。

故郷に帰ろうとは全く思わなかった。父と祖母の二人が他界した故郷は、もはや何の意味もなかった。叔父と新しい母に会いたいと思わなくはなかったが、妻の存在がかえってその決心を揺るがせた。故郷に帰れば再び妻から離れられなくなり、農作業に縛られるのは分かりきっていたからだ。子どももいない状態で、このまま別れるのが最善の道だと、李載裕には思われた。監獄から叔父に手紙を出し、離婚の意志を伝えたこともあった。しかし、叔父は糟糠《そうこう》の妻を捨てる人間に大事が成せるものかと憤激する返信を送っただけだった。李載裕は無理やり紙幣をポケットに入れ、李仁行について出て行った。

李仁行は自分とその妹李粉善《イ・ブンソン》が下宿していた蓮建洞《ヨンゴンドン》に李載裕を連れて行った。下宿の賄い婦に頼んで、緑豆ジョンと肉餃子をつくって待っていた粉善が足袋を履いたまま駆け寄り、握手をしたまましばらく放さなかった。粉善の背後から安宗浩《アン・ジョンホ》がにこにこと笑いながら現れた。故郷で幼少期をともに過ごした後、日本でも同じ部屋で寝起きした安宗浩は朝鮮に戻り、鉄原《チョロン》で農民運動をしながら暮らしていたところ、李載裕の釈放の知らせを聞き、彼の所持品を揃えて持って来たのだった。本や写真はすべて警察に押収されたが、李載裕が日本で使っていた服や筆記道具、剃刀は残っていた。李載裕は彼を抱き締め、ひたすら彼の背中を叩いた。

夕方になると、先に釈放された後に益善洞《イクソンドン》に住んでいた李鉉相が訪ねてきて、めったに笑わなかった顔に花のように明るい笑みを浮かべていた。この日、李載裕は彼が冗談を言うのを初めて見た。また、三水で一時期をともに過ごした元山《ウォンサン》出身の金月玉《キム・ウォロク》が訪ねてきた。李載裕よりも歳はずっと下で、故郷を離れた時は幼子だった彼女は貞信《チョンシン》女子高等普通学校を卒業し、よく言われるところの「新女性」になっていた。「自由恋愛」思想を持つ彼女は既婚者の鄭泰植《チョン・テシク》という男と同居していたが、愛する仲に結婚如何が重要ではないと唐突に言うのだった。鄭泰植は春から京城帝大の助手として勤務することになった社会主義者であった。金月玉は李載裕に自分の恋人を紹介したがっていた。

短くて四、五年、長くて八、九年ぶりに再会した三水の旧友たちはその夜、朝まで過ごす勢いで酒を飲みながら、昔話と未来の計画を語り合った。安宗浩は自分が住んでいる鉄原は農民天下で、チョン・ジヒョン、チョン・ソンシクなどの若者たちとともに水利組合の利得区域に小作地を得て、小作人を糾合する計画だと話した。李載裕は農民の経済的利益を図り、団結させることができる農民組合をつくるのはどうかと助言した。李仁行には工場活動を一緒にやろうと提案した。李仁行は李載裕に自分とともに暮らそうと提案した。他に寝るところがなかった李載裕はこれを快く承諾した。

次の日、酔いが覚めた李載裕はまず初めに病院へ行かねばならなかった。酒を飲みすぎたからか、少しおさまりかけていた咳が夜中から発作的に現れていたためである。李仁行に伝染《うつ》さないようにするためにも、肺病を治すことが先決だった。費用を節約するため、無料診療所を訪ね、肺病薬をもらってきた。

李載裕の出所というニュースが知れわたると、蓮建洞の下宿は客人たちで毎日にぎわった。数日たって新年を迎えた後も、南萬熙《ナム・マンヒ》、鄭七星《チョン・チルソン》、梁河錫《ヤン・ハソク》、黄泰成《ファン・テソン》などが訪ねてきた。日本における豊富な労働運動で有名な李載裕の出現は京城地域の労働運動家に新たな希望を与えた。李載裕の立場からすると、運動をはじめてから八年近く、日本と監獄で過ごしてきながら、京城における組織作りの基盤が全くない状況だったので、訪問者たちとの交流が非常に重要だった。彼は倦まず弛まず無料診療所に通って肺病の治療を続ける一方で、訪問者たちと気持ちよく酒を交わして夜通し討論することに病身を惜しまなかった。

人びとは、長い間監獄にいながらも、国際情勢と朝鮮情勢について、単純かつ明解に分析してみせる彼の卓越さに驚いた。疲労で顔が真っ青に変わっても、席を立とうとせず、人びとの話を聞こうとする彼の姿はあまりにも印象深く人々に記憶された。

訪問客の中には李載裕からこっぴどく批判され、冷たくあしらわれた者もいた。自ら社会主義者といいながら、自らの政治的立場のために分派と離間を繰り返し、革命ではなく改良を志向して活動した徐昌《ソ・チャン》と鄭栢《チョン・ベク》のような者が訪ねてきた時は面前で厳しく批判して追い返した。一時は社会主義者として尊敬されていた、名高い改良主義者の兪鎮熙《ユ・ジンヒ》に対しても批判をした。しかも、これに抗議しにやって来た彼の甥の兪順熙《ユ・スンヒ》を逆に説得し、組織に引き入れてしまったのだった。

二月には金三龍が訪ねてきた。釈放後、故郷に戻って農作業をしていた彼は李載裕から手紙をもらうと、まっすぐ上京してきたのだった。金三龍が来たという知らせを聞いた李鉉相も李載裕を訪ね、二人を自宅に案内した。彼は益善洞で妻と二人の子ども、そして下人まで置いて暮らしていた。娘の李ムヨンが九歳の頃で、息子の李グクはまだ赤子だった。父親と兄が面長という富裕な家庭で、兄が鉉相たちの生活費を仕送りしていた。三人は李鉉相の家で一晩過ごし、将来を語り合った。

李載裕は天才的な組織能力を備えた金三龍が仁川に行くべきだと判断した。仁川は埠頭労働者と男性のみの事業場が多い地域であるにもかかわらず、労働運動がほとんどない状態だった。李載裕は金三龍ならば、そこで独自に組織を建設できると判断し、彼に仁川へ行くことを勧めた。金三龍は故郷に帰って準備をした後、仁川に行って埠頭労働者になることにした。

李鉉相の場合は現場の労働者たちにもまれながら、融通性と柔軟さが出てくるとこの上なく立派な運動家になるだろう、だから、今すぐ独立的な組織家として派遣するよりは自分のそばで一緒に活動するのがよい――李載裕はこのように判断した。そこで、彼に京城地域でともに労働運動をしようと提案した。李鉉相はこれを喜んで受け入れ、東大門《トンデムン》地域の繊維縫製工場を組織する責任者となった。

李順今《イ・スングム》が訪ねてきたのは二人よりも少し後だった。李鍾嬉とともに同水製糸に入社した李順今は李観述とともに日本の進歩的な高校生と連携して反帝同盟を結成し、日本の満洲侵略に反対するビラを撒いた廉で拘束された後、釈放されたばかりだった。一方、李観述《イ・グァンスル》は二年の刑を言い渡され、監獄にいた。もちろん学校からは教職を解任されていた。

李順今は釈放される前に監獄で会った思想犯たちに、外に出たら労働運動をしようと思っているが、どの組織に入ったらよいかと聞いた。すると、誰もが李載裕を推薦した。釈放されてすぐに彼を訪ねた李順今は一度で彼の魅力に惹かれてしまった。相手を陽気にさせ、優しくも才知に富む言い回しと、他の知識人たちには見出せない現場感覚に深い感銘を受けた。李順今は同徳女高の同窓たちを彼の組織に合流させることにした。もちろん彼が李載裕であるという事実は自分だけが知っている秘密だった。李孝貞をはじめとする他の同窓は後になっても彼が李載裕だということを全く知らなかった。

八　三頭馬車よ、進め

その年の春、李孝貞《イ・ヒョジョン》は李順今《イ・スングム》の家ではじめて李載裕《イ・ジェユ》に出会った。まだ、警察の監視がものものしくない頃だった。休日ということでくつろいでいると、李順今がやってきて、是非会わせたい人がいるといって、李丙嬉《イ・ビョンヒ》を連れて益善洞《イクソンドン》の家に行くと、李鍾嬉《イ・ジョンヒ》も来ていた。李順今が故郷の家からもってきた中国茶を飲みながら、久しぶりにおしゃべりをしていると、灰色のスーツを着た青年が一人だしぬけに大門を押して入ってきた。李順今がすばやく出て彼を迎え入れると、大門をしっかりと閉めて鍵をかけた。

三〇歳ほどに見える青年の顔色は蒼白だった。李孝貞は彼が肺病を患っているということがひと目でわかった。朝鮮人男性としては背が高いほうで、顔はかわいらしく、美男型であった。体調が優れなくとも、表情は明るく、口調も滑らかだった。咸鏡道《ハムギョンド》のアクセントが残っているが、朴鎮洪《パク・チンホン》との対話に慣れているからか、それほど野暮ったく聞こえなかった。青年は自らの名前を明かさないまま、若き女性たちと順々に挨拶を交わしたが、彼女たちの出身地がどこで、家がどこにあるのか知っていた。李順今があらかじめ伝えていたのだった。

李載裕は李孝貞からあいさつされると、「素晴らしい詩を書く同志だと聞いている。将来プロレタリア革命を記録する有能な詩人になることを望む」と言った。李丙嬉には「若輩の同志がつらい工場生活を非常に素晴らしく送っている、将来努力英雄になるだろう」と賞賛した。李鍾嬉には「同徳女《トンドク》高の同盟休校のとき、心の琴線に触れる名演説をした同志だと聞いた、将来は労働者階級を代弁する優秀な煽動家になることを望む」と述べた。彼は続けてこう言った。

「今、朝鮮では社会主義が流行のように広がっています。社会主義者でなければ、知識人の軸に加われないといってもよいでしょう。日本に留学してきたら、誰もが社会主義者であり、マルクスやレーニンの著書を一、二冊でも読めば、誰でも社会主義者を自負します。しかし本物の社会主義者は頭の中でできあがるものではありません。徹底した自己犠牲と不屈の意志を通じた実践の中で完成します。白手乾達〔一文無しのごろつき〕のように食っては遊び、観念的で教条的な理論で大風呂敷を広げる似《え》非《せ》社会主義者になってはいけません。ところで、今日までの朝鮮の思想運動はまさにこのような観念的インテリを中心とした派閥運動に過ぎなかったために、完全な組織をつくることが不可能でした。朝鮮の思想運動をしっかりと立ち上げようとするなら、ロシアのように労働者と農民を基礎にしなければなりません。ただ、現在の朝鮮の労働者・農民の意識水準は非常に低いため、革命的意識と実践の意思がある知識人たちが生産現場に深く入り込んで、彼らの意識を培養した後に前衛を組織しなければなりません。闘争を通じて鍛錬された労働者と農民たち、また現場での活動で鍛錬された知識人たちが全国的にあまねく拡がっていく時にはじめて朝鮮の党組織は真の意味で革命組織として結成されるでしょう」

李載裕は朝鮮の社会主義運動は民族解放運動と切り離すことができない関係だという点も強調した。朝鮮が独立できなければ、社会主義の理想は単なる空虚な妄想に終わると言った。聞きやすく、かつ感動的な彼の話はたちまち四人の女性の心をつかんだ。真摯で熱気を帯びた集まりは昼食をはさんで夕方まで続いた。彼はそれぞれが通っている工場の実態について尋ね、社会主義学習サークルを組織するための方法と学習内容について話した。日本にいた頃から労働運動の経験が豊富な彼は、政治意識のない労働者を集める方法から、ささいな争いをつうじて訓練させる方法、学習サークル活動上、身の安全を守るための規則まで、生々しい体験を聞かせた。

余談として、自分が日本にいたときに私娼街に売られてきた数十名の女性たちを救った話もした。朝鮮人と日本人が手を組んで、純朴な朝鮮女性を紡績工場に就職させてやるといって連れてきた挙句、一人当たり五円ずつもらって私娼街に売り飛ばしてしまったのだが、「赤色労組」からその事実を知り、組合員を率いて行き、救出してやったと話した。彼は当時、人身売買に日本の警察や官吏が介入しており、体と心が満身創痍になっていた朝鮮人女性を思うと、今も胸が痛むと言った。朝鮮の独立のみがこのような問題を解決できるのだと話した。たとえ名前が分からなくても、李孝貞の目に映ったこの青年は理路整然と話しながらも感情が豊かでよく笑い、よく感動する人だった。どうして感情豊かで面白く話すことができるのだろうと思いながら、李孝貞が青年の話を聞いているうちに、周りは暗くなっていた。彼にはじめて会った女性たちは名前も経歴も知らない青年に、即座に魅了されてしまった。

李載裕は同徳女高出身者たち以外にも、多くの若者に直接会いに行った。実際にとても危険なことだったが、自ら直接出向いて説得するのがもっとも効果的ということもあり、ほとんど無差別に会った。まだ、警察の監視や手配が表面化していなかったため、油断もしていたのだが。

大きい鈴のような目に厚い唇をした安炳春《アン・ビョンチュン》は李載裕の下宿に部屋を一つ借りて、下宿生たちに食事を作っていた賄い婦の李さんの息子だった。京畿道龍仁郡内四面《キョンギドヨンイングンネサミョン》の安氏の集住村で家族から愛情をたっぷりもらって育った彼は、とても大きな目そのままに、女性のように美しく、心もやはり繊細な青年だった。母とともに京城《キョンソン》に上京して基督教学校に通っていたときに、海外から潜入してきた社会主義者たちに会い、理念の洗礼を受けたが、未だに確固とした信念が持てず、大衆運動の経験もなかった。

安炳春が母に会いに来るたびに、話すたびに親しくなった李載裕は、彼に自らの実践経験を聞かせたうえで、革命のために工場に入れと説得した。安炳春は三月に龍山工作所永登浦《ヨンドゥンポ》工場に就職して働く一方で、自分が知っている学生の金七星《キム・チルソン》、李東千《イ・ドンチョン》、カン・グクソプなどを李載裕に紹介した。李載裕は彼らを直接指導する一方で、安炳春が警察の監視から逃れるようにするために、もう一人の親戚である李粉星《イ・ブンソン》を通じて明倫洞《ミョンニュンドン》の安全な下宿に引っ越させたりもした。安炳春はまるで元々労働者であったかのように誠実に工場に通った。

朝鮮日報で新聞配達をしていた鄭七星《チョン・チルソン》は鍾路《チョンノ》で朝鮮人暴力団で名を馳せていた金斗漢《キム・ドゥハン》の部下のうちの一人だった。知人に会うために新聞社を出入りしながら彼の存在を知った李載裕は彼と何度か対話をしながら説得した。義侠心が強く単純な鄭七星はただちに工場に入り、労働運動をはじめた。組織暴力団として多様な人間関係をもつ鄭七星は李載裕が警察の監視を避けて活動したり、身を隠す際に大いに貢献した。

李載裕は、やはり朝鮮日報配達部に勤めていた安承楽《アン・スンナク》を説得し、工場に送り込んだりもした。朝鮮日報を講読しつつ顔なじみとなった李載裕は光化門《クァンファムン》郵便局前の医専病院入口で改めて待ち合わせ、ルンペン的な生活から抜け出し、祖国の独立と民族解放のために若さを捧げる考えはないかと、心中を探ってみた。安承楽がよい反応を見せると、孝子洞《ヒョジャドン》の電車停車場と総督府近辺などでさらに何度か会って彼を説得した後に、工場に送り込むことができた。

刑務所で知り合った安三遠《アン・サムオン》に会い、李孝貞の叔父の李丙驥《イ・ビョンギ》を紹介され、彼を説得したのもこの頃であった。李載裕は二人を安炳春と組ませてトロイカを編成させた後、京城紡績や川北電気などで労働運動をせよと命じた。

夏には金月玉《キム・ウォルオク》の恋人である鄭泰植《チョン・テシク》に会った。忠清北道鎮川《チュンチョンブクトチンチョン》出身の鄭泰植は春から京城帝大法文学部の助手として経済研究室に勤務していたが、京城帝大出身で普成《ポソン》専門学校教授として勤めていた崔容達《チェ・ヨンダル》、京城帝大助手としてドイツのベルリンに留学し、ドイツ共産党に加入し、日本人責任者として活動していた李康国《イ・カングク》、やはり助手の朴文圭《パク・ムンギュ》と兪鎮午《ユ・ジノ》などとともに秘密サークルを持っていた。寛勲町《クァンフンジョン》にいた印貞植《イン・ジョンシク》の部屋で会った二人はしばらく話し合った末、ともに行動しようと決意した。鄭泰植は崔容達、朴文圭、李康国を引き入れる一方で、普成専門学校と京城帝大の学生組織を担当した。

楊平《ヤンピョン》出身で農作業に従事しながら「赤色農民会」をつくり、左派として新幹会にも関与した卞洪大《ピョン・ホンデ》は李載裕を自らの組織にオルグしようとして訪ねたところ、逆に李載裕の路線に同調して、組織を替えてしまった。彼は李載裕の説得により、農民運動を離れ、龍山《ヨンサン》の工場地帯に就職して労働運動をはじめた。

李載裕はまるで葉と露だけを食べて絶え間なく絹糸を絞りだす蚕のようだった。彼に出会った者はほとんどすべて新しい組織に加わった。李載裕に出会ったことで社会主義運動をはじめた者もいたが、たいてい過去に運動をしていた者が新たな指導者の旗の元に集まってきたのだった。当時の社会主義者たちは工場に入れというコミンテルンのテーゼを優先課題と考えていたが、京城地域には目立った労働運動がなく、経験が積まれていない状態だった。豊富な野戦経験をもった李載裕の存在は彼らの喉の渇きを癒すのに充分だった。

李載裕の活動が活発になると、蓮建洞《ヨンゴンドン》の下宿は警察の厳重な監視下に置かれた。通りの入口と家の前に毎日探偵たちがうろつき、何度も巡査が訪ねては戸口調査だといって根掘り葉掘り聞いていった。五月になった頃、下宿に通っていた運動家数名が連行された後、尋問されただけで釈放されるという一件があった。これ以上身の安全を維持できなくなった李載裕は隠れ家に移ることにした。連行事件が起こった翌日、李仁行《イ・インヘン》とともに京城帝大がある東崇洞《トンスンドン》のあるアパートに居所を移した。半公然の活動は終了し、新たな秘密地下運動が始まった。

三水《サムス》の妻が彼を訪ねて京城に上京したのは東崇洞に潜ってから半月ほど過ぎてからであった。蓮建洞のアパートで母に会ってきた李仁行がその話を伝えた。李載裕は妻に会おうとしなかった。妻が警察に尾行されているかもしれないし、妻に会って話すべきことはすでに監獄まで面会しに来てくれた時に言い尽くしたからである。一〇年近く故郷を守って夫が帰ってくることだけを待ち望んでいる妻に迷惑をかけてとてもすまなく思ってはいたが、運動を放棄して帰郷する考えは一毫もなかった。

一方で、妻に対面することが怖くもあった。憐憫の情だった。いっそ会わなければ冷静でいられるのだが、それでも一度身体を交わして愛情を抱いた女性なので、会えばまた一緒にいたいと思うだろうと考えた。だが、それは嫌だった。革命を理解している女性であればともに地下運動をすることができるだろうが、妻が望んでいることは子どもを生み、安楽な家庭を築くことだったので、折り合うことはできなかった。妻がつかんで折ろうとしているのは李載裕という自然人ひとりの理想ではなく、失われた祖国を取り戻そうという民族の念願であった。彼は冷たく妻との面談を拒否した。妻は涙を流して何日も留まってから、結局ひとりで帰郷した。他の男と再婚したという知らせを聞いたのは、何年か後の監獄暮らしのときであった。

工場での成果とともに、李載裕の組織は京城市内の学校に緻密に伸張していった。献身的な運動家を持続的に輩出するという点で、学生組織は労働者組織に劣らず、重要な意味を持っていた。李載裕は工場の仕事を李鉉相《イ・ヒョンサン》と金三龍《キム・サムニョン》、李順今の専任として、鄭泰植、安炳春などを通じて学校組織に多くの時間を配分した。

夏に差し掛かると徐々に小さな闘争が始まった。まず学校から闘争が起こった。同徳女高では朴鎮洪の故郷及び同校での後輩である金在善《キム・ジェソン》が主導して同盟休校が始まり、淑明《スンミョン》女高でも同盟休校が始まった。工場のあちらこちらでも闘争の雰囲気が醸成されていた。女性労働者を殴った日本人監督に対する拒否運動や、寄宿舎の食事改善のような小さな闘争が、溝に流れる水が川の流れを作るように、続々と起こる連鎖ストに向けて緊張感を高めていった。その先頭には必ず社会主義者がいた。このようなささいで小さな闘争こそが労働者を訓練させ、新たな人物を発掘する契機になったのである。李載裕は闘争を通じて組織し、闘争を通じて鍛錬しようという言葉を口癖のように言ってまわった。

多少緩やかで自由な体系の中でもささいな闘争の火種を見逃さない李載裕の組織方法は意識が弱い労働者の結束を容易にした。李鉉相、金三龍、李順今からなる指導部のもと、永登浦、仁川《インチョン》、東大門《トンデムン》のような、いろいろな工場に下部サークルが作られ、学校では鄭泰植と卞洪大の指導のもとで、工場よりも多数の数の組織員が生まれた。李載裕と刑務所で出会ったつながりで組織に入った李星出《イ・ソンチュル》は農民部門を担当し、驪州《ヨジュ》と楊平地域で朝鮮日報支局長を勤めつつ、農民運動を統合していった。仁川から楊平までの京仁地域を結集する、労働者と農民が混合した相当な組織網だった。

秋に差しかかる頃には正式に加入した組織員だけでも二〇〇余名に至り、地下組織としては相当大衆的な基盤を整えたのであるが、このときも李載裕は組織の名前を定めなかった。これまでの社会主義者たちは集まりさえすれば組織の名称と綱領から決めたが、この組織は京城市内と永登浦、仁川まで、いろいろな大工場と埠頭、学校に細胞を作ったにもかかわらず、彼はまだ名前を付けるには時期尚早だと考えた。

朝鮮の過去の社会主義組織が指導者に絶対権力を与えたのとは異なり、李載裕は見えないところから一方的に指示を出したり、命令を伝達したりせず、討論と説得によって合意を導き出す方式を選んだ。下部組織も同じだった。上部組織の構成員といっても身の安全を維持するための措置以外に下部構成員に対する命令権に該当するものを持っていなかった。上部組織における李載裕の役割と同じように、討論を主宰して結論を導き出し、自分自身もその結論に従った。討論の内容は主に工場と学校における組織現況、及びストや休校の計画などであった。共産党の再建のためだからといって、綱領のようなものを論議するのに時間を費やすことは避けられた。組織員は各自が望む地域や分野の仕事を選択することができ、どんな組織でも一方的な指示を受けることはなかった。日本において公開的な労働組合で活動をはじめた影響もあったが、その後の非合法地下組織で活動しつつ、その弊害を経験したためでもあった。彼は合法と非合法を巧妙に渡り歩くことに卓越した手腕を発揮した。

組織の名前を別に定めなかったが、李載裕は時々この特異な組織方法をトロイカ方式と説明した。ロシアの言葉で三頭の馬が同等な力を持って馬車をひく三頭馬車という意味である。すべての活動家が同等な権利を持ち、自身と組織の運命を決定して従うという、開放的で民主的な方式という意味である。「京城トロイカ」という名称を公式的に使用したのは翌年の一九三四年九月だった。他の活動家たちに伝達する文書を作るためには作成者の名称が必要だったからである。ところが、「朝鮮共産党再建のための京城トロイカ」という長い名前は一九三三年夏からすでにひそかに広がっていった。

九　上海からきた密使

京城の社会主義運動家たちの間で李載裕《イ・ジェユ》と京城トロイカについての噂が知れわたると、国際線を自負する者が李載裕に使者を送ってきた。

馬山《マサン》出身の金炯善《キム・ヒョンソン》は朴憲永《パク・ホニョン》が朝鮮共産党をはじめて結成した当時の最年少発起人として参加して有名になった人物で、彼にもっとも早く白羽の矢が立った。当時の朝鮮共産党は瓦解し、朴憲永は上海に亡命していたので、金炯善が彼の代理人として李載裕に会いにきたのだった。

朝鮮共産党の存在が暴露されたのは新義州《シンウィジュ》に住むある党員が泥酔して自分が共産党員だと大声で叫び、警察に捕まるというとんでもない事件のためだった。海外の朝鮮人が共産党をつくったということは広く知られていたが、朝鮮で共産党が結成されたという事実は日本の警察を大いに驚かせた。新義州の警察はその党員を取調べ、たやすく朝鮮共産党の全貌を解明し、京城《キョンソン》の首謀者を捕まえ、新義州に押送し始めた。

当時の社会主義者の水準を象徴するかのような、一党員のとんでもない行動によって起こった新義州事件で一大検挙旋風が吹き荒れると、金炯善は朴憲永、金丹冶《キム・タニャ》とともに中国の上海に逃避した。彼らはそこでコミンテルン極東支部の指導を受け、地下新聞を作り、朝鮮に持ち込む活動を始めたが、その責任者として金炯善が選ばれた。金炯善は朝鮮に帰り、パンフレットの配布網を通じて労働運動を統一しようと試みた。だから、京城でいち早く組織を拡大していた李載裕がその交渉対象になったのである。

一九三三年六月中旬、李載裕と金炯善は東崇洞《トンスンドン》で初めて会い、敦化門《トンファムン》を経て、敦岩洞《トナムドン》のベビーゴルフ場まで歩きながら話をした。名前を明かさない金炯善が自分の正体をほのめかす言葉をちらつかせつつ、国際線に従う意向はあるかと尋ねると、李載裕は国際共産党《コミンテルン》から派遣されてきたのであれば、当然指導を受けると応答した。

初めての出会いが簡単に終わり、数日後の夜中に崇一洞《スンイルドン》の佛教専門学校の横にある松の森で再会したとき、金炯善は先に李載裕がさわやかに応諾したことに期待を膨らませたのか、非常に気分のよい顔で話しかけた。

「同志に対する方針が決定しました。京城を離れ、咸鏡道《ハムギョンド》に行き、組織運動をせよという決定が下されました」

特別な考えもなく彼を眺めていた李載裕の顔から笑いが消えた。咸鏡道の海岸地方である元山《ウォンサン》と咸興《ハムフン》はいち早く工業化が進み、労働運動も相当発達していた。数年前に「元山ゼネスト」が起こった後も、社会主義者たちが運動を主導してつくった「太平洋労働組合」の秘密機関誌は京城まで搬入され、労働運動の指針書になるくらいであった。

「あちらはすでに労働運動が充分に発達しているではありませんか。傑出した同志たちが多いと思いますが、私が敢えて行く必要があるんですか」

「素晴らしい同志たちが多いというのは事実です。ところが、李舟河《イ・ジュハ》同志が拘束された後、指導部に空白が生じました。李舟河同志は五年の刑を受け、咸鏡刑務所に収監されているので、これから何年も経たなければ釈放されないでしょう。いま、同志が派遣されるなら、大いに助かるでしょう」

元山と咸興地域の労働運動におけるもっとも有力な指導者である李舟河は咸鏡南道北青《ハムギョンナムドプクチョン》出身で、李載裕と同い年であるというだけでなく、火田民の息子で、日本で社会主義者になり、学費が払えずに学校を中退したという点まで同じだった。元山埠頭で労働者として働き、労働運動を始めた彼は、体質的に生まれつきの地下運動家として、何年かの間に平壌《ピョンヤン》と黄海道《ファンヘド》まで組織を広げたことで伝説的な運動家となっていた。ところが、京城に入った時に龍山《ヨンサン》警察署に検挙され、懲役五年を言い渡され、収監されていた。

歩みを止めた李載裕は松の下に座り、しばらく何も言わなかった。金炯善の言葉の意味は充分に理解できた。朝鮮で労働運動がもっとも発達し、全国の労働運動を指導する地域がまさに咸興であった。伝説的な労働運動家である李舟河の代わりに咸鏡道地方を指導してくれと要請してきたことは、李載裕にとって明らかにありがたいことだった。だが、李載裕は京城を離れたくなかった。彼は咸鏡道には自分がいなくても労働運動を指導できる人物が十分いるだろうと考える反面、労働運動の初期段階である京城は自分がどうしても必要だと考えた。卓越した組織家である金三龍《キム・サムニョン》を労働運動の無風地帯である仁川《インチョン》に派遣したのも同じ理屈だった。

さらに、李載裕は現在の京城で活発に活動している自分を突然咸興に送ると決定した国際線という組織を信頼することができなかった。金炯善が上海の朴憲永から認められた指導者だということはよくわかっていたが、はるか遠くの上海から朝鮮の大衆運動を指導しようとすること自体が全く理解できなかった。祖国の国境を越えるとすれば、武装闘争のような新しい活動を選択すべきであり、手紙一通をやりとりするだけで一ヶ月もかかる、そのはるかに遠いところから朝鮮の運動を指導するということが非現実的に思われた。

「いいでしょう。私がどうしても咸鏡道に行かねばならないのなら行きましょう。ですが、私を送るのなら、当地の分派勢力を統一することができる正しい路線と具体的な活動指針を提示してください。そのような明白な指針もなく、漠然と咸鏡道の運動を指導せよというのは、その地方の運動家を無視する措置だと思います。あなたの指示は、いまや胎動が始まったばかりの京城地域の労働運動を放棄する無責任な決定でもあります」

金炯善は曖昧な微笑を浮かべ、彼をじろじろと眺めながら言った。

「その問題なら難しくありません。わが組織の機関誌が同志の要求を受け入れることができるでしょう。機関誌で発表された指針の通りに従えばよいのです」

「機関誌というのは、上海で発行している『コミュニスト』のことですか」

李載裕は首を大きく振った。

「上海は自由な場所だからこそ、新聞を発行することができるのです。しかし、今までの経験によると、外国で発行されたパンフレットが国内に搬入されるまでは少なくとも二〜三ヶ月はかかります。それも汽車や船の中で捜索を受けないという条件付きです。国内の状況を伝達するのに一ヶ月かかり、再び機関誌を印刷して持ち込むのに三ヶ月かかるというわけですが、一日ごとに変化する労働現場を四ヶ月も前の指針で指導せよということですか。いくら卓越した指導部だといっても、数ヵ月後に起こるかもしれない闘争をあらかじめ予見して指導することが可能ですか」

金炯善の声に苛立ちが表れた。

「違います。具体的に現場で起きていることは現場の組織員がやりぬくべきで、そこまで党がいちいち指導できるわけないでしょう。党の機関誌『コミュニスト』は運動自体が進むべき道を提示し、世界情勢を知らせる役割を果たしているだけですよ」

李載裕はもどかしいという表情をして見せた。

「ならば『コミュニスト』誌は前衛組織のための指針のみであって、労働運動を指導する野戦司令塔になることはできませんね。現実的に考えてみても、そうではありませんか。数ヶ月前のストのニュースが載った古い機関誌を信頼する運動家が一体どこにいるのですか。そういうことで、どうやって党の威信が立つというのですか」

深さが異なる歯車のように、歯がかみ合わない討論は夜が更けてもなお続けられた。金炯善は共産党建設であれ、労働運動であれ、国内に常駐する運動家が主導しなければならないという李載裕の主張を聞き入れようとしなかった。彼はレーニンがドイツでロシア革命を指導したように、上海にいる朴憲永と金丹冶が朝鮮の運動を指導できると考えた。遠く離れているといっても、朴憲永の組織こそ国際共産党《コミンテルン》から公認された唯一の前衛組織であり、理論でもっとも卓越しているというのがその理由だった。二時間近い論戦は結論が出ないまま、次回の会合の約束を決めるだけで終わってしまった。

三度目の会合はパゴダ公園の近くであった。前回の会合で相当不快な思いをして別れた金炯善は再び明るい表情で臨んだ。彼は李載裕の主張を認めることにしたという言葉から始めた。海外から送られてくる機関誌ではなく、朝鮮内で出版ができる体系をつくろうという新たな提案だった。李載裕はこの提案を快く承諾した。

しかし、金炯善はその前提条件として、相変わらず李載裕に咸鏡道に行くことを勧めた。李載裕は今度もその言葉には承服できないという自らの立場を明らかにした。自分を必要とするところは運動が発達した咸鏡道ではなく、初歩段階の京城であり、京城地域の労働運動が成熟した後にもう一度考えてみると言った。引っ切り無しにストが起こるというのに、指導者である自分がいないということはありえないと、逆に金炯善を説得した。

自信満々で臨んだ金炯善は結局李載裕を京城に留めざるを得なかった。金炯善としては自らの決定に従わない李載裕が気に食わなかったが、強制的に京城から引き離すことはできなかった。朝鮮内で自律的に機関誌を共同で作ることだけは決まった。ともあれ、二人が共に活動することには合意したかたちである。

ところが、数日後、人に会うために永登浦《ヨンドゥンポ》に行った金炯善が警察に連行されてしまった。元々金炯善の組織員だった卞洪大《ピョン・ホンデ》を通じて彼の検挙を知った李載裕は一旦東崇洞の下宿を捨てることにした。トロイカについて相当把握している金炯善が警察の拷問の前にどんな内容を吐露するのか、信じられなかったからである。

新しい居所は新設洞《シンソルドン》の貧民窟に定めた。日本人の主人が労働者に間借りさせるために作った、一〇部屋以上ある安宿だったが、その中でも最も安い屋根裏部屋を借りた。主人には肉体労働者だと言っておいた。彼は実際に時々工事現場に行き、力仕事をして活動費を稼がねばならなかった。

京城トロイカについては最後まで隠し通したまま、拷問を耐え抜いた金炯善は一審で懲役八年を宣告され、服役をはじめた。しかし、釈放される頃、日帝末期に新設された治安維持法によって刑期が延長され、朝鮮解放まで一二年間にわたる長い監獄生活を送った。

その後、金炯善の拘束により指導線を失った朴憲永は自分の方法が非現実的であると悟り、朝鮮に入ったがそこで捕まってしまった。何年かの監獄生活の末に精神病を装って釈放された朴憲永は以後の国内運動は国内で指導しなければならないとする国内派になり、李載裕と同じ道を歩んだ。

一方、金炯善との連絡が途絶えた後にも、李載裕はもう一つの組織と衝突しなければならなかった。京城で比較的大衆的な基盤を持っていた権栄台《クォン・ヨンテ》グループだった。咸鏡道洪原《ホンウォン》出身の権栄台はモスクワで東方労働者共産大学を出た後、国際赤色労組極東支部の指示を受け、京城一帯の組織を任されて活動していた。金炯善が中国側から入った国際線だとすると、権栄台はソ連側から入ってきた国際線ということになる。彼は李載裕が釈放される前から京城市内の工場に組織員を偽装就職させ、労働者の小サークルを作っていたが、李載裕が登場すると数ヶ所の工場でトロイカ組織と衝突することになった。

二つの組織が初めてぶつかったのはソウルゴム・ストライキの現場だった。ソウルゴムには双方の組織の活動家が派遣されていたが、ストが始まると意見が対立した。ストをどのように指導するかという問題について、二つの組織の責任者の間で討論がはじまったのである。スト中の女性労働者たちが集まった場であった。李載裕の組織の運動家は自分がここに来たのはストを応援するためだと述べた。前衛組織は運動全体を指導できても、個別作業場の経済闘争は現場の指導者の役割であるから応援し、援助すればよいという論理だった。一方的な指導よりも討論と合意を重視するトロイカ組織員らしい発言だった。反面、権栄台側の組織員は自分が来たのは労働者を指導するためだと言った。すべての革命的労働運動は前衛組織の指導を受けねばならないという原則論だった。派遣された二人の活動家間の論戦は現場の女性労働者に伝播した。女性労働者たちは熱気を帯びた討論の末、活動家の役割とは指導ではなく、応援及び援助であるという結論を下した。

李載裕はそのことを報告されると、いわゆる前衛を自負する者が現場の労働者の前でそのような討論をするとは荒唐無稽なことだと批判した。前衛活動家だけで討論すべきことを一般の労働者の前で繰り広げるという愚かな真似をするとは何事だと叱った。討論内容自体は大きな問題にならなかった。自らの主張が正しく、現場の女工たちがその点を立証したと考えたからである。

反面、権栄台グループではこのことを問題視し、トロイカ・グループが国際線の指導を拒否するばかりでなく、前衛の役割さえ否認する大衆追従主義的で分派的な集団であると規定した。「ソウルゴム事件」以後、李載裕は権栄台グループに共同闘争委員会を結成し、共闘する過程を通じて統合しようと提案した。しかし、権栄台はこれを拒否した。

最も重要な国内線だった二つの組織の結合はこうして失敗した。とくに権栄台とは一度も直接会えずに、各自別々の活動を継続するうちに、権栄台側が彼を分派主義者だと批判していることを知ったが、李載裕は取り立てて意に介さなかった。

李載裕にとっては現在起こっているストのほうが重要だった。いつ警察の襲撃によって連行されるかもわからない彼は、国際線との統合や、理論闘争よりは現場のストを指導することに自らの尊い時間を注ごうと考えた。事実、一級手配者である彼がストの現場に行くことは無謀な行為だった。ストが起これば、警察と私服刑事が会社の内外に配置されるのに、周辺を出歩くことは非常に危険だった。にもかかわらず、李載裕はストの現場を見たかった。彼は行ける現場はすべて行った。ストの指導部と現場周辺で会い、見回りながら話を聞いて指示を出すことが主な日課だったが、指導部に会えない場合にも遠くから労働者が戦う姿を見つめていたかったのだ。

一〇　朝鮮の影

李孝貞《イ・ヒョジョン》が李載裕《イ・ジェユ》に再会したのは連鎖ストが始まった真夏だった。李鍾嬉《イ・ジョンヒ》が主導した星標ゴムのストがちょうど終わった時だった。本来の報告者である李順今《イ・スングム》が警察によって集中的に監視され、とても身動きがとれない状況だったため、彼女の代わりに李孝貞が派遣されたのだった。

待ち合わせ場所の京城帝大付属病院正門前に現れた李載裕は持病の肺病が好転して顔色がよく、肉付いた顔にも血の気が現れていた。少しちいさく見えるが、褐色のスーツに中折れ帽子までそろえた平凡な事務職員のように見えた。李孝貞は肩まで下った髪を端正に縛り、黒のチョゴリと白の半チマを着て、商会の経理職員のように見えた。二人は散歩に出た恋人のように、親しげに鍾路《チョンノ》の街を歩き始めた。

規則どおり、ひょっとするとありうる尾行と逮捕に備えて、二人はまず私的な話からはじめた。李載裕は李孝貞が詩を書くという事実を忘れていなかった。この間、どんな詩を書いたのか気になった。けれども、李孝貞は一つも詩を書いていなかったので、すまなく思った。初めて鍾淵紡績に入社した時は暗澹たる労働者の現実に衝撃を受けて、何篇かの詩を書いた。しかし、時間がたつにつれて感情が鈍り、詩を書こうとする気にならなかった。毎日明け方から一〇数時間働き、休日にもサークルを指導する生活が続き、休む間がなかった。彼女はたった一日でも心置きなくぐっすり眠りたいとばかり望んでいた。

李孝貞が李載裕にそのことを率直に話すと、彼は十の言葉で煽動するより、一行の詩のほうが強い影響力を持っているのだといい、詩を書くことをやめるなと激励した。李孝貞は相変わらず彼の名前が李載裕であるという事実さえ知らなかったが、自分を理解してくれる人に出会ったことに大きな満足感を覚えた。

鍾路二街の曲がり角は和信商会の建設工事で忙《せわ》しなかった。東亜日報を引き受けた金性洙《キム・ソンス》に匹敵する代表的な親日派財閥である朴興植《パク・フンシク》が西洋式のデパートを建設していたのである。李載裕は近頃新たに建てられている建物が以前のヨーロッパ風の華麗な様式に比べて野暮ったくて面白くないなと言った。

李載裕の言葉どおり、三〇年代に入ると、日本でよく見られる長方形の平べったく、実用的な建物が続々と京城《キョンソン》に新築されていた。建築費が安く、早い工法が好まれたためである。勇壮でありながら優雅なフランス公使館や朝鮮ホテルのような素敵な建物はもはや建てられなかった。その代わりに、ネオンサインが入ってきた。朝鮮人たちが集住する路地裏は相変わらず暗くて憂鬱だったが、日本人を相手にする街は赤、青、黄、緑のネオンサインがきらきら光り、夜の街を彩った。華麗で光り輝くネオンの看板とあふれる高級商品が貧しい朝鮮人の気持ちを思いっきり滅入らせた。

産業主義を象徴する新しい建物やネオンサインの登場と共に、人心も変わっていった。金がありあまり、どう運用したらよいかと悩む者がいる一方で、庶民たちの生活はどんどん悪化していった。もっとも急速に増えていったのは質屋だった。窮地に追い込まれた朝鮮人が鉄釜や掛け布団まで質屋に持ち込んでは預けることで、その日その日を生き長らえたのだった。このような質屋の看板が建物の屋根ごとに掲げられているといってもよかった。質屋はどこでも月七分の利子を取った。一年経つと利子が元金に匹敵するという高利貸金だった。貧しさはより深い貧しさを呼ぶほかなかったのだった。

反面、増える一方の金持ちのための高級居酒屋であるカフェーが街角ごとに現れ始めた。西洋式に室内を装飾したカフェーには十〜数十名の女給が洋装におかっぱ頭で茶と酒を運んだ。朝鮮の伝統的な享楽文化であった妓生《キーセン》制度はほとんどなくなってしまっていた。日本文化の流入とともに、踊りと歌、詩文を興じるだけで身体を売らなかった伝統的な意味の妓生たちはいなくなり、瓦葺の家を改造した券番と呼ばれる料亭でだらしなく酒の相手をしてから身体を売る妓生が主流となった。日本から渡ってきた芸者が伝統的な妓生の位置を占める一方で、妓生とは名ばかりで主に売春を目的とする娼婦も急速に増えていった。消え去った妓生とは異なり、カフェーの女給は上品な雰囲気の中で高級な淪落を提供する、新しい文化として登場した。鍾路の「楽園カフェー」のようなところには女給が五〇名以上もいた。

西洋文化の流入とともに、人々のいでたちも変わっていった。二〇年代までは人々の服装は朝鮮や日本、中国のような「東洋式」に「西洋式」が混入して多様だったが、時間がたつにつれて「西洋式」に統一されていった。髪形も変わっていった。日帝からの強要もなく、男たちが自らまげを落とし、西洋式の角刈り頭にするようになってから随分経ち、女たちも腰まで届いた長い髪をちょきちょきと切り落とし始めた。跳ね上がったオカッパ頭に、シルクのストッキングの上から、錐《きり》のような踵のついた細長い靴を履いたモダン・ガールたちが日傘を差したまま、街を練り歩いた。ラッパズボン〔ジーパンのこと〕という新たな流行が都市の青年たちを誘惑した。箒のように長く広いラッパズボンに四角い角縁の眼鏡をかけて、幅広のネクタイをつけたモダン・ボーイたちがモダン・ガールたちと一緒に歩く様は街のあちこちで見ることができた。

しかし、平凡な朝鮮人にとって、流行とは依然として自分とは関係ない趣味に過ぎなかった。オカッパ頭やパーマはカフェーの女給がするものと考えられ、有閑マダムや富裕な青年たちの新式服装は後ろ指をさされる対象であった。有名な女性社会主義者の中にもオカッパ頭に膝まで上げた短いスカートを履き、どこでも煙草を吸って歩く者がいて、マルクス・ガールとかレーニン・ガールといった皮肉も聞かれたが、そうする者はごく一部に過ぎなかった。

李孝貞のように労働運動をする女性が、彼らと異なり田舎くさい格好で髪を真ん中で分けて後ろで束ねる旧式の髪型で活動するのは一般人の心情に従うためであった。工場で組織活動を行なうなら、工場労働者の心情に沿わねばならないという原則があったためである。普通の女工たちのような服装で、言葉づかいや髪形も彼女たちと同じようにしなければならなかった。また、ある意味でこのような地味な朝鮮の服装が活動家自身の趣向にも合っていたといえる。

誰もついて来ないことが確実になってからはじめて報告が始まった。李孝貞は李鍾嬉が星標ゴム・ストライキの現場で優れた雄弁をふるって労働者の心をつかんだと報告した。李載裕は李鍾嬉がどんな演説とスローガンを叫んだのかを何度も細かく問いただしてから、ストの現場であまりに左翼的なスローガンを叫んで大衆に警戒心を抱かせないほうがよいと言った。鍾淵紡績の状況についての報告も聞き終えた彼は、工場で社会主義者がとるべき態度とスト現場での注意事項について述べた。相当長い口頭指針だったが、記憶力に長けた李孝貞はひとつひとつに番号まで付けて覚えておいた。

李載裕は自分が話し終えてから、彼女がきちんと理解しているか確認するために、いくつかの質問をした。すると、彼女は一語一句ほとんど違わずに再生してみせた。これを聞いた李載裕は非常に満足した。彼は沈着で聡明な李孝貞にとても満足したのだった。

李載裕はこの日の出会いを契機として、新たな決定を下した。李孝貞に工場を離れて、外郭で活動するように指示したのである。李孝貞は東大門《トンデムン》一帯の工場で活動する者と李載裕との間の連絡を担当することになった。現場の闘争についての討論は主に罷業委員会で行なわれ、李鉉相《イ・ヒョンサン》や李順今が参加して直接指導したが、その会合の結果を李載裕に知らせて回答を聞いてくるという役割を担ったのである。周期的に彼に会って文書を伝達したり、工場から出た報告書を伝達したりした。もちろん、依然として彼の名前が李載裕だということを知らず、名前を使う必要もほとんどなかった。どうしても必要な場合には、当時の知識人間の手紙でよく使われていた「K」や「L」などの英語の略字で称した。

李孝貞は新しい活動が面白いと感じていた。背ばかりひょろっと高いだけで、何かしらの病気を持ちながら生活する虚弱な体質の彼女にとって、工場生活はあまりに手に負えなかった。明け方に起きなくてよいことだけでも、彼女にとって救いだった。彼女は李載裕の伝令の役割をてきぱきとうまくこなした。コミンテルンのパンフレットを懐に隠して検問所を通過するときは満洲で買い物カゴの中に拳銃をしのばせて運んだ母のことが思い出された。

仁川《インチヨン》で金三龍《キム・サムニョン》に会って李載裕のメッセージを伝え、仁川の事情について報告を受けて戻ることもあった。金三龍は仁川埠頭で半公開的に荷役労組を相手に社会主義教育をしていたが、庶民的な風貌に気さくな性格と話術で人々をひきつける、魅力的な人物だった。

だが、工場の外で活動するとすぐ空腹になった。工場に勤めていると一日三度の食事ができたが、外部の活動家は一日二食もありつけないことがあった。家で食べるのは警察が潜伏していた場合に被害が大きいため、主に街頭での会合が選ばれたものの、喫茶店や飲食店が大繁盛だったこの時期でもそのようなところに入る余裕はほとんどなかった。恋人同士を装って公園を歩いたり、電車の停留所の近くをぶらぶらしたりして会話をした。一度会うと、二〜三時間ほどの会話をすることが多く、鍾路で会い、南山《ナムサン》をひとまわり歩き、東大門で別れるという具合であった。足の裏にマメができるくらいずっと歩いても、食事はおろか、水一滴さえ飲めないのが普通だった。初めからポケットに金銭が一銭もないことが多かったが、あったとしても、警察の尾行から逃れるために電車に飛び乗るときなどの万一のケースに備えて残しておかねばならなかった。たまに余裕があるときは蒸しパンを買って公園に行き、二人並んで座って食べた。

李載裕に資金が全くないわけではなかった。監獄から出て活動をはじめてから、いろいろな人が彼に活動費を提供していた。父と兄が面長を務め、比較的ゆとりのある生活をしていた李鉉相と富裕な李順今がそれぞれ五〇円以上の金を渡したし、安炳春《アン・ビョンチュン》、崔小福《チェ・ソボク》、南萬熙《ナム・マンヒ》などの核心組織員たちが工場でもらった月給を少しずつ集めた資金も一〇〇円を超えた。だが、この金はストを支援する時に大部分使ってしまい、たとえ金に余裕があるときでも、極度の節約と餓えに慣れた李載裕はほとんど金を使わなかった。むしろ、サークルがない日は日当七〜八〇銭をもらって肉体労働に従事することさえあった。

ある日、李孝貞は李載裕に会うなり、思わず「お腹がすいた」と言ってしまった。すると、李載裕は仁旺山《インワンサン》のふもとにある村に連れて行った。すっかり壊れてしまった藁葺きの家が丘の双方にすき間なくぎっしりと建てられている山村だった。幅の狭い松の板を立てて壁をつくり、新聞紙でつぎはぎ状に塗った家で、冬でも薪を買う金がなく、家族全員がぎゅっと抱き合いながら夜を明かし、朝になると老人や赤ん坊が凍死したまま発見される、そんな村だった。多くの朝鮮人が明かりを消して静かに眠る暗い路地のいちばん上から、李載裕は村を見下ろしていた。李孝貞も並んで立ち、朝鮮人の村を見つめるしかなかった。朝鮮人の貧困が、朝鮮人の沈黙が、風のようにふうっとこちらに吹いて来る感じがした。仁旺山をかすめて降りる夜風のように重い息遣いだった。李孝貞は自分にたいする恥ずかしさで涙ぐんでしまった。

東西の建築様式が不調和の中の秩序を織りなす京城は美しく、優雅な都市だったが、その裏路地に暮らす朝鮮人庶民の生活はあまりに悲惨だった。一方では、赤いレンガを積み上げたり、南欧式に石灰を塗って黄土の瓦を載せた二階建ての建物が整然と立ち並び、生産されたばかりの米製乗用車、ピアノ、七〇円のラジオ、一〇〇円では買えない写真機まで買い揃えて、豪華に暮らしている人々がいた。その反対側には半ば崩れた藁葺き屋根に、洞窟のように薄暗い一間部屋で、ぺしゃんこになった鍋と、取っ手が落ちた壺、ブリキのたらいと石油箱〔石油の一斗缶二個を収納する木箱〕を所帯道具として持ち込み、ひと月一五円の月給で家族全員が食いつないだ。客が来ても米の粥を作って出すこともできず、膳に乗せるご飯茶碗も、箸や匙もない生活だった。都市は繁栄していたが、庶民たちの暮らしは悪化するばかりだった。

京城府の外郭の土幕村よりはましだといっても、朝鮮人の居住地はどこも同じだった。三仙町《サムソンジョン》で電車を降りて、小川の流れに沿って鍾路に歩いていくと、女たちが練炭に火をおこして、街中が煙に包まれた。敦化門《トンファムン》から鍾路三丁目に通じる道は小さな田舎の町のように静かな道だったが、道端のやや低い家では靴を直したり、麺を茹でて売ったり、理髪店、煙草屋、仕立屋などが建ち並んでいた。

その道を過ぎると、狭い路地の飲食店からスープを沸かす匂い、つまみを焼く匂いとともに、路地側に穴が空いた在来式便所から立ち込める大便の臭いが鼻を突いた。それでも、薬袋を幾列もぶら下げてある漢方薬の店の前を通り過ぎる時に、漢方薬を煮立てる香りがすると、しばし立ち止まることもあり、中国人が売るホットク〔小麦粉をこねて平たく円形につくり中に砂糖または餡を入れて焼いたもの〕の店の前を通り過ぎる時は五銭もする高いホットクを眺めて唾を飲み込むこともあった。たまに東洋画を背負子に縛って売り歩く中国人を見かけることもあり、唐辛子や豆を頭に載せて売り歩く老婆、背中に卵を容器いっぱいに背負って売り歩く卵商人もよく見かけた。そのみすぼらしくも生気に満ちた路地裏を通り過ぎるとき、自然に生きる力が湧いてくるのだった。

　駐在所を通り過ぎるときはずっと冷や冷やする思いがした。駐在所の前にはいつも日本人巡査が後ろ手に組んで通行人をじろじろ見ていた。駐在所ばかりではなく、至るところに情報員が配置されていて、見慣れない人間が現れると監視を始め、少しでも怪しい気色が窺えると通報してしまうのだった。貧しい朝鮮人にとって、京城は決して浪漫と希望の都市ではなかった。

　李載裕は朝鮮人の貧民街を見せた後、空腹の李孝貞のためにうどんを食わせた。李孝貞はあまりに空腹だったので、はふはふと言いながらうどんを食べたが、この日の恥ずかしさを忘れることはなかった。彼女は羞恥心を隠すためにいっそう活動に打ち込んだ。

　闘争は急速に広がっていき、他のことを考える余裕さえなかった。連鎖的に起こったストは九月に入り、鍾淵紡績でピークに達した。初日は約三〇〇〇人が集まって立てこもりを始めたが、すぐに五〇〇〇人全員が参加した。当時としては非常に大きなストライキだった。各新聞が大々的に報じる中で、ストは一週間継続した。工場の中では李丙嬉《イ・ビョンヒ》が労働者代表となって活動し、外では罷業委員会がつくられ、李孝貞、李順今、李鍾嬉が委員となり、東大門地域全体を指導していた李鉉相が責任者として活動した。他の工場に勤めていた李景仙《イ・ギョンソン》と金在善《キム・ジェソン》が応援に来ることもあった。女工たちの要求条件は養成工の日給を二五銭から四〇銭に上げること、寄宿舎生の夜間外出を許可すること、自由に退社できるようにすること、罰金をなくすこと、職工を殴ったり罵倒しないことなど、一三カ条だった。

ストライキが始まると、日本人社長は寄宿舎を封鎖し、寄宿舎の女工たちの外出を禁止し、五〇〇人の職工すべてに出勤するよう命令し、出勤しなければ解雇すると通告した。東大門警察署は前線に立った五名の女工を連行し、彼女らを助けるためにサークルをつくった朝鮮紡績の女工二名も拘束した。労働者側が当初から徹底して準備し、身の安全を守ったため、会社と警察はストの主導者を発見できないまま、自然発生的に起こったものと考えた。

ストライキが三日目を迎えた日、日本人社長は翌日から出勤しない者は一切解雇すると、最後の告示を張ったが、これに応じる女工はいなかった。日本人社長は男性職工たちに、会社がすべての条件を呑むそうだから、職場に復帰しようと言わせた。これに幻惑された女工たちは一週間ぶりに職場に復帰した。すると、会社は男性職工が勝手に言ったことだから会社とは関係ないと言い逃れをした。こうしてストは瓦解し、要求条件はほとんど受け入れられないまま、労働者の敗北に終わった。労働が再開されると、ストライキの主導者が山のように連行されたが、女工たちにはなす術がなかった。

一週間にわたる鍾淵紡績のストライキと安炳春が就職して起こした龍山《ヨンサン》鉄工所永登浦《ヨンドゥンポ》工作所のストライキを最後に、組織員が参加したすべての工場のストが終わり、警察の本格的な捜査が始まった。徹底して身の安全を守った李順今はしばらく拘束されたが、シロということで釈放された。しかし、他の活動家と労働者まで二〇〇名以上の人々が山のように連行された。ストライキを終えて、出勤した李丙嬉が拘束され、外部で指導した活動家たちが次々と逮捕された。李鍾嬉、卞洪大、許《ホ》マリアなど、ほとんどの現場活動家が検挙された。

僅か一ヶ月で、警察はほとんどの活動家を拘束することに成功した。李載裕をはじめとする指導部は逮捕されなかったが、京城トロイカは事実上活動を麻痺させてしまった。

一一　乙女たちの夢

李孝貞《イ・ヒョジョン》が逮捕されたのは祖父の葬式の日だった。この間、李載裕《イ・ジェユ》との連絡を何とか維持してきた彼女であったが、自分をこよなく可愛がってくれた祖父の死に直面して、実家に帰ろうと思わないはずがなかった。気をつけてはいたが、まさか葬式の日に逮捕されるとは考えてもいなかった。

葬式の準備で慌しい真夜中に、突然実家に彼女が入るや否や、母がびっくり仰天して、すぐに門の鍵を閉めた。ちょうど祖父の遺体を入棺するところだった。血の気がひいた白い顔で横たわっている祖父を見ると、彼女の目から涙が溢れ出た。

父のいない家で育った李孝貞にとって、祖父は父以上の存在だった。儒教の礼儀作法で一歩も譲らない生真面目な封建両班だった祖父は自分の母が亡くなると、昔からの作法に則り、墓の前に廬幕〔喪に服するために墓のそばに建てて寝起きをする庵〕を建てて、ひげも髪もそらず、風呂にも入らずに、一年間まめに祭祀を続けた人だった。幼い李孝貞が体調を崩して横になっていると、自分の家のコンノンバン〔板の間を隔ててアンバン〔居間〕と向かい合っている部屋〕でも嫁を意識して道袍〔男子が上着のうえに羽織る袖が広くて長い礼服〕に網巾〔まげを結うときに頭髪が乱れないように頭に巻きつける馬の尾の毛で作った網目状の帯状頭巾〕まで身嗜みを整えてから、漢方薬を飲ませるくらいだった。

両班でない人間の場合、両班の家の前を罪人のように頭を下げてこそこそと通り過ぎなければならない時代だったが、たまに常民が事情を知らずにキセルをくわえて村内の路地を過ぎると、下人に命じて、彼を捕まえて尻を叩きつけた。村内の常民たちは遠くから祖父が着ている絹の道袍の裾が見えただけで、どこかに隠れるくらいだった。

このように封建的な思考が刻み込まれていても、祖父は誰よりも細やかな性分を備えていた。代々働かせてきた奴婢の還暦の日には子牛を一匹捕まえて豪勢な料理を拵《こしら》えてやったし、奴婢の子どもと村人すべてが集まる中で、彼の奴婢文書を燃やして拍手喝采を浴びた光景が、幼い孝貞の記憶に鮮明に残っていた。ちょうど四〇を過ぎた歳で妻に先立たれたにもかかわらず、この先善良な人に巡り会えなければ子どもたちに苦労をかけさせるという理由で、最後まで再婚を拒否してひとり暮らしを続けた。また、三日に一度は洗わないとすぐに垢が付きそうな白い絹の服を手入れする嫁をとてもすまなく思い、体面があるにもかかわらず、その服を一〇日おきに着るようにしたのだった。

家計が苦しくなったのは、兄弟や従弟が独立運動に参加したこともあるが、長男である李孝貞の父が友人の借金の保証人になってしまったために窮地に立たされた結果、祖父が大事な多額の財産を売って返済したからである。祖父の決断にもかかわらず、父はその後すぐに病で他界し、嫁と孫まで養わねばならなくなり、生活がだんだん厳しくなった。李孝貞が同徳《トンドク》女高に入学したことを言い訳にして、李孝貞の曽祖父で、祖父自身の父が住んでいる京城《キョンソン》に引っ越したが、実際は生活があまりに厳しかったことが、その理由である。

京城に上京したとき、すでに還暦を過ぎた祖父は常民も奴婢もなく、女たちが大手を振って歩く新しい世界に臆してしまったようである。故郷では女が勉強してどうなると怒鳴り散らしていた人だったが、お下げ髪をゆらゆら揺らす孫娘を先に行かせて、道袍の裾をなびかせてその後を歩き、新式学校を訪ねて自分の手で入学手続をとった。入学後も孫娘が迷うか心配で、一ヶ月間も直接学校まで連れて行き、弁当も持たせた。たまに帽子を被り、トゥルマギを着た端正な姿で教室の後ろに座り、孫娘と子どもたちが勉強する姿を眺めたりもした。女は勉強する必要がないという固陋な考えを捨ててから随分経っていた。

同徳女高創立記念学芸会のとき、毛筆担当と合唱部に選ばれた孫娘に満足して、花がついたはちまきを買いに、道を尋ねながらチンゴゲにある日本人の商店を訪ねたこともあるし、毎日一枚ずつ筆で文字を書くようになってからは間違って書いても「よく書いた」と言葉を尽くして褒め、孫娘に自信を持たせたこともあった。祖父の教えのおかげで、孝貞が毛筆大会で一等をとった日は体面も忘れて手をパンパンたたいて喜んだ。独立運動をするといって皆が去ってしまったら故郷は誰が守るのかと怒りを露わにした人が、時々中国と満洲から来た従弟や甥姪たちが武装闘争や社会主義思想について話をするときにも何も言わず、黙々と頷きながら聞いてくれた。

徹底した封建的思考を持ち、言葉と行動に一寸も違うところがなく剛直に生きてきた、典型的な両班だった祖父の死は、李孝貞にとっては父を失ったことと同じくらい悲しい出来事だった。封建制と家父長制を廃止せよと主張する彼女だったが、祖父を批判の対象として考えたことはなかった。祖父は代表的な保守主義者だったが、自らの利益を守るための利己的な保守主義者ではなく、社会と家庭を維持するための基本的な枠組を守ろうと努力した、正当な保守主義者だった。だから、世界が変わっていることを悟った時、喜んで自分の考えを変えた人だった。李孝貞にとって、祖父は心から尊敬されるに値する大人だった。孝貞がやっと三歳になった時に亡くなった父に対する記憶はなかった。

その意味で、祖父は彼女が初めて失った家族でもあった。彼女はとめどなく溢れ出る涙を止めることができなかった。

「門を開けろ！」

入棺式を終えても流れ続ける涙を抑えきれずにいるときだった。突然、門を蹴り破ろうとする大きな音が聞こえたかと思うと、ゲートルを巻き、縁なし帽子を被った刑事たちが壁を飛び越えて入ってきた。家中が修羅場と化した。

李孝貞は親戚たちが刑事に向き合って抗議している間に逃げだそうとしたが、顔を知っている刑事に捕まってしまった。彼女がずるずると引きずられて出てきたとき、母が板の間で中腰の姿勢で立っている光景が見えた。マルクスとレーニンの本を取り出して隠そうとしたが、状況が緊迫していたので自分のスカートの下に隠したのだった。母はスカートで本を覆い、座り込んでおいおいと泣き始めた。刑事たちの疑いを逸らすためだけではなく、義父と娘というもっとも近い二人を一度に失った悲しみに耐えかねて、声をあげてもの悲しく泣いたのだった。

楽しい時期はこうして終わった。西大門《ソデムン》警察署は厳重な雰囲気で重苦しかった。顔が全部隠れる鐘形の笠をかぶり、後ろ手に手錠をかけられた朝鮮服、工場服の人々が床に一列に並び、膝をついて座っていた。四方から悲鳴と鞭の音、朝鮮人刑事の罵倒と日本人刑事の怒鳴り声が聞こえてきた。捕まった者があまりに多く、最上階の体育館にまで集団収容されていた。李孝貞は署長室の横にある「特高室」という札がかかった部屋に押し込められた。

部屋の中はすべての備品が片付けられ、がらんとした部屋いっぱいに拘束者が男女の区別もなく、膝をついて座っていた。李孝貞が割り込んで座ると、皆の注目を集めた。誰も言葉を発しなかった。

誰かが後ろで低くつぶやく声が聞こえてきたが、恐ろしい緊張感を和らげることはできなかった。少し待っていると、彼女を連行した猟師帽を被った朝鮮人刑事が室内をぐるっと見渡して出て行った。後ろから「悪い奴」という低い声が聞こえてきた。日本人刑事よりもずっと悪辣に朝鮮人を拷問する人間だという。一時間ほど待機してから、取調べが始まった。

「名前は？」

朝鮮人刑事が聞いてきた。孝貞は帝国のイヌに尊敬語を使うことはできないという考えを以前から持っていた。

「李孝貞」

「本籍は？」

「慶尚北道奉化郡《キョンサンプクトポンファグン》」

その瞬間、刑事は席を蹴って立ち上がろうとしたので、目の前の明かりがまぶしく光った。

「このアマめ、敬語を使え。タメ口きくんじゃねぇ！」

李孝貞は椅子から転げ落ちて、起き上がろうとすると、後に立っていたもう一人の刑事が靴を履いた足で彼女を蹴り上げた。内ももが狙われたようだったが、横腹に食らってしまった。突然息ができなくなり、吐き気をもよおした。続けざまに何度か足蹴りを食らったが、息つく暇もなく、悲鳴さえ出なかった。ようやく椅子に座らせられ、本籍と現住所を陳述すると、刑事は階級を訊いてきた。

「両班《ヤンバン》です」

日本の警察は朝鮮人を両班、中人、平民、常民の四等級に区別した〔調書には「属籍」という欄がある〕。李観述《イ・グァンスル》と李順今《イ・スングム》兄妹は両班で、李載裕は平民、朴鎮洪《パク・チンホン》は最下階層である常民に属した。一九三七年に公式的に廃止されるまで、日本は封建制度を維持した。

「両班の女はオトナに対してタメ口きけるのか？　共産主義を学ぶと人倫もねぇんだな？」

日本人刑事の訥弁な朝鮮語に、口の中に溜まった血でも吐いてやりたいと思ったが、その思いをぐっと飲み込み、何の口答えもしなかった。当初、特高室に入ったときに強く感じた恐怖心が、何度も殴られ、蹴られるうちにむしろ消えていった。自分が直接殴られるよりも、他人が殴られるのを見るほうが恐ろしかった。李孝貞は自分でも驚くほど大胆になり、警察との「かくれんぼ」をはじめた。

警察は誰の指示で鍾淵紡績のストライキを起こしたのか、ストの過程に国際線がどんな影響を与えたのか、そして逃げた連中がどこに隠れているのかを集中的に問い質した。最も多く登場する名前が李載裕、李鉉相《イ・ヒョンサン》、金三龍《キム・サムニョン》だった。トロイカの三人の指導者が一人も捕まっていないことは確実だった。

李孝貞は一貫して馬鹿のふりをした。李丙嬉《イ・ビョンヒ》と自分が起こしたストライキであって、他の人間は関与していない、李鉉相は知っているが、李載裕や金三龍という名前は初めて聞いたとしらを切った。過酷な拷問が引き続いた。両手両足を後ろにまわして縛って空中にぶら下げ、飛行機が回るように何度も回す「飛行機乗り」、身体を椅子に縛り何度も電気を流す「電気拷問」、長いすに横たわらせて縛り、唐辛子入りの水を飲ませる「水拷問」まで受けた。

手錠が掛けられた手首の傷から膿みの入った血が出るくらいの苦痛を、歯を食いしばって耐えた。頭がくらくらしながらも、李載裕が遠くへ遠くへ逃げてくれることだけを祈った。捕まった者は事前に約束したように、すべての責任を捕まっていない者に負わせていた。李載裕と李鉉相の二人は一旦捕まると生きて出獄することはないだろう。咸興《ハムフン》であれ、平壌《ピョンヤン》であれ、遠くに逃げてくれることを心から願った。李孝貞がどんなにひどい拷問を耐えたのか、後に朝鮮人刑事の中でももっとも悪辣と言われた李刑事という人間がタバコの銀箔紙でインクの瓶を包み、李孝貞の顔の前に突きつけて言った。

「みろ。この小さな紙でビンを包んでみろ。できねぇだろ？　けどな、お前はインクの瓶を紙で包もうとしてるんだ。この性悪女め！　おとなしいフリして済むとでも思ってんのか！」

この刑事は目が飛び出すくらいに頬を何度も殴りつけた。ヒリヒリと腫れ上がった顔で、彼女は非情な微笑を浮かべた。このときから彼女には「インク瓶」というあだ名がついた。だが、インクの瓶は仮の姿で、彼女の内面は恐怖と苦痛でギリギリと引き裂かれていった。

温気といえば、人が吐き出す息しかない冷たい留置場で、全身に傷を負い、寝るのも座るのもつらい状態でやってくる眠気に耐えかねて、あちこちとかき回している時はいつも満洲の独立学校が目にちらついた。釈放されて、満洲や延安に渡り、銃をもって戦う想像をした。銃一丁、棍棒一本も持たずに非武装状態で日本人たちの拷問の前に身を投げ出す日々はあまりにも惨めだった。母がなぜ自分を朝鮮に連れて帰ったのかと逆恨みもした。「満洲に残っていたら、拷問も受けず、一発の弾丸で死ぬことができるのに、そうだったらどんなに楽なんだろう」という考えまで浮かんだ。身体があまりに痛く、深く眠ることもできなかったせいで、昼でも夜でも、現実なのか夢なのかわからない幻想が続いた。

身体を縛られて取調べを受けていたある日、あまりに疲れ果て、痛みで頭がくらくらする中でみた夢に、李鉉相が出てきたようだった。はっと気を取り直して、目を覚ますと、本当に李鉉相が歩いてきたのだった。手錠をかけられ、両手を刑事に捕まえられたまま、人情深い唇をきゅっと結んだ彼が入ってきた。結局彼も逮捕されたのだった。連行されるときの取っ組み合いで壊したのか、彼は眼鏡をかけていなかったが、李孝貞と目が合ってもわざわざ目をそらした。李鉉相の肩と頭に雪がかかっているのが目に付いた。ふと窓の外を見遣ると、牡丹雪が空全体を覆っているのが見えた。すでに真冬になっていた。あまりにつらい思いをしていて、時間がたつのも忘れてしまっていたのだった。

いまや残った者は李載裕だけだった。李孝貞はどうか捕まらずに、遠くへ遠くへ逃げてほしいと祈った。もしかすると、すでに朝鮮を脱出したかもしれないという希望を持ったこともあった。逮捕された者が来るたびに、李載裕の活動の痕跡がさらに明らかになり、一抹の端緒でもつかむための過酷な拷問が続けられた。火鉢に煙を立たせて、長髪をつかまれて煙に顔を押し込め、息ができないようにする拷問も受けたが、あまりにつらかったのか、李孝貞は炭を入れて拷問のこてを熱している火鉢に頭を突っ込んで死のうとしたこともあった。手足を縛られたまま、床に倒れている時、朝鮮人刑事がしばらく目をそらしている隙に、ありったけの力で額を火鉢に打ち付けた。目から火花が飛び、頭が割れるくらい痛かった。顔がすぐに血まみれになり、前を見ることができなかった。警察もこうなってしまっては首を横に振るしかなかった。彼女からこれ以上何も聞き出せないと思ったからだろうか、それから拷問の程度は随分と弱められた。さらに数日経っただろうか、李孝貞は特高室から解放され、留置場に移された。

留置場は中央監視台を中心として、上下階で二四個の部屋が扇形のように配列された、湿気に満ちた暗いところだった。部屋ごとに約一〇名ずつ監禁されていたが、女性の部屋は二階の隅にあり、窓枠にぶら下がれば他の部屋の様子を大体見渡すことができた。一階の隅の部屋は普段は空いているが、拷問があるときに使ったり、時々咸鏡道《ハムギョンド》や江原道《カンウォンド》の言葉を使う警察たちが縛ってきた者を閉じ込めておき、翌日連れ出す場所として使われた。

ある日、うまく歩けないくらい拷問を受けた若者が抱えられながら入室し、看守の命令どおりにベルトを解き、靴を脱いだところで気絶してしまったこともあった。また、殴られて戻ってきた者の苦痛に呻吟する声が夜通し聞こえることもあった。昼でも、食事や清掃の時間以外は静かだったので、監房の門を開閉する時の重い鍵の音や、時々囚人を呼ぶ看守の叫び声と靴音が、他の収容者をびくくさせた。収容者は鍵の音が聞こえると、屠殺場に引かれる牛のように顔が青ざめ、連行されて夜を迎えると、服がぼろぼろに破れたり、血まみれになって戻ってきた。

だが、地獄のような状況の中でも、思想犯たちはお互いに冗談を言い合ったり、詩をつくって暗誦したりした。文字を書く道具がなかったので、頭に挿した木のヘアピンで本の上にキュッキュッと押して書いた。李鉉相は水拷問を受けて、頭から上半身までずぶぬれになっても、大きな声で「ソルロンタンをくれるって言ったのに、なんでくれねぇんだよ！」と何度も場内に響き渡るような大声で叫び、人々を笑わせたりもした。ソルロンタンが食べたかったのではなく、自分が留置場にやってきたことを皆に知らせるためにわざわざ声を上げたのだった。

留置場には思想犯だけではなく、一般囚も多かった。賭博の廉で捕まった多くの者たちはしばらく騒ぎ立ててから釈放され、米何升か、あるいは靴などを盗んで捕まった窃盗犯はここに収容された後に刑務所へ送られた。自殺をさせないように、男はベルトを外し、女は結い紐の代わりに木のピンで服を留めなければならなかった。露天商が禁止されたところで食いつなぐために商売をして捕まったある朝鮮人女性は、結い紐をはずせという看守の言葉にびっくり仰天し、自分は夫がいる身体だと泣いて訴える騒動を起こしたこともあった。金持ちの経済事犯は傲慢に振舞い、口をきゅっと閉ざして座りながら、罰金を値切るために思いをめぐらしていた。殺人のような重犯罪者はほとんど収容されなかった。

一般の囚人たちはたいてい捜査期間が短かったため、はじめの数日間でがさつな取調べを受けると、ただちに刑務所に移送された。彼らは高く聳え立つ赤いレンガの壁に囲まれた西大門刑務所を「文化住宅」と呼んでいた。皆が一日でも早く取調べを終えて、この「文化住宅」に入居することを待ちこがれた。刑務所への移送は拷問の終了を意味するばかりでなく、そこは部屋ごとに暖かい日差しが入るし、たまには入浴することもできたし、ごくたまに運動場に出て運動をすることもできたからである。

ついに李孝貞も「文化住宅」に移送される日が来た。他の囚人たちと同じように、差し入れを受けた韓服を小さな敷布団でくるんで右の脇にはさみ、捕縄と手錠で拘束されたまま、自動車に乗って西大門刑務所へと向かった。京城の西側、峴底洞《ヒョンジョドン》の峠の下に、国道に沿って東側に建てられた、高くて長い赤いレンガの壁の向こう側には、古びた藁葺き屋根の家が群生するキノコのように建ち並んでいた。銃を持った軍人たちが警戒する見張り台の元に固く閉ざされた鉄門が開き、護送車が庭に入るとすぐに、大勢の看守たちがこれを迎えた。

庭のすぐ前の白い二階建ての建物が保安課で、そこに連行されると、後から入ってきた日本人女性看守が服を全部脱げと命令した。恥ずかしくて脱ごうとせずにいると、女性看守はこういう場所にくるのは初めてじゃないだろうと声を荒げた。すると、李孝貞は誰がこんなところに毎日来るものかと大声で言い返し、口論となった。結局、服を完全に脱がされたまま、下半身までまんべんなくチェックされた後に、建物のすぐ前にある女舎に配置された。囚人番号は九八三番だった。

女舎は部屋が八つしかなかったが、李孝貞が入ったところは様々な経緯の犯罪者と共に使う合同部屋だった。窃盗から殺人まで、様々な囚人がいたが、学生で思想犯だったので、よく面倒を見てもらった。当初、彼女が入った時も、便所の横ではなく、ドアのほうに寝かせてもらえたし、殴られもせず、かえって拷問された傷を見てもらったり、慰めてもらったりしたのだった。

「李孝貞！　孝貞が入ってきたの？」

次の日の朝、隣の部屋からあまりにも耳になじんだ、懐かしい声が聞こえてきた。朴鎮洪だった。すでに一年以上独房に閉じ込められていた朴鎮洪は、友人が入ってきたことを知って大声を上げたのだった。どんなに嬉しいことか、すばやく木でできた便所のふたに飛び乗った。彼女はサルのように窓にしがみついたまましきりに叫んだ。

「鎮洪なの？　鎮洪！　私！　孝貞よ！」

涙がどんどん溢れ出て、言葉にならなかった。すると、あちらこちらの部屋から聞き覚えのある声が聞こえ始めた。李丙嬉、李鍾嬉をはじめ、皆懐かしい声だった。何日か前に見た人もいたが、一年以上会えなかった朴鎮洪がいちばん嬉しかった。すぐ横の部屋だったので、通房〔刑務所や留置場などで収監されている者同士が通じ合うこと〕するにもよい条件だった。刑務所は警察署や留置場よりも監視が緩やかだった。同徳女高の同窓たちは廊下や窓やトイレの窓を通じて、時間ができるといつも通房をした。部屋間の距離が遠い人は中間で言葉をつないでもらったりもした。

李孝貞はとくに朴鎮洪と多くの話をした。文学や映画と運動と恋愛、世間と隔離された鉄窓のなかでも二人のおしゃべりは終わることがなかった。ドイツの女優マレーネ・ディートリヒの魅力について話したこともあったし、羅雲奎《ナ・ウンギュ》監督が作った新作映画について話したこともあった。自然が美しい故郷から近隣第一の才媛として選ばれ、あまりにも善良できれいな乙女たちが、世間で警戒され、嫌悪される社会主義者になって、監獄に閉じ込められ、拷問で全身が病気になり、傷だらけになったままでキャッキャッと笑い、楽しく騒いでいた。文学と映画の話をし、自由な世界を思い描いた。

京城帝大の講師として唯物論的立場から朝鮮の在来小説を解釈した論稿を、当時の東亜日報に連載して有名になった金台俊《キム・テジュン》がしばらく二人の間で話題になったこともあった。金台俊の話を最初に始めたのは李孝貞だった。金台俊はトロイカ指導部の李鉉相と莫逆の友であり、鄭泰植《チョン・テシク》と同じ学校に勤めているので、名前を聞いたことはあったが、東亜日報に連載した「朝鮮小説史」を読んでみたら、すぐに気に入ってしまったという。朴鎮洪も「朝鮮小説史」の内容を聞いて、すごく興味深く思った。人間の歴史と朝鮮人の生に関する小説を書くことが夢だった朴鎮洪は、歴史的な観点から『春香伝』、『洪吉童伝』などの古典小説を再解釈した金台俊について関心を持っているので、一度会ってみたいと話した。

乙女たちのおしゃべりは終わりを知らなかった。殺伐とした監獄の中に閉じ込められた囚人の身分であったが、二〇歳の乙女たちの感傷を抑制することはできなかった。たまに面会に出たり、公判廷に行く途中で出会ったりすると、彼女たちは捕縄に縛られたまま、お互いに顔をこすり合わせて嬉しがった。先に釈放された乙女たちは本と服、生理用品に使う生地を残して出て行った。拷問の後遺症で、体が満身創痍になり、入浴も洗濯も自由にできなかったため、体から悪臭を放ったが、彼女たちの魂はあでやかな乙女の姿をそのまま保っていた。

監獄では満洲でとれた粟や豆が入った混ぜご飯が出た。たまに家族が面会に来て、金銭と食べ物を差し入れしてくれたが、食べ物が入ってくると、一旦監房から出て、廊下で一人で食べた。冬にも冷水で身体を洗わねばならなかったし、運動をしに外へ出るときは脱出防止のためという理由で裸足にさせられた。

検事による取調べを受けるために検察庁待機室に座っていると、壁の落書きが目に入ってきた。本当に多くの落書きがあった。かんざしや手のつめで引っかいたものが多かったが、拷問で負った傷から流れた血でかかれた血書もあった。書き手の名前と共に「民族解放」、「大韓独立万歳」、「日帝打倒」といった文字が書かれてあった。李孝貞もかんざしで壁を削って、言葉を残した。

「同徳女高の友、ここを通り過ぐ」

一二　一杯の茶が冷めるときまで

夕暮れの鍾路《チョンノ》の街は退勤する人の波であふれていた。道行く人々は皆忙しそうに、腕を前後にきびきびと振りながら道を渡り、それぞれの進む方へと群れをなしていった。李載裕《イ・ジェユ》はホームの上できょろきょろしながら電車を待っている人々の中に混じっていた。初冬の風が肌寒く感じられたが、着ている服が頼りなく、体の震えが止まらなかった。

一両の電車が夕闇に覆われた南大門《ナムデムン》の方から、車体をやや傾けながらカーブを曲がって入ってきた。日本人の交通巡査の鋭い怒鳴り声が聞こえてきたので、電車を待つ人々が一斉に視線をそちらに振り向けた。馬車を引いてきた朝鮮人が何かヘマをしでかしたようだった。巡査が日本語で罵倒を繰り返したかと思うと、馬夫の背筋目掛けて、手に持った鞭を三、四回、一気に振り下ろした。上も下も垢まみれの白い綿入れを着た朝鮮人馬夫は何度痛めつけられても、何の抵抗もせずに、首を深く下げたまま、鞭が当たる度にのた打ち回っていた。群衆たちもこの馬夫と同じだった。どういうわけか、交通巡査のほうに視線を向けていた人々は間もなく何も見なかったかのように振舞い始めた。誰も抗議したり、鞭打ちを止めさせようとはしなかった。皆が電車に乗り始めた。家へ向かうこと以外に重要なことが何もないかのように、人々はうなだれたまま、黙って電車に乗っていった。

李載裕は沸々と湧き上がる怒りともの悲しさに、しばらく目を閉じた。日本で見た、騙されて連れて来られて、強制的に身体を売られた朝鮮人女性たちが目に浮かんだ。炭鉱で石炭の中に溜まった水が爆弾のように破裂したり、炭鉱の中に溜まったガスが爆発して死んだ朝鮮人たちの屍が目に浮かんだ。肉体が八つ裂きにされたり強姦される恐怖よりも、人間性の尊厳を失った、苦痛でゆがむ蒼白なその顔たちがいっそう痛ましく目に浮かんだ。

目を開いたとき、歩道に接している商店の明かりの下で、鄭泰植《チョン・テシク》がたたずんでいるのが見えた。湖南《ホナム》出身によく見られる、背が高くてハンサムな男で、ぶ厚いオーバーを着ていた。彼は李載裕が自分に気づいたことを確認すると、そのまま道に沿って歩いていった。李載裕は遠いところから尾行されていないか確認しながら付いていき、寛勲町《クァンフンジョン》の十字路を過ぎてはじめて彼の横に近づいた。ちょうど一台のタクシーが通り過ぎようとしていた。二人は黙ってタクシーに乗った。尾行はいなかったようだ。

「東崇洞《トンスンドン》の京城帝大前までお願いします」

鄭泰植は運転手にそう言ってから、自分の手のひらに漢字で「三宅」と書き、李載裕に見せた。三宅鹿之助のことだった。李載裕は頷いた。

三宅は京城の社会主義者の間で公公然と知られていた左翼教授だった。東京帝大経済学科出身の彼はヨーロッパ留学中にドイツ共産党に加入し、帰国後京城帝大の助手である李康国《イ・カングク》、鄭泰植、崔容達《チェ・ヨンダル》などと読書会を開いていた。トロイカ指導部の一人になった鄭泰植は以前から李載裕に必ず紹介したい左翼教授がいると言っていた。そして、この日の夜に面会することになった。彼の名前が三宅だということがようやく明らかになったが、李載裕はすでに見当を付けていた。

暗くなった街を走るタクシーは東崇洞の京城帝大教授官舎の前で止まった。二人は周りを徘徊し、尾行されていないことを確認してから、官舎に入っていった。木の板が家を取り囲み、赤レンガを積んだ壁に木のとんがり屋根を載せた、日本式の平屋だった。呼び鈴を鳴らすと、下女が出て、応接室に案内した。

しばらく待っていると、多少神経質に見える蒼白で面長の顔に眼鏡をかけた若い教授が現れた。三宅は嬉しそうに握手を求め、二人と向かい合って座った。知識人らしい気難しい表情とは異なり、歯を見せて笑う顔が善良に見えた。言葉づかいも全く傲慢ではなかった。彼は下女に茶を出すように言いつけてから、日本語で話した。

「李載裕先生についての話はたくさん聞きました。是非お会いしたいと思っていたので、嬉しいです」

李載裕は熱めの茶が入った湯飲み茶碗を、手のひらでゆっくりとまわした。

「私も先生についていろいろと噂を聞いておりました。こうしてお会いできて、嬉しいです」

「相見の礼」が済むと、鄭泰植は二人が心置きなく話せるように、他の部屋に行って待った。李載裕はまず三宅の理論よりも人間性から知りたかった。最近起こった殺人事件など、市中で話題になっていることをいろいろと儀礼的に話した後で、単刀直入に聞いた。

「京城帝大の教授といえば、何不自由のない地位でしょうに、どうしてこんなことに加担するようになったのですか」

三宅は学者らしい純粋さと率直さを持っていた。彼は李載裕の履歴とトロイカ組織について知っていたので、警戒心や拒否感もなく、自分の秘密を暴露した。李載裕より五歳年上だったにもかかわらず、丁重な尊敬語を使った。

「日本では東京帝大時代から、社会主義に共鳴しておりました。東京帝大は日本の社会主義の産室だったのです。朝鮮に渡り、教授として赴任した後も、社会主義の勉強を深めるために、ドイツに留学したこともございました。そこでドイツ共産党に加入し、メーデー・デモに参加したこともございました」

「ドイツでは最近、ヒトラーという奴が登場し、反革命の先頭に立っているそうですね。今年の初めに首相になったとも聞いていますが」

三宅は頷いた。

「心配です。私が留学していた時もナチスが資本家たちにおんぶされて、勢力を拡大しておりましたが、いまや議会と政府まで掌握したので大変なことになったと思います。しかしながら、マルクスを生んだドイツこそ、社会主義の根拠地ではありませんか。必ず社会主義者が勝利するでしょう。そして日本と朝鮮の社会主義革命もやはり、必ず成功するでしょう。それが歴史発展の必然ですからね。そうではありませんか」

ロシア革命の成功と中国共産党の飛躍的発展、そして朝鮮と日本に降り積もる雪の塊のように増え続ける社会主義勢力の状況は、多くの社会主義者に疑いのない楽観を与えてしまっていた。三宅もそのような人間の一人だった。李載裕は歴史を予見するのを好まなかったが、彼の確固たる信念に好感を持った。

「先生のご見解に全く同感します。ただ、未だに朝鮮の社会主義運動は初歩の段階だと思います。知識人たちの間には社会主義が流行のように拡がっていますが、実際に朝鮮人民の中にはほとんど根を下ろしていないのです。われわれが労働者と農民の内部に組織を建設できないなら、社会主義運動は空虚な宣言に終わるでしょう。今まで何度も建設を試みては失敗してきた朝鮮共産党のように、です。いまは象徴的な前衛組織ではなく、労働現場における基本的な実践運動が必要な時です」

「仰るとおりです」

三宅は、今まで会った者はたいてい前衛党の建設に対する抽象的な主張ばかりを並べ立てていたが、このように実践運動を重視する同志に会えたことが大変うれしいことだといった。彼は上気した顔で話し続けた。

「私の人生の目標は朝鮮で革命運動に賛同し、資本主義日本帝国を打倒することです。朝鮮だけではなく、日本人民まで抑圧している老衰した吸血鬼のような資本主義を打倒するためであれば、今すぐに大学教授を辞めてもいいです。私は大学教授の職などには未練がございません。ただ、私には実践運動の指導が必要です。理論的には多くの勉強をしてまいりましたが、実践運動の経験がないために、私自身の理論が正しいのか、間違っているのかさえ判断できないのが実情でございます。だから、李先生に会おうと思ったのです」

夜遅くまで続いた対話で、三宅は自分の論旨を説明することよりも、李載裕の話に耳を傾けることのほうが楽しいと感じた。学者が抱きやすい驕りや自己の主張を擁護するための華麗な修辞などは見えなかった。李載裕は相手の意見を慎重に聞き入れることを楽しむ彼に好感を持った。社会主義の理論だけで理解しようとするなら、日本の河上肇のような学者よりは劣るとしても、実践意志なら並外れた人物であるという印象を受けた。

三宅もまた、宣言だけではなく、実践を通して現場の労働者組織に飛び込んだ李載裕を堅く信頼するようになった。初めての面会でこれ以上ない満足を得た二人は一週間に一度ずつ、教授官舎で単独会合を持つようになった。

次の週の面会で、二人が究極的な目標として合意したのは、崩壊した朝鮮共産党の再建だった。李載裕は京城《キョンソン》トロイカを中心とした朝鮮共産党再建のための「京城地方委員会」を組織しており、三宅はこれを受け容れた。二人はこのために、全国的な地下新聞を作ることで合意し、まず情勢討論を通じて、二人の意見を統一することから始めた。李載裕は工場で大衆組織を建設し、三宅はコミンテルンのような国際線との連携を結ぶなど、具体的な役割分担も行なった。

微妙な問題もなくはなかった。コミンテルンとのつながりを持っていた三宅はもう一つの国内線である権栄台《クォン・ヨンテ》グループとの交流を主張した。講壇上の左派として、実際の事情に暗かった三宅は相反する組織が結合する時に起こる現実的な障害についてよく理解できなかったために、権栄台グループとの連携を延ばす必要はないと考えた。しかし、ソウルゴムにおける論戦事件以来、相当な摩擦を体験してきた李載裕は彼らとの連携の可能性にそれほど希望を抱いていなかった。彼は二つの組織が形式的に結合するよりは「共同闘争委員会」のような組織をつくり、実践の過程で統合していくのがよいと考えた。三宅は自分の主張を強要しなかった。彼は一旦、この問題を後回しにすることにして、まず当面する課題から討論しようと提案した。

週に一度のペースで継続した面会で、二人は工場の状況に対する実態調査、経済と政治状況に対する調査、出版の問題、朝鮮に入ってきた日本人のうち、進歩的なものをオルグする問題などの現実的な事案を討論した。また、実際に何種類かの実態調査表をつくり、交換したこともあった。

毎週面会を繰り返しているうちに、冬が深まっていった。この間も、現場の状況はだんだん厳しくなっていった。連鎖ストで拘束された者が拷問を受ける過程で、京城トロイカの全貌はほぼ完全に暴露されてしまった状態だった。新設洞《シンソルドン》の貧民窟もはや安全な場所ではなかった。

未だに逮捕されずに活動していた李順今《イ・スングム》は李載裕を匿うために、家から持ち出した金で内需洞《ネスドン》に新たなアジトを作った。西大門《ソデムン》警察署の北側で朝鮮総督府がはっきりと見える瓦葺の家で、灯台下暗しという言葉の通り、むしろ安全なところであった。この部屋で、李載裕は李順今を含む女工たちと読書会を開いて、運動を始めた。

李鉉相《イ・ヒョンサン》が検挙されたのはこの頃であった。こうなると、とにかく李順今が危なかった。李載裕はまだ益善洞《イクソンドン》の家で暮らしていた李順今を内需洞の自分の部屋に引っ越させた。このときから翌月の中旬までの三週間、二人は一つの部屋で寝起きすることになった。まさにこのとき、朴鎮洪《パク・チンホン》が監獄から釈放され、李順今を探しているという報告を受けたが、危険な状況だったので、連絡をとることができなかった。

日帝は抗日運動家を析出するための、二重三重の「しかけ」を持っていた。戸口調査制度もやはり効果的な監視制度の一つだった。朝鮮人が引っ越してくれば、路地単位に組織された自治会を通じて、駐在所に申告しなければならなかったが、怪しい気配があると、巡査が現れて調査をした。男同士で部屋を借りたり、特別な作業もないのに外からの客が多い者が優先的に調査対象となった。流動人口まで合わせても三〜四〇万名にしかならない京城は身を隠して暮らすにはそれほど広い都市ではなかった。周りからの疑いを持たれないようにするなら、所帯を持つ夫婦として偽装するのが最もよかった。まだ手配されていない場合は、調査を受けた後にすばやく引っ越すことも可能だったが、手配者である場合、警察の訪問は直ちに逮捕を意味したので、必然的に夫婦を装わねばならなかった。

このような事情があって、男女の手配者が夫婦を偽装して、部屋を借りる場合が多かった。恋人の場合は別に問題がなかったが、そうでない場合には同じ組織員の中で合意をし、偽装夫婦になった。このとき、秘密のアジトを守る女性を「アジト・キーパー」と呼んだが、適当な女性がいないときは姪や従弟などの親戚や、極端な場合、同僚の婦人を連れていき、自分の妻だといって騙して一旦入居をし、家庭事情のために故郷に行ったというかたちで女性を送り、一人暮らしをしたのである。社会主義者ばかりでなく、民族主義者であっても、危険が迫っている手配者はやむを得ず、このような方法を選んだのだった。

若い男女が一つの部屋で暮らしてみると、情が通って恋人同士になることもあったが、たいてい偽装結婚は言葉どおり、逃避のための形式的な関係に終わる場合が多かった。日本の警察と新聞は抗日運動家が誰彼かまわずに同居する、非道徳的な人間たちだと非難した。だが、良心に恥じることは何もなかった。偽装夫婦が肉体関係に発展し、本当の夫婦になったとしても、理想と信念をともにする男女の間に情が通い、愛するようになるというプロセスは自然な恋愛というべきであり、非難されるものではなかった。同居人のうちの一人が捕まり、もう一人の異性と同居しなければならない場合も時にはあったが、これもまたやむを得ない状況であり、また相互の合意を徹底させることによって成立する関係だった。ある特定の人物と同居しなければならないと強制的に命令できるくらいの権限を持った運動組織はなかった。権力は植民地支配者たちのものであり、運動家組織のものではなかったので、誰もがいつでも運動を放棄する自由を持っていた。同じように、好きになれない異性との偽装という場合も、同居をしない権利を持っていた。たとえ逃亡する過程でいろいろな異性と同居することになっても、究極的には本人たちの選択によるものであり、植民地権力とその汚い権力に魂を売り飛ばした売国奴たちはそれを非難するだけの道徳的な資格をもっていなかった。

李載裕と李順今が内需洞の部屋で同居した時間は僅か三週間に過ぎなかった。この短い期間に二人は夫婦になろうと決意した。結婚まで約束したわけでもないが、誰にも知られることなく、二人だけの秘密にした。少々一方的な関係でもあった。李順今は李載裕に初めて会った時から、彼の魅力に惹かれていたが、李載裕は彼女に女性としての魅力を見出せなかった。情け深く、献身的だが、思考が単純だった李順今に恋愛感情を抱くには、彼の頭があまりに複雑だった。活動家組織とストライキの成果が消え去らないようにするにはどうしたらよいかという悩みだけが彼の頭を満たしていた。男女として寝床を一つにするようになってからも、李載裕は二人だけの時間を持つより、いろいろな女性労働者を呼び入れ、学習させることにより多くの時間を費やした。

一九三四年一月中旬、李載裕は李順今の持ち物をそろえるために、益善洞の家に行った。鼻と耳が刃物で切られるように寒い冬の夜だった。路地にはたまに通行人が急ぎ足で通り過ぎるだけで、毛のついた帽子を被った焼いも屋ともち売りのほかに誰もいなかった。李順今が内需洞から引っ越した後、警察が彼女を探し回っているという情報がなかったため、李載裕は多少油断していた。

監視がいないと判断した李載裕は、心置きなく大門をたたいた。明かりがついて、李観述《イ・グァンスル》の妻、朴嘉耶《パク・カヤ》が大門のすき間からじっと怖い視線を送った。顔をよく知っている李載裕が事情を話すと、ようやくどうぞお入りなさいといって、大門を開けてくれた。彼女は夫が拘束され、夫の兄弟たちも離れていったので、訪問者が恐ろしく思えたのだった。人があまり立ち寄らない家だったが、家はきれいに掃除されていた。床の間から李観述の幼娘の善玉《ソンオク》がよちよちと歩いて出迎えてくれた。李順今がこの世でいちばん愛している、あの善玉だった。

「手を上げろ！　動くな！」

叫び声とともにばっと大門が開いた時、李載裕はちょうど居間に上がろうとしていた。びっくりして後に下がった二人の胸に、拳銃が突きつけられた。路地の入口にいた焼いも屋だった。後から、もち売りのかごを担いでいた、年老いた男も拳銃を抜いて近づいてきた。

「な、何なのですか。私はこの家の親戚ですけど」

状況を理解した李載裕が偽装した行動で、両手をさっとあげ、怖気ついた声で騒ぎ始めると、刑事たちは銃を構えたまま、怒鳴りつけた。

「お前は誰だ？　李順今とどんな関係だ？」

刑事たちは彼が李載裕だという事実を知らなかった。李載裕は李順今から教わり、あらかじめ練習しておいた通りに、慶尚道《キョンサンド》の方言を真似て見せた。

「年上の従弟なんですけど。叔父さんがこの家に寄ってけと言うから来たんです。何か、文句ありますか」

「一旦駐在所に来い。そこで話を聞こう」

朝鮮人刑事が手錠をかけようとした。李載裕は自分の尻に手を当て、顔をゆがめて見せた。

「わかりました。いっしょにいきましょう。ところで、今すぐトイレに行こうと思ってたんですけど。便所にちょっと寄ったらダメですか。昼に何か変なモンでも食べたんか、ずっと下痢が続いてまして」

刑事たちは拳銃を構えたまま、お互い顔を見合わせ、それほど怪しくはないだろうと判断し、李載裕を便所に行かせた。李載裕の慶尚道方言が通じたのである。母屋から離れて建てられている在来式のトイレとは異なり、李観述の家はトイレが母屋と並んで板の間の端に据え付けられていた。あらかじめ家の構造を把握していた李載裕はまっすぐトイレに入り、ドアの鍵を閉めた。音を出さないように天井の換気口のふたを押し上げると、人ひとりがやっと昇れる穴が現れた。いつか利用しようと注意深く確認しておいたところだった。そっと這い上がると、外に面した丸いガラス窓から街の明かりが差し込んでいた。

窓は壁のすぐ上に位置していた。力一杯の足蹴りで、木枠とガラス窓が同時に破れ、騒がしい音がした。李載裕は砕けた窓から脱出し、壁の上に降り立ったとき、刑事たちの怒鳴り声とともに、トイレのドアが壊される音が聞こえた。彼は躊躇することなく、路地に飛び降りて、冬の風を切りながら走り始めた。続けざまに銃声と警笛の音が後方から聞こえてきた。彼は後ろを振り向くことなく、渾身の力を出して走っていった。そうでなくても、完治していない肺が破裂しそうなくらい痛くて呼吸ができなくなると、地獄にいるような思いがしたが、死に物狂いで走りぬいた。

無事に益善洞を抜け出した李載裕は内需洞の家に戻り、李順今にこの事実を知らせて、「非常体制」に突入した。引っ越す時から、できる限り秘密を守ろうと努力したが、すでに何人かにこの部屋の位置が知られていた。そして、ついに引越しの荷物を運ぶ馬車が見つかるだけで、居所がばれる状況になっていた。二人はまず読書会に参加している女性労働者に逃げろと言って、秘密文書と本を焼却したり、他の場所に移したりした。新しいアジトを物色する一方で、夜には二人とも服を着たまま、警察の襲撃に備えた。

二日後の夜一〇時、昼間のうちに何人かに会って非常事態について論議し、内需洞の家に向かった李載裕は、大通りから路地の入り口に近づいたとき、本能的に危機を直感した。路地の入り口に黒のアメリカ車が止まっていたが、車の中に刑事と思しき者がハンドルを握っていた。路地には以前に見かけたことがない焼いも屋が立っていたし、がっしりした体格の男が二人立っていて、焼いもを食べていた。李載裕は警察が潜伏していると直感し、路地に入らずに、大通りを直進した。その時、路地から女の悲鳴と怒鳴り声が聞こえてきた。李順今だった。あまりに遠くて、何を言っているのか聞き取れなかったが、自分が逮捕されたという事実を周辺に知らせるために、わざわざ悲鳴を上げていることは明らかだった。李載裕は後ろを振り返ることなく、早足で歩いていった。冷たい冬の風が吹く中、巨大な灰色の建物が冷たい月の光を受け、彼を見下ろしていた。彼がはじめて山水《サムス》を離れ、京城に上京した時、朝鮮の象徴である光化門《クァンファムン》が撤去され、その礎が磨かれ始めていた。そして、彼が日本に行っている間にその建物、すなわち朝鮮総督府が完成したのだった。李載裕は怒りで身を震わせながら、総督府の影を過ぎ、月の光の中へと消えていった。

間髪の差で内需洞を脱出した李載裕はソウル駅の裏側にある中林洞《チュンリムドン》で家庭教師として入居し、身を隠していた安炳春《アン・ビョンチュン》を訪ねた。安炳春もまた手配中の身であった上に、家庭教師として居候している家に客として厄介になるのは憚りがあったものの、即座に逃避する場所も、資金もなかったので、一旦泊めてもらうことにした。

二日後の一月二二日、安炳春は仁川《インチョン》から上京してきた金三龍《キム・サムニョン》に会うため、下宿を出た。警察の監視網が当たりをつけて急速にその範囲を絞っている状況で、金三龍に会うことは非常に危険な冒険だった。李載裕は安炳春に行かないほうがよいと忠告したが、彼は李載裕の逃避場所を用意してくれる人物は金三龍をおいて他にないと意地を張った。仕方がなく、彼を送った李載裕は主人から疑われないようにするために、昼間は街に出ていることにした。安炳春とは午後三時に京城駅の裏側の中林洞の電車停留場で会おうと約束してあった。

退屈な半日が流れ、午後三時が過ぎた頃、李載裕は中林洞の電車停留場の近くを徘徊していた。すでに約束の時間は過ぎたが、もしかして金三龍との面会が長引いていることもありうると考えて、停留場から少し離れたところから辺りを窺っていた。

寒さのため、街には通行人がほとんどいなかった。道端に掃き集めた雪が溶け出してべちょべちょになった歩道を、時々人力車と黒のアメリカ車が通り過ぎていった。歩道には白いトゥルマギや、縫い合わせた綿入れを着た朝鮮人たちと、足首まで隠れた寝巻きのような着物を着た日本人たちが、真冬の厳しい寒さに肩をすくめたまま、忙しそうに歩いていった。二〜三階建ての高さで建てられた道沿いの商店は日本語と漢字、ハングルをごちゃ混ぜにした看板を掲げて客を待っていたが、あまりの寒さに立ち寄る者がほとんどいなかった。商店の石炭暖炉の煙突から噴出している白い煙だけが、冷たい風にのって街にたなびいていた。

寒さに凍りついた李載裕の顔には緊張の色がはしっていた。まっすぐ背筋を伸ばした姿勢でゆっくりと歩いていたが、風に飛ばされないようにぎゅっと深く被った中折れ帽子の下からのぞく黒い瞳は、近いところから遠いところまで、道を渡り停留所で電車を待つ人々から、通り過ぎる乗用車の中の人間まで、すばやくチェックしていた。

腕時計がちょうど三時三〇分を過ぎたとき、補助席に日本軍将校を乗せた二人乗りの憲兵用オートバイが通り過ぎたかと思うと、遠くの方から電車がやって来た。最後にこの電車だけを確認して、ここを去ろうと考えて、李載裕は停留場のほうに向かった。木の板に濃い紫色に塗られた一両の電車は道路上の虚空に網のように張り巡らされた電線をつたって、青い火花を放ちながら近づいてきた。窓の中には降りるために立っている人々の姿が見え隠れした。李載裕は暇な時間帯にしては客が多いと思ったが、距離が遠かったので、細かく見ることができなかった。電車の車掌の顔が鮮明に見分けがつくくらいに近づいた時、ドアが開き、一群の男たちが一斉に降り始めた。刑事たちだった。潜伏勤務をする時は服装を変えているので区別できないが、誰かを逮捕するために警察署から集まる場合は、ひと目で刑事だと分かった。スーツの上着に木綿製のズボン、そして短い靴を履き、猟師用の帽子や中折れ帽子を被り、印象が鋭ければ、一度疑って見なければならない。ある朝鮮人刑事は木刀を持って威張り散らし、自ら刑事であることを誇示したりもした。電車から降りた連中の面々は間違いなく、「特高」と呼ばれる高等警察の刑事たちであった。中折れ帽子にオーバーを羽織ったり、縁なし帽子を被り、足首にゲートルを巻いた服装で、口髭を伸ばし、金縁の眼鏡をかけた姿は刑事に間違いなかった。

李載裕が憂慮したとおり、安炳春は金三龍に面会した現場で逮捕されてしまったのだった。金三龍と安炳春を一度に逮捕したことに成功した警察は二人をただちに拷問にかけた。人的事項や犯則事実に対する基礎調査もなく、ひたすら李載裕の居場所だけを聞いた拷問だった。一五人くらいの刑事たちが取り囲んで袋叩きにした後で、逆さ吊りにして唐辛子水を飲ませた。

金三龍は最後まで耐えた。どんな拷問や懐柔にも負けることなく、殺したいなら殺せという言葉以外に一切口を開かなかった。あくどい朝鮮人拷問技術者は彼から何も得ることができなかった。しかし、安炳春の精神は弱かった。彼は午後三時まで耐えたが、結局李載裕が自分の部屋で二日間泊まったという事実を吐露してしまい、自分の部屋の住所を教えてしまったのだった。警察は即時に数十名の刑事たちを彼の家に派遣した。まさに、その刑事たちに李載裕は出くわしたのだった。

折悪しく、安炳春の家に向かう刑事たちと李載裕が出くわすことになるとは誰も予想していなかった。たとえ逮捕されても、他の同僚が身を隠せるように、丸一日は陳述を拒否し続けるという約束を、李載裕は信じていた。実際に、安炳春は李載裕に会うという約束をしたことについては何も言わなかった。ただ、二人が待ち合わせた場所が安炳春の家からあまりに近かった点がミスだった。警察が到着した時、李載裕に出くわしたことは、油断がなせる不運だった。

電車から続々と降りる刑事たちを見た李載裕は、さっと方向を変え、蓬莱洞《ポンネドン》方向にむかって歩き始めた。ゆっくりとした足取りがとても速くなった。人気がほとんどない街で、彼の姿はすぐ人目についた。電車から降りた刑事のうち、何人かが彼に注目し、その後を追い始めた。

李載裕が早足をさらに早めて、蓬莱洞につながる橋の上に差し掛かったとき、橋の向こう側から刑事たちの一群が現れ、こちらに近づいてきた。安炳春の家に向かっていた別の刑事たちの集団だった。いまや振り返ることもできなかった。李載裕は何事もないかのような表情を装い、前だけを見て歩いた。刑事たちも彼の存在に気づかないかのように、ゆっくりと歩いてきた。刑事たちが冷たく険しい視線で李載裕をチラッと見たが、知らないフリをして、彼のそばを通り過ぎた。双方の刑事の集団がお互いに近づき、ちょうどすれ違った瞬間、朝鮮人刑事がくるっと身体を反転させ、李載裕を後から羽交い絞めにし、彼とともに地面に倒れこんだ。同時に他の刑事が彼の手と首を押さえつけた。

「お前、李載裕だろ?」

「李載裕ですって? 李載裕って誰ですか? 私は鉄道局に勤めている金《キム》という者ですけど? 人違いではありませんか?」

李載裕は息苦しそうに抵抗したが、刑事たちはつかんだ手を放そうとしなかった。

「嘘をつくな! 何日か前に李順今の家でお前を見たんだ!」

手錠がかけられ、捕縄で縛られた。

「放せ！　この薄汚い倭奴《ウェノム》どもめ！」

李載裕はもがきながら、必死に声を上げようとしたが、首が抑えられていたので声が出なかった。捕縄で腰から両手と首が縛られた状態で、全く身動きが取れなかった。彼は連行されまいとしてもがき、地面に寝転がって叫び声を上げた。道行く朝鮮人が近づくこともできず、遠くに立って見守ったり、見ないフリをして通り過ぎるなか、一〇余名の刑事たちが彼を取り囲んでガシガシと踏みつけ始めた。

先の尖った三角帽の形で、指一本がやっと入るくらいの穴から外が見えるように作られた編み笠を頭にかぶせられた李載裕は、西大門警察署の高等係事務室二階の小さな部屋に連れて行かれた。椅子に座らせられたまま、編み笠が取られたとき、李載裕は一〇余名の刑事が自分を取り囲んでいるのを見た。

京城連帯スト事件の捜査を総指揮した高等警察主任吉野の指揮の下で、まず気力を挫くためのリンチが加えられた。刑事たちは街中のやくざのように、彼を取り囲んで彼を殴り始めた。胸を蹴られた彼が後ろにのけぞると、待っていた者が拳で彼の顔を殴って押し戻し、彼が背中を蹴られて倒れると、刑事たちはかさにかかって痛めつけ、横っ腹に靴をはいた足を蹴りこんだ。すでに衰弱していた彼の身体は間もなくぐったりとのびてしまった。李載裕が捕縄をほどかれても立ち上がる力もないことを確認した刑事たちは、次の段階の拷問に取り掛かった。

拷問を任された警官は悪名高い二人の朝鮮人刑事だった。彼らはまず、李載裕の上半身を裸にして、人の背くらいの高さの、狭くて長い椅子に仰向けに寝かせ、両手と両足をぎゅうぎゅうに縛り、身動きできなくさせた。それだけでもぴくりとも動けないのに、一人が彼の胸の上にまたがり、口を開けさせ、そこに手ぬぐいを突っ込んでくつわをはめることで、彼が口から水を飲むことも、息をすることもできなくさせた。そして、もう一人が靴を長靴に履き替えてから、椅子に上がって彼の顔が左右に動かないように両足でがっちりとはさみ、あらかじめ水を一杯にためておいたバケツにやかんを突っ込み、たっぷり水が入ったやかんで、彼の鼻に水を注ぎ始めた。口が塞がれたままで鼻に水が入ると、呼吸が全く不可能な状態で水が肺に入り、内臓がすべて破裂するくらいの激痛が加わる。舌を噛み切って死にたくても、手ぬぐいでくつわをはめられているので、それもできないまま、李載裕は苦痛でもがき苦しんでは気絶を繰り返した。警察は水拷問が通用しないと分かると、磁石式電話機を持ち込み、水がかかった身体に電線を突きつけて電気を起こさせる電気拷問を加え、さらに火で熱したこてでもを焼きつける拷問まで行なった。李載裕は自分の肉が焼かれていく臭いをかぎながら、悲鳴をあげた。

むしろ彼の実質的な活動だった連鎖ストについては、すでに他の者がみな陳述しているので、取調べに答えやすかった。李載裕ができることといえば、組織員個々人に対する質問が出た時、その人は社会主義が何かも知らず、弟妹や友人だったから参加したまでだという具合に、嘘の陳述をして、彼らの刑量負担を減らすことだけだった。

警察の拷問は海外の組織や朝鮮における他地域の労働運動の組織との関係に集中した。海外組織とは実際に関係がなかったのだが、金烔善《キム・ヒョンソン》に会い、権栄台《クォン・ヨンテ》の組織と交流した事実があったため、むごい拷問を受けねばならなかった。元山《ウォンサン》の李舟河《イ・ジュハ》とも一度も面識がないと主張したが、警察は信じなかった。

隣の部屋では李順今が痛々しい拷問を受けていた。彼女は金三龍、李載裕と同等に、ひどい拷問に耐えながら、刑事から口汚く罵倒されていた。李載裕に拷問を加えた刑事たちはこう言っていた。

「李順今みてぇな、とんでもねぇアマは初めてだ」
「同徳《トンドク》の女どもはみんなそうだ。朴鎮洪《パク・チンホン》、李孝貞《イ・ヒョジョン》、みんなとんでもねぇアマだ」

李順今は間もなく刑務所に移送されたが、李載裕に対する取調べは冬が過ぎ、春がくるまで続いた。警察は彼を留置場や令状待機室に入れず、高等警察刑事室に一人のまま監禁した。李載裕を他の容疑者と一緒にすると、口裏を合わせて調査を妨害するのではないかと恐れた警察は隔離収容をしたのだった。彼はとにかく何も食べられないまま疲れ果て、先の監獄生活で健康をひどく害した状態だったが、拷問と殴打が続いた。

李載裕は常に脱出を考えていたが、朝鮮人巡査と日本人巡査による二人の当直が交代で寝起きして夜通し監視を続けていたので、刑事室を抜け出すことはほとんど不可能だった。巡査がしばらく居眠りしたり、ふと目をそらしている隙に窓を越えて逃げだそうとしたが、警笛さえ吹けば、すぐに捕まってしまうことは明らかだった。脚気で足がうまく使えない彼が、警察の追跡をまこうとするなら、少なくとも一〇分以上の余裕が必要だった。巡査の助けを借りるという、信じがたい奇跡が必要だった。

このとき、奇跡のように現れた人物が森田巡査だった。警察官の中には善良な人間を保護し、悪漢を捕まえようとする純粋な気持ちで警察試験を受けた者が少なくなかった。いざ警察官になると、権力の味に慣れて、暴力団と変わらない言葉と習慣に染まってしまうのだが、それでも若い警官の中には純粋な気持ちをそのまま大切に抱き続けている者がいた。天性的に明るく、利他的な性格を持った森田もそんな青年だった。

社会主義者ではなかったが、日本の軍国主義と天皇主義を嫌っていた森田は人間の平等のために社会主義者になったと堂々と言う李載裕と話がしたかった。初めて逮捕されてきた時には、当直が二人だったため、たった二人で話をすることができなかった。監視が緩められ、森田一人が当直に立つようになると、まず日本語で言葉をかけた。森田はまず、天皇制についてどのように考えているかと聞いた。

李載裕は天皇制こそ、資本家と権力者が人民を支配するためにつくった精神的な足鎖であり、日本は天皇制を廃止し、究極的には社会主義になって初めて、完全な人間の平等を実現させることができると答えた。また、日本が帝国主義になり、アジアを侵略し、朝鮮がその被害者になったことも、最後まで膨張しなければ自身を維持できない資本主義の必然的な結果だと言った。彼は特有のとても優しい声でさらに語り続けた。東洋と西洋、男女の別を問わず、すべての人間は自由で、平等に生きる権利があり、人類がその夢を実現させることができるとしたら、自分の命は少しも惜しくない、と。

森田は彼の言葉に深く感化されてしまった。二人の対話は夜が深まっても続き、森田は自分の備忘録に李載裕の言葉をメモ書きまでして、熱烈な同意を示した。森田は初任の巡査だったので、当直の機会はたびたび巡ってきた。何度も長い対話を繰り返すうちに、二人は心を開くことができる間柄になった。

李載裕はかぎりなく善良な若い巡査を苦境に陥れる考えはなかった。脱出をするといっても、森田の勤務時間は避けようと考えた。しかし、時間がなかった。躊躇せざるを得なかったが、取調べが終わると留置場に移送されるだろう。留置場からは脱出がほとんど不可能だった。森田が当直に入る日、李載裕はしばらく話をした後で、慎重に、聞き流してもよいかのように言ってみた。

「俺、すごく外に出たいんだ。外に出て、自由に生きたいんだ」

窓に顔をつけたまま笑っていた森田の顔から一瞬笑みが消えた。李載裕はしまったと思い、冗談だと言おうとした。すると、森田は慎重な言葉づかいで次のように答えたのだった。

「外で満開に咲いている桜も、ここに入ればしおれてしまいます。しかし、しおれずに咲き出す花を誰が止めることができるでしょうか。友が去ってしまえば、淋しくなるでしょう。けれども、騒ぎたてるつもりはありません。一杯の茶が冷めるときまでは」

誰か聞いているかもしれないのに、詩を読むように、静かに話す森田の表情は真剣だった。注意深く彼の表情を読んだ李載裕は黙って頷き、感謝の意を表した。今日になるとも、明日になるとも知れない脱出の瞬間に彼が必ず助けてくれるだろうと信じた。

三月一一日、雨がしとしと降る夜だった。午前二時になったとき、一睡もせずに李載裕を監視していた朝鮮人巡査が起き上がり、森田巡査を起こした。森田は目が醒めたようだったが、椅子に座るとすぐにこくりこくりと居眠りを始めた。李載裕はこっそりと起き上がった。

罠かもしれなかった。日本人警官が脱出を助けてくれるなどということは想像もできないことだった。最初に向こうから言葉をかけてきて、自分が言っていることを備忘録に書き留めたこともすべて高等警察の刑事が作り上げた演劇かもしれなかった。しかし、李載裕は自分の経験を信じた。本当に利他的な人間が存在するということこそ、経験で得たことであり、信念であった。森田の登場は奇跡ではなく、必然だった。李載裕は、日本人でありながら、咸興《ハムフン》で「赤色労組」を組織して逮捕され、一〇年の刑を受けて監獄生活をしている磯谷という人物を知っていた。労働者出身だったが、非常に頭がよく、知的な人物として知られる西大門刑務所の名士だった。近くには三宅教授のような者もいた。よくよく考えてみると、朝鮮人の社会主義者たちの多数は日本に留学し、日本人の社会主義者たちから学んだのだった。

森田巡査は李載裕が消えてしまってから、しばらく経ってからようやく警笛を鳴らし、犯人が脱出したと叫んだ。当直の刑事と巡査が集まったとき、刑事室は開いた窓が風雨に当って揺れているだけで、窓の下の駐車場の路地には人影が全く見えなかった。宿所から寝起きで駆けつけた巡査たちは方々に集まっては右往左往した。慌てて制服を着たまま現れた騎馬警察隊が馬を連れながらやたらに騒ぎ立てた。明け方というにはまだ早い真夜中に、西大門一帯に騎馬隊のけたたましいひづめの音とパトカーのサイレンが鳴り響いた。

家で寝ていた吉野主任は、駆けつけるなり拳銃を抜き、狂った人間のように暴れ回った。吉野主任の気勢に驚いた騎馬警察とパトカーは四方の路地を走りまわり、目に付いた人間に拳銃を突きつけてはみな逮捕してしまった。しかし、連行された者をいくら取調べても、李載裕と似た顔さえ見つけることができなかった。

ひとしきり騒ぎが広がってから数時間後、朝鮮人思想犯が監禁されている留置場に、李載裕を逃がした当事者である森田巡査が現れた。二〇歳を過ぎたばかりの森田は、他の日本人警察とは異なり、闊達で人情深く、朝鮮人思想犯にひそかに同情していた人物だった。脱走者を捕まえようと警察署全体がごった返していたが、森田は夜を明かしたためか、顔に多少の疲労が窺えるものの、泰然としていた。彼は普段と変わりなく、笑顔で留置場に入れられた朝鮮人たちの前に行き、昨晩自分がつくった短い歌をうたおうといった。

桜の丘に咲いた花
色あせた花もあれば
今咲く花もあるさ

森田は日本の唱歌の曲調に合わせ、飾り気のない歌をうたった。外で何の騒動が始まっているのかもわからない朝鮮人思想犯たちからよくできたと褒められると、森田は思索にふけった顔でさびしく笑うばかりだった。このことで厳しい追及を受けた森田は京城から遠く離れた咸鏡道《ハムギョンド》の山奥の駐在所に左遷された。後日、彼が社会主義運動に関与した廉で銃殺されたという噂が飛び交ったが、事実かどうかは確認されていない。

李載裕が捕まったのはそれから僅か数時間後だった。

拷問を受け続けたため、全身に傷を負わないところはなかった彼は脚気で歩くこともままならなかったが、全力を尽くして明け方の光の中を走っていた。朝鮮日報に勤務する徐昌《ソ・チャン》を訪ねようと思い、拷問の傷と疲労にへたばった彼が光化門のほうにびっこを引きながら走っていたその時、警察署ではすでに警笛と叫び声が響き渡り、オートバイとパトカーに乗った刑事たちが集結していた。貞洞《チョンドン》の路地に差し掛かろうとしたとき、大通りにはすでに警察が待ち構えていた。

進退窮まった瞬間、彼の目に薪をいっぱいに載せた手押し車が丘を登っている姿が飛び込んだ。彼はうつむいて顔を隠しながら、手押し車の後ろを押しながらついていき、途中である家の壁に這い上がり、何とかその壁を越えた。庭園がよく手入れされた、広い家だった。路地は刑事たちの足音や警笛の音で騒がしかった。李載裕は自分が逃げ込んだところがどこなのかもよく分からないまま、雨を避けて軒下に乗りかかると、極度の疲労におそわれて気絶してしまった。

それからどれくらいたっただろうか。騒ぎ立てる声に起こされた李載裕の目の前で、制服姿の西洋人一人がライフル銃を構え、彼の胸を狙っていた。軍人が何かを叫ぶと、他の軍人たちが集まってきた。英語だった。なぜ英語なのかときょろきょろしていた李載裕はヤンキーたちに銃を突きつけられたまま、警備室に連行された時にはじめて、自分の失敗に気がついた。折悪しく、米国領事館の壁を越えたのだった。短い英語で自分は政治的亡命者であり、保護してほしいと要請したが、ぼうぼうに生えたひげに、血みどろの服を着た黄色人種の言葉を注意深く聞いてくれる者はいなかった。

米国領事は李載裕を警備室に座らせたまま、警察に電話をかけ、泥棒を捕まえたので引き取ってほしいと伝えた。李載裕を探すのに血眼になっていた警察は、一介の泥棒ごときに神経を使う暇はないといって、電話を無視した。しかし、何度も督促の電話がかかってくるので、警察は仕方なく巡査を送った。面倒くさいといった表情で泥棒を引き取ろうとした巡査は、彼が李載裕だと知り、支援兵力を呼ぶなど、大袈裟な対応をした。このとき、李載裕は夜を徹した疲れと脚気の病勢で気を失っていた。気絶したまま、西大門警察署に運び込まれた李載裕は注射を打たれて、ようやく気がついた。

警察は彼がロシア大使館に駆け込み、亡命しようとしたが、隣の米国領事館に間違って入ってしまったと考え、共産主義国家へ行こうとしたという理由で、彼にいっそうひどく暴力を加えた。李載裕はそこがどこか分からなかったと言ったが、弁明したところで全く無駄だった。拷問を加えて死んでも、何の責任も問われない社会主義者の李載裕は終わりなき暴力の前に、無防備なままで晒されていた。

警察は再び脱走できないように、二人の監視員をおき、さらに出入り口に重い錠前をかけ、外からしか開けられないようにした。李載裕の両手には自動手錠がかけられ、足鎖がかけられた足には奴隷のように大きな鉄球がつけられたので、身動きがとれなくなった。また、彼の腰にも鈴がつけられ、身体を動かしただけで音が出るようにされた。出入り口のドアの鍵は吉野主任が退勤時に直接かけて自宅に持ち帰り、誰も開けられないようにした。全身が満身創痍になり、満足に歩くこともできない彼が、この厳重な監視体制のなかで、再び脱出するだろうとは誰も考えられなかった。

さらにひと月過ぎた、四月一三日の深夜だった。静かな西大門警察署にけたたましい警笛の音が鳴り響いた。李載裕が脱走したという叫び声とともに、当直の警察たちが木造の建物を方々走り回り始めた。しかし、今度は永遠に彼を見つけることはできなかった。

高等警察の吉野主任は李載裕を逃した責任をとって、職位を解任され、李載裕には一金五〇〇円の懸賞金がかけられた。京城のはずれに家一戸を買うことができる巨額な金額だった。京畿道警察部のすべての人力が動員され、怪しいところはくまなく捜索され、至るところで検問が実施された。しかし、警察は李載裕の行方をつかむことができなかった。李載裕と同じくらいの歳の、とばっちりを食った通行人ばかりが至るところで連行され、ひどい屈辱を受けて解放されただけであった。いったい、満身創痍で、足鎖につながれていた李載裕はどのようにして脱出したのだろうか。そして、どこに隠れたのだろうか。

刑事室に一人で監禁されていた李載裕が同じ建物の二階の高等警察課訓示室に移されたのは再逮捕から一ヶ月後のことであった。そこには金圭燁《キム・ギュヨプ》など、朝鮮人思想犯六〜七人が収容されていたが、彼らは手錠もかけられず、階段で一階に降りて大小便も自分で行うことができた。しかし、李載裕は訓示室の外に一歩も出られず、用便も便器を持ち込んで足さねばならなかった。

どういうわけか、警察が李載裕の手錠を解いたのは彼が脱出する三日前であった。足鎖がかけられただけで、両手が自由になった彼はさっそく脱出準備に取り掛かった。収容者たちはガラス瓶に入った牛乳を配達してもらって飲んでおり、ブリキでできたビンのふたを簡単に集めることができた。彼は食事の時間にこねた飯粒を残しておき、誰も見ていない夜間にそれを足鎖の中に入れて型をとった後、歯で牛乳ビンのふたを加工して鍵を作ったのである。実験してみたところ、驚いたことに、足鎖が簡単に解けた。寝床の下の床板の隙間にブリキの鍵を隠しておいた。寝床の下には個人の持ち物がそのまま入れておけるようにしてあったので、オーバーと一緒に日本にいたときから使っていた爪切りに付属した小さなナイフがあった。これで服の灰色の裏地を巧妙に切り、変装に使うマスクも作った。すべては皆が寝ている夜間に行なわれたので、目撃者はいなかった。さらに、捕まった時に着ていたオーバーの内側に、非常時に備えて裏地を破り、紙幣数枚を縫い付けてあった。ここまで準備すれば、いつでも窓を割って逃げることができたのである。

四月一三日の夕方、李載裕は腹痛を口実に、自分の飯をすべて金圭煒に与えた。食いはぐれて苦しんだ後、突然二人前の食事をした金圭煒は翌日の朝五時に突然腹を壊したといって、ドアをしきりに叩いた。

「下痢なんですよ。便所に行かせてください」

ドアの前で居眠りをしていた朝鮮人巡査が機嫌悪そうに覗き込んだ。

「もうすぐ夜明けだ。我慢しろ」

ほとんど一睡もせず、目を見開いたままこの瞬間を待っていた李載裕が起き上がり、大声を上げた。

「ちょっと。下痢を我慢しろってどういうことですか。出ちまう前に便所に行かせてください」

朝鮮人巡査は仕方なく日本人巡査を起こした。ドアが開き、金圭煒は日本人巡査の後ろについて、一階に降りていった。朝鮮人巡査は自分の席に戻ると、居眠りをはじめた。ドアが開いたままだった。部屋の中の他の囚人たちはしばし騒ぎに起こされたが、再び眠りについた。

これ以上のチャンスはなかった。李載裕はすばやく足鎖を解き、オーバーをまとった後、朝鮮人巡査の前を通り過ぎ、一階に降りていった。白いマスクで顔を隠し、警察署の庭を過ぎ、正門の外の前に出ると、制服の巡査が敬礼をしてから日本語で声をかけた。

「これからお帰りですか」

刑事と見間違えたようだ。

「ご苦労」

李載裕は流暢な日本語で答え、悠々と正門を通り過ぎた。前回の失敗を教訓にして、今回は走らずに、車に乗って逃げることにした。明け方だったが、車はわりあいに動いていた。襟に隠しておいた紙幣を取り出し、マスクを取った後、警察署の前の車庫で大きく黒いアメリカ車を捕まえて乗った。

「黄金町まで」

泰然とそう言ってから後ろを振り返った。まだ、警察署のほうでは何の気配もなかった。タクシーが黄金町二丁目に到着した時、彼は車を止めて運転手に運賃の他に一円二〇銭を渡してから、こう言った。

「岡崎町の電車停留場で女が一人待っているから、そっちに行って、ここまで乗せて来てくれませんか。お願いできますよね」

しかし、そこに「女」などいるはずはなかった。警察が最初に車の運転手から尋問することが明らかだったので、車が直ちに車庫に入らないようにしたのだった。

「もちろんですよ。ご心配なく」

少なくない謝礼をもらった運転手は気分よく出発した。李載裕は一区域を歩き、黄金町三丁目で再び車に乗り、東小門《トンソムン》で降りた。そして、痛む足を引きずりながら暗い山道を歩いていった。

一三　床下の穴に隠れる

東小門《トンソムン》から東崇洞《トンスンドン》に向かう真っ暗な山道を歩き、李載裕《イ・ジェユ》が着いたところは京城帝大の教授官舎であった。三宅教授の官舎は灯りがすべて消えたまま、大門は固く鍵がかけられていた。彼は首の高さまである白い板で作られた壁をやっとのことで這い上がり、中の庭園に降りて身を隠した。内部構造を熟知しているので、すぐに窓を叩いて三宅教授を起こすこともできたが、教授の家族と下女に疑われるのはまずかった。マスクをしたまま、オーバーで頭まで覆い、身をかがめて座り、空が明るくなるのを待った。

四月の夜は寒かった。何分も経たずに全身が故郷の裏山に生えていた銀色のヤマナラシの小枝が揺れるように震えてきた。ここで食いしばって耐えなければ、歯が震える音が拷問のように自分の耳を殴打する。拷問でできた傷やあざで腫れ上がっているところに、針で刺されるような激痛が走った。このまま、寝入ってしまうと、二度と目覚めることがないのでは、とも思われた。千斤の鉄球のように頭を押し続ける眠気に打ち勝つために、身体をつねって何とか起き続けようと努力したが、実際には身動きができずに、気持ちばかりが動いていた。

どんどん遠くなっていく意識の中で、三水《サムス》を離れ、咸鏡《ハムギョン》山脈を越えた日々が思い出された。ちょうど一一年前の、この頃のことだった。見知らぬ山村の納屋の藁山にうずもれて眠った夜が思い出された。その時は体も、心も、今ほど寒くはなかった。乾いた藁の匂いが香ばしく、時々聞こえてくる牝牛の鳴き声やイヌの吠える声が、祖母の昔話のように不安な心を和らげてくれた。あと一日歩きさえすれば、蒼い海と汽車が見えるという希望でそわそわして、楽しい夢ばかりを見ていた。だが、今は吠えるイヌの声が聞こえると、はっとして神経を尖らせねばならず、下着から立ち込める血なまぐさい臭いと、入浴ができない体から放たれる悪臭は自分でもむかつくくらいだった。一瞬の眠りにつくたびに、壁に張りつけられて鞭を打たれたり、床に倒れて寝転んだところに、顔を目掛けて踏みつけてくる靴にうなされなければならなかった。脱出をしたところで、得られたのは自由ではなかった。あえて豊饒な乳房を隠そうとせず、乳飲み子に乳を与えていた継母から漂う雰囲気が懐かしかった。応接間に集まった村人と酒を飲み、愉快に冗談を並べ立てていた父の声が懐かしかった。戻ることのない時間が懐かしかった。彼は過ぎた日々に対する後悔と明日に対する絶望と恐れで、傷を負った獣のように、低く呻吟しながら眠りについた。

三〇分ほど経って、李載裕は卒倒状態で目覚めた。寒さが肺の中までしみこみ、胸が氷のようにつめたく冷やされたようだった。いっそのこと気絶して、寒さも感じず、悪夢も見ないほうがましだと思って、立ち上がろうとするが、岩のように硬くなった体が言うことを聞かなかった。血がすべて吸い取られてしまい、筋肉だけの乾ききった体になったように、足を踏み出し、腰を伸ばすことがとてもつらかった。身体が一片の割り木に変わったような気分だった。ようやく立ち上がり、あたりを見回してから、マスクを取った。オーバーについた露と木の葉を払って、玄関に立ち、呼び鈴を鳴らした。

じっと待ち続けると、やっと日本人の下女が現れた。下女は、大豆油につけてから取り出したようにつやつやとしてもつれている髪に、血の気がまるでなく、青ざめてやつれた顔で立っている明け方の客に、ぎょっとした目つきをしてみせた。

「こんにちは。私は金という学生ですが、先生にお目にかかるために参りました」

客が日本語で言うと、疑い深くじろじろ眺めていた下女は、彼が以前に訪問したことがある人だとわかり、黙って通すことにした。彼女は客の名前も、どんな人物なのかもわからなかった。

「誰が来たんですか?」

呼び鈴の音と下女の呼び声を聞いて、寝巻き姿で訳もわからず居間に現れた三宅は、警察署にいるはずの李載裕が玄関にじっと立っている姿を見ると、愕然としてその場に立ちすくんだ。警察が李載裕を泳がせて、自分を逮捕しにきたのだと直感した。そのとき、まず、口を開いたのは李載裕だった。

「先生、私、金《キム》でございます。明け方から申し訳ありません」

李載裕は下女に疑われないように振舞おうとした。三宅は、倒れそうな、危なっかしい姿勢で切々と助けを求めている李載裕の視線に気づくと、一瞬にしてすべてを悟った。

「ああ、ようこそ。夜通し、酒でも飲まれましたかな」

三宅は下女がおかしいと考えないように、台所に行きなさいと言いつけてから、すばやい足取りで駆け寄り、彼を抱きかかえた。玄関のドアの鍵を閉め、書斎に連れて行って座らせると、李載裕はその場に倒れこんでしまった。

ちょうど三宅の妻、ヒデは婦人病を患って、入院していた。かわりに、子どもの面倒を見るために、日本から渡ってきた彼の母とその子どもたち、そして下女がいた。家族は問題なかったが、下女が心配だった。三宅は下女に友人が徹夜で酒を飲んで酔っているので、あの様になった、だから、暖かい食事を持ってきなさいと平然と指示してから、この事態をどうすべきか思案をめぐらした。まずは、普段どおり行動するのが重要だった。客室に掛け布団を持ってこさせ、酒気が消えるまで起こさないようにと指示してから、官舎に隣接する大学に出勤し、状況を見た。

警察は超非常体制を張っていた。西大門《ソデムン》から東大門《トンデムン》に至るすべての要所に警察が配置され、李載裕に似た者はすべて拘束されていた。汽車の駅と、郊外に続く要所にはバリケードまで張られ、すべての乗客がいちいち検問を受けた。李載裕と関連があるすべての家がくまなく捜索されていた。光化門《クァンファムン》一帯の住宅街を一軒一軒捜索する一方、刑務所の裏側の北漢山《プッカンサン》一帯にも警察犬を動員した捜索が始まっていた。一人ではとても逃げ切れなかっただろう。

三宅はまず鄭泰植《チョン・テシク》に会い、自分の家に来るように言った。三宅の表情からして、何かことが起こったことを感知した鄭泰植は直ちに一人で官舎を訪ねた。彼は体を支えることすらできないほどに疲れ果てた李載裕を見ると、涙ぐんで、ぐいっと抱き寄せた。鄭泰植が検挙旋風にさらされなかったのは、李載裕が徹底して口を閉ざしていたからだった。

李載裕はやせこけた顔に、落ちくぼんで精気のない目で、無理やり笑ってみせてから、逃走に必要なきれいなスーツと靴を鄭泰植に頼んだ。鄭泰植は友人の家から、李載裕の体格に合うこざっぱりとしたスーツと靴を借り、妻の金月玉《キム・ウォロク》にたいして、今すぐ金が必要だから理由は聞くなといって、資金まで準備させた。

鄭泰植は李載裕が身体を洗い、着替えるのを見守りながら、上海やモスクワへ亡命するのはどうかと提案した。李載裕もそう考えないことはなかった。だが、現実性に乏しかった。李載裕の顔は警察にあまりにも知られていた。主要道路と電車駅ごとに警察が網の目を張ったように配置され、通行人を一人一人検問している状況で、家の外に出るということ自体が危険だったので、無数の検問によって遮られた北行きの列車に乗り、朝鮮を脱出することは事実上不可能に近かった。李載裕は一旦、他人から疑われないように、鄭泰植を送り返してから、三宅が大学から帰宅するのを待った。

講義を終えて帰ってきた三宅は京城一帯の厳重な警戒態勢について説明し、絶対今外へ出てはいけないといって、彼を引き止めた。官舎も安全ではなかった。三宅もやはり進歩的な学者だという理由で警察の内偵を受けているうえに、二日後には東大門警察署から春季の清潔検査を実施するという通知を受けていた。警察が邸内に入り、部屋ごとに清潔状態を検査し、消毒するということになれば、一巻の終わりだった。

外に出ることもできず、内に留まることもできないという堪えがたい状況で、思いがけず素晴らしい提案をしたのは三宅だった。官舎は何部屋かに分かれているが、そのうちの応接室のそばの小さな部屋の下の地面を掘って隠れるのはどうかと聞いてきた。日本式の家なら、オンドル構造になっておらず、厚い畳を持ち上げると板の間で、その下はすぐ土だった。他の方法はなかった。ちょうど三宅は講義がない日だった。

三宅はまず、下女に一日間休暇を与えるから遊んでこいと言って、金を渡して外に送り出し、母と子どもも日本に送った。誰もいなくなった家に残った二人は午前一一時から作業を始めた。畳を取り外し、木の板を切り取ることは難しくなかった。東崇洞は川べりなので、砂土であり、簡単に掘ることができたが、たまに人の頭くらいの琥珀石が出てきた。砂土は庭園の表面に目立たないように振り撒き、石はわざわざ購入したかのように、大きい木の下に円く並べておいた。二人はシャベルの歯が琥珀石にぶつかり、金属音が出るたびに驚き、仕事の手を止めてから、再び慎重に掘削を繰り返した末に、夜一〇時にようやく一人が中で座ったり、横になったりできるのに十分な竪穴を掘り終えた。

三宅は竪穴の地面に畳と掛け布団を敷き、綿入れと下着を入れた後、李載裕が横たわっているのを確認して、木の板で蓋をした。その上に畳を載せると、まるで竪穴を掘る前と変わらない状態になった。竪穴の一方は応接室の南側の空気穴に通じているので、そこから食料を差し入れることができた。用便はその反対側の土を掘って足し、再び土をかぶせることで解決することにした。

翌日の清潔検査は簡単に通過できた。警察官とともに来た衛生官吏たちは自分たちが立っている足元に人が隠れているなどとは想像することもなく、家中隅々まで消毒薬を撒いて帰っていった。

本格的な竪穴生活が始まった。まず、三宅は妻の入院費で家計が圧迫されているという理由で下女を解雇した。そして、妻にも内緒で、饅頭とゆで卵、水餃子、みかん、缶詰などを買って、穴に入れてやり、読み書きできるように懐中電灯と本、筆記用具も揃えてやった。竪穴の真上にテーブルを置き、テーブルの足の横に見えないように、箸が入るくらいの小さな穴をあけ、手紙をやりとりできるようにしておいた。

一週間後、妻のヒデが退院し、三宅は間島《カンド》地方に一〇日間の視察に出かけることになった。三宅と鄭泰植に対する警察の内偵も、目に付くくらいに厳しくなっていた。李載裕は警察の視線をそらすために、彼に視察旅行に行くように勧めた。その代わりに、三宅の妻に迷惑を掛けないようにするために、自分の存在を秘密にして、一〇日分の食料をまとめて差し入れてから出発するのはどうかと言った。

三宅にはとてもそんなことはできなかった。悩んだ末に、彼は妻にすべての事実を打ち明け、自分が間島を視察する間に、食べ物の差し入れと警察の監視からの保護を頼んだ。同じ大学出身の賢い女性で、社会運動に直接参加することはなかったものの、理解が深く、広い心を持っていたヒデはそうすると約束した。彼女は夫がいない間、竪穴の中に水と食料を差し入れ続けた。李載裕は一〇日間、一度も外に出ずに、本を読んだり、深く眠ることで、健康を回復していった。

三宅が間島視察から帰ってきた頃、警察の追跡はいっそう緩くなっていた。多少余裕ができた李載裕は、夜になると穴から出て、浴槽で入浴をしたり、三宅とともに庭園を散歩したり、話し込んだりした。砂の壁が崩れたところに石灰を塗って補強したり、読書をするのに懐中電灯では不便なので、小さな電灯をつけたりした。

三宅は共に読書会をしていた京城帝大の学生、李康国《イ・カングク》がドイツに留学し、ドイツ共産党に加入した後に収集して送ってきたドイツ語のパンフレットを日本語に翻訳したり、レーニン死後のソ連で起こっていることについて話をしたりした。その話とは、社会主義体制になり、自分の能力より何倍も熱心に働く「労働英雄」が現れ、後進国だったロシアが世界最強の国家に成長しているという内容だった。

三宅のこの上ない配慮のおかげで、李載裕は病気で疲れきっていた体と心の安定を取り戻した。充分な睡眠と栄養補充、心おきない読書と三宅との楽しく有益な対話は、不安と恐怖におそわれていた彼の心身を今までにないほど強くした。竪穴での生活が始まって一ヶ月が過ぎた頃には、彼の健康は完全に回復し、精神的にも以前の快活さを取り戻し、才知に富む冗談を並べる余裕も現れた。

ついに警察が三宅の家に押しかけたのは、李載裕が隠れてから三八日目のことだった。李載裕が西大門警察署に拘束されている間に、三宅と鄭泰植は権栄台《クォン・ヨンテ》に接触していた。権栄台は李載裕のトロイカを分派行動だと非難し、提携を拒否した人物だったが、李載裕が拘束されてからは、まるで自分が李載裕の委任を受けたかのように言い触らして、トロイカに所属していた労働者たちを自分の指導下に引き入れていた。

この事実を知った二人は、権栄台に会って事実を歪曲してはならないと注意し、権栄台勢力とトロイカ勢力が力を合わせ、京城《キョンソン》地域の労働運動家を結集させることで合意した。権栄台は労働者を、鄭泰植は学生を、三宅は文化資金部を担当する組織まで作った。

ところが、その過程で、権栄台と鄭泰植との接触が警察の監視網にかかり、二人とも連行されてしまった。鄭泰植の家では、ドイツの李康国が三宅宛に送ったコミンテルンのパンフレットが発見された。崔容達《チェ・ヨンダル》が平壌で検挙され、三宅は彼ら全員を指導した責任者として目星がつけられていた。鄭泰植の逮捕を確認した李載裕は意志の弱い知識人出身の彼が簡単に拷問に音を上げるだろうと考えたが、実際にそうなってしまったのだった。

三宅と李載裕は新しい隠れ家について思案をめぐらせた。李載裕は、三宅も一緒に逃げるしかないと判断した。しかし、確実な証拠もなく、大学の教職を辞するのは簡単なことではなかった。警察が三宅を逮捕するために、官舎に押しかけてきたとき、李載裕はまだ竪穴の中に隠れていた。鄭泰植が逮捕されてから六日後の一九三四年五月一七日のことだった。

警察は自分たちが立っている足元の床板の下に李載裕がいるとも知らず、家中をくまなく捜査し、発禁とされていた書籍と、ドイツと日本から持ち込まれた各種パンフレットを押収していった。李載裕は灯りを消して横になりながら、三宅がわざわざ叫んで連行されることを知らせたり、刑事たちが家中至るところを捜索し、本や証拠物件を押収していったことを、生々しく聞き、理解した。

押収捜索は何時間もかかった。三宅の妻ヒデが号泣する声がだんだん小さくなり、間もなくあたりが完全に静かになってから、さらに一時間過ぎた頃にヒデが歩き回る、耳に馴染んだ足音が聞こえてきた。彼女は玄関を開けて、外に出て行き、周囲をくまなく点検し、安全を確認してから、注意深く竪穴の蓋を開けた。

「外に誰もおりません。どうぞ、お逃げなさい」

夜八時のことだった。すでにスーツに帽子まで着て待機していた李載裕はすばやく穴から出て、床板を元通りにした。泣き続けて目が腫れ上がったヒデは、こんな状況でも日本式に頭を深く下げて、別れのあいさつをした。李載裕も心から頭を深く下げて、感謝の気持ちを表すと、勝手口のドアをあけ、すばやく官舎を出て行った。鄭泰植が持ってきたスーツと靴を身につけた彼のポケットには、三宅が非常事態に備えて用意しておいた三六円の現金と懐中電灯が入っていた。彼は夜にたたずむ官舎に向かって、もう一度深々と一礼した後、駱駝山《ナクタサン》を越え、鍾路《チョンノ》六丁目方向に消えていった。

西大門警察署に連行された三宅は自分の取調べを一日だけ延ばしてほしいと懇請した。一日だけ時間をもらえたら、自分の気持ちの整理をつけて、自白書を書くと言った。警察は京城帝国大学教授という身分を考慮し、彼の請願を聞き入れた。

翌日の夕方、はじめて三宅は李載裕が自分の家に隠居していることを明らかにした。警察が京城帝大官舎に押しかけてきたとき、李載裕が食べ残したみかんの皮や本などが散らかっているだけだった。同志と交わした約束どおり、三宅は一日分の時間を稼ぎ、仲間が遠くに逃げることができるようにしたのだった。

三宅はこれにより、大学教授の特権を失った。日本人として、日本に背いた彼は朝鮮人以上に粗暴な殴打と拷問を受けなければならなかった。警察は彼を権栄台の組織における文化資金部の責任者として、李載裕を匿ったという罪状で拘束し、西大門刑務所に移送した。

ヒデは夫が裁判にかけられた後も、日本に帰らなかった。彼女は京城帝大の読書会のメンバーとして、未だに身分が明かされていない崔容達の支援を受けて、明洞に古本店を建てて経営しつつ、獄中の夫の面倒を見た。「亀屋」という名の古本屋だった。だが、ひたすら善良だった彼女の商売はうまくいかなかった。古本を非常に高く買い取り、元が取れないくらいに安く売ってしまうので、いつも赤字になってしまった。それにもかかわらず、ヒデはあいさつをしに訪ねてきた朝鮮人運動家たちに電車賃をあげたり、小額ながら逃避資金を出したりもした。

一方、彼女は夫に転向してほしいと必死にすがりついた。妻の涙ぐましい哀願に勝てず、三宅は監獄で手記形態の「感想録」という文を書いた。「感想録」において、彼はマルクス主義の誤りを見抜けず、節操なく追従したことを後悔していると書いた。すなわち、マルクス主義の理論は非常に広範囲にわたっており、冊子も多く、それを理解することが簡単ではないのだが、当初は単純に理解しようとして勉強を始めた。しかし、その難解さに神秘を感じて追従していったのであるとして、これを反省する旨を書いた。マルクス主義理論自体が間違っていたということなのか、無批判的に受け入れた誤りを反省するということなのかがはっきりとしなかったが、警察はその「感想録」を転向と認め、世間に発表することにし、その全文を三宅たちの会報に載せたりもした。裁判所でも、「感想録」が転向書として認められ、三年の刑を言い渡された彼は、二年半で仮釈放された。

妻とともに日本に帰った三宅は山のふもとでキノコを栽培して生活した後、アジア・太平洋戦争が終わった後にようやく教職に復帰し、一九八二年に八二歳でなくなる一年前まで、いろいろな大学で講義をしていた。朝鮮民主主義人民共和国政府は朝鮮戦争が終わった後、李載裕と李鉉相《イ・ヒョンサン》、金三龍《キム・サムニョン》に英雄称号を与えたが、そのときに三宅に対しても愛国勲章を贈った。彼の遺体は朝鮮民主主義人民共和国が与えた勲章とともに、東京のある公園墓地に埋葬された。生前に彼が所蔵していた蔵書は日本の東北学院大学に「三宅文庫」という名前で寄贈され、保管されている。

さて、東崇洞の三宅邸から無事に脱出した李載裕は、昭和生命保険会社外交員という嘘をついて、西四軒洞《ソサホンドン》に月四円で一部屋を借りた。鄭泰植が用意してくれたスーツと靴のおかげであった。昼に家にいると疑われるので、昼間は外に出て、食堂で食事をとっていた。

六月に龍頭洞《ヨンドゥドン》に居所を移した。今度は古びた服装で肉体労働者を装った。ちょうど家主が工事現場の什長（人足頭）だったので、彼に付いて回り、一日に六～七〇銭を稼ぎ、命をつないだ。八月までの二ヶ月間に労働を続ける間、李載裕は活動家とほとんど接触しなかった。汗を流して働き、帰ってくると同じ部屋の労働者たちと酒を飲んで対話を楽しんだり、一人で部屋に閉じこもって、今までの活動を反省する自己批判文を書いたりした。

何よりも、人に接触する際に、身の安全を守るという原則がなく、現場の労働者から上部の構成員まで、あまりに無原則に会ってしまったことにより、警察の追跡を受け、組織全体を露出させてしまった点について反省した。逮捕が始まった後にも安易に対処し、李順今《イ・スングム》と金三龍、安炳春《アン・ビョンチュン》を次々と失ったことについて、そして、待ち合わせの時間が過ぎたにもかかわらず、その場を去らずにぐずぐずしていたために、自分まで捕まってしまったことについて反省した。国際的な連帯の問題をおろそかにし、権栄台の組織から派閥主義という誤解を受けた点についても反省した。だが、結論としては、以前の主張と同様に、今こそ、ストライキを通じて訓練され、その能力が検証された多くの活動家を組織し、本格的に朝鮮共産党の再建運動を始める時だと書いた。

京城地域の組織再建はやはり自分の役目であった。トロイカの指導部ばかりではなく、権栄台と金炯善《キム・ヒョンソン》などの海外線まで根こそぎに拘束されてしまった状況で、自分までが京城を離れれば、非常に努力して作ってきた京城地域の労働運動は完全に崩壊してしまうだろう。指導部をなくした労働者たちが四方八方に散らばってしまった現在、再び彼らを組織するという任務が彼の肩に重くのしかかった。李載裕は逮捕されていない人々に一人ずつ接触し始めていった。

李載裕は活動範囲を広げるうちに、蒸し暑い夏が過ぎ、秋になった。連鎖ストライキが起こってから、すでに一年になったのである。ストライキで拘禁された関連者たちも続々釈放されていた。権栄台とともに連行された人々もほとんど釈放された。そのうち、意志の弱い者は転向書を書き、運動から離れていったが、意志が強い者は再び活動の根拠となる組織を探し始めた。自己反省と肉体労働で真夏を過ごした李載裕は再び京城市内を駆け巡って、彼らを組織し始めた。

一四　偽の夫婦、真の夫婦

一九二〇年代後半に入って咸鏡《ハムギョン》線が開通し、城津《ソンジン》と清津《チョンジン》に新興工業団地が建設される前まで、朴鎮洪《パク・チンホン》の故郷咸鏡道明川《ハムギョンドミョンチョン》は李載裕の故郷三水甲山《サムスカプサン》に劣らぬ山奥だった。彼女の両親は朝から晩まで野に出て働いたが、子どもたちに黒いゴム靴一足買ってやる金も稼げなかった。建てられてから一世紀になる草屋はすでに一方の隅が傾いており、朽ちた屋根のあちこちには雑草が生え、草の虫が飛び回っていた。

こうしたげんなりするほどの貧しさの中でも、朴鎮洪の母洪《ホン》氏は早くから娘の天才性を見抜いていた。洪氏は夫を数日間説得して、男の子でもあまり通わせない普通学校に入学させた。一四歳で花台《ファテ》普通学校を卒業し、京城《キョンソン》へ進学したいと娘が言うと、母洪氏は数日泣き続けた。

まだ言葉も十分に話せない三歳の時、兄が千字文を読んでいたが、そばから指で漢字を指すのを見て遊びで数字を教えたところ、次の日その通りに読める子だった。普通学校に通う間、他の子どもたちと比較できないほど勉強がよくでき、あらゆる賞を独占し、卒業式では郡守から賞までもらった。秀才という言葉より天才という言い方が似合う子だった。けれども、京城への遊学に送り出すことは自分の力では不可能だった。売り払う土地があるわけでもなく、娘の教育のために土地を売る夫でもなかった。

見つめるだけで相手を穏やかにさせる澄んだ目を持つ幼い娘を抱き寄せ、声を押し殺して何日も泣いていた洪氏に救いの手を差し伸べたのは普通学校の校長だった。朴鎮洪の天才性を惜しいと思っていた末に、京城の同徳《トンドク》女高の先生をしている友人に頼み、彼女をその家の家庭教師として推薦し下宿させてやったのだった。子どもの勉強を教える代わりに学費を出すという条件だった。

洪氏は家族全員が京城に引っ越すよう夫を説得することができた。夫も肉体労働をしてでも娘を学校に行かせると言った。彼は娘だろうが息子だろうが一人でも出世すれば家族全員が豊かに暮らせると信じ、家族を引き連れて京城行きの汽車に乗った。

家中の期待を一身に背負った朴鎮洪が同盟休校を主導して退学になり、工場に出始めた時、洪氏は柱が崩れ落ちる気分だった。自分の人生の代わりを担ってくれるだろうと信じていた娘の没落は彼女を絶望に陥れた。それでも一番信頼し愛する娘だった。鎮洪が監獄に入った時、面会に行って領置金などを入れてくれる家族は洪氏だけだった。夫と息子、嫁は、鎮洪の裏切りに怒りを鎮められず、家族として認めようともしなかった。

丸二年の監獄生活を終えた朴鎮洪にとって家は落ち着いていられる場所ではなかった。洪氏は彼女が外に出られないように引き留めておこうとした。だが、家にいたくてもいづらい状況だった。思想事件が起きると警察が彼女を引っ張っていくためだった。李載裕《イ・ジェユ》が西大門《ソデムン》警察署から脱出した時も、李順今《イ・スングム》の同徳女高の同窓生だという理由だけで捕まり、ひどい目に遭って釈放されなければならなかった。工場に勤めようにも、家にいてはすぐに分かってしまうはずであり、前科者になったので戸籍に赤い線が引かれ、就職できる工場もなかった。アカになった鎮洪を父と兄は露骨に冷たくあしらった。運動のためにも、生き残るためにも、彼女は家を出なければならなかった。彼女はついに家を出、あちこちの友人宅を転々とし始めた。警察は内部で手配令を下し、彼女の後を追い始めた。

朴鎮洪が友人宅を転々として新しい活動を模索していたころ、しんどい夏をすごして活動を再開した李載裕は、トロイカ事件で逮捕された孔成檜《コン・ソンフェ》と沈桂月《シム・ゲウォル》が釈放され、少し前には甥の李仁行《イ・インヘン》も釈放されたという事実を知った。彼は警察の監視を逃れて彼らに連絡を試みたが、同じ三水出身で監獄から出て朝鮮総督府細菌検査所で働いていた沈桂月に会った場所で朴鎮洪の近況について話を聞くことになった。李順今と同居する際に朴鎮洪に会おうとして失敗したことがある李載裕は、彼女の容姿と性格、女流文人になろうと思っていること、咸鏡道の口調まで把握していた。朴鎮洪に会わせてくれと李載裕は沈桂月に頼んだ。

一〇日後の八月初旬、龍頭洞《ヨンドゥドン》の電車停留場に一人の娘が現れた。短い黒髪を後ろに束ね、白い上着と黒い半チマを着た彼女の手にはじっとりと汗の染み込んだ白いハンカチが握られていた。正面から見れば聡明な瞳と鋭い表情が印象的だが、横から見れば平たい鼻に上唇が分厚く突き出た、器量はたいしたことがない二〇代前半の娘だった。彼女は周辺の人間を注意深く観察していた。白いハンカチは李載裕が自分を見分けられるよう約束した目印だった。

李載裕が現れた時、彼女は目印など要らないことを悟った。彼女は向こうが自分を見つける前に先に近づいた。停留場には洋服をこぎれいに着た青年が何人もうろついていたが、市場で手押し車を押す労働者のような古びた韓服に黒いゴム靴を履き、髭をぼうぼうに生やした一人の男の前で彼女は立ち止まった。わざと浮かべたようなぼんやりした表情で四方を見回していた男の目にかすかな笑いがよぎった。自分の前で立ち止まった若い女性の手には白いハンカチが握られていた。こっけいな変装にもかかわらず、朴鎮洪は目付きだけでたちどころに彼を見分けたのだった。彼の目づかいのためだった。流れる水の上に浮かんだ木の葉のようになるがままに世間を生きていく他の人間とは違い、李載裕のまなざしからは、故郷明川郡の海から川を遡って来る鮭のように躍動する力が感じられた。朴鎮洪は同徳女高卒業以来変えたことのない短い韓服チマに白いチョゴリという格好で、李載裕はくたびれた労働服の身なりそのままで、日差しの強い京城の道を歩き始めた。李載裕は彼女と周辺の仲間の近況を尋ねた。彼の口調は権威的でなく穏やかだった。朴鎮洪は率直に自らの境遇を明かし、自分の知る数人がどうやって暮らしているかを話した。釈放されてから警察の追跡を避けて他人の家で家政婦として生活している女もおり、新聞配達として就職している人間もいた。自身も、運動を続けるためならどんな仕事も厭わないと言った。

龍頭洞から昌信洞《チャンシンドン》の裏山にある城郭に沿って歩きながら彼女の姿勢をある程度把握した李載裕は、自分も京城で運動を続ける考えであり、そのためには安全なアジトとそこに一緒に住んで自分を保護してくれる女性アジト・キーパーが必要だが、そういう人を見つけられるかと訊いた。

朴鎮洪は長く考えなかった。今はそういう人を見つけられない、すぐ必要なら自分が直接アジト・キーパーになれると答えた。いずれにしろ身の置き所を探さなければならない朴鎮洪としても良い話だった。彼女は、同居を始める準備のため一週間の時間がほしいと言った。夫婦を装うために必要な服と家財道具を用意しなければならないからだった。

一週間後、大きな風呂敷二包みを持って現れた朴鎮洪は、李載裕が新堂町石山洞《シンダンジョンソクサンドン》にあらかじめ用意しておいた家賃四円の一間の部屋へ案内された。李載裕は風呂敷を持って行きながら彼女に李英淑《イ・ヨンスク》という仮名をつけてやり、自らは京城府土木課測量技師として働く盧順吉《ノ・スンギル》と呼ぶようにと言った。日本と農村から流入した農民によって京城の人口が急速に増えるにつれ、市の境界も拡大し続けていた。市街地拡大のためには多くの測量人夫が必要であり、少しでも賢そうに見えれば就職できた。組織員だった金舜鎮《キム・スンジン》と孔成檜が測量人夫として働いていたので、李載裕も同じ職種に就けた。日本での経験もあった彼は熟練した測量技師の役割を果たすことができ、安全確保のため人夫仕事を辞めた後も本物の測量技師盧順吉であるかのように行動できた。

生来闊達で外交的な李載裕は、事前に部屋を確保して掃除をする短い時間に、同じ家に部屋を借りて住む他の人々と親しくなっていた。彼は朴鎮洪を妻と紹介し、思いのほか親しげに部屋へ連れて入った。部屋の一方にある木箱の上には、東大門《トンデムン》の布団屋で新たに注文してきた鴛鴦《おしどり》の絵柄の布団と枕まで準備されていた。周りの人間が誰一人疑わない平凡な夫婦生活が始まった。

李載裕は毎朝八時に家を出て午後四時の定刻になると帰った。トロイカ組織員のうち釈放された人々に会うため歩き回り、約束のない日は人気の少ない野山に登りパンフレットを書いた。金が底を尽いた時は金舜鎮や孔成檜の後について測量人夫として出かけ、それもままならぬ場合は東大門の外の道路工事現場に数日ずつ出て力仕事をした。数人の女工を集めて近くの文化洞《ムヌアドン》に新しいアジトを用意し読書会を進めた。近所の人々には盧順吉という仮名を使ったが、活動家には「ＳＯＳ」だとか「全素守《チョン・ソス》」という仮名を用いた。

警察の集中的な監視と尾行を受けている彼らと会うのは極めて危険な行為だった。石山洞に居場所を設け活動を再開してからそれほどたたないうちにまたもや続々と逮捕が相次いだ。沈桂月がまず捕まると李孝貞《イ・ヒョジョン》も拘束された。警察は彼らを「赤色労組事件」とでっち上げ、捕まり次第新しい人物を付け加えて図表を作り進めている最中だった。もちろん図の一番上には李載裕の名が書いてあった。

李載裕は朴鎮洪に、もしも自分が一分でも遅れたら検挙されたと考え、証拠になるような文書を廃棄した後で逃げろと言っておいた。近所の人たちの疑いを招かないために測量道具を持って帰宅し、町内の仕事にも積極的に取り組んだ。順番に回る夜警にも参加し、夜通しで巡察回りもした。文字を読めない近所の人々が手紙を頼めば嫌な顔をせずに書いてやり、信望も得た。情が深く快活なこの若者が日本語新聞に何度も報道された前代未聞の社会主義者だという事実を近所の人々は想像すらしなかった。

朴鎮洪も近所の主婦たちとよく付き合ったので、誰もがキムチや味噌、唐辛子味噌といったものをお裾分けしてくれた。彼女は普通の主婦のように大部分の時間を家の中で過ごしながら、李載裕が書いたパンフレットを筆写して部数を増やす作業を行った。文化洞学習会の運営も朴鎮洪の仕事だった。李載裕は、朴鎮洪が外出した日の場合、戻る時間を事前に決めた。路地の入り口で彼女が帰宅するのを確認しても、しばらくの間さらに周辺を見回した後、異常がないことを確認してから家に入った。

三・一万歳運動以後十数年間続いてきた日帝の文化統治期間が終わり、満洲と中国を侵略し始めたのと時を同じくして社会主義運動にも試練の時期が近づいていた。李鉉相《イ・ヒョンサン》、金三龍《キム・サムニョン》のような人間はいまだに監獄から出ることができず、釈放された人々のうち運動を続けようとする者はいくらもいなかった。李載裕は朴鎮洪を派遣して説得し、うまくいかなければ危険を顧みずに自身が直接訪れて説得をした。

運動を続けようと思う人間よりは去る者が多かった。中央高等普通学校出身の韓《ハン》某に奨忠壇《チャンチュンダン》の裏山で会い、ソウルで学生組織を一緒に作ろうと勧めたが、対話すら拒んだまま逃げて、すぐさま故郷に帰ってしまった。同徳女高の読書会出身で敦岩洞《トナムドン》に住んでいた尹《ユン》某を訪ね、運動を再開しようと提起したが、家庭の状況と個人の事情でこれ以上できないと拒絶された。

李載裕と朴鎮洪は人々に会い続けたが、命をかけて運動をしなければならない非合法状況は運動家の大部分を離反させた。反省文と転向書を書かなければ監獄から永遠に出られないようにする思想犯予備拘禁制度が推進中だった。逮捕は即、拷問と死を意味した。日常のすべてのことを放棄し、警察の果てしない追撃と監視に打ち勝てる意志を持つ人々は多くなかった。工場と学校で一時名声を博していた人々は個人の事情と家庭の状況を理由に運動戦線から脱落していき、運動を続ける人々の間でも不安と懐疑が治まらなかった。活動をしようにも、工場に就職したり適当な職業を見つけたりすることができず、海外の共産党から支援があるわけでもないので、生活を理由に運動を放棄する人も多かった。李載裕自身も生計のために労働現場に行く日が次第に多くなった。個人の力と意志だけでは克服するのが困難な、挫折と失意の時代だった。

だが、李載裕は快活さを失わなかった。朴鎮洪の存在ゆえだった。常に相手を思いやり、傷つける言葉を使うよりいい点を褒めることを知っている朴鎮洪の寛容さは、彼に人生で初めて家庭の意味を実感させた。李載裕は彼女からこれまで一度も感じたことのなかった女との愛を知った。彼は心から朴鎮洪を愛するようになった。秘密アジトを守り、他の人々との連絡のために始めた偽装結婚は、すぐに正式の結婚になってしまった。

二人とも生まれて初めて味わう心休まる家庭だった。警察がいつ襲撃してくるか分からない不安も、彼らの幸せを壊すことはできなかった。毎日作って食べる糧を心配しなければならない貧しい生活だったが、きちんとした食膳を挟んで愛する人と朝夕向かい合い座っていられるというだけで幸福だった。いつ破局を迎えるとも知れない不安の中でも、二人は一日一日を楽しく生きようと心を砕いた。

両家の家族との連絡がすべて断たれた状態で、二人だけの約束、それも守るのが容易ではない口約束で結ばれた夫婦だった。

夫婦といっても、連れ添って外出したり外食したりなど一度もできず、警察の奇襲に備えて夜も靴下まですべて揃えて履き、深い眠りに入られないまま、遠くで犬の吠える音がするだけでも不安で跳ね起きる息苦しい日々だった。薪を買う金がなく、満足に火も焚けない冷たい部屋で、互いの体温で冬を迎えなければならなかった。

それでもよかった。二人は飯を食べる時も布団の中でも絶えず対話した。公式の席上では言及できない他の活動家たちの特異な性格や行動について面白い比喩を挙げて話し、笑い、人物ごとにそれなりの別名をつけ、二人だけの隠語としても使った。休日は近所の宴会に一緒に出て、酒と食べ物を分かち合いながら飲み食いして楽しい一日を過ごすこともあり、手紙を代筆してやった家に招かれてにぎやかな接待を受けることもあった。

一〇月になって李観述《イ・グァンスル》に会ったことは二人に大きな力となった。反帝同盟事件で逮捕され、西大門刑務所で服役していた李観述は、妻朴嘉耶《パク・カヤ》と父の涙ながらの訴えを無視できなかった。一四ヶ月目に反省文を書いて保釈された。父が保釈金を出してくれたおかげだった。

しかし、李観述は釈放されるとすぐに活動を再開した。権力欲や英雄心といったものがまったくなく、妹の李順今と同様、献身性一筋の彼の出現は大きな励ましとなる出来事だった。わずか数ヶ月だけで多数の読書会を作った李観述は、京電《キョンジョン》バス会社と朝鮮《チョソン》印刷の工場に小組織を作るのに成功した。しかし、一〇月に入り、李載裕を捕まえるために龍山《ヨンサン》署が大々的な検挙を開始して兪順熙《ユ・スニ》を含む多くの活動家が逮捕され、しばらく活動を中止せざるを得なかった。運動家の間で「龍山署事件」と呼ばれるようになる大々的な検挙事件だった。

警察はこの時李観述にも嫌疑を抱いて逮捕しに来たことがある。犬の吠える音を聞き警察の襲撃に気づいた彼は、自分の唇を噛み切り、顎と上半身を血で染めた上で、肺病にかかっているかのように激しく咳き込んだ。土足で雪崩れ込んできた警察は連行していったが、死体を片付けることになったと言ってそのまま返してしまった。

李載裕が彼を捜したのはその時分だった。短い時間だったが同居までした李順今の兄であるのに、李載裕は彼に会ったことがなかった。行き違いに監獄生活をしたせいだった。李観述も自分の妹が李載裕と同居したという事実すら知らなかった。反省文を書き保釈された彼が運動を再開する意思があるのか、李載裕は気がかりだった。朴鎮洪を彼の家に送り、運動を継続する意志があれば運動服に白いハンカチを手に持ち、奨忠壇の裏山の湧水が出る辺りに来るよう日時を定めた。

李観述が約束の時刻に行き、指定された格好で待っていると、朴鎮洪の代わりに李載裕が現れた。李載裕は自分の名を告げなかったが、彼が誰なのか、李観述は見当がついた。李観述は自らの経歴について率直に語った。自分は本来理想主義的な民族主義者だった。教師になったのも青年の教育を通じて民族を目覚めさせようと思ったからだ。ところが同徳女高の教師に赴任した年に起きた光州《クァンジュ》学生運動以後、学生たちの反日意識が澎湃となっているのに、民族主義者がもっぱら日帝と妥協し、あるいは自ら進んで阿《おもね》る様を見て考えを変えるようになった。民族主義というのは単なる自己欺瞞だと自分は思うようになり、ただ社会主義だけが階級の利益だけでなく民族解放でも唯一の指針であり正当な路線だという結論を得るようになった。だから、教師の職業に恋々とせず、革命家の道に入ったのだと語った。監獄で反省文を書いたのは妻があまりに哀願したからでもあり、早く外に出て組織活動を再開しようという欲念のためで、心から運動を放棄したのでは決してない、しかし反省文を二度と書かないと誓った。李載裕はその率直さが気に入った。

二度目の会合に李観述は朴英出《パク・ヨンチュル》を連れて来た。釜山《プサン》出身で京都帝大経済学部を卒業した朴英出は、学者らしくなく性格が豪放で義理堅く信頼できる人物だった。いつも笑いを浮かべた穏やかな眼つきに髭まで生やし、まるで知識人らしくない印象だったが、相当な学問的成果も持っていた。ダーウィンの進化論を基調にした唯物論的生物学に対する関心がもともと高かったが、暗澹たる社会の現実を見て生物学よりも経済学を選んだのだと言った。李載裕は朝鮮の社会主義運動には派閥でなく実践が必要だという点を力説して同意を得た。朴英出は新しいトロイカの中軸として活動を始めた。

朴英出は専攻が経済学に替わったが、自然科学的な分析の枠組みをもって社会現象を解析することを依然好んだ。特に唯物論的冗談を楽しんだ。彼は朴素窒《パク・ソジル》という仮名を好んで使った。人が死ねば窒素に分解し肥やしになるという意味で、窒素の字を引っくり返して素窒と呼んだのだった。世のすべてのことを物理的衝突の法則で解く彼との対話は楽しかった。李載裕と李観述は自分たちが水から成っているという意味で水の分子式を逆に引っくり返して素水、素酸という別名を作った。李載裕は全素水《チョン・ソス》、李観述は金素酸《キム・ソサン》と暗号を決めた。それは、いつ死んでも恐くないという、別の言い方をすれば、無機質に分解してしまえばそれまでという、自分の体に対する笑えない冗談でもあった。

「京城再建グループ」という名で第二期トロイカを構成した李載裕、李観述、朴英出の三人は、まず李載裕が夏に肉体労働をしながら書いておいた様々な文献を読み合わせて討論した後、別組織に伝達することから始めた。この文献は問題になり続けている権栄台《クォン・ヨンテ》グループとの統一のための重要な指針になった。これまでの方針通り、あちら側との統一は派閥内派閥が結成される陰謀的形態で行うのではなく、現場における共同闘争を通して成そうという提案だった。このために李載裕は各組織員が入っている大工場で年末年始を迎え、共同闘争を起こすための方針書も作成した。

一方、ほっそりした背に細長い顔の美人で連鎖ストライキ当時優れた扇動で名を馳せた兪順熙は龍山署事件でつかまったが、訓戒放免になった後、上海派社会主義者である金《キム》某の家に妹を装って厄介になりながら『レーニン主義の基礎』や『日本社会思想史』といった本の読書会を開いていた。

ところが、金氏夫婦と兪順熙の間ではいつも論争が繰り広げられた。金は国際線の指導の下で上部組織を作ることから運動を始めるべきだと主張したが、他方、李載裕から学んだ兪順熙は各職場で労働者の意識を高揚させ、その基盤を土台に上部組織を作るべきだと主張した。三〇日以上続いた彼らの論争はついに結論に至らなかった。兪順熙は結局、学生出身という身分を捨てて労働者として運動戦線に進出するという言葉を残し、その家を出た。

折りよく李鍾嬉《イ・ジョンヒ》も監獄から出た後、警察の監視を避けて新しいアジトを探している最中だった。李観述は部屋が二つある家を借りて兪順熙と李鍾嬉を住まわせ、自身も一部屋使った。警察が煙草屋を監視しているので家に入れないからだった。その家で朴鎮洪を含め四人が基本組織を作って学習を始めた。

アジトが続々と作られるとともに組織は急速に拡大した。読書会によって組織された人員は数十名に増え、李載裕のパンフレットは京城と仁川《インチョン》の様々な組織に広く配布された。工場内の活動基準、学校内の活動基準、年末年始を迎えた工場の闘争方針といった題目の文献が筆写本で回覧された。朴英出と兪順熙が作り上げた工場調査表と李観述が新聞から抜粋して作成した情勢調査表も仁川まで配布された。

警察の追撃も尋常ではなかった。西大門警察署脱走事件以来数十名の専門担当要員を編成して李載裕の後を追っていた警察は、龍山署事件で捕まって訓戒放免になった人間の後に二重三重の尾行をつけた。彼らは警察の監視を撒くために心血を注いだが、思いもよらぬ些細な端緒が一つずつ露わになるとともに、包囲網は急速に狭まり始めた。

自分が妊娠した事実を朴鎮洪が知るようになったのはその頃だった。生理がなく不安に思っていたところにつわりが始まったのだった。妊娠したようだという話を聞いた李載裕は、彼女を抱き寄せ、しばらく何も言わなかった。自分が子どもを扶養できないことを彼はよく分かっていた。何よりも朴鎮洪に重い荷を抱かせたことについてすまないと思った。しかし、鎮洪が自分の子を身籠ったという事実には喜ばずにいられなかった。彼は、自分が知る女の中で最も鋭利で強靭な人間に子どもを宿らせたので自分は運が良いと言った。

妊娠の事実を知った李載裕は彼女の役割を替えたいと思った。一番いい方法は安全なところへ彼女の身を潜めさせることだった。だが正直、彼女と別れたくなく、現実的にも簡単ではなかった。活動範囲を当分最小化する方法以外に選択肢がなかった。李順今が逮捕された時と同様、情に絆された彼はまたしても迷いが生じ始めた。

わずか数日後の一九三五年一月初め、無人ポストを通じて李載裕との連絡をやり取りしていた李仁行が検挙された。さらに数日後、文化洞の小さな集まりを指導した後、新しいアジトを探すといって出かけた朴鎮洪が帰宅時間になっても家に戻らなかった。二人が同居を始めてから五ヶ月目に初めて起こったことだった。外出する時は帰宅時間をあらかじめ決めておき、事前に予定した以外の人とは絶対に会わず定時に戻るのが鉄則だった。一分でも遅れたら直ちに撤収する手筈になっていた。問題が起きたに違いなかった。しかし、李載裕は自ら定めた規則を破ったまま、ただちに出発せずに家の周囲を徘徊した。

ひどく寒い冬の夜だった。李載裕は全身が氷の塊になるほどがたがた震えながら朴鎮洪を待ったが、彼女は帰ってこなかった。彼はもしやという気持ちで何度となく大通りと路地を行き来し、足を踏み鳴らしたが、ついに誰も現れなかった。結局家に戻り、証拠になるような文書を片付けてから出た。

まず下往十里《ハワンシムニ》にある朴英出のアジトへ向かった。新堂洞から下往十里までそれほど遠くない道を歩く間、彼は零下の寒さとともに押し寄せる恐ろしい想像にわなわなと震えた。自分の子どもを孕んだ女が日本の警察に捕まってどういう拷問を受けるか、想像しただけでも歯の根が合わなかった。日本警察の拷問は単なる物理的行為ではなかった。極度の羞恥心と侮辱で人間の魂をずたずたに引き裂き疲弊させた。真理の光に向かって頭を二度と上げられないようにするのが彼らの目的だった。そのために、人間が想像しうる汚い手をすべて使った。男の性器の穴をマッチの軸木でせせる、女の陰部に棒切れを突き差す拷問は公然たる事実だった。妊娠四ヶ月近くになり、すでに下腹の膨らんだ朴鎮洪がどういう侮辱を受けるか、李載裕は想像しただけでも頭が割れそうだった。朴英出の部屋に着いた李載裕はあまりに不様だった。寒さよりもっと恐ろしい精神的苦痛にさらされた彼は、わずか二時間後には路上生活をする子どものように憔悴し切っていた。

朴英出は、朴鎮洪の故郷である咸鏡道明川から上京したある人妻と形式的に同居していた。夫とともに赤色農民運動をしている中で夫が逮捕され、自身は手配者になると、すぐに上京して朴鎮洪を訪ねてきた女性だった。李載裕は、ちょうどアジト・キーパーがおらず自炊していた朴英出のところに彼女を送り、妻だと噂を立てて隠れさせた。朴鎮洪と李載裕の場合とは違い、二人は同じ部屋を使うが布団も別々に用い、徹底して一線を引く真の偽夫婦だった。

朴英出は事情を把握してから、李観述を来させるよう咸鏡道の女性に命じた。三人は今後どうすべきかを論議したが、逃げる以外にこれといった方法があるわけがなかった。何よりも李載裕がしっかりすることができないでいた。朴鎮洪が捕まっていないかもしれないという希望を彼は捨てようとしなかった。約束時間を破る女では絶対にない、捕まったのは明らかだと説得しても認めようとしなかった。人生において最初で最後に芽生えた一人の女性に対する愛が彼の心を乱れさせていた。

朴英出の部屋で身をすくめたまままんじりともせずに夜を明かした李載裕は絶対にしてはならない頼みをした。新堂洞の家に行って様子を探ってきてくれと朴英出に願い出たのだった。はじめは李載裕自身が直接行くと立ち上がったが、二人が引き止めるや朴英出に頼んだのだった。朴鎮洪が逮捕されたのは確実だった。一日が過ぎた今頃であれば、彼女も安心してアジトの位置を吐いたはずであり、警察が周辺数キロまで潜伏している確率が高かった。にもかかわらず李載裕は最後まで朴鎮洪の逮捕を信じず、希望を捨てようとしなかった。恐れを知らぬ気性で義理堅い朴英出は李載裕の頼みを喜んで聞き入れた。

朴英出は、昼が過ぎ、午後になっても戻ってこなかった。心配した通り、新堂洞の表通りまで潜伏していた刑事たちに逮捕されてしまったのだった。警察は動員しうる最も過酷な拷問の器具と方法で朴英出を吊し上げた。しかし彼は、自分の名前と学歴といった基本的な事項以外は何も言わず、口を固く噤んだ。李載裕が往十里《ワンシムニ》地域からすでに脱出しただろうと思ったが、万一のため自分の部屋がどこなのかも言わなかった。日帝警察は彼が全身血まみれ状態になるまで打ちのめし拷問したが無駄だった。瀕死状態になっても最後まで耐え忍んだ。朴英出はこの時の拷問による後遺症から立ち直れず、後に監獄で病死してしまった。

朴鎮洪に対する執着によって朴英出まで失った李載裕は、朴英出の部屋に残っていた咸鏡道の女性を兪順熙のアジトへ一旦移した。ところがそこには李鍾嬉が一人でいた。兪順熙は病を患い、後に忠武路四街《チュンムロサガ》と名を変える本町《ポンジョン》四丁目の聖加《ソンガ》〔音訳〕病院に入院していた。朴鎮洪と朴英出がいかに持ち堪えても、一日二日経てば二つのアジトが襲撃されるのは自明だった。兪順熙まで奪われるわけにはいかなかった。

聖加病院に急いで駆けつけた李観述と李載裕は、病室の入口に特に変わった怪しい気配がないことを確認してから、兪順熙を無事に連れ出すことに成功した。ところが実際に外に出てみると様子が変だった。病院の警備室から尾行されていた感じだった。警察ではなく密偵が後を付けているようだった。三人は上往十里《サンワンシムニ》のアジトまで遠くない道を、人力車を六回も乗り換え、ぐるぐる回って尾行を撒いてから合流した。警察がいつ襲ってくるか分からない状況で李観述のアジトに集まり去就を協議した一行は三方向に分かれることにした。まず李鍾嬉を自力で身を隠すよう、その日の夜を限りに出て行かせることにした。夜一二時ごろになるとすぐに李鍾嬉が暗く寒い道へ消えた。咸鏡道の女性は次の日の夜明けに故郷へ戻る汽車に乗せた。その汽車には兪順熙も乗った。京城に戻らず、当分そこで活動しろと指示を出しておいた。

残るは李載裕と李観述だけだった。二人は朝、陽が昇る前に部屋を出た。李載裕は農夫に変装してみすぼらしい綿入れに大きな鋤を肩に担ぎ、李観述は農村を歩き回る小間物売りに変装して卵の箱を背負った。京城からはるか遠くへ離れる計画だった。二人は夜が明ける前、中浪川《チュンナン》の堤防で日当たりのいい場所を選んで凍った地面を掘り出し、卵の箱の中に隠してきたパンフレットを埋めた後、北方を目指して当てもなく歩き始めた。気力などなく、とぼとぼ歩く貧しい身なりの若者二人の上に、冷たい冬の太陽が東の空を染料のように赤く染めながら上がっていた。

格別に紅い気を発して昇る朝日を李観述はうら悲しい気持ちで空ろに眺めた。後日彼は李孝貞に語った。「いつかはあの太陽が日本人のソウルではなく朝鮮人のソウルを照らす日が来るよ。だが、果たして俺がその日まで生き、この京城の地を再び踏むことができるだろうか」と思ったと。

激しい冬風の中で二人が歩みを速めている時刻に朴鎮洪は西大門警察署の特高室で苦しみもがいていた。

文化洞で小さな集まりを終えて出る時、尾行されていることに気づき、路地裏と市場を回って撒こうとしたが、妊娠した身なので動きが鈍かった。李載裕が待つ家に帰ることはできなかった。あちこち徘徊を続けた末に同徳女高の近所で捕まってしまった。警察は彼女が妊娠している事実を知らぬまま、李載裕の居場所を吐けと過酷な拷問を加えてきた。約束通り一晩持ち堪えてからすべて吐くと、無駄足を踏んだ刑事たちが帰ってくるなり彼女をまた袋叩きにした。

朴鎮洪は自分が妊娠中だという事実をしばらくの間警察に言わなかった。殺気立った警察に話してもかえってよりいっそう侮蔑を受けるだろうと考えたのだ。しかし、これ以上過酷な拷問を受ければ子どもが死ぬかもしれないという恐れに堪えきれなくなって、やっと吐いた。警察はアカがガキを孕んだと愚弄し続けたが、腹部に衝撃が加えられるような拷問はしなかった。監獄へ移送される頃になると彼女の腹はもう誰にも隠すことができないほど膨らんでいた。

一五　鉄窓の中で生まれた子ども

妊娠した朴鎮洪《パク・チンホン》が西大門《ソデムン》刑務所に移された時、李孝貞《イ・ヒョジョン》はすでに半年以上も獄中で過ごしていた。赤色労組関連者があまりにも多い上、女舎で房が不足していたので共犯の沈桂月《シム・ゲウォル》と同じ房で暮らすことになり、寂しくない日々を送っていた。

朴鎮洪が移送されてきた最初の日は彼女が妊娠しているとは分からなかった。大声を出して暗号伝達をすることはできても顔を見るのは大変だったからだ。次の日、母が面会に来たので看守について面会室に行くと、目の前を一人の小柄な女がよろよろと歩いていた。半チマに短髪を後ろに束ねた姿を見れば鎮洪のようだったが、どうしてそんなことがと思いながら半信半疑で近づくと、本当に朴鎮洪だった。

「鎮洪なの。鎮洪ね。そうね」

あまりに驚き、黙っていられなかった。朴鎮洪は自然に笑って喜んだが、李孝貞はうろたえるばかりで、どうしても顔を合わせて笑えなかった。妊娠中毒にかかった朴鎮洪の顔はぱんぱんに腫れ上がり、以前の健康な姿を失っていた。縄で縛られ拷問を受けた跡が腕輪のように青い痣になって残った手首まで大きくむくんでいた。

「一体誰よ。誰の子よ」

朴鎮洪は面会室に入り、並んで座ってから、声を低めて李載裕《イ・ジェユ》だと教えた。李孝貞の祖父は、女はできるだけ家の外に出歩かず、外出する時は顔を覆う布をまとい、知らない男に会う時は下を向いて顔を見せるなと教えた。話をする時も目を伏せてうつむかなければならず、大きな声で笑い転げると軽々しいと怒られた。何よりも女は結婚するまで貞操を守り、その貞操を一人の男に死ぬまで捧げなければならないと諭した。

同徳《トンドク》女高に入って驚いたのは女学生たちがあまりにも闊達だった点だ。誰もが顔を上げ、思う存分騒ぎ、大声で笑った。休日になると友達同士で体育館へ競技見物に行き、映画館にも自由に入った。道端で男に会っても堂々と目を見つめ合ってあいさつをし、男友達と公園を散歩しても恥ずかしがらなかった。好きな男ができれば結婚する前でも同衾する女学生も出現した。

知識人女性の中にはあらゆる陰口を物ともせずに短髪を敢行する人たちもいた。ロシアのコロンタイのような性解放主義者も女性社会主義者の間では珍しくなかった。許貞淑《ホ・ジョンスク》は三人の男性と順に関係を結んでそれぞれ姓の違う子どもを生んだが、臆することなく社会活動をした。新女性の代表的な人物として知られた羅蕙錫《ナ・ヘソク》は、貞操は道徳でも法律でも何でもない、単なる趣味だという宣言までした。男女の性関係とは、ご飯を食べたい時に食べ、餅を食べたい時に食べるのと同じく、したい通りにできるものであり、女性の解放は貞操からの解放から始まると雑誌『三千里《サムショルリ》』に寄稿までした。

しかし、時代が女の運命をすべて変えてしまうことはできなかった。愛は自由でありうるが、道徳的非難の重荷は女が一人で負わなければならなかった。何よりも男でさえ金を稼ぐのが困難だった時代に女性が独立して凌いでいくのは容易ではなかった。同情心などなく、専制的でずうずうしく、横暴この上ない男たちの下で、どうすれば一文二文と物を乞わずに己の力で稼いでいけるだろうか、というのが当時の新女性たちの大きな課題だった。当時最も聡明な女性であった画家羅蕙錫と小説家金明淳《キム・ミョンスン》が野宿者となって路上で餓死し、その後、著名な女流文筆家だった毛允淑《モ・ユンスク》まで客死したように、朝鮮で独立女性として足を踏みしめ暮らしていこうとすれば、生きていくこと自体が困難になった。

何の責任も取れない男との間の子どもを結婚しないまま身ごもった女の境遇も厳しかった。未婚の身で子を孕んだ朴鎮洪は、同徳女高の校庭に立って心の琴線に触れる演説と文章で学生たちを呼び集め、校長と向かい合って座り談判した大胆不敵な女学生ではもはやなかった。警察の惨い拷問の前でも最後まで堂々としていた不屈の女性革命家ではなかった。彼女はいつ釈放されるか分からない治安事犯であると同時に、私生児を妊娠した未婚の母に過ぎなかった。李孝貞の目にはそのようにしか映らなかった。

李孝貞が涙ぐんで何も言えないでいると、逆に朴鎮洪が彼女を慰めた。彼女は李載裕を愛しており、彼の子を愛していたのだ。李載裕の子を身ごもったことに誇りすら感じていた。朴鎮洪はいつものようにやさしく友の肩を叩いた。

「私が望んでつくった子だから何も心配しないで。あの人に何かあっても、私一人で子どもを育てる自信がある」

「本当に。大丈夫なの」

朴鎮洪はぱんぱんに膨れ上がった顔に笑みを浮かべてみせた。その言葉を聞くと一辺に気が晴れた。李孝貞は長い手で彼女を抱きしめた。二人とも母が面会に来た途中だった。李孝貞は切ない気持ちで何度も振り返って朴鎮洪を見たが、朴鎮洪は堂々と腹を突き出し、笑ってみせるのだった。

朴鎮洪の母は一人娘の獄中の面倒を見るために食堂で皿洗いをしていた。夫と息子のいびりを物ともせず、金が貯まれば監獄を訪れて領置金も入れ、食事も差し入れてやった。豆粟飯に大根の塩漬けだけの刑務所の食事では妊産婦の健康を守れなかった。洪《ホン》氏は妊娠した娘が栄養失調にかからぬよう針仕事をして稼いだ金で食事を差し入れてやった。差入れられた食事は廊下に出て看守が見ている前で食べなければならなかったので、朴鎮洪の妊娠の事実はたちまち女舎全体に知れ渡った。彼女の相手が誰かもすぐに分かってしまった。

予期せぬ愛の諍いが繰り広げられたのは数日後だった。同じ女舎の並んだ房で獄中生活をしていた李順今《イ・スングム》の喚き声が聞こえていた。

「朴鎮洪！　あんた、どうしてそんなことできるのよ」

房が離れているので大声を出し合わなければ話ができないのだが、誰かから遅れて話を聞いたのか、李順今が興奮し、恥ずかしさも忘れて大声で喚き散らしたのだった。

「何が。私が何をしたっていうの」

朴鎮洪は最初面食らった。李載裕が李順今とも同居したという事実を知らなかったからだ。李載裕が話をしなかったせいだった。

「あんた、なんであの人を奪い取るのよ。あんたがそんな奴だとは知らなかった」

看守が監視しているにもかかわらず、李順今は見境なく怒鳴り、うろたえていた朴鎮洪も自分は知らなかったとのべつ幕なしに大声を上げ、自然とけんかになった。他人に何かしてやることが一番好きなおおらかな性格の李順今がこれほど自己の愛に執着を見せるのは初めてだった。いつもは極めて寛大な朴鎮洪も、子を守ろうとする親犬のように荒々しくなっていた。

最大の親友かつ同志から突然恋敵になってしまった二人の愛の争いの話は監房の中にたちまち広がってしまった。当事者である二人は実際にはほどなく和解してしまうのだが、警察と新聞は李載裕が二人の女を抱えていたと執拗に騒ぎ立てた。

李孝貞は朴鎮洪が監獄で子を産むのを見ずに釈放された。お願いだから思想運動から手を引いてくれという母の切なる涙で数日休んでいると、監獄から手紙が届いた。朴鎮洪だった。自分はまもなく出産するだろう、李載裕は無事か心配だという内容だった。もちろん李載裕という名前も仮名も書いていなかったが、どういう意味か推測できた。

李載裕が大丈夫か確認するため、李孝貞は噂を頼りに捜し始めた。下往十里《ハワンシムニ》のアジトがやられた後も李観述と李載裕が捕まっていないことは確実と思われた。しかし、彼らの行方は杳然として分からなかった。李載裕が消える直前まで一緒にいたという兪順熙《ユ・スニ》は咸興《ハムフン》へ行ってしまって会うすべがなく、李鍾嬉《イ・ジョンヒ》もどこへ消えたのか分からなかった。

ある日担当刑事が訪ねてきて、モスクワで教育を受けて帰国した数十名の社会主義者を李載裕が指揮していると話した。調べてみると、モスクワ東方勤労者共産大学で学んだ若い社会主義者二〇名が密かに帰国し、工場地帯に散ったという。それは事実だった。しかし彼らは主に興南《フンナム》や城津《ソンジン》といった咸鏡道《ハムギョンド》工業地帯に配置され、李載裕と遭うことはなかった。

夏になり、朴鎮洪は監房の病棟で子どもを産んだ。父と母に半分ずつ似た男の子だった。ところが、子の顔を見た産婆の表情は暗かった。子どもを受け取った朴鎮洪もじっと目を閉じた。子どもは上唇が裂けた兎唇だった。その上、生まれた子は拷問と栄養失調のせいで猿のように小さく、胃が未完成なのか、どんな食べ物も消化できなかった。どれほど生きていられるか疑わしかった。それでも朴鎮洪は、李鉄漢《イ・チョラン》という名を子に付けた。姓は父の李載裕に因んで李氏とし、監獄の中で出産したので、鉄窓に漢《おとこ》が宿ったという意味で鉄漢と名付けたのだった。しばらく獄中で母と一緒に暮らしていた鉄漢は祖母の洪氏の胸に抱かれて監獄を出ることができた。だが、健康状態は極めて良くなかった。腹の中にいる頃に母が余りにもひどい拷問を受けた上、生まれつき脆弱だった鉄漢は体に病を抱えて生きていた。牛乳であれ飯であれ、十分に消化できる食べ物はなかった。祖母が真心を込めて育てたが、串のように痩せた体はなかなか良くならなかった。

翌年の七月、朴鎮洪の公判があった。洪氏は一年が過ぎたばかりの鉄漢に小ぎれいな服を着せ、帽子まで被せて公判廷に連れて行った。母の顔を見せるためだった。李孝貞もこの日、洪氏とともに公判廷に行った。警察に監視されている身であり、裁判所で連行されるかもしれなかったが、朴鎮洪だけでなく朴英出《パク・ヨンチュル》と李仁行《イ・インヘン》といった人々が一度に求刑される日なので激励するために危険を冒したのだった。

裁判所の後ろ側は新聞記者で、家族は沢山集まっていた。見るのも嫌な編み笠をかぶった囚人たちが護送車から降りると、新聞記者が写真を撮ろうと騒々しかった。家族も押し寄せて裾だけでもつかもうとしたが、看守に押されて近づくこともできなかった。

見物人が多いせいか、裁判所の雰囲気は全く落ち着きがなかった。久しぶりに一ヶ所へ集まった同志たちだった。編み笠を取った囚人たちは後ろを振り返り、手を振りあいさつも交わし、裁判の途中には笑い声も上がった。この日裁判を受けた一〇人の被告人はまるで法廷を侮辱しに集まれということで現れたかのように自分たちの容疑を否認した。

最初に尋問を受けた沈桂月は、李仁行に金を貸したことはあるが運動資金として出したのではない、隠れていたのも警察の無差別検挙を避けてのことに過ぎず、運動のためではなかったと否定した。朴英出は、自分は過去に社会主義を最も正しい思想と信じてきたし今後もそうだ、しかし自分は今まで一度も実際の運動に参加したことはなく、ただ書籍と文献を読んだだけなのに四年の刑を言い渡すのは重過ぎると述べた。続いて出た人々もおしなべて同じように答えた。社会主義を批判し転向するという意思を示したのは一名のみで、それ以外はむしろ社会主義を褒め称え、自分は道徳的誤りや法を犯していないと言い張った。

被告人の挑戦的な態度にもかかわらず法官たちの反応に誠意はなかった。彼らは被告人がどのように答弁しようが何の関心もないように見えた。形式的に一つずつ尋ね、手短かに答える機会を与えた後、すぐ次の人間に移るだけだった。審理は一瀉千里に進み、被告たちの否認にも関わらず求刑量は変わらなかった。朴英出は四年、朴鎮洪は二年、残りの被告もほぼ同じ量刑を求刑された。

この日の法廷に出かけた洪氏が孫の鉄漢を抱いている写真が新聞にかなり大きく載った。李載裕の息子だという説明の横に、祖母の胸に抱かれた鉄漢が写真機をじっと見つめている写真だった。印刷がぼやけているので兎唇かどうかは分からなかった。

一六　孔徳里の金氏兄弟

朴鎮洪《パク・チンホン》の公判が開かれてから数日後、ソウルから遠くない楊州《ヤンジュ》郡孔徳里倉洞《コンドンニチャンドン》の小さな藁屋で新聞に出たこの写真を見つめる若者がいた。髪は乱れ、手入れをしない髭がぼうぼうと伸びている田舎の作男に間違いなかった。李載裕《イ・ジェユ》だった。彼は障子紙の隙間からこぼれる陽の光に写真を押し当て、しばらく視線を離せずにいた。

傍では李観述《イ・グァンスル》が粗末な作業服姿で煙草を巻いていた。新聞の端切れに煙草の粉を入れ、舌で唾を付けて巻き、マッチで火をつけて煙を深く吸い込みながら李載裕の肩越しに写真を眺めた。

「子ども、かわいいなあ。鎮洪に似たら頭もいいだろうな」

李載裕は何も言わずに新聞を畳み、油紙の代わりに敷いてある竹の筵の下に差し込んだ。李観述が一口吸って渡したタバコを彼は深く吸い込んだ。

下往十里《ハワンシムニ》から脱出した二人が最初に思いついた行き先は平壌《ピョンヤン》だった。以前も李載裕は狭まる警察の包囲網を避けて活動の根拠地を咸興《ハムフン》か平壌へ移す考えをめぐらせたことがあった。金炯善《キム・ヒョンソン》と会い続けていたら今頃はもうそこへ行っていたかもしれない。金炯善の提案をその時拒否したのは京城《キョンソン》地域の労働運動が初期段階だったためだが、今は自生力をかなりもつようになり、何よりも自分は顔が知られすぎて秘密活動ができなくなったからだ。

ところが、議政府《ウィジョンブ》を経て抱川《ポチョン》まで歩いた時、李載裕の考えが変わった。北行きを止めて京城へ戻ることにしたのだ。雪の降る厳冬期に五百里の道を歩いて平壌まで行くこと自体がとてつもなく大変であり、男二人が行く途中で検問にいつ引っ掛かるか分からないこと、平壌に無事到着しても縁故者がいないので新たに運動を始めるのが容易ではないはずだという理由を挙げた。

李観述は、ソウルを抜け出た後は汽車に乗ることができ、平壌にも李載裕の名声を知る運動家が多いからいくらでも活動できると主張したが、京城へ戻ろうという李載裕の頑固な主張を曲げさせることはできなかった。彼が実は朴鎮洪に対する愛着から遠く離れられないことを李観述はよく分かっていた。それゆえ、止めるのがなおさら難しくもあった。二人は抱川の旅籠屋で遅い昼飯を食べ、踵を返し南方へ向かった。

京城の灯りが遠く見えるところまで戻った時、冬の夜は深まっていた。中部地方を数日間襲った厳しい寒波が過ぎ去ったとはいえ、野外で寝ている途中で命を失うには十分な寒気だった。暗くて名も分からぬ大きな山に遭遇した二人は、灯り一つ見えないところまで奥深く入り、焚き火の火種を絶やさないようにして落ち葉の中に身を埋めて一夜を明かした。ところが朝起きてみると、昨夜は何もないと思われた山中に数軒の農家が見え、煙突から煙が立ち昇っていた。あわててそこを発ち、しばらく野原を歩いてから振り返ると、北漢山《ブカンサン》系の三角山《サムガクサン》だった。

遅目の朝飯を食べるため旅籠屋に寄った二人は数日前の新聞で興味深い事実を知った。昨年南部地方で大洪水が起きたが、冬を迎えて食糧が底を突いた罹災民が群れをなして中北部地方へ移動してきているという記事だった。二人はその場で新しい計画を立てた。罹災民を装い、近くの農村に定着することにしたのだ。李観述はアジトを整理して手中に三百円の大金を持っていた。李載裕は金小成、李観述は金大成《キム・テソン》という仮名を用い、慶尚南道《キョンサンナムド》金海《キメ》から上京してきたということにした。疑われないように慶尚道方言をできるだけ使わなければならなかった。李観述はもともと慶尚南道の人間なので問題がなく、李載裕は李順今《イ・スングム》と暮らしながら非常時に使うつもりで慶尚道の方言を練習しておいたので大きな問題はなかった。生粋の慶尚道生まれに遭わない限り、彼の方言はさほど疑われないはずだった。

　二人が新しいアジトに選んだ所は京畿道《キョンギド》楊州郡孔徳里だった。後にソウル市に編入され道峰《トボン》倉洞になったが、当時は荒蕪地が広がる寂しい農村部落だった。まず孔徳里の旅籠屋で旅の荷を解き、適当な家を物色した末、ある農夫が貸してくれた部屋で冬を越すことになった。気の毒な事情を聞いた家主は自分の名義になっているが捨てたも同然に放置していた荒地を貸してやろうと言った。二人は六千坪の荒地を開墾する条件で三年間に二五円支払うことで合意を見た。

　冬の風がまだ激しい荒地の丘の上で二人の若者の槌の音が聞こえ始めた。二人の力だけで凍りついた地面を均し、石を拾って礎石を置き、土を入れてから、村人の中で大工仕事をしたことがあるという人々を呼んで骨組工事を頼んだ。技術の要る仕事なので時間が多少かかった。松を切り、柱を立て、大梁と垂木を張ると、もう春の気配が漂っていた。黍の茎を編んで掛け、藁を切って入れ、こねた粘土を塗ると、立派な外壁になった。村の老人たちを呼んでオンドル石を置き、台所に竈を作ると、三、四人が横になれば一杯になる程度の小さな部屋に台所が付いた、かなり使いでのある小屋になった。経験が豊富で賢い老人たちは台所で焚いた火気と煙が床下を蝸牛管のようにくるくる回って煙突から出るように温突《オンドル》石を置いた。夕方火を焚けば朝飯を炊く時まで温かさがそのまま残っている伝統的な朝鮮温突《オンドル》部屋だった。

小屋から少し離れたところに畜舎も建てた。雌豚数頭を飼育できるほどの豚小屋に四坪の広さの鶏舎を付けた。村人から鶏と豚を買い入れ、見知らぬ訪問客を警戒するために雑種犬を一匹買って繋いでおくと、人が住む家としての体裁が大分整った。裏庭の傾斜地には倉庫の用途で使えるように土を掘って半地下室を造り、屋根を被せた。

生まれつき勤勉な二人は夜明けから暗闇が敷かれる時まで休まず働いた。野原がナズナで青く覆われる頃に始まった工事はクロフネツツジが散る前に終わった。家が建てられる間、手配されていないので比較的活動が自由な李観述が新聞を買ったり警察の警戒状況を確認するために時折市内に出かけたりしただけで、李載裕は仕事に専念した。李観述も外に出かける時はみすぼらしい農夫の身なりをした。罹災民を装いはしたが、誰も訪ねてこない山中で見慣れない男二人がこれといった収入もなしに生活しているのも不自然であったし、背広の格好で市内に行き来する姿を見せても良くないからだった。総督府が運営する老人と病弱者の保護施設である再生院養育部が近所にあり、駐在所の巡査が毎日家の前を往来するのでなおさら神経を使った。

最も安全な方法は本当の農夫になることだった。春になると二人は捨て置かれた荒地の開墾を始めた。長閑《のどか》だがきつい農村生活が始まった。二人はどの農夫よりも真面目に働いた。荒地で草と木の根を抜き、石を取り出し、犂で耕し、種を蒔いた。大地主の息子に生まれ、手に土を突っ込んだ経験がなく育った李観述は農業の門外漢だったが、険しい高原地帯の火田民の息子である李載裕はどのような劣悪な条件でも作物を育てぬく自信があった。春、庭に蒔いた種は、満月が二度巡る頃にはもう食べられそうなチシャとなり大根の若菜となって畑を埋め尽くした。村の区長の家から買ってきた雛は夏が来る前に若鶏に成長し、豚も順調に大きくなった。

李載裕は農耕することの苦しみと喜びを知っていた。露が降りた早朝の野原に立ち眺める日の出の荘厳と、汗に濡れて座ったまま眺める日の入りの恍惚を、夏じゅう生気を吹き込んでくれるほのかな草の匂いと、魂を慰めでもしてくれるかのような秋の落葉の香りを、彼はよく知っていた。観念的事由と論争だけを好む人間であれば身を潜める場所に荒地を選ばなかっただろうし、たとえ農作業をしたとしてもすぐに偽の農民だということがばれてしまったはずだが、彼を疑う者はいなかった。

孔徳里の金氏兄弟として知られた二人は自分たちの方から村人にわざわざ接近はしなかったが、訪ねてくる人たちには喜んで誠意を尽くした。朝鮮語だけでなく日本語と漢文にも精通し英語まで使えた李載裕は、朴鎮洪と同居した頃と同じように手紙を代筆したり国外へ送る手紙の封筒に住所を書いてやったりした。相当な現金を有していた李観述は金が必要な人には担保なしで貸してやり人心を得た。利子を受け取らなければかえって疑われるので利子も適当に付けた。金氏兄弟は大きな牝牛を借りて畑を耕し、肥やしに使う牛糞などを買う時も適切な値段で支払ったので公正な立場の人々として知られた。毎日家の前を通る日本人巡査とも親しくなった。巡査らは毎日卵を買って行ったが、近くの畑で取れた胡瓜や真桑瓜をおまけにつけて彼らを喜ばせた。

田舎では新聞を購読するだけで警察の注意を引いていた時節だった。安心して新聞を購読できる人は村の区長だけだった。李観述は毎月いくらか支払うことにして、区長が読み溜めておいた東亜日報を時々束にして持って帰った。朴鎮洪の裁判の消息と義母の洪《ホン》氏が息子の鉄漢《チョラン》を抱いている写真を発見したのもすでに何日か経ってからだった。孔徳里に入ってからすべての連絡が途絶えてしまったため、子どもの出産について何も知らなかった。李載裕は写真を切り抜いて油紙の下に隠しておき、時折取り出して眺めた。

長い梅雨が終わった。梅雨の水気がいまだ消えない野原に越冬用キムチ漬込み用の白菜と大根の種を蒔くと、数日もしないうちに芽が生えて、微かな薄緑色の帯が野原に模様を描いた。新たに伸びる草が大根と白菜の芽に覆い被さらないよう、数日置きに草を取り芽を間引いた。春は開墾に時間をすべて使ったが、大根と白菜が育てば相当な収入になるはずだった。二人は赤い荒土の畑をたちまちに覆っていく蒼い波を眺めながら、農作物を売って他の活動家たちの生活費を捻出する計画を立てて記録しておいた。

気温が下がって雑草が成長を止め、一指尺単位で間引いた白菜と大根が十分に根を下ろし、しばらく手を入れる必要のなくなった冬がき来た時分、李載裕はようやく活動を再開した。まず下往十里で最後に別れた李鍾嬉《イ・ジョンヒ》の行方を捜すことにした。彼女の弟、李鍾國《イ・ジョングク》が儆新《キョンシン》高等普通学校の運動選手だった。儆新高普へ電話をかけ、姉が病気なので水踰里《スユリ》にある牛耳《ウイ》橋付近へ来てくれという話を伝えてもらうよう頼んだ。

姉の具合が悪いという伝言に驚いた李鍾國は約束時間に合わせて行くには行ったが、背負子まで担いだ見知らぬ農夫が現れると訝しく思った。その上、姉の消息を知らせると言っていた男がひたすら姉の消息と警察の動きについてしつこく尋ねるのでいっそう警戒した。李載裕は自分の名を直接明らかにしなかったが、相手が推測できる程度は自分自身について説明しないわけにいかなかった。

李平山《イ・ピョンサン》の学生組織に一時所属し、社会主義を学習したことがある李鍾國は、農夫が李鍾嬉とともに運動していた社会主義者だという点は信じるようになったが、李載裕だということまでは気づかなかった。姉がどこにいるか自分は知らないと白を切った。彼が嘘をついていると李載裕は判断したが、自分が誰なのか明らかにできないので本当の答えを引き出せなかった。

一ヶ月後、李載裕は李鍾國をもう一度呼び出した。自分が書いたパンフレットを渡し、私のことを信じて李鍾嬉の行方を教えてくれと言った。彼が李載裕だということを信じるに至った李鍾國はようやく、姉が中国の新京へ渡り、そこで独立運動をしていると教えた。

がっかりした李載裕は李鍾嬉の代わりに李鍾國も組織に引き入れようとした。しかし、中国の姉のところに渡って運動に合流する計画をすでに立てていた李鍾國はこれに応じようとしなかった。李鍾國は組織員になる代わりに李載裕が頼んだいくつかの対外連絡を引き受け、また、自分が知っている社会主義者を数人紹介した。

一方、下往十里から脱出して咸興に無事到着した兪順熙《ユ・スニ》は、李舟河《イ・ジュハ》が指導したことのある同地の運動家たちの援助で製糸工場に就業し、働きながら秘密裏に組織活動をしていた。東海岸工業地帯の指導者である李舟河を結び付ける紐帯になっていた。

冬休みに入った李鍾國に李載裕は、咸興に行って兪順熙に会い、自分の手紙を渡してくれと頼んだ。李鍾國は快く引き受け、咸興まで行き、兪順熙に会った。李載裕の手紙を受け取ると彼女はとても喜び、報告の手紙を定期的に送ることにした。李鍾國は返事を受け取れるこちら側の住所を書き記してから戻った。住所は馬場洞《マジャンドン》の全《チョン》氏の家だった。李載裕の実際の住所を教えられないので自分の友人宅を知らせたのだった。

李載裕は冬の間、さらに二度手紙を咸興へ送った。京城でどうしてもこれ以上活動できないと判断した場合に自身も咸興へ行くつもりだったので当地の事情を尋ねる手紙だった。手紙は組織員の間でのみ通じる暗号を用い、明礬水で書いたので、他の人間は読めなかった。兪順熙も同じやり方で書いた五通にもなる返事を送ってきた。

この手紙は一通も李載裕に渡らなかった。唯一の伝達者である李鍾國がいくらも経たないうちに中国へ行ってしまったからだ。李鍾國は北京で姉に無事合流できた。しかし、活動を満足にできないまま日本警察に逮捕され、朝鮮へ押送されてしまった。

しばらくして咸鏡道の兪順熙も逮捕された。「片倉製糸」女工七〇〇名のストライキを指導した容疑で彼女を連行した後、部屋を捜索した警察は明礬水で書かれた暗号の手紙を発見し、過酷な拷問を加えて、それが李載裕の送ってきた秘密の手紙であることを突き止めた。警察はまた、返事を送る先の住所が馬場洞の全氏の家だという自白を引き出すのに成功した。手紙は事前に燃やされて存在しないため見つけ出せなかったが、全氏の家周辺に幾重にも監視網を張り巡らせ、李載裕が掛かるのを待った。

李鍾嬉、兪順熙との接触に失敗した李載裕は続いて李孝貞《イ・ヒョジョン》を捜した。李載裕の活動する痕跡が消えてから大分経ち、厳重な監視や追跡は緩和されたが、とはいえ、朴鎮洪の親友である李孝貞と会うことは依然危険な仕事だった。

ある日、李孝貞を訪ね、二日後に奨忠壇《チャンチュンダン》の裏山で会おうという伝言をしてきたのは、以前李観述と読書会をしていた同徳《トンドク》女高の後輩だった。後に李観述の恋人になり同居までした後輩だったが、当時はそんなことに関心を持つ余裕がなかった。後輩は「水売り」が会おうと言っていたということと約束場所だけを短く伝えて帰った。李孝貞はその「水売り」が李観述であることにすぐ気づいた。

約束した日、ひょっとするといるかもしれない尾行を撒くために、まず反対側へ向かう電車に乗って行き、途中ですばやく乗り換え、さらに人力車に二度も乗り換え、あちこちを巡って到着すると、小さな公園には数人の老人と綿入れ姿の農夫が見えるだけで、李観述と思しき人は目に止まらなかった。

晩秋だった。奨忠洞の裏山は落葉に覆われ、すっかり葉の落ちた木の枝々が雲一つない空に美しい模様を描いていた。秋の情趣にしばらく浸り立っていると、誰かが肩をつかんだ。公園の隅でしゃがみこんでいた農夫だった。

李観述は李孝貞が本当の農夫と錯覚するほど変わっていた。確かに顔は貧相でみすぼらしかったが、いつもこざっぱりした背広に、櫛をすっきり入れて後ろに撫で付けた髪を自慢していた金持ちの息子の姿は消え去り、貧困と労働でやつれたしがない農夫になっていた。そうでなくとも黒かった顔はいっそう真っ黒に日焼けし、髪は乱れていた。変装しなかったとしても、ミミズがうごめく堆肥の山を掻き分けてきたばかりの農夫の姿そのものだった。

二人は再会の感激を分かち合う余裕もなく、万が一つけているかもしれない尾行を撒くために電車を乗り換え、移動しながら話を交わした。

李観述が彼女を捜したのは、自分の妻である朴嘉耶《パク・カヤ》と娘の善玉《ソンオク》、そして朴鎮洪と息子の鉄漢の近況を聞くためだった。数日前も梨花洞《イファドン》の煙草屋に寄った李孝貞は、妻と娘は元気だという話を伝えた。夫の行方不明とともに夫の実家から支援まで切られ、生活苦に陥っていたが、二人の娘善玉は愛らしくすくすくと育っていた。朴鎮洪と鉄漢の近況は李孝貞も知らなかった。裁判の時に見て以来訪ねていないのでわからないと言うので、李観述は李載裕の頼みだという話はせず、必ず行って会ってくれと頼んだ。

数日後、李孝貞は青坡洞《チョンパドン》にある朴鎮洪の家の庭に入ったが、妙に冷やかな感じがした。以前来た時は庭の洗濯紐に子どものおしめが干されており、縁側に上がっただけで幼な子の甘い匂いがしたのだが、おかしなことにその日はひんやりとした雰囲気だった。

「お母さん、いらっしゃいますか。私です。孝貞が来ました」

まるで家族全員が外へ出かけたかのように、叫んでも何の応答もなかった。しばらくして、井戸端の横の居間兼客間で人の気配がしたように思った。洪氏のゴム靴が台石に載っていた。自分の家のように行き来している所なので、気をつけながら戸をゆっくり開けた。

「お母さん、どこか具合が悪いのですか」

洪氏は部屋の中で絶え果てたかのように横たわったまま、茫然と目だけを開けて李孝貞を見つめていた。顔がぐんと老けてやつれ、重病にでもかかった人のようだった。

「鉄漢はどこへ行ったのです。どうしてこんなに家の中が寂しいのですか」

無理に体を起こして座った洪氏は、度重なる質問に、とうとう静かに涙を流し始めた。

「死んだの。婆ちゃんより先に逝ってしまったの」

鉄漢が息を引き取ったのだった。生まれた時からあらゆる病気に苦しめられ、今年の秋になってひどい風邪を患い、結局命を落としてしまったのだった。洪氏は、病身で生きても一生苦労のし通しと思っていたが、いざ子どもがこの世からいなくなってしまったら悔しくてやりきれない、本当に賢い子だったと涙を拭った。

午後遅く、約束の場所である南山《ナムサン》入口に行くと、李観述は見えず、李載裕が来ていた。彼が直接現れるだろうと予想はしたが、鉄漢の死をどう知らせたらよいか迷った。李孝貞がぎこちなく笑って迎えるのに対し、何も知らぬ李載裕は以前と同じ明るい笑顔で喜ぶのだった。顔が大分日焼けしていたが、髪をさっぱりと切り、新しい背広を着ていた。

二人は昔と同じように南山の方へ歩き始めた。李載裕は何よりも朴鎮洪と子どもの近況について気を揉んでいた。李孝貞は何と説明するか決心がつかなかった。南山の中腹に登ってやっと打ち明けることができた。

彼女の話を黙って聞いた李載裕は足を止め、頭を巡らせて山の下方を眺めた。漢江《ハンガン》が西海《ソヘ》〔黄海〕に向かって曲がりくねりながら流れる様子を見下ろせる所だった。泣きはしなかった。ただぼんやりと、うつろに、西側の空を眺めるだけだった。すると突然、飯でも食いに行こうと言った。

以前は、万が一に備えて電車に乗るための非常金のほかに何もなく、会って数時間歩き回っても水一口飲めなかったが、いま彼のポケットには少なくない金が入っていた。越冬キムチ漬込み用の白菜と大根の栽培がうまくいき、相当な収入を得たという事実を李孝貞は知らなかった。李載裕と李観述の顔が真っ黒に日焼けしたのを見て、どこか労働現場で仕事をしたのだろうとばかり思った。

李載裕は黄金町《ファングムジョン》繁華街の酒醸造販売店へ入った。二人とも一度も来たことのない、かなり大きな食堂が目に留まった。たくさんの部屋が衝立で仕切られた所だったが、午後遅くなので静かだった。二人は二階に上がり、席に着いた。

李載裕が酒を飲む姿を李孝貞はこの日初めて見た。李載裕は燗をつけた清酒を薬缶一つ分飲み上げてしまった。以前はいつも快活だった顔から笑いが消え、機知に富み愉快に喋りまくった口もぎゅっと閉じたまま開かなかった。悄然と酒を飲み続けた。その時ばかりは余裕綽々で才気に満ちた李載裕ではなかった。妻を監獄に置いた逃亡者の夫であり、息子を亡くした父だった。いつ逮捕されて死を迎えるか分からぬ、数奇な運命の植民地革命家だった。

ところが問題が生じた。いつの間にか夕刻になり室内に電燈が点され、客が混み始めたので席を立とうとした折だった。李載裕の苦しみを無言で見守っていた李孝貞の耳に聞き慣れた日本語の単語が聞こえてきた。日本警察の用語だった。男たちの騒がしい笑いと、高等係や主任という単語が話の合間に聞こえ、共産党といった言葉も出た。その中には明らかに以前聞いたことのある声も混じっていた。ちょうど隣部屋だった。衝立があるので互いに顔を見ることはできないが、西大門《ソデムン》警察署高等係の刑事であることは明白だった。

　李孝貞は李載裕にしゃべるなという信号を送り、衝立の隙間から隣部屋を窺った。思った通り西大門警察署高等係の刑事たちだった。見覚えのある者も多数いた。何か楽しいことでもあるのか、宵の口から清酒を飲み、笑い、騒ぎ立てていた。衝立にはなっていても部屋の戸はない食堂だった。外へ出ようとすれば刑事たちの前を通るほかなかった。その上、二階なので窓を開けて外に出ることもできなかった。刑事たちは今入ってきたばかりで、夕飯に酒まで飲めばしばらくかかるはずだった。

　顔から血の気が引いた李孝貞が不安でたまらずそわそわしているのに対し、李載裕は酒気がぱっと吹き飛んでしまった顔でしばし思案すると、通りかかった給仕を呼んで金の計算を済ませ、出る準備をしろと李孝貞に信号を送った。そして、背広の襟を引っ張り、手を包んだ状態で鉄製の箸一つを拾い上げると、立ち上がり、天井の電燈を抜き取るのとほとんど同時に箸を入れて掻き回した。青い火花とともに電気のショートが起き、食堂全体の灯りが飛んでしまった。

　休電や停電事故が日常茶飯事の時期だった。室内がしばらく騒がしくなったが、人々はそれほど驚きもせず、灯りがまた点くのを待った。二人は恋人を装って肩を並べたまま急いで暗い通路に沿って下の階に降りた。刑事たちは暗闇の中で二人が通り過ぎるのを見たが、京城の全警察力を動員して捜している李載裕だということに気づかなかった。

黄金町を無事抜け出して別れることになった時、李載裕は、監獄の朴鎮洪に服と食べる物を差し入れてくれと一〇円を渡した。冬が足早に近づいている頃だった。外套もなく、意気消沈して打ちひしがれた肩を上げることもできないまま寒風吹きすさぶ午後の道へ消える彼の痛々しい姿は李孝貞の胸に長い間焼きついた。

李孝貞はこの日の約束を守った。一〇円は小さい金ではなかった。一度に領置すれば警察の疑いを受けるのに十分だった。彼女はその金を何回かに分けて朴鎮洪に入れた。

けれども、それを最後に運動を放棄してしまった。他の多くの活動家がそうであるように、逃避と拷問の恐怖の中でこれ以上暮らしたくなかった。やもめの母の涙に濡れた哀願も心を揺さぶった。彼女は母の切なる勧めに従い、労働運動をして監獄生活を送ったことのある朴斗福《パク・トウボク》という男と結婚し、彼の故郷である慶尚南道慶州《キョンジュ》へ行ってしまった。以後、李載裕に会うことは二度となかった。

一七　倉洞駅のクリスマス

新年を迎えた孔徳里《コンドンニ》の金《キム》氏兄弟は農地を広げて本格的に農業を営み始めた。前年開墾した六千坪の他に四千坪の畑をさらに借り入れて、胡瓜、ジャガ芋、玉葱、真桑瓜、落花生などあらゆる作物を植え付けた。機械なしに人手だけで作業をしなければならず、農薬や肥料も極めて少なかった当時、一万坪の畑仕事は大変な規模だった。収入も多く、秋までに野菜で得た収入だけで七五〇円ほどになった。種の代金と人件費を差し引いても大金が残った。

二人は豚二頭と鶏六〇羽に兎まで飼っていた。毎日家の前を通って新鮮な卵を買って行く駐在所の巡査たちは、他の農民より数倍も骨を折って仕事をする朝鮮人兄弟を非常に奇特と考えた。彼らは、住民動向を記録しておく身分調査書に、品行が方正で性質が温順なので模範人物となるに十分値する兄弟だと記録しておいた。彼らは、朝鮮人の中にもこれほど勤勉で開拓精神の強い人間がいて驚いたと何度も称賛した。

二人は前年と同じように時々村に降りて手紙を代筆し、低い利子で金を貸した。最初に土地を買うと言ったため、金をたくさん持っていると村人全員が思っているので貸さないわけにはいかなかった。その代わりに利子をほとんど取らず、また返済を催促しなかった。田舎の人々の間を引き離してしまいがちな土地の境界問題や農業用水紛争といった事態が起きると、自ら進んで譲歩し、争いを避けた。

　秋に入り、夜間学校を建てる時も、家を建てた経験のある二人は村の他の誰よりも熱心に仕事を引き受けた。一五名ほど座ると一杯になるこぢんまりとした夜間学校が建てられたのはほとんどみな二人の努力のおかげだった。自分たちの小屋はすべて土の床に土の壁だったが、夜間学校は壁紙と油紙を張り、当時流行していた模様合板を天井に貼り付けた。一方の壁に取り付ける大きな黒板を買う金は二人が快く寄付した。村人は二人に学校の先生も引き受けてくれと請うたが、農作業を口実に断った。その代わり、先生を引き受けた幼い小学校の児童たちに教授法を教えた。自分たちが直接教えると後に住民まで災難を被るかもしれないと心配したからだった。

　誠実で人間性のすばらしい金氏兄弟に対し、村人は称賛を惜しまなかった。後に李載裕《イ・ジェユ》が検挙されてから新聞記者たちが訪れると、「知識が豊富でしっかりした若者たちで、親密ではなかったが威圧的でなく、立場が違うことはせず、徳が厚く人心を失わない堅実な若者たち」だと証言した。孔徳里一帯に称賛の広がった金氏兄弟があの有名な李載裕と李観述《イ・グァンスル》だと疑う者は一人もいなかった。

　ただし駐在所では日常的な戸口調査業務の一つとして外地から転入してきた人物に対する身元調査を依頼しなければならなかった。何の危惧も抱いていなかった警察は金氏兄弟が暮らしていたと陳述した金海《キメ》の小さな部落に身元調査依頼書を秋になってやっと送った。回答はなかなか返ってこなかったが、書信のやり取りに多くの時間がかかった時期でもあり、しっかりした若者たちなので、疑いを持たなかった巡査たちは確認もしないまま放っておいた。

　忙しくはあるが平和でのんびりとした時間が溢れる孔徳里で暮らしながらも、朝鮮共産党を再建するために李載裕は活動を再開した。以前の組織員との接触が難しくなった李載裕は警察の監視を受けない新しい人物たちと接触し始めた。

咸鏡南道洪原《ハムギョンナムドホンウォン》から上京した徐球源《ソ・グウォン》を紹介したのは李鍾國《イ・ジョングク》だった。姉を訪ねて中国へ行く前に自分の代わりに活動する人物として紹介したのだった。三月中旬、徐球源に初めて会った李載裕はパク・ユンシクという仮名で自己紹介した。徐球源もまたファン・チルスという仮名で自身を紹介した。互いに実名を想像したが、逮捕に備えて仮名だけを使うことにした。朝鮮共産党を再建するため京城《キョンソン》地域にサークルを作ろうという李載裕の提案を徐球源はすんなり受諾した。李載裕は彼に毎月八円の活動資金を提供すると約束し、自分が書いたパンフレットを手渡した。

徐球源は故郷から上京して李載裕と会う以前に権栄台《クォン・ヨンテ》グループにしばらく加わっていた経歴があった。彼は、李載裕路線が十全に発揮されるためには現場に相当な基盤をいまも持っている権栄台グループと提携すべきだと提案した。日帝の検挙で一時混乱に陥った同グループは、李載裕が孔徳里に隠れた後に再び組織を整備し、京城で最も重要な組織に成長していた。李載裕は徐球源の提案に同意し、「朝鮮共産党再建のための京城地方協議会」という名の統一機関の結成を提案するパンフレットを作成した。

この提案書で李載裕は、これまでと同じように、共同闘争を通じて組織を合同しようと述べた。具体的に、来る八月一日の国際反戦デーを記念する闘争と間島《カンド》の共産党事件の被告人に対する死刑執行に抗議する運動に共同で取り組もうという内容だった。国際反戦デーは第一次世界大戦で世界の人々が被った残酷な苦しみを忘れないために社会主義圏で数年前に制定された記念日だった。

ところで、ここで李載裕は、自分の主張が影響力を持つようにするために組織の名を乱発した。徐球源を京城トロイカの代表に立て、自身は西大門《ソデムン》刑務所から脱出して上往十里《サンワンシムニ》のアジトを抜け出すまでパンフレットで使っていた京城再建グループの代表を自称した。

京城トロイカは正確な加担者だけで二〇〇名に至り、第二期トロイカといえる京城再建グループもまた五〇名を超える組織員を有する大きな組織だったのは事実だが、今は双方とも完全に瓦解した状態だった。第三期トロイカといえる新しい組織は李載裕と李観述を除けば事実上全く新しい人物で構成されており、その数がいまだ二〇名に過ぎなかった。こうした状況で、実体はなくなって名前だけ残った二つの組織の代表として徐球源と自分を内定したことは、自らの健在を誇示するためであったが、その行動には明らかに凡庸で愚かな側面があった。

六月下旬、倉洞《チャンドン》駅西側にある山中の森で統一のための会合を開こうという具体的な日時まで提示した提案書が徐球源を通じて権栄台グループに伝達された。しかし彼らが京城トロイカを、国際線の指導を否認する分派主義と規定してから久しかった。コミンテルンの組織的指導を受けている自分たちが、分派主義者が主導する組織統合運動に参加することはできないという決定を彼らは覆そうとはしなかった。

李載裕は徐球源とともに提案した日時に森の中で待ったが、時間になっても誰も現れなかった。一時は京城地域労働運動の総帥と呼ばれていた李載裕は屈辱感と羞恥心で落ち込んだ状態のまま孔徳里の草屋へ帰るほかなかった。

権栄台グループとの提携に失敗した李載裕と李観述は自分たちの組織名称を「京城準備グループ」という新しい名で統一した。第三期トロイカの正式の出帆だった。実際は名前を変えたに過ぎなかったが、李載裕は依然として組織建設に確信を持っていた。

彼はまず徐球源を正式に加入させ、やはり権栄台グループの成員だった崔浩極《チェ・ホグク》を説得した。咸鏡南道洪原の出身で、中央高等普通学校在学中に同盟休学を主導して退学になった後、京城商工学院に通っていた崔浩極は、李載裕が分派主義者だという話を自分の組織で繰り返し聞いてきた。しかし、李載裕と数回会い、そうした評価が虚偽の謀略だと判断するようになった。李載裕が国際線を否定する派閥的な行動と形態をとっていないだけでなく、権栄台グループこそ特別な運動方針がなく、人脈や地縁、縁故によって派閥を形成していると考えるようになったのだ。

一九三〇年代後半に入るとともに日帝の弾圧は以前とは全く異なる様相を帯びていた。中国本土との戦争を前に政治と文化のすべてが戦時戒厳令体制へ変わっていた。運動は沈滞の一途を辿っていた。李載裕は、連鎖ストライキの時からともに活動した同志たちと会うことがほとんどできなかった。トロイカの主要人物は依然として監獄にいた。李鉉相《イ・ヒョンサン》と金三龍《キム・サムニョン》はもちろん、李鍾嬉《イ・ジョンヒ》、李順今《イ・スングム》、朴鎮洪《パク・チンホン》、兪順熙《ユ・スンヒ》など錚々たる女性運動家まで全員監獄にいた。釈放された者の中で運動を続けようと思う人間はほとんどおらず、あまつさえ権栄台グループへ移った人間が多かった。李孝貞《イ・ヒョジョン》のように結婚して運動を放棄する、あるいは彼女の父の従姉妹である李丙嬉《イ・ビョンヒ》のように権栄台グループへ編入されているという具合だった。

李載裕が新たに確保できる組織員は主に実践運動の経験がほとんどない学生や自由主義的性向の新聞記者に無職の人間だった。新しいトロイカの指導部である徐球源と崔浩極に彼は希望を託した。自分が書いたさまざまなパンフレットを読ませ、実践運動の経験を積ませた。しかし、個人の力量は教育と訓練だけでは形成できなかった。

労働部門の責任を担って龍山《ヨンサン》方面の大規模工場で活動するよう徐球源に指示したが、咸鏡道方言ゆえに京城で活動するのがつらいと言って一月もたたずに工場を出てしまった。彼は健康状態まで良くなく、一〇月以後は事実上何の活動もできないでいたが、年末に故郷の洪原に帰ってしまった。

学生部門を担当した崔浩極も自身が通う京城商工学院と普成高普といった多くの学校で組織化を試みたが、やはりこれといった成果を得られなかった。それでも、徐球源と崔浩極は自分たちが知っている人間を李載裕に繋げる役割だけは忠実に果たしぬいた。

李載裕はこうした遊休労働力を組織するのに力を傾けたが、何といっても李載裕よりは活動の範囲が広い李観述が有利だった。李観述は卵行商を装ってしばしば市内に行き来し、彼らを組織した。新聞記者、新聞配達員、学生など多様な人物に接触して回った結果、二月目に再び五〇名を超える人々を組織員として引き入れることができた。あらゆる運動が急速に退潮していた当時の絶望的な状況で極度の秘密が要求される地下組織としては無視できない規模だった。

二人は前から計画していた通り、京城再建グループ名義の機関紙『赤旗《チョッキ》』を発行することにした。まだ電話や放送が発達していない時期だった。全国で起こっている状況を共有し、指導部の指針を知らせる機関紙事業はきわめて重要な仕事だった。秘密地下新聞を作るために情報を集め討論すること自体が組織だった。また、これを配布する過程が組織を訓練し拡大することでもあった。機関紙事業はレーニンの『何をなすべきか?』でその重要性が提示されて以来、あらゆる社会主義運動家の基礎的な活動と考えられていた。実質的なストライキ闘争がない状況において機関紙を媒介にした会合と討論すら行われないとすれば、五〇名という組織は何の意味もない、というのが李載裕の考えだった。

筆写本では全国的な政治新聞の権威を保つのは困難だった。謄写版が必要だった。印刷機器に対する統制が厳しい時期だったので、個人が謄写版を購入するのは難しかった。そこで謄写版を直接作ることにした。まず厚いガラスを手に入れて謄写版とし、松の枝を円形に切って紙やすりで磨き、その上に自転車のチューブを巻き、バケツの取っ手を両側に付け、ローラーを作った。また、蓄音機の針をアカシアの枝にはめ込んで板金で巻き、鉄筆の代わりにした。粗悪なことこの上ない形だったが、実験してみると思ったより使えた。

内容は君子里《クンジャリ》の裏山といった所で崔浩極と会って一次的に相談した後、李観述と再度協議して作成した。字を書くのがうまい李観述が原紙作成を行い、謄写は李載裕が担った。

一〇月中旬、二週間もかかった末に『赤旗』第一号の発行を終えた。二百字詰め原稿用紙六〇枚の分量で、全二〇部が印刷された。謄写版の調子が悪く、それ以上印刷することができなかった上、小さな集まりの単位に一部ずつ分けることにしたため、余計に作る必要もなかった。

李載裕は『赤旗』を通して党内の労働者が闘い取るべき目標を提示した。当時としてはほとんど不可能に思える内容だったが、その大部分がはるか後に合法化される内容だった。医療保険と国民年金の実施、出版と集会の自由、同一労働同一賃金、週五日制と同じ意味の週四〇時間労働制、最低賃金制、一日七時間労働制といったものから、一年単位で再契約をする臨時職勤労者問題まで扱っていた。当時としては途方もなく思える諸要求だったが、彼の想像力は時代に先んじていた。

粗悪な印刷術にもかかわらず、第二号まで三〇部余りが京城に流れ込んでいった。『赤旗』は京城電気会社の電気工と第一生命保険会社の外交員、朝鮮中央日報社の記者に渡った。また、朝鮮日報配達員と社会主義運動をしようと考えている無職者、キリスト教青年会のような所といくつかの学校に配布されて左翼グループを形成させる役割を果たした。京城で活動する他の諸組織がほとんど機関紙を出せない状況で、『赤旗』の発刊は驚くべき事件だった。

しかし警察の追跡は早くも彼の居場所に迫ってきた。咸鏡道で兪順熙を逮捕してから二月経っても李載裕を捕まえられずにいた警察にとんでもない好材料が飛び込んできた。権栄台の組織員を連行し調査する過程で徐球源と崔浩極の名前が出て、彼らが李載裕の組織に行ったという事実が分かったのだ。

一二月に入り、故郷の洪原に帰っていた徐球源が逮捕されて京畿道《キョンギド》警察部へ移送され、翌日には黒石洞《フクソクトン》のアジトに隠れていた崔浩極が捕まった。警察は二人に酷い拷問を加え、クリスマスである一二月二五日の晩に倉洞駅付近の野山で李載裕と会う約束をしたという事実を引き出すのに成功した。

警察はすぐさま数十名の待伏せ部隊を編成した。農民と行商人、労働者、学生などに変装し、一週間前から倉洞駅周辺を監視し始めた。クリスマスに近づくと、拳銃と手錠、捕縄を持った数百名を動員し、近隣のすべての道路と野山に潜んで李載裕の出現を待った。責任者である主任自身も行商人に変装し、現場で指揮を執った。

こうした事実をまったく知らぬまま、孔徳里の隠れ家で『赤旗』第三号を印刷していた李載裕と李観述にも問題が起きた。崔浩極に会うことにした二日前、駐在所の巡査が訪ねてきた。慶尚道《キョンサンド》金海へ送った身元照会の結果、そのような人間はいないという通報がきたのだった。

李観述は瞬間的機知を発揮して自分が知っていた徳島里《トクトリ》という別の部落の名を挙げ、そこに住んだことがあるのでそちらへ照会をしてみてほしいと答えた。二年近く親しくしてきた巡査は特に疑いもせず一旦帰ったが、照会の結果が戻ってくるのは時間の問題だった。

二人は即座に孔徳里の生活に片を付けることにし、あちこちに貸していた金を回収する一方、鶏と卵、豚をすべて処分した。印刷中だった第三号を未完成のまま鉄筆で書いた部分だけを謄写して一旦仕上げ、不必要な証拠物やパンフレットはみな焼却処分した。徐球源と崔浩極が捕まってしまったという事実をつゆ知らぬ二人はクリスマスの約束をひとまず守ってから孔徳里を去ることにした。

一九三六年一二月二五日午前一一時、倉洞駅付近の雪に覆われた農道に沿って一人の若い農夫が歩いてきた。厚い綿入れに毛皮の帽子を被り、鼻の下に髭を生やした平凡な農夫だった。寒風吹きすさぶ冬の農村の野原には人影など見えなかった。

農夫が現れてからしばらくして、駅舎側から背広姿の青年が少し落ち着かぬ様子で線路に向かって歩き始めた。青年を発見した農夫は歩みの速度を少しはやめた。ところが、互いに顔を確認できるほど近づいた時、農夫ははっと足を止めた。青年の顔からはっきりと恐怖の予感を読み取ったからだ。

青年が暗澹たる表情で倉洞駅側を振り返った瞬間、農夫は体の向きをさっと変え、逆方向へ走り始めた。同時に雪に覆われた野山から警察の警笛が鳴った。駅周辺と山裾に隠れていた数十名の男たちがどっと出てきた。韓服に中折れ帽子を被った人間、農民の服装をした人間、背広姿の紳士まであらゆる服装の男たちが彼を捕まえようと一斉に走ってきた。

「泥棒だ！　泥棒を捕まえろ！」

刑事たちが叫び続けると通りがかりの住民数名まで加勢した。戻り道まで塞がれた李載裕は線路へ跳び込んで鉄道の石を掴んでは投げ反抗したが、包囲網は一瞬にして縮まっていった。何歩も走れないうちに捕まり、線路の上に押さえつけられてしまった。

「放せ、このきたねえ糞チョッパリども！　日本がこのままずっと続くと思っているのか？　もうじき帝国主義は滅びるんだ。放せ、このファッショの犬ども！」

李載裕は理性を失った人間のように叫び、抵抗した。二時までに戻らなければすぐ逃げ出せと李観述に言っておきはしたが、自分が捕まったことを噂で知らせてより確実にしておくためだった。警察は彼が身動きできなくなるほど打ちのめして、やっと捕縛することができた。

西大門警察署はお祭り騒ぎだった。警察は長年の宿願だった李載裕逮捕に成功した記念として変装した格好のままで記念写真を撮った。厚い綿入れの農夫の服装に毛皮の帽子を被ったままの李載裕は数十名の刑事の中に立たされ、無表情な顔で写真を撮られた。

李載裕は血を吐くほど打たれながらも翌日の夕方まで自分のアジトを吐かなかった。丸一日経ってからやっと自白を引き出した警察が孔徳里の小屋に押しかけた時、当然にも李観述は消えていた。教師出身らしく細かく几帳面な彼は印刷しておいた『赤旗』と重要な冊子をあらかじめ準備しておいた行商人の行嚢に漏れなく入れ、証拠となる可能性のある物はすべて竈に入れ灰にしてしまってから立ち去った。数十名の警察は、蛻《もぬけ》の殻になった土壁の家、鶏舎、豚舎の周囲を引っくり返すように調べるほかなかった。

孔徳里金氏兄弟の隠遁生活はこうして終わった。三宅の家を脱出して二年余り経っていた。この日は皮肉にも、西大門刑務所に収監されていた三宅教授が釈放された日でもあった。

李載裕は惨たらしい拷問を五ヶ月間受けた後、全身が打ちのめされた状態で警察署の留置場から西大門刑務所へ移送された。この日にやっと報道統制が解除され、李載裕が逮捕されたという知らせが初めて新聞に載った。一九三七年五月一日だった。

日本語で発行される『京城日報』はこの日号外を出し、「執拗兇悪の朝鮮共産党遂に壊滅す」という表題で、「廿余年に亘る朝鮮共産党運動史は今や最後の一頁を完全に封鎖され、かくて朝鮮共産党による総ゆる禍根は今ここに全く潰滅終息した。今後は農村に、工場街に明くて朗な大気が躍動し、全半島に朗々と響きわたるものは平和と歓喜の合唱である」と報道した。

この日、刑務所へ移送されるために手錠をかけられ、捕縄でぐるぐる縛られたまま西大門警察署の留置場の鉄門を出てきた李載裕は、突然、声を限りに朝鮮語で叫んだ。

「朝鮮共産党万歳！　朝鮮共産党万歳！」

びっくりした警察が口を塞いで外へ引きずり出したが、扇形の留置場に拘禁された囚人たちは李載裕が刑務所へ行くという事実を知った。

「何のために朝鮮共産党万歳を叫んだのか」

刑務所へ移送される前に寄った検事室で日本人検事が尋ねると、李載裕は堂々と答えた。

「五月一日は世界労働者の日、メーデーであり、留置場の同志たちと別れる日だからです」

「他の留置人に宣伝するためにそうしたのではないか」

「そういう意味はありません」

日本人検事は自分の机の上に置いた五千枚を超える凄まじい分量の警察調書をちらりと眺め、それから長い調書を簡略にまとめた警察の意見書を摘み、ざっと目を通しながら彼を睨みつけた。

「被疑者の根本思想は何だ。何のためにこんな活動をしたのだ」

李載裕は彼の視線を真っ直ぐ見返し、日本語で言った。

「私の根本思想は朝鮮に共産主義国家を作ることです」

「共産主義国家を作るのに朝鮮の独立はどうして必要か」

「私が朝鮮独立を目的とするのは、日本から独立しない以上朝鮮は永遠に共産主義国家となることができないからであり、また、仮に共産主義国家になったとしても日本的共産主義国家となるからです」

検事は鋭い目つきで彼を睨み据えながら怪しい嘲笑を浮かべて言った。

「俺は検事生活を長くしてきたが、お前のように徹底した思想犯は初めて見た。俺の手の内に入った以上、お前はもう二度とお天道様を拝めないぞ」

李載裕も微かな嘲笑で彼を睨みつけただけで答えなかった。五ヶ月の惨たらしい拷問と懐柔は彼に何の影響も及ぼすことができなかったのだ。

一八　恋敵

　李載裕《イ・ジェユ》逮捕の知らせが報道機関に公開され裁判が始まった一九三七年五月下旬に朴鎮洪《パク・チンホン》は西大門《ソデムン》刑務所を出所した。新堂洞《シンダンドン》のアジトで李載裕と別れてから二年経っていた。日帝裁判所は彼女が捜査を受けた期間の一年を百日と換算して実刑から差し引いただけだったので、実際は二年以上監獄で暮らしたのだが、記録上は一年六ヶ月の実刑を受けて出所したことになっていた。

　出獄した彼女が最初にしたのは李載裕の面会だった。生まれつき明るく楽天的な李載裕は長期の拷問と監獄生活にもかかわらず余裕のある笑いを浮かべていた。

「顔色は悪くないわね」

「一日に三〇分の運動時間でも陽に当たるからな。鎮洪も監獄で苦労したろう。女性はもっと大変だっただろう」

「もちろん朝鮮民衆の痛みほどは味わったでしょう。外に出たら、食べて生きていくために満洲の平原へ行く農民の行列がどこの駅前でも溢れていたわ。道は物を乞う人たちでいっぱいだし……」

　二人の会話を書き取っていた看守が机を棍棒でばんばん叩き、話を遮った。朴鎮洪は話題を替えた。

「李箕永《イ・ギヨン》の新しく出た小説を差し入れたわ」

「みんなが俺を小説家の蔡萬植に似ていると言うんだ。どういう作家なんだ」

「プロレタリア文学に天賦の才能を持った人よ。『沈奉事《シムボンサ》』という階級的な大衆小説を今年書いたのだけど、総督府の検閲に引っ掛かって出版が禁止になったそうよ。まだ小説をたくさん書いたわけではないけれど、朝鮮のプロ作家の中で断然抜きん出ている人よ。そう考えると、お互い似ているみたいね」

「だとすれば光栄だな。鎮洪も早く良い世の中に巡り合って、立派な文筆家として登場しなければならないのだが」

「私が作家になれなくても良い世の中は来るわよ」

「来るさ。必ず来るよ。手のひらほどの島国の日本が巨大な中華大陸を見くびるのは極めて大きなしくじりだ。満洲占領は成功するかもしれないが、結局は自滅で終わることになるよ。帝国主義は世界大戦をもう一度起こそうと思っているが……」

看守が再び机をうるさく叩いて彼の話を遮った。朴鎮洪は話題を替えた。

「誰が面会に来るの」

「実刑が宣告されてからは家族以外は面会できないから、来る人間はいないよ。故郷から叔父さんが来てくれた以外は鎮洪が最初さ。でも、家族でもないのに、どうして鎮洪の接見を許可したのかな」

朴鎮洪は顔をさっと赤らめた。李載裕がした話を看守は再び熱心に記録していた。短い沈黙が流れた後、彼女は言った。

「あなたと私が実際の夫婦だということは、世間がみな知っているじゃない」

朴鎮洪は同棲した時と同じように、あなた、と呼んだ。李載裕は目を逸らした。捜査過程で警察が彼を道徳的に攻撃する唯一の武器が二人の女との同時恋愛関係だった。刑事たちは拷問の合間に、李順今《イ・スングム》と朴鎮洪のどちらが好きだったのか、と皮肉った。すでに多くの新聞と雑誌に息子鉄漢《チョラン》の写真とともに三角関係についての記事が出たことを知りながらも、李載裕は、二人の女との情交の事実が全くなかったと否定することにしていた。警察から予審検事の取調べにいたるまで一貫してこの事実を否認した。今後開かれる公開裁判でも否認するつもりだった。日本の警察と報道の前でさらし者にされたくなかったからだ。

「もう面会に来るな。差し入れもするな」

朴鎮洪はあいまいな微笑を浮かべたまま、しばらく何も言わずに彼の顔を見つめた。李載裕は彼女の目をまっすぐ見ることがとてもできず、視線を外した。彼が検事の前で自分たちの恋愛関係を否認したという事実を朴鎮洪もよく知っていた。

「あなた一人が認めないからといって、誰が信じるのよ」

朴鎮洪の声音は厳しかった。淋しさだった。彼が違うと言ったところで子どもを産んだ事実がなくなるわけでもなく、子の名前が彼の姓により李鉄漢だということも隠し通せるものではなかった。すでに世間から嘲りの対象になっているのに、自分の目と耳だけを塞ごうとする彼の態度が無謀で愚かにみえた。真に革命家の名誉を守ろうとするのなら、もう少し率直にあっさりと自己主張をして己の感情を示すべきだと思った。あなた、革命家らしくないんじゃないの、と心の中で叫びたかった。しかし、彼女はそれ以上訊かなかった。孤立無援の独房に囚われ孤独な想像の中で生きている彼に何の話をしても無駄だと思った。看守が面会終了を知らせてきた。

「面会を拒否しないで。あなたに面会できるのは私しかいないのよ」

朴鎮洪の声はいつのまにか再び穏やかになっていた。彼女には、李載裕が答えることなく、やるせない表情で笑っているように思えた。彼が背を向けて監獄のドアの奥へ消えるまで、面会室を出ず、じっと見つめたまま立っていた。

後に朴鎮洪は李孝貞に語っている。格子の中の眼を見ただけで、自分は李載裕の心をすべて読み取れたと。愛する人に愛していると言えず、言えたとしても、愛よりもっと大きな名誉、自分より他のすべての革命家の名誉を大切にする以外になかった彼の気持ちを理解できたのだ、と言った。たとえそれが全く誤った判断だったとしても、女の胸に釘を打ち込むような傷を負わせたとしても、彼の真心だけは理解できたのだと李孝貞に告白している。

刑務所から戻った朴鎮洪は散り散りになっていた仲間たちを捜し始めた。だが、同徳《トンドク》女高の後輩、金在善《キム・ジェソン》を通じて聞いた外の消息はとても希望の持てるようなものではなかった。トロイカ出身の人々は相当数が運動から離れて平凡に暮らしているか、日本や中国などの地へ去ってしまった状態だった。運動を続けようとする人々の間には李載裕が派閥主義者で分派主義者だという批判が広まっているようだった。彼の三角恋愛を非道徳的だと非難する人々も多いという。

恋愛の話は自分自身も怒っている問題なので返す言葉がなかった。しかし、派閥や分派主義というレッテルは理解できなかった。李載裕の何が分かってそんな汚名を着せるのか、悔しくてやりきれなかった。実際に何人かに会って金在善の説明が事実であることを確認した彼女は、失望し、落胆せずにいられなかった。勇気をくれた人は孔元檜《コン・ウォンフェ》くらいだった。

釈放されてからまだ一週間にもならない六月の初日だった。夕暮れの余韻がまだ完全には消え去っていない夜八時、総督府と同徳女高の間にある桂洞《ケドン》の孔元檜の部屋を朴鎮洪は訪ねた。慶尚道統営《キョンサンドトンヨン》出身で、学生運動と労働運動で多くの歳月を監獄で過ごし、釈放されてから半年ほど経った孔元檜と彼の実の弟である孔成檜《コン・ソンフェ》の兄弟が自炊するところだった。暮らしに困ってはいなかったが、一方の壁を埋める本が放つカビと独身男性の臭いがお世辞にも愉快とはいえなかった。

李載裕より二歳年下の孔元檜は、李載裕と同じように顔が小さく、線が細く、女性のようだったが、とにかく片意地で融通の利かない、神経質な印象だった。李載裕が漂わせる余裕と可愛らしい感じはなかった。李載裕の運動を果たして派閥だと罵倒してもいいのかという朴鎮洪の質問に、延禧《ヨンヒ》専門学校の出身らしく理性的かつ冷静に答えた。

「私は李載裕同志が外で活動した時期に監獄にいて出獄してからも釜山などで活動したのでこの論争では一応第三者にほかなりません。しかし一旦引き受けて朝鮮革命運動の派閥問題全般から徹底的に研究してその延長線上で李載裕同志の組織の派閥容疑について階級的な解釈を求めてみることにしましょう。一つの思想の根っこから真相を明確に掘り下げ慎重かつ厳密に問題を検討して断定的結論を下すべきであって生半可に判定することはできません」

衒学的な彼の口ぶりが朴鎮洪は気に入らなかった。真理を理解できない人ほど難しい言葉を使う、というのが彼女の持論だった。孔元檜も李載裕を派閥主義者と考えているのだなと見当がついた。彼女ががっかりした表情をあからさまに浮かべると、これに気づいた孔元檜が言葉を継いだ。

「現在の私の考えでは李載裕の運動を派閥と断定するのは難しいと思います。派閥は不純分子の英雄的な気分から発露するものです。自己犠牲なしに己の名誉と権力だけを追求する者たちの恥ずべき行動です。ところが監獄で私が収監者の食事改善問題と採石場の労働搾取に抗して闘った時李載裕同志も別の舎棟で最先頭に立ち全身全霊を投じて闘ったと聞きました。断食闘争の過程で看守からひどい拷問を受け殴打されても彼を屈服させることができなかったと聞きました。私の勝手な判断ですが李載裕同志は非常に純粋で情熱的な人物であるように思われます。そんな純粋な革命家が派閥主義を犯すわけがありません。真摯な共産主義者であるならば派閥問題が起こるはずがありません。ともあれ詳細な内容を調査してから判断し次回話すことにします」

朴鎮洪の目には孔元檜は革命家というより先生のように映った。しかし、皆が一方的に李載裕を批判するのに比べ、彼の態度はそれなりに客観的で冷静に思えた。朴鎮洪は彼の判断に声援を送りたかった。激した彼女の声には、京城《キョンソン》の言葉であるにもかかわらず、咸鏡道《ハムギョンド》の抑揚がそのまま染みついていた。

「李載裕同志が国際線と統一をなさないまま二年も京城付近に潜伏していたのは、自分の獲得した分子が他の組織に吸収されるかもしれないという憂慮があったからだ、と他の運動家は言うのです。一体全体どんな人たちが濡れ衣を着せて言い触らしているのか、あきれます。一級手配令が下されて捕まれば死ぬ状況で、どこの運動家が根拠地を守ろうとするでしょうか。ずっと軽い罪を犯した運動家の多くは楽に生きていける海外へ逃げたではありませんか。李載裕同志が自分の権威を誇示するつもりだったのなら、気楽で安全な海外へ出て朝鮮にある基盤を自慢し、国際党の職責を貪ったでしょう。李同志が生命の危険を顧みず京城に残ったのはすべて戦線統一のためであったことは明らかです。私は彼と一つ布団の中で暮らした人間です。英雄主義や功名心をいささかでも持った人ではないということを誰よりもよく知っています。二年間ともに暮らした李観述《イ・グァンスル》同志が現れれば、すべての真相が明らかになるでしょう。李観述同志が功名心や権力欲の微塵もない実直な同志だという噂は孔元檜同志もよく聞いているでしょう。私も同徳女高の頃から李観述同志とともに運動してきた間柄なんです。

李観述同志が李載裕同志と二年以上いっしょに隠れて活動したのであれば、それこそ李載裕同志の潔癖を証明する証拠ではありませんか」

朴鎮洪は彼に確信を与えるために自分との恋愛の話を切り出さないわけにはいかなかった。

「噂でよくご存知でしょうが、李載裕同志が私との恋愛関係を否認することで大衆の信頼を獲得しようとした行為は誤りだと思います。すでに大衆が皆知っている事実を否認することで、本人の意思とは異なり、むしろ大衆から信望を失ってしまう結果になったからです。ですけれども、私的な恋愛問題ではなく、運動家の姿勢については公明正大に評価すべきだと思います。その点で私は李載裕同志を完全に信頼します。革命家として、人間として、すべてを信頼しています」

数日後の午前一一時、恵化洞《ヘファドン》の普成《ポソン》高等学校の裏山で再び会った二人は城壁付近を散歩しながら話を交わした。京城地域で信望される理論家の一人である孔元檜が李載裕についてどういう判断を下すのか、朴鎮洪は気を揉みながら耳を傾けた。彼はもったいぶってなかなか結論を下そうとしなかった。

「派閥問題は朝鮮で思想運動が始まって以来続いている問題です。互いに英雄心と自尊心を高めて自己の利益だけを追求することから胚胎したのです。朝鮮の思想運動史を見れば……」

孔元檜は、李朝末期の東学党《トンハクダン》が朝鮮革命運動の始祖だという話から、三・一万歳運動の失敗を通じて始まった無産階級運動が海外で派閥運動に変質して悲劇的な銃撃戦まで引き起こし、結局、国際共産党《コミンテルン》から解散命令まで出されたことがあるという話をした。以後、朝鮮の内外で朝鮮共産党を再建するために絶えず争ってきたのであり、李載裕もそのなかの指導者の一人だったと長々と説明した。朴鎮洪も良く知っている話だったが、我慢して聞いているうちに、やっと李載裕の話に入った。

「権栄台《クォン・ヨンテ》が海外の国際線から命令を受けて入ってきた正統派だと自負しながら国内運動家を自らの手中に置いて絶対服従させようとした態度は重大な誤りです。李載裕もまた国内で相当の組織基盤を獲得しているからといって国際線から派遣されてきた権栄台との提携を拒否したのであれば派閥主義なのは確実です。ですが結論として李載裕同志の運動は派閥ではないという判断を私は下しました。李載裕同志が国際線との結合を拒否したという証拠が明確でないだけでなくむしろ国際線が彼との結合を回避したという証拠がより多いからです。闘争委員会を通して二つの運動を統一しようと李載裕同志が何度も提案したのに非現実的だという納得しがたい理由で権栄台側がこれを拒否したのは確実です。中国へ亡命した朴憲永《パク・ホニョン》・金丹冶《キム・タニャ》同志などの指示を受けて入ってきただけで国内にこれといった大衆基盤もない国際線が国内線を一方的に派閥と規定してしまい統一を拒否したために両者ともに孤立し崩壊してしまったのです」

朴鎮洪は初めて味方に出会ったことで安堵した。しかし、孔元檜は今後どのように運動すべきかについてはそれほど積極的ではなかった。日本軍が満洲を侵攻して以来、国内情勢は画然と変わっていた。同徳女高出身者たちが活躍した一九三二年には全国でストライキと同盟休校が起こり、農村という農村で小作争議が頻発したが、わずか五年後には半島全体が静まり返っていた。日本軍が占領して農地を無償で分け与えるという噂を数多くの農民が信じて満洲へ移住したために小作争議はほとんど無くなってしまった。戦争物資を補給するために昼夜分かたず稼動する工場でのストライキはただちに反逆罪と見なされた。

こうした現実では長期的な準備が必要だと孔元檜は考えた。彼は、京城から数百里も離れ、一回の往復にも数日かかる故郷の統営で洋服店を経営しながら、京城に行き来して個人的に情勢分析や理論学習をする程度で満足していた。朴鎮洪と会うのもその中の一つに過ぎなかった。彼は李載裕と同じように、日本軍の満洲侵略は第二次世界大戦の前奏曲であり、日本は必ず敗北するだろうと予見していたが、どうやってその日に備えるべきかについては考えが違った。

「近いうちにまた世界大戦が起こるでしょう。日本がこの戦争で負けるのは明らかです。敗戦とともに日本が経済的に破綻すればその時全民衆が蜂起して民族解放を実現できるでしょう。一九三二年はわが前衛分子たちが闘争の最先頭に立ちましたがその時になれば全民衆が蜂起するでしょう。私たちはその時初めて前面に出て革命を指導すればいいのです。今は下手に闘争に取り組んだり全国的な党組織を試みたりして壊滅的な打撃を被るより小規模の秘密組織ごとに強固な組織を育成し資金を確保することが必要です。今は準備をしなければならない時期だということです」

朴鎮洪は彼の意見に同意しなかった。前衛組織の建設は常に困難なものであり、今こそ三二年闘争以来輩出された多くの運動家たちを組織する時期だと信じていた。孔元檜の消極的な準備論が彼女は気に入らなかった。しかし、ひとまずそうしたそぶりは見せず、彼と定期的に会い、情勢について討論する約束をした。彼は情勢分析に並外れた能力を持っている点が認められたからだ。

どこかに隠れてしまった李観述を捜し出さなければ問題が解決しないと思われた。李観述なら自分と考えがはっきり同じだと確信していた。あるいは、李載裕とともに草創期の京城トロイカの最高指導者である金三龍《キム・サムニョン》か李鉉相《イ・ヒョンサン》のうち一人だけでもいたらうまくいくだろうと思われた。しかし、二人とも監獄にいる身だった。彼女は李載裕の七親等の甥と姪で最も信頼できる人物である李仁行《イ・インヘン》と沈桂月《シム・ゲウォル》を通じて李観述の行方を探っていた。

七月一日、ついに李観述から連絡がきた。見知らぬ三〇代前半の男が昭格洞《ソギョクトン》にある朴鎮洪の貸間を突然訪れ、明日午前一〇時に漢江《ハンガン》南側の鷺梁津《ノリャンジン》にある電車の終点に行けば知っている人が待っているだろうという言葉を残し、すばやく消えた。彼が李観述の密使であることに朴鎮洪はすぐ気がついた。

翌日、鷺梁津にある電車の終点で降りると昨日の男がまた現れていた。彼は特にあいさつもせずに上道洞《サンドドン》にまっすぐ向かって坂道を上り始めた。少し離れて密使に付いて行きながら、尾行がいないか何度も確認した。田畑だけで人気のない田舎なので後をつける人間がいればすぐに分かるはずだが、誰も目に付かなかった。半里はありそうな相当に遠い道を歩き、やっと上道洞の集落が現れた。冠岳山《クァナクサン》系の一つである国思峰《クッサボン》の急勾配の麓にある貧民街だった。

煙草屋の前で密使が突然姿を消すと、風呂敷包みを背負った行商人がのそりのそりと歩いてきた。朴鎮洪はその顔をじろじろ覗き見たが、日本式のくりくり頭に、雑草のように生えた髭が伸び放題で、全く知らない人間だった。李観述がどこから現れるのかときょろきょろ見渡すが、近寄ってきた行商人がこっそり笑顔を投げかけた。真っ黒な皮膚に皺のよった狭い額、いたずらっぽい目と目が合った瞬間、朴鎮洪は叫びそうになった。

「先生！」

李観述だった。李観述が頑固一徹この上ない不細工な顔で明るく笑っていた。うれしすぎて手でもつないでぐるぐる回りたい気持ちだったが、我慢しなければならなかった。二人は冠岳山のほうへ方向を定め、しばらくの間何も話さずに距離をとって歩きながら尾行者がいるか確認しなければならなかった。京城府の境界線を出て奉天里《ポンチョルリ》に入ってから李観述は振り向き、両手を差し出した。

「監獄で苦労したな」

わざと手を入れていない無精なあごひげには馴染めなかったが、目つきと声は一つも変わっていなかった。

「ご飯をもらって食べ、本を読み、寝るだけなので、監獄のほうが楽です。先生の方こそ随分顔がやつれましたね」

「だから警察部の犬どもが臭いを嗅ぎ付けられないのさ。おれの髭はどうだ。道を歩いていて会っても分からないだろう」

李観述の変装は卓越していた。本当に道で遭っても知らずに通り過ぎただろう。倉洞《チャンドン》駅で李載裕が捕まった時、これで朝鮮内部の社会主義運動は終わったと警察は判断した。李観述は卓越した話術や組織力があるわけでもなく、苦労を知らぬ金持ちの家のぼんぼんだから、苦難に満ちた革命運動を先頭で率いる指導者にはなりえないと警察は考えた。李載裕が捕まれば、李観述は自ずと運動を放棄するか、あるいは国外に亡命するだろうと思い込んでいた。五ヶ月後に李載裕逮捕の知らせを報道機関に公開した時も警察はそういう話を公言した。御用新聞である『京城日報』は彼らの話を引用して、「彼はもとく実践の闘士ではなく李載裕のシンパ的存在として引きずられてゐたもので李載裕無き後は全く自滅の他なく」とまで書いた。

警察の予測は外れた。李載裕が逮捕された後も李観述は運動を放棄しなかった。髪を剃り髭を伸ばして容貌を完全に変えてから、さすらいの行商人を装って江原道《カンウォンド》と慶尚道一帯を歩き回り、組織をじっくり維持していた。特に大邱《テグ》一帯の工場地帯では数十名に及ぶ組織を確保した状態だった。釈放された朴鎮洪が自分を捜しているという知らせが入ってきた時分はちょうど京城に来ていた。日雇労働者と小規模工場の労働者が多いので身を隠しやすい永登浦《ヨンドゥンポ》の工場地帯に下宿を定めておき、朴鎮洪に会うために人を遣ったのだった。

本当に久しぶりの邂逅だった。互いに抱き寄せ合って泣いても足りない、別れていた兄妹の出会いよりももっと貴重な再会だった。二人は京畿道《キョンギド》に属する奉天里と新林里《シルリムニ》を経てから、番大方町《ポンデバンジョン》を通って再び京城に入り、上道洞の煙草屋の前まで野道と山道を数時間歩きながら話した。

李観述はまず、朴鎮洪が捕まった日に自分と李載裕がどのようにして京城を離れたか、孔徳里《コンドンニ》で金《キム》氏兄弟として暮らしながら農業をした話、李載裕が拘束されてから自分はどう活動してきたのかを、人の名や住所に関連したことでなければ詳しく説明してやった。同時に、新聞と雑誌にどういう話まで載ったのかを話した。万が一朴鎮洪が警察に連行された時、警察や報道機関によってすでに分かっている事実だけを話したのだと陳述できるようにするためだった。誰と会っても常に警察で陳述する内容と実際に知っておくべき内容を区別するのが原則でもあった。

「李載裕が派閥主義者だと」

顔立ちで見れば似たところが全くない二人だが、よく笑い楽天的だという点では李載裕と李観述は兄弟のようだった。李載裕とトロイカが分派主義と決め付けられているという話に李観述はかっとなったが、もともと笑う性質なので怒っているようには見えなかった。彼は三歳年下の李載裕を単に載裕《ジェユ》と呼んだ。

「俺はね、鎮洪と順今をめぐって載裕が三角関係を結んだということ自体は非難しないよ。君たち三人はみんな私にとって一番大切な人間だからだ。むしろ、君たちとの恋愛関係を載裕が否認したことが間違っていると思う。おかげで君たちは右頬を打たれ、左頬まで叩かれるざまになってしまったんだよ。その点は載裕がしっかり反省すべきだ」

肺が悪い李載裕とは違い、李観述は煙草が好きだった。彼はひっきりなしに煙草を吸い、くわえながら話を続けた。

「それだけさ。載裕がそれ以外に何を誤ったっていうんだ。俺たちが平壌へ行こうとして引き返したのは、真冬に数百里の道を歩くのが大変だったからではない。国際線も国内線も指導部がほとんど捕まった状態で、俺たちまでいなくなれば京城の運動力量がばらばらになるのが明らかだったからだ。もちろん載裕としても、自分の子どもを身籠ったまま捕まってしまった鎮洪から離れられないという気持ちもあったろうが、それが何の罪だ。捕まれば少なくとも七、八年は監獄で過ごすか、そうでなければ拷問されて死ぬかもしれないのに、京城に戻ってきたのが英雄主義のせいだと。工場の近くにさえ行かずに自分たちだけで何か党を作る、同盟を結成すると騒いだのに手配されただけで海外に逃げて愛国の志士面する奴等は真の英雄で、俺たちは偽の英雄だっていうのかい」

権栄台側の運動家が李載裕に対する攻撃の先頭に立っているという話を聞いて、李観述は自分が彼らに直接会うつもりだと言った。その時一〇円札を二枚取り出した。

「鎮洪は何も心配しないで、これからもずっと載裕の面会に行き、差し入れもしてやってくれ。俺と会ったことは直接言えないから、『釈放されて酸素と窒素を十分吸ったから生き返ったようだ』、こう言えば分かるはずだ」

二人は李載裕以外の仲間たちの近況について互いに知っている情報を交換した。朴鎮洪が孔元檜に会って交わした話を伝えると、李観述は孔元檜をトロイカの核心として今後引き入れるのが良いと述べた。彼は言った。

「孔元檜の情勢判断には俺も共感する。いま世界は二つの戦線が衝突している。ヨーロッパでは、ソ連と米国、英国を中心とする人民民主主義勢力と、ドイツ、イタリアのファッショ勢力が戦争に突入する直前だ。すでにスペインではファッショ勢力に対抗する人民革命が起こり、世界の進歩的な知識人が生命をかけて入国し、人民戦線を支えている。東洋ではすでに中国と日本が総力戦に入った状態だ。さらに日本とドイツが反共協定を結び、ドイツ、イタリア、日本の三国が実質的に武力同盟を結んだ。明らかに人民戦線とファッショ戦線の二度目の世界大戦が起こる直前だ」

日帝時代の革命家にとって米国と英国は敵ではなかった。ファシズム時代の米国と英国は、資本主義宗主国である前に、ファシズムから弱小国を守ってくれる同盟国と映った。李観述もその点で一般的な見解を持っていた。

「第一次世界大戦と同じように新しい大戦も必然的にファッショの敗北で終わるだろう。同時に朝鮮の独立も必然的だ。しかし、他人の手で日本帝国主義が倒れることを待っているだけではだめだ。われわれの力でこの汚い日章旗を始末すべきだ。朝鮮共産党を早く再建して独立のために銃とストライキで闘わなければ、仮に植民地から解放されたとしても、わが民族は何の主権もなく、混乱だけが繰り返されるようになるだろう。もっと恐ろしいのは精神的な混乱だ。自力で闘い取れなかった自由が一体何の意味を持つのか、ということだ」

李観述と孔元檜のみならず、それなりの運動家であれば皆、迫りくる未来について正確に予見していた。けれども、米国とソ連によって朝鮮が南と北に分断されるだろうと想像する者は一人もいなかった。朴鎮洪の予想通り、大人しく自重し準備しようという孔元檜の慎重論に李観述は批判的だった。

「できることなら、すべての運動家を結集させなければならない。できることなら今すぐにだ。できることなら、監獄をぶち破ってでも連れ出さなければならない。今すぐに！　李載裕、李鉉相、金三龍、李舟河《イ・ジュハ》、全員連れてきて、上海に行って朴憲永も連れてくるべきだ。一体全体、革命運動に中央組織がなくてもいい時期というものがどうして存在するっていうんだ。考えてもみろ。何もなかった時もわれわれは作り出したじゃないか。至る所に配置されているのが革命家のはずなのに、まだ機が熟していないなんて話にならない」

同徳女高の先生時代に持っていた型破りで素朴な、それゆえいっそう過激に思える意見を李観述は惜しまなかった。朴鎮洪に会えた喜びが彼をさらに興奮させたのは明らかだった。水原《スウォン》街道に沿って番大方町へ戻る頃にはすでに陽が沈んでいた。朴鎮洪は足が張ってこれ以上歩くのもつらいほどだったが、必要に応じて本当に行商をし、徒歩で全国を移動してきた李観述は疲れた様子を見せなかった。鷺梁津の電車終点付近の町に戻り、安炳春《アン・ビョンチュン》が住んでいる部屋を彼は指差した。やはり監獄から出てあまり経っていない安炳春がひどい水虫で苦労しているという話もした。二人は次回の会合を約束し、名残を惜しみながら別れた。

五日後、李観述は安炳春を通じて国際派の権栄台組織の出身者と会った。彼は、李載裕が書いた『自己反省文』と孔徳里で製作した『赤旗』一、二、三号を渡し、自分たちにも誤りが一定部分あったが、決して国際線との連帯を拒否したことはなく、英雄主義や派閥主義に陥ったことは一時もないのだと強く吐露した。また、一定の運動資金を今後提供するから朝鮮共産党再建にともに取り組もうと提案し、実際に若干の資金を提供した。このためか、反応は悪くなかった。二大グループから数名が定期的に会って重要な事案を討論し資金を共有することで合意するのに成功した。二つの勢力が完全な和合に至ったのではないが、少なくとも緊密に交流することにし、国際派と国内派が初めて連帯の第一ボタンをはめたのだった。

李観述は、朴鎮洪に再び会った時、国際派との提携の事実を知らせ、権栄台側に渡したものと同じ『赤旗』と李載裕の文献を渡した。家では絶対に保管せず、移動する時は風呂敷に包んで腹部に巻いて行き来するよう注意もした。朴鎮洪は、文献を風呂敷に包んで腹部に巻いて隠した後、夜中に金在善の部屋を訪ねて隠した。李載裕と一緒に暮らした時にしていたように、非常事態が起きたらすぐに燃やせるよう、台所の焚いていない竈の中奥深くに隠すようにした。

　こうして李観述を中心に新しい上部組織が形成された。孔成檜と孔元檜、朴鎮洪のほかに、トロイカの核心だった金舜鎮《キム・スンジン》、安炳春、李仁行、沈桂月、李成学《イ・ソンハク》、趙秉穆《チョ・ビョンモク》といった人々が合流した。自前で非合法文献を製作する状況でもなく、海外から入ってくる路線も切れた状態だったので、学習会も主に合法的な冊子を用いて開いた。二、三人、あるいは五、六人ずつ集まり、雑誌『改造』『中央公論』『日本評論』などを読み合わせ、討論した。

　朴鎮洪は、李観述と孔成檜との単独の集まりを続ける一方で、組織の「母親」の役割を十分に果たしぬいた。監獄にいる李載裕の面会を一人で引き受け、水虫がひどい安炳春に新しい運動靴と靴下を買ってやり、新規加入する組織員と面談するなど、組織の「母親」の役割を担い切った。特に、釈放された仲間を出迎え、心変わりする前に運動家として復帰させるのも彼女の仕事だった。七月一五日、李順今が釈放された時に出迎えたのも朴鎮洪だった。

「ご苦労様」

　朴鎮洪は多少ぎこちない微笑とともに豆腐を手渡した（刑務所から出るときに豆腐を食べる習慣がある）。李順今も以前であれば鯛が来たのかと冗談を言いながら受け取ったはずだが、平べったい顔に少し歪んだ微笑を浮かべたまま豆腐を受け取り、食べた。朴鎮洪の後ろに立っていた義姉の朴嘉耶《パク・カヤ》と姪の善玉《ソンオク》を見て、やっと声を出して笑い、両手をぱっと広げた。だが、善玉をしばらく抱き続けていた李順今の手がいつの間にか朴鎮洪の手をつかんでいた。声は出さなかった。

李載裕がいつ釈放されるのか、生きて出られるのかが分からない状況で、愛の諍いは意味がないということを二人は沈黙で語り合っていた。彼女たちはそのまま銭湯に行って背中を流し合い、石鹸水でいたずらをして、ぎこちない距離を消してしまった。その日の夜は李順今の部屋で一つの布団の中で横になり、夜を明かしてお喋りに興じ、夜明けになってやっと寝た。以前のように腕枕をし合ったり、面と向かって互いの息遣いを聞きながら寝たりはしなかったが、まるで何事もなかったかのように、同徳女高の清純な時期に戻ったように心を通わせながら眠りに入った。その部屋にはもう、三角関係で争う恋敵はいなかった。

一九　汝矣島事件

李順今《イ・スングム》が釈放された二日後に当たる一九三七年七月一七日の夜遅く、京城《キョンソン》を横切る漢江《ハンガン》の真ん中にある汝矣島《ヨイド》には十歩先も見分けられないほど激しい雨が降り注いでいた。特に軍用飛行場として作られた永登浦《ヨンドゥンポ》飛行場周辺のポプラ林の中は木の葉を打つ雨音のせいで会話も交わせないほどうるさかった。普段は一つしかない橋を渡って遊びにくる人たちが多かったが、暴雨が降り頻る真夜中に何も見えない林を訪れる人はいなかった。

「手を上げろ！　動くな！」

飛行場の鉄条網の内外を巡察していた日本の警察が闇の中を歩いていた二人を発見したのは夜一一時ごろだった。背の低い男と、それよりさらに低い背で丸々とした女だった。警察は二人を直ちに警備哨所へ連行した。電灯の明かりの下、冷たい雨に濡れて青ざめ、ぐったりした二人の顔が現れた。顔立ちからして兄妹には見えないが、しかし誰よりも仲の良い兄妹の李順今と李観述《イ・グァンスル》だった。李順今が釈放されるとすぐに朴鎮洪《パク・チンホン》が連絡をつないで二人を会わせたのだった。

警察官らが雨具を脱ぎ、銃を整理しようとしばらく目を離した間、長椅子に座っていた李観述は向かい側に座らされた李順今を見やった。数年ぶりに明るい光の下で眺める妹の顔だった。狼狽の色は隠せなかったが、怯えた表情ではなかった。

汝矣島飛行場のポプラ林で、それも夜遅い時間に約束したのが失敗だった。永登浦で下宿していた李観述は、夜間ならポプラ公園に人がいないだろうと思っただけで、軍事飛行場があり監視が厳しいということには気が回らなかったのだ。さらに、こうして雨が降ると、いつもは汝矣島と永登浦を徒歩で繋ぐ砂原が水に浸かってしまうため、警察が守衛している橋一ヶ所しか使えなかった。いま検問に引っかからなかったとしても、翌日水が引くまでは林に潜んでいなければならないところだった。暗闇とともに篠突く雨が降り注いでそのことに気づいたが、約束を取り消す方法がない上、自分が勝手に現れなければ約束の場所に独り行った李順今がどんな被害に会うかも知れず、危険を顧みず来たのだが、結局二人とも捕まってしまったのだった。警察は、単に恋に落ちて帰る家をなくした恋人たちと思ったようで、手錠もかけず、出入口も開けておいた状態だったが、二人の身元を確認すれば状況がすっかり変わるのは明らかだった。いずれにせよ、今すぐここを脱出しなければならなかった。

切なく見やる妹の視線を李観述は導き、目配せだけで外の闇を指し示した。幼い頃、実家でよく使っていた視線誘導方式だった。策略好きの李観述は鋭敏ではないが生真面目な妹を面白がらせることに熱中したものだった。李観述の意思に気づいた李順今は、しかし、顔をしかめ、自分の膝を手で叩いてみせた。ちょうど二日前に監獄から出てきたばかりで走れないという仕草だった。それ以上意思をやり取りする必要もなかった。幼い頃の茶目っ気たっぷりな兄に戻ったように、李観述は片目を瞬きしてみせた瞬間、ばねのように跳ね起きて闇の中へ駆けた。

「何事だ。捕まえろ！」

警察が慌てて後を追い、出ようとするが、李順今が出入口に向かってぱっと身を投げ出した。逃げ出すためではなかった。彼女は出入口をすばやく閉めてしまい、小さいけれどもがっしりした身体でしっかり立ちはだかった。警察が引き剥がそうとしたが、どこまで力が強いのか、微動だにしなかった。銃床で何度も脇腹を殴られて床に転げ落ちたが、出ようとする警察のズボンの股下をつかんで抵抗し続けた。

鮟鱇《あんこう》のようにしつこくしがみつく李順今を排除した警察が走り出た時、李観述はすでに漆黒の闇の中へ消え去っていた。まるで空から墨汁が滝の如く降り注ぐように、明かりなど全く見えない闇が彼を蔽い隠してしまった。狼狽して戻ってきた警察は李順今に対して殴る蹴るの暴行を無慈悲に加え始めた。見境のない袋叩きの中でも、彼女は悲鳴一つ上げず、呻き声を出すだけで暴行を甘受した。

李観述は増水した川の前で走る足を止めた。普段はほとんど水が流れておらず、草と砂に覆われていた湿地は、黄色く濁った水に見る見るうちに浸っていった。永登浦側から映ってきた微かな明かりを飲み込んだまま荒々しく流れる波が彼を威嚇した。いま川を渡るのはあまりにも危険だった。といって、一つしかない橋を渡るのはもっと不可能だった。一分一分が過ぎるごとに川の水は増していった。

考える余裕などなかった。李観述は洋服のズボンと上着を脱いで草むらに投げ、下着のままで水の中に入っていった。溺れて死んだように見せかけるためだった。胸いっぱい深呼吸をしてから水の中へ歩いて入っていった。まだ水に浸っていない砂原や浅いところを探して一歩ずつ前進した。激しく流れる水では膝まで浸かっても倒れるので掻き分けるのが大変だった。底が平らでないので、万が一の時は深い水中へ滑って助からなかっただろう。闇の中でまず片足を突き出して深さを測りつつ一歩一歩踏み出すことを続けてどれほど経っただろうか。全身が青くなるほど凍えたまま、漢江から抜け出すことができた。

裸で下宿屋まで戻るのも問題だった。裏通りに沿って所々で隠れながらやっと下宿屋にたどり着くことができた。真夜中で皆寝入っているのが幸いした。裸で部屋に駆け込み慌てて服を出して着て永登浦駅へ向かった。大田《テジョン》へ行く汽車がちょうど到着していた。着の身着のままで汽車へ乗り込んだ。

他方、全身痣だらけになったままぎりぎりと捕縛された李順今は京畿道《キョンギド》警察部へ連行された。彼女の顔を知らない刑事はいなかった。汝矣島で李観述に会ったこと、朴鎮洪が連絡してやったという事実まで次々に明らかになった。汝矣島ポプラ林の事件を全く知らないまま寝ていた朴鎮洪も連行されて過酷な取調べを受けた。御用新聞はこの件について、李載裕《イ・ジェユ》の二人の恋敵が留置場で再会した、恋敵であると同時に同志だ、などとさんざん皮肉ったが、二人はそんな話には全く関心がなく、李観述が遠くへ逃げ切ることだけをひたすら祈った。

李観述が大田に逃げてしまい、朴鎮洪と李順今まで逮捕されたことで、彼らが提議した権栄台《クォン・ヨンテ》グループとの連帯は自然に消滅した。これにより、十数年間続いた国際派と国内派の競争はいったん国際派の勝利に終わったかのように思われた。実質的な大衆基盤の上に記念碑的な連帯ストライキを成功させ、さまざまなパンフレット作業により京城地域の労働運動を引っ張っていた李載裕の組織は、咸鏡道《ハムギョンド》の李舟河《イ・ジュハ》の組織とともに日帝時代全体を通して最も活気に満ち、豊富な運動内容を持っていた。にもかかわらず、コミンテルンの指示に従って動いていた国際派が張った派閥主義というレッテルを消すことができなかったのだ。

だが、李載裕に派閥主義の烙印を押したコミンテルンは、数年も経たぬうちに、各国の運動は各国内の運動家が主導すべきだ、という結論を下し、自ら解散を決議してしまった。コミンテルンの指示の下に動き、李載裕を排斥し批判した権栄台グループの人々もまた、運動の線上から音もなく消えてしまった。解放後再建された朝鮮共産党の名簿には、この当時国際派を自任し李載裕を非難した人間の名前はほとんど誰も登場しなかった。組織の指導者だった権栄台をはじめ誰一人として、日帝末期の過酷な試練という峠を越えられなかったのだ。

二〇　結婚作戦

汝矣島《ヨイド》事件で捕まった朴鎮洪《パク・チンホン》は二カ月間調査を受けたが、証拠不十分で釈放になった。彼女は翌日すぐに孔元檜《コン・ウォンフェ》を訪ね、活動再開について話し合った。

孔元檜は相変わらず、日中戦争が日増しに拡大している戦時状況で無謀な扇動組織は被害をもたらすだけだとし、長期的な組織保存のために資金作りが最も急がれると述べた。金に困っているのは事実だった。警察の監視のせいでどの職場にも就職できない朴鎮洪にとって金の入ってくるところなどなかった。人に会おうと思っても電車賃もなく、道端でホットク一つも買って食べられなかった。

今回も李順今《イ・スングム》に頼るほかなかった。汝矣島で兄を逃亡させた代わりにひどい屈辱を受けた彼女は何事もなかったかのように堂々と獄舎の門を出て新しい活動を模索していたが、それはほかならぬ結婚という事業だった。李順今の父は娘が思想運動を止めて結婚さえすれば二千円の持参金をくれると約束したのだった。李順今は京城《キョンソン》の真ん中の梨花洞《イファドン》で時価二千円を超える立派な瓦葺の家に住んでいたが、結婚すればそれを売って現金にしてやるという提案だった。

南山《ナムサン》の麓にある朝鮮人居住地では十分使える瓦葺の家が一戸五、六百円だった。二千円ならそこで家を買って新婚道具を揃えても大金が残った。大概の思想運動家と違って特別に鋭利ではないけれども感情が豊かで私心などない李順今は、その金を全部運動資金に使おうと決心して結婚相手を探していた。

莫大な活動費が懸かった結婚作戦の仲人は朴鎮洪だった。彼女にとって李順今の結婚は資金確保以外にもまた別の意味があった。二人のうち一人が結婚してしまうことにより、李載裕との三角関係に対する世間の疑心と嘲笑も収まるだろうという懐勘定だった。朴鎮洪は本人よりいっそう結婚を急いだ。

ちょうど孔元檜も適当な結婚相手を探していた。前年の夏に金在善《キム・ジェソン》を紹介してもらったが拒絶されたことがあった。今度は李順今を紹介してもらった。孔元檜は、監獄で自分が主導した獄中闘争を自慢し、中国革命史と朝鮮思想運動史などの該博な知識を開陳した。しかし、李順今の心を捉えられなかった。金在善に続いて李順今も、孔元檜は人間的に信頼できない、嫌いだと言った。重なる失恋に失望した孔元檜は故郷の統営《トンヨン》で配偶者を探すといって郷里に帰ってしまった。

李順今の二回目の見合いの相手は金舜鎮《キム・スンジン》だった。朴鎮洪が組織全体を管理する一方、李順今は下部構成員だったので金舜鎮に会ったことがなかった。金舜鎮はソウルで生まれ、普通学校を出た後に父が死んだので、早くから工場労働者の生活をしていてトロイカ組織に吸収された、典型的な労働者出身の運動家だった。二度の監獄生活を終え、朴鎮洪と一緒にその年の五月に出所した後、直ちに京城府測量人夫として就職し、働きながら現場の小グループを組織していた。背も高く顔立ちも整った方で、理論的というより実践的な人物だったので、女性たちの信頼を十分に得ていた。

朴鎮洪の期待は的中した。九月一二日、京城医大の裏山で初めて会い、梨花洞まで歩きながら初顔合わせをした李順今と金舜鎮は、続いて京城商高の裏門で会い、数時間も散歩した。あえて説得する必要もなくなった。李順今は彼がすこぶる気に入った。二ヶ月間の慎重な交際の末、一一月三日、清涼里《チョンニャンニ》駅東側の勧農洞《クォンノンドン》陸橋の下で会った金舜鎮は正式に求婚し、李順今は喜んで受け入れた。二人はただちに彦陽《オニャン》へ下って李順今の両親に会い、結婚すれば持参金二千円を直ちに出すという約束を取り付けることにも成功した。結婚式は一一月二〇日に京城で執り行うとの決定が出た。手配中ではないすべてのトロイカ出身運動家は理由に関わらず結婚式に参加せよという内部決定まで下された。

だが警察は二人の結婚に劣らぬほどすばやく圧迫を開始した。一一月七日には李順今が連行されて調査を受け、金舜鎮は家宅捜査を受けた。朴鎮洪にも刑事が何度も訪れて調書を取っていった。結婚準備のために会っているだけだと主張したが、警察は信じなかった。警察は、結婚式にかこつけて何かが推し進められていると確信していた。

実際、朴鎮洪は結婚の準備だけをしていたのではなかった。活動資金よりも重要なのはその金を正しく使うべき組織だった。李観述《イ・グァンスル》が逃走して以後、事実上の指導者となった彼女は、三清洞《サムチョンドン》公園などで孔元檜と定期的に会合を持ち、情勢分析と組織拡大を論議する一方、国際派との提携がなくなった後も組織に残った数人にこれを伝える任務を続けていた。これによって組織員も次第に増えていた。

新しい組織の中には蕉影《チョヨン》という芸名で呼ばれた南男徳《ナム・ナムドク》という芸妓がいた。慶尚道昌寧《キョンサンドチャンニョン》郡出身の蕉影は美貌に恵まれ、知識も豊富で歌もうまい開化された女性だった。何よりも封建女性が夢見ることさえできない勇気を持った女性だった。故郷で普通学校を卒業した後、一七歳で東京へ単身渡り、商業高校に入学したが、学費がなく二年目に帰郷した前歴もあった。故郷に帰り、家の強要で結婚した彼女はすぐに離婚してしまい、全羅道《チョルラド》へ渡って郡山《クンサン》の男と結婚し、息子を産んだ。しかし、やはり家父長的な抑圧を我慢できず離婚した後、中国の青島へ渡って大陸を遊覧し、帰国して京畿道平沢《キョンギドピョンテク》駅前の朝日《チョイル》カフェで蕉影という名で有名になった。放浪する中で社会主義に接し、深く共鳴するようになった彼女は、さまざまな人々を通じて、京城地域社会主義運動の母として知られた朴鎮洪を知り、手紙を数回やり取りした後、三七年八月にカフェを辞めて上京し、組織に合流した。

李載裕と日本で一緒に活動したことのある印貞植《イン・ジョンシク》も再び組織員になった。平安南道《ピョンアンナムド》の大地主の家に生まれ、日本の法政大学に通い社会主義者となった印貞植は、呂運亨《ヨ・ウンヒョン》の運営する朝鮮中央日報《チョソンチュンアンイルボ》の論説委員などを経ながら農業問題の第一人者になった人物だった。彼は、日帝下の朝鮮社会は帝国主義と封建的生産様式が結合した植民地半封建社会と規定し、民族解放の核心は半封建的生産関係の温床である農業部分にあると主張した。工業労働者を中心としたロシア的革命ではなく中国式革命を説いたもので、そのいくつかの著作は国内の社会主義者に相当な影響を与えていた。彼の合流は大きな収穫といえた。

ただし、朴鎮洪は印貞植をそれほど信用していなかった。印貞植は組織問題や活動にはあまり関心がないように思えた。彼は自分の農業理論を説明するから二人だけの会合を持とうと朴鎮洪に要求しながら、実際に会うと農民運動より朴鎮洪個人に大きな関心を示した。女流作家になって朝鮮の無産階級を覚醒させるのはどうかと朴鎮洪に勧め、自分の愛情を仄めかした。彼は社会主義運動を真摯にする人間ではないと朴鎮洪は感じた。民族の運命が風前の灯のように危ういのにのんびり文でも書いている場合ではないと朴鎮洪は冷たくあしらった。

印貞植の態度が不純なので会いたくないと朴鎮洪が言うと、孔元檜は、そうはいっても彼が朝鮮農業問題の最高権威だから壁を設けず適切な言葉で改めさせるのがよいと忠告した。朴鎮洪は彼を運動家というよりは自由主義的な知識人と規定し、一定の距離を置いて定期的な会合を続けることにした。

度重なる連行と調査の脅威の中でも密かにではあるが成功裏に推進されていた諸計画が決定的に脅かされるようになったのは三清洞公園でのある偶然の出会いのせいだった。日帝は社会主義者を装わせた無数のスパイを運動圏に差し向けていたが、それよりもっと効果的だったのは既存の運動家を自分たちの密偵として雇うことだった。転向書を書いた人間に未転向の仲間を監視し報告する密偵の役割を強要したのだ。いまや一〇年ともに働いた人間も信じることのできないのが実情だった。

一〇月中旬、三清洞公園で毎朝七時に散歩を装って秘密会合を持っていた朴鎮洪と孔元檜は梁《ヤン》某という人物に出くわした。梁はずいぶん前に朴鎮洪も関わっていた反帝同盟事件で監獄に行って転向した後、日帝の密偵役を担っている人物として知られていた。

うろたえた孔元檜は朴鎮洪を自分の妻としてあいさつさせ、慌ててその場を離れたが、時すでに遅かった。京城で運動をしている人間で朴鎮洪を知らぬ者はいなかった。予想通り翌日刑事が朴鎮洪を訪ね、動向を探っていった。身辺の危険を感じた彼女は、どこでもいいから安全なアジトを手に入れて身を隠したかったが、移動するための旅費すらなかった。ともかく李順今と金舜鎮の結婚式を終えなければならなかった。持参金さえ確保すれば、市内の各所にアジトを設け、地下へ潜伏できるはずだった。そうなれば、もうこれ以上家に出入りして不安に震えなくてもよく、他の組織員たちを危険に陥れなくてもよいという思いが朴鎮洪の心を弾ませた。

しかし、結婚作戦は簡単につぶれてしまった。結婚式をわずか二日後に控えた一一月一八日、警察は朴鎮洪と李順今をはじめ、自分たちが把握した組織員十数名を一斉に連行した。金舜鎮と孔元檜はもちろん、安炳春《アン・ビョンチュン》、金在善、李成学《イ・ソンハク》、南男徳、趙秉穆《チョ・ビョンモク》の全員が逮捕された。参考人と証人まで含めると数十名が警察署に連行され、ひどい目に遭わなければならなかった。李観述から手渡された『赤旗』と李載裕の文献が発見されたので今回は切り抜けるすべがなかった。正式に逮捕された朴鎮洪は懲役一年を翌年宣告された。

二一　最後の公判

朴鎮洪《パク・チンホン》が仲間たちと一緒に裁判を受けている頃、同じ京城《キョンソン》地方裁判所は李載裕《イ・ジェユ》に対する公開裁判の真っ最中だった。長い予審を経た後の量刑を決定する最後の公判は、一九三八年六月二四日午前一〇時、蒸し風呂のような初夏の暑さの中で京城地方裁判所公開法廷において開かれた。被告人席には孔徳里《コンドンニ》の時期に組織した六名の共犯が並んで座っている中、裁判席には三名の日本人判事が着き、彼らを尋問した。

「被告人李載裕、家族の事項について述べよ」

「母親は幼い頃死に、父親は一九歳の時に死にました。現在は本籍地に祖父母と継母がいます」

「財産はどれほどあるか」

「何もありません」

「家族の生活状態は」

「全く分かりません」

検事の取調べと予審を経る中で李載裕は一方的で不公平な裁判過程に不満を抱いていた。彼は裁判長の質問に不誠実に答弁し始めた。自身の思想に関する内容でない限り、どういう質問にも誠実に答える考えがないようにみえた。傍聴席には新聞記者と被拘束者の家族が来ていたが、彼の家族は誰もいなかった。

「学力は」

「松都《ソンド》高等普通学校四年に編入しましたが、科学研究会を組織したため退学になりました」

「同年、苦学を目的に内地へ渡航して東京府内の私立日本大学専門部に入学したが、学費がなく、三ヶ月目に自主退学したか」

ここで突然、李載裕はいままで捜査を受けた内容を覆した。

「日本大学に入学したことはありません」

「予審終結決定書にもそう書いてあり、終始そのように陳述したが」

「そう書いてありますが、日本大学に入学したことはありません」

「東京に行って何をしていたか」

「働きました」

「学校に通ったことはないか」

「ありません」

「夜学にも通わなかったか」

「通いませんでした」

李載裕の答えは誠意がなくそっけなかった。あからさまな嘘だった。裁判長は困惑した表情になったが、重要な問題ではないと判断したようで、次に移った。

「東京にいる間に社会主義の講演を聞いたというが、そうか」

「合法的な労働組合で行う講演なので、一年に数十回聞きました」

この答えは意外だというように裁判長は彼の顔をちらりと眺め、これに関連する事実を一つずつ執拗に訊いた。李載裕は、労働組合内の活動については素直に認めた。まるで自分がインテリ出身ではなく純粋な労働者として労働組合幹部の仕事をしたという点だけを強調したいと思っているようにみえた。しばらく順調に進んでいた審問は京城トロイカに移るとともに再び滞った。

「被告人は自分の運動方式をトロイカ式と呼んだのか」

裁判長の質問に李載裕は平然と答えた。

「そんなことはありません。そんな運動をする共産主義者はいません」

参考人席には、李載裕を直接拷問した京畿道《キョンギド》警察部査察係主任が座って彼を睨みつけていた。まるでわざと主任に向かって言っているようだった。陪席した他の判事が、風呂敷一枚で包むには厚すぎる五千頁を超える事件記録簿をめくり始めた。判事はすぐに関連部分を探し出し、裁判長に見せた。判事が指差した部分を裁判長は読み下していった。

「ここ、事件記録第四三三四頁三行目を見れば、こう書いてあるが……。指導者も被指導者もなく、自由意思によって同志を獲得しようという。ロシア語で三頭の馬車を意味する言葉で、構成員全員が力を合わせるという意味だ。また、第四三三六頁を見れば、蓮建町《ヨンゴンジョン》の京城大学医学部回春園《フェチュンウォン》で李鉉相《イ・ヒョンサン》と会合し、朝鮮の独立と赤化のためにトロイカ式で同志獲得をしようと言ったところ、李鉉相がこれを承諾した。また、同頁最終行を見ると、トロイカという名前は一九三四年九月、被疑者李載裕が初めて付け、以後警察の追跡が厳しくなると京城再建グループに名称を変えたとなっているが、事実か」

李載裕はようやく京城トロイカの存在を認めた。

「そう言いました」

依然として、それほど大したことではないという表情だった。まるで裁判長を困らせようとしているようにみえた。裁判長は額に流れる汗を拭き、草創期の京城トロイカ活動に関する尋問に移った。

「昭和八年二月頃、蓮建町三五番地、金龍植《キム・ヨンシク》の部屋で金三龍《キム・サムニョン》に会ったそうだが、そうか」

「そうです」

「金三龍とは西大門《ソデムン》刑務所服役中に知り合ったのか」

「名前は以前から聞いていましたが、会ったのはその時が初めてです」

「金三龍とは何度会ったか」

「その日の一度だけです」

重要な場面で李載裕はまた平然と嘘をついた。参考人席の査察係主任は今すぐにでもぱっと立ち上がるかのように彼を睨みつけていたが、李載裕は気づかないふりをした。陪席判事が再び事件記録をめくって関連部分を見せなければならなかった。裁判長の声が高くなった。

「このように何度も金三龍と接触したと予審判事に言っているが、どうか」

裁判長の表情が殺気立ち始めたが、李載裕は余裕たっぷりだった。

「最初はそんなことはないと否認しましたが、大きな事件ではないからでたらめに書いてもいいのではないかと予審判事が言うので、勝手に書けと判事に言ったにすぎません」

金三龍との関連を頑強に否認した李載裕は、他の共犯である李星出《イ・ソンチュル》、安炳春《アン・ビョンチュン》、卞洪大《ピョン・ホンデ》、李順今《イ・スングム》、鄭泰植《チョン・テシク》との会合については素直に認めた。ところが李鉉相の名前が出ると表情が再び硬くなった。

「李鉉相とはどのように知り合ったのか」

「過去同じ刑を受けたので名前は知っていましたが、分離して裁判を受けたので顔は知りません」

裁判長の目に冷気が漂った。この部分について裁判長は事件記録自体を覚えていた。

「また嘘をつくのか。李鉉相から五〇円の活動費を提供されたと警察調書および予審で繰り返し陳述したが、顔すら知らないというのか」

「知りません。大したことではないのではないかと予審判事が言うので認めただけです」

李鉉相は京城トロイカの最も重要な人物なので事件記録に三頁に渡って登場していた。しかし、裁判長がこの部分をうんざりするほど読んでも、李載裕は依然として顔も知らない人物だとしらを切った。すでに釈放されたか、あるいは転向の意思を明らかにした、それほど重要ではない人物については適当に陳述したが、守る必要がある人物については徹底して口を閉ざすつもりだった。

さらに、朴鎮洪との恋愛問題についても徹底して否認を貫いた。

「同年八月上旬頃、東小門外のベビーゴルフ場付近で朴鎮洪と会い、アジト・キーパーを紹介してくれと依頼したか」

「しました。その結果、朴鎮洪がアジト・キーパーになりました」

「それで京城府内石山洞《ソクサンドン》三四九番地一号の部屋を借り、夫婦と称して同居したのか」

「そうです。そこで翌年の一月一〇日頃までいました」

「朴鎮洪と情交関係があったか」

「ありませんでした」

傍聴席から若干のどよめきが起こった。新聞紙上に何度も報道された朴鎮洪と李載裕の関係、彼らの間に生まれた李鉄漢《イ・チョラン》について公式に否認した瞬間だった。

「事実か」

「事実です」

傍聴人と同様、裁判長は彼の言葉を全く信じない目つきだったが、予審過程でも徹底した否定で一貫していたので、彼の嘘を立証する資料を突き付けられなかった。二人の活動に限って質問をするほかなかった。李載裕は朴鎮洪との活動部分については素直に認めた。二年近く一緒に暮らした李観述《イ・グァンスル》に関する部分は隠そうとしても隠せないので事実の通り陳述した。だが、李鍾嬉《イ・ジョンヒ》に対する質問に移ると再び否定し始めた。

「昭和九年一一月下旬ごろ、下往十里町《ハワンシムニジョン》九一七番地の李鍾嬉の部屋において、同人に対し共産主義運動のために工場内で同志獲得に邁進することを勧め、承諾を得たか」

李鍾嬉と兪順熙《ユ・スンヒ》が下往十里の部屋に住みながら活動した時期だった。李観述が確保してくれたその部屋で数え切れないほど会合を持ったことを忘れるはずはなかった。だが、李載裕は、今までの調書でも李孝貞《イ・ヒョジョン》の存在について自述しなかったのと同様、朴鎮洪の最も親しい友人の一人である李鍾嬉についても語ろうとしなかった。李鍾嬉が北京に渡って活動したので国際線との連繋問題へ拡大するかと心配になりもしたが、それよりは李鍾嬉と一緒に暮らし咸鏡道《ハムギョンド》へ逃げた兪順熙を守るためであった。兪順熙個人を守るためではなく、彼女とつながる李舟河《イ・ジュハ》のためだった。金三龍、李鉉相、李舟河、この三人に関する限り、李載裕は今までのすべての陳述を覆してまで徹底して嘘を貫いた。彼らを守ることが朝鮮の共産主義運動を防衛することだという確信を持ったかのようだった。

「そんなことはありません。李鍾嬉とはそれ以前に工場でストライキを起こした際に知り合っただけです」

裁判長は眉をひそめて彼を睨みつけた。

「被告人はこの事実を予審以来徹頭徹尾否認しているが、何か否認しなければならない特別な理由でもあるのか」

「別に理由はありません」

「前回の公判では、予審判事から大したことではないからでたらめに書くよう捨て置かれたと言ったが、今日の答えと矛盾しないか」

とうとう、裁判長が我慢できないというように声を上げた。しかし李載裕は相変わらず皮肉たっぷりだった。

「別に理由もありませんし、前述した通りです」

他の裁判官が我慢できずに裁判席を手で叩いて叫んだ。

「被告！　誠意をもって答えることができないのか」

李載裕はようやく顔をまっすぐ上げ、彼らを睨みながら述べた。

「裁判部も誠意をもって法律を守るべきです。刑事訴訟法第三三九条によれば、被告人を威嚇し、被告人の供述を不利にする者を傍聴させてはならないとあります。ところが、この法廷には本人を取り調べ拷問した主任警官が特別席に毎回座っています。本人は刑事訴訟法三三九条により拷問警察の退場を請願します」

傍聴席がどよめいた。裁判長らはしばらく自分たちだけで声を落として話を交わすとすぐに決定を下した。

「本裁判部は、被告人李載裕が審問に不誠実であり、裁判を宣伝の機会にしようとするのが明らかなので、これを制止するために担当警察を立ち合わせることを許諾する。被告は公然と訴訟を遅延させるために術策を使わず、裁判に誠実に臨むよう命ずる」

李載裕は重ねて法律の根拠を突き付けたが、裁判部はこれを無視した。実際、李載裕は初めから警官の立会いにほとんど影響を受けずに露骨な嘘の陳述をし、自分の意志を述べた。最後に、自分の終局目標は、朝鮮を独立させ、朝鮮に共産制社会を実現させることだ、と宣言して陳述を終えた。

だが、続いて登場した共犯者の陳述は李載裕のそれとは全く違った。孔徳里の時期にトロイカの最後の核心だった辺雨植《ビョン・ウシク》は思想運動から身を引く決心をして田舎に帰ったと陳述し、崔浩極《チェ・ホグク》は自分が日本帝国の国体を誤解していたと悟って共産主義を捨て転向したと陳述した。

「転向したということを目の前の同志の前でも誓ったのか」

裁判長の問いに崔浩極は、ざわめく傍聴人に背を向けたまま、大きくない声で答えた。

「誓いました」

「日本の国体を誤解していたということはどういう内容か」

「万世一系の天皇を戴いていること、非常に優れた家族制度を持っており、先祖を崇拝し神を敬拝するすばらしい習慣がある日本で革命は不可能だという内容です」

核心活動家と目されていた梁成基《ヤン・ソンギ》もまた崔浩極の陳述に呼応するように、日本帝国は万世一系の天皇が君臨するすばらしい社会組織で共産制社会の実現は不可能だと述べた。閔泰福《ミン・テボク》も共産主義思想に興味はないので今後は一切関係しないと誓った。

李載裕はこの日の公判途中で彼らの誰ともあいさつを交わさなかった。彼らも李載裕と目を合わさないよう努めた。

九日後の七月五日の公判は前回の公判の際に時間が足りずにできなかった徐球源《ソ・グウォン》に対する尋問から始まった。徐球源は、自分は李載裕の手先となって彼の命令通りに動いたにすぎず、出所したら郷里に戻って家族と国家のために働くと述べた。

徐球源の卑屈な陳述を最後に共犯者に対する尋問がすべて終わり、最終陳述が始まった。徐球源と梁成基は言うことはないと口を噤《つぐ》み、崔浩極と閔泰福は寛大な処分を望むと述べた。他の人間も同じだった。

最終陳述を前々から準備してきたのは李載裕だけだった。しかし、傍聴席に向かって語る機会を検事は彼に与えなかった。

「裁判長。被告李載裕は国家の安寧と秩序を破壊する言動を行う憂慮があるので一般人の傍聴を禁ずるよう要請します」

三人の裁判官はしばらく協議して検事の緊急建議を受け入れた。裁判長は李載裕の最終陳述を非公開で進めることになったとして傍聴人全員に退場するよう指示した。李載裕はこれに抗議したが、傍聴人を出て行かせなければ陳述自体をできないようにするという裁判長の言葉に応じないわけにいかなかった。人々がざわめきながら出た後、李載裕は自分が共産主義を信奉するようになった過程から説明しようとした。

「現在の社会制度は矛盾があまりに多く、一方では共産主義思想を弾圧しますが、他方ではその思想が広がるよう助長しています。最初、朝鮮人に対する差別待遇を改善するために労働組合で働いていた私は、服役中に刑務所で明確な共産主義思想を把握するに至り……」

「被告！　陳述を中断せよ」

裁判長が木槌を叩いた。彼の手拭はすでに汗でびっしょり濡れていた。

「ここは被告の思想を論ずる場ではない。犯罪事実についてのみ簡略に陳述せよ」

李載裕は、彼を引っ張り出すためにいつの間にか結集した廷吏に囲まれたが、それでも話を止めなかった。

「私は確信します。われわれ共産主義者が常に主張しているように、近い将来に必ず日本帝国も労働者の最低賃金を法律によって定めるようになるでしょう。さらに日支事変（日本は自ら引き起こした「日中戦争」を「日支事変」と歪曲して呼んだ。それゆえ宣戦布告もしなかった。〔原注〕）へ日本の農民のほとんどが召集されたので、農村には大混乱が訪れるでしょう。事変によって日本帝国は全産業部門を統制し、大事業は国家のためのものとなって、次第に共産制社会へと進展しています。遠くない将来に土地も国有となるでしょうし、またそうなるのが自然です。全国民に対する医療保険制の実施と年金制度の実施がなされるでしょうし、一日八時間、週四〇時間労働の夢が実現されるでしょう。これは労働者の夢であるだけでなく、すべての人の夢であるからです」

裁判長は再び陳述を制止した。

「被告は自分の犯罪事実についてのみ陳述せよ！　共産主義活動をしたのか、しなかったのか」

廷吏に両手を掴まれた李載裕は裁判長の質問に答えなかった。

「私個人は共産主義者であり、共産主義活動をしました。しかし、私が出獄後数百名の人々と会合したのはもちろん共産主義のためでしたが、被告人辺雨植、徐球源、崔浩極は誰一人として共産主義者と称するだけの意識水準に達しなかったため、彼らと一緒に共産主義運動をしたのではありません。真の共産主義者は運動のために命を捨てる覚悟がなければならず、また、そういう者が真の共産主義者です。したがって、結果的に私は共産主義活動をしたのではありません」

「陳述を中止せよ！　被告はいま裁判部を篭絡しているのか。法廷侮辱である！」

次第に厳しくなる蒸し風呂のような暑さが裁判長の忍耐力をついに限界に至らしめた。朝鮮における最悪の共産主義者によるあからさまな嘘と詭弁を聞く忍耐力が裁判長には全く残っていなかった。裁判長は思い切り槌を叩いた。

「暑いのでこれ以上裁判を進めることができない。被告の陳述は十分に聞いたのでこれで今日の裁判をすべて終える」

「陳述はまだ始まってもいないのに暑いから裁判ができないだと。そんな法がどこにあるのだ」

李載裕は叫んで抗議したが、廷吏によって強制的に引きずり出されるほかなかった。李載裕は直ちに、自分に最終陳述のできる機会を与えよと請願書を提出した。自分が準備した最終陳述のごく一部しかできなかったまま閉廷となり、刑事訴訟法に明記された最終陳述の機会を奪われたと主張した。そして、自己弁護が必要な理由をいくつも挙げた。警察調書は拷問による偽造が多い、検事調書は検事が警察署に出張して警官と合同で拷問しながら作成したものにすぎない、予審調書もまた警察調書をそのまま朗読して被告人の陳述もないまま終結した、そのため裁判の基準となるすべての調書が自分の活動とは大きく異なっているので最終陳述を通して真実を述べなければならないと主張した。

だが、最終陳述権の要求は棄却された。これに対し李載裕は裁判部忌避申立を出した。裁判長が拷問警察官を特別席に着かせて被告を威嚇させ、被告人の具体的な意見陳述を一々抑圧し中止させたこと、最終陳述権を奪い、法律の定めた七年の最大量刑よりさらに多い八年を検事が求刑したことに対し、前科があるから至当だとして裁判長が庇ったことなどの理由を挙げた。

裁判部忌避申立も棄却された。被告人が欠席した七月一二日の第三回公判で、裁判部は、李載裕が訴訟を遅延させる目的で裁判部忌避申立書を出したと認められるので、これを棄却すると宣言した。裁判長は、この判決について控訴するのであれば七日以内、上告するのであれば五日以内に申立書（抗告理由書）を提出せよと告示した。この日裁判長は李載裕に懲役六年を宣告した。

李載裕はこの日の欠席裁判を不服とする上告を出したが、一四時間後に取り下げた。監房内へ雪崩れ込んだ看守に集団暴行を受けた後、保安課の地下にある懲罰房に収監されるとともに取り下げを強制させられたのだった。西大門刑務所保安課地下室には壁棺という懲罰房があった。その名の通り、棺を立てて置いた程度の大きさに地下室の壁を穿って房を作り、木製の戸で塞いで顔だけ見えるようにした所だった。椅子に座ることも体を捻じ曲げることもできない壁棺に顔だけ突き出して立っていると、一日が過ぎる前に足が膨れ、腰が割れるように痛くなって悲鳴を上げ、挙句の果ては閉所恐怖に追いつめられる人間も出た。李載裕は壁棺に閉じ込められて控訴を取り下げたのだった。

しかし、刑が確定した後も李載裕は監房内の思想犯を根気強く説得して朝鮮語使用禁止反対運動と収監者処遇改善運動を主導したので、結局総督府は彼を公州《コンジュ》刑務所へ移監してしまった。

二二　京城コムグループ

朴鎮洪《パク・チンホン》が三度目の獄中生活から解放されたのは李載裕《イ・ジェユ》が公州《コンジュ》刑務所に移監される直前だった。釈放されるとすぐに李載裕の面会に来た彼女は常にそうだったように直ちに活動を再開した。だが、わずか二年の間に世相はあまりにも変わっていた。一九四〇年代に差しかかっている外の世界は、過去の革命的情熱はおろか、人間社会を維持する最小限の良心やロマンの類も見出せなかった。

石油が不足した街には真っ黒な煙を吐き出す木炭車が増え、食糧を戦場へ供出するため酒を醸す穀物がなく、酒屋に行っても酒を買えない中、人心は極度に冷え込んだ。かなり前から親日の道へ進んでいた大多数の民族主義者は名分すら取り下げて久しかった。自ら進んで日本のために働くようになった彼らは若い朝鮮人の男女を戦場へ送る先鋒となった。

民族の新聞であり進歩的知識人の揺籃だった東亜日報と朝鮮日報は進歩的な記者を集団解雇してしまい、日本語新聞を凌駕する御用新聞として天皇を賛仰し始めた。徐廷柱《ソ・ジョンジュ》や毛允淑《モ・ユンスク》といった当代の文人たちも日帝賞賛の先頭に立って戦争を美化し、青年に死の道を指し示した。

当代最高の大衆作家としてかなり以前から民族主義者の外套まで脱ぎ捨てた李光洙《イ・グァンス》も日本軍に志願しろと朝鮮の青年に扇動して回った。彼は日本式の家に住み、日本式の服装をし、日本語だけを使い、子どもたちにもそうしろと教えた。彼は他の多くの朝鮮人官僚や財閥と同じく、朝鮮は絶対に独立できないしそうする必要もないと考えた。大日本帝国と永遠に一つの国になることこそが朝鮮民族のための道だと主張した。国内の社会主義者だけでなく世界中の知識人がファシズムと闘うために人民戦線を形成している時、李光洙はヒトラーを賛美する文を書き、『わが闘争』を翻訳した。

流行病のように広がった社会主義思想もまた思い出話となってから大分経っていた。大多数の社会主義者は転向して無気力に歴史を放棄し、あるいはそれだけでなく投機屋の仕事までしながら食っていくのに汲々としていた。運動を続けようという人間はほとんど見当たらず、いたとしても地下深く姿をくらまして目に触れなかった。

このように社会主義も民族主義もすべての抵抗運動が休止期に差しかかったのは運動家の裏切りや挫折のためと言えない側面もあった。三〇年以上日本に支配されてきた中で生まれた若者たちが新しい社会の主力になっていた。日帝の学校は朝鮮人の祖先がどれほど無能で怠惰な人間だったかを強調し、日本こそ西欧帝国主義と対決してアジアの自尊心を守る唯一の盾だと教えた。

実際、日本が築き上げてきた資本主義の文明は四千年の韓国の歴史をわずか二〇年余で完全に一変させるほど革命的だった。全国の奥地まで連結する無数の道路と汽車と工場、電気と電話、西洋式の派手な建物と大量生産され安くて質のよい商品、演劇と映画、スポーツのような新文化まで、開化を食い止めようと必死に抵抗した朝鮮の固陋な両班《ヤンバン》には想像もできなかった驚くべき出来事が繰り広げられていた。三・一運動とそれ以後の民族主義運動を主導した数多くの良心的な先覚者さえも親日へ向かわせたこの巨大な変化と発展は、日帝時代に生まれて日本人から教育を受けた新しい世代にはあまりにも自然だった。彼らは、誰かが強要したからではなく、自ら日本を崇拝し、日本の繁栄と侵略戦争を朝鮮の栄光であるかのように錯覚するようになった。

こうした雰囲気の中で抗日運動は少数の極端主義者たちによる思慮分別のない行動と罵倒された。社会主義運動に至っては嫌悪の対象になった。戦時体制の過酷な搾取、強制徴集と挺身隊への差出といった悲劇が起こっているにもかかわらず、朝鮮の多数の民衆は進んで日帝に服従し、一時名を得た多くの抗日運動家が屈服の道を進んで自らの履歴を汚していった。万一抵抗運動を続けるとしても、危険な朝鮮の地を離れて中国やロシア、米国の地で無気力な組織分裂のみを行うのが大部分だった。

この暗黒の時代に国外ではなく国内でほとんど唯一生き延びて活動した全国的な抵抗勢力は「京城《キョンソン》コムグループ」だった。一九三九年から始まり一九四一年末に終わった京城コムグループの活動は国内社会主義運動の総決算であり、その首謀者は李観述《イ・グァンスル》だった。

李順今《イ・スングム》の肉弾阻止で汝矣島《ヨイド》から無事に脱出して大田《テジョン》行きの列車に乗った李観述は、警察の検問を避け、橋の下で野宿者たちとともに寝て、大邱《テグ》まで下り、小さな総菜屋を出した。身分を偽装するのにひとまず成功した彼は、大邱地域の繊維工場労働者の組織化に関与し、一九三九年初めに京城へ戻った。

京城の状況は暗澹たるものだったが、新しい希望が生じていた。李載裕グループの崩壊とともに京城地域の唯一の組織となった権栄台《クォン・ヨンテ》グループまで日帝の検挙で潰れた状態だったが、幸いなことに金三龍《キム・サムニョン》と李鉉相《イ・ヒョンサン》が監獄から釈放された直後で、新しい活動を模索していた。李順今とともに二人に会った李観述は、京城地域コミュニストグループという意味の京城コムグループという新しい名で指導部を形成した。李載裕が自分の刑量を決定する裁判長を忍耐の限界に追いやったほど遮二無二守ろうとした李鉉相と金三龍は彼の期待を裏切らなかったのだ。

少し遅れて連絡を受けた鄭泰植《チョン・テシク》も京城帝大出身の社会主義者たちを率いて加わった。鄭泰植はそれまでしてきた通り学生組織を担当し、李順今は東大門《トンデムン》地域の労働運動を再建する仕事を担った。朴鎮洪は九月から発刊された『共産主義者《コンサンジュイジャ》』という表題の地下月刊誌の発行に投入された。

李観述は京城トロイカ出身者だけでなく異なる系列の運動家を結集させることにも力を注いだ。上海派と火曜派の活動家に接触する一方、咸興《ハムフン》と元山《ウォンサン》の地でも人の派遣や手紙を通して組織を拡大していった。

監獄にいる李載裕を除く京城トロイカの核心が皆再結集したことにより京城コムグループは実質的に京城トロイカの再建となったのだった。現場闘争を通じて検証された人々で前衛組織を構成するとした李載裕の構想がついに現実によって証明されたのだった。

変わったことがあるとすれば、李順今が、李載裕ではない金三龍と同居し始めたという点だった。二人は警察の監視から互いを守るためだけでなく心から愛し合う仲になり、翌年から一つの部屋で暮らし、活動した。李載裕が緊急事態のため止むを得ず三週間同居したのに比べ、金三龍は彼女を心の底から愛し、頼りにした。すでに結婚した妻と子どもが故郷にいたが、そんなことは問題にならなかった。三〇歳になるまで監獄だけを行き来していた未婚の李順今にとっては人生で初めて味わう幸せな時間だった。

ところで、京城コムグループは、朝鮮共産党創設の主役の一人で朝鮮共産主義運動の代表的象徴である朴憲永《パク・ホニョン》を迎え入れることを決定した。彼らが労働現場に相当な基盤を持つのとは違い、朴憲永は大衆的基盤がほとんどない状態だったが、その大衆的な意味は大きかった。李順今が朴憲永に会って説得した結果、合流が決まった。

李観述は機関紙編集のための別途のアジトを仁川《インチョン》に設けて朴憲永を安住させた。冗談が好きで感性的な李載裕と異なり、朴憲永は工場の近くにも行ったことのない、ほとんど笑いを見せない冷ややかな表情の典型的な知識人革命家だった。その代わりに彼は人を圧倒する強い権威を持っていた。彼が加入したことで京城コムグループは確固たる組織体系を持つようになった。

京城コムグループは日帝の下にある京城地域労働運動が路線と地域の差を問わずに団結した最初で最後の集結体だった。しばらくすると百名近くに達する人々が加入もしくは準会員登録を行った。構成員はさまざまだった。李載裕グループの主導の下に火曜派の朴憲永から上海派の運動家に至るまで、いまなお変節せずに活動していた国内派社会主義者がすべて網羅された。これは国内派の李載裕路線の勝利を象徴する出来事でもあった。権栄台の国際線に敗れたと思われた彼の路線が京城コムグループを通して見事に再生したのだ。

暗鬱な戦時状況においても、京城コムグループで発行した地下新聞は運動する社会主義者に希望の知らせを伝えた。平壌《ピョンヤン》で暴動があったという消息と、大邱地域で徴用を回避した人々が八公山《パルゴンサン》に潜み竹槍で武装しているという噂がこの新聞を通して知らされた。

朴憲永が責任者を担う機関紙の執筆に参加した朴鎮洪は全国で起こっている事件の消息を感動的かつ扇動的にまとめ、人々の心を揺さぶる卓越した才能を示した。元山で活動しているうちに手配され、どこかへ身をくらました李舟河《イ・ジュハ》に秘密の書信をしたためるのも彼女の任務だった。さまざまな条件ゆえに李舟河は最後まで京城コムグループに加われなかったが、朴鎮洪との手紙を通して互いに深い信頼を持つようになり、解放後ともに働く契機になった。

組織に加入した人の中には朴鎮洪を感動させた『朝鮮小説史』を書いた金台俊《キム・テジュン》もいた。李鉉相の大変親しい友人でもある彼は京城帝大教授という社会的な地位を利用して自由主義的な知識人を結合させる人民戦線部を担当し活動した。

だが、豊富な経験と不屈の意志で武装した指導部の献身的な努力にもかかわらず、京城コムグループはまもなく瓦解し始めた。最初に李観述が検挙され、李鉉相、金三龍、朴鎮洪が順に逮捕された。数度にわたる検挙の嵐で約百名の主要組織員が逮捕され、活動は事実上中断した。その中には京城帝大教授の金台俊もいて報道の関心を引いた。朝鮮人最高の知識人の一人である彼の逮捕は同じ大学の三宅鹿之助教授の逮捕と同じように新聞と雑誌の注目を集めた。

かろうじて検挙を逃れた人々は指名手配になり、身を潜め、活動を中止した。朴憲永は金成三《キム・ソンサム》という仮名で光州白雲洞《クァンジュベグンドン》の煉瓦工場に職工として就職し、身を隠した。金三龍を失った李順今も朴憲永について光州へ下り、外部消息を伝える連絡責任者を担った。しかし、実質的な活動はほとんどなかった。これによって日帝時代の国内最後の社会主義組織も崩壊した。

京城コムグループが瓦解した一九四一年から解放までの数年は国内運動のみならず国外の抗日運動も退潮期だった。東北部国境地帯に出没して日本軍を苦しめてきた金日成《キム・イルソン》部隊でさえ大々的な攻勢に押されてソ連に退却した状況だった。一九一二年生まれで朴鎮洪と同い年である金日成は、二〇代後半から小規模の遊撃隊を引き連れ、東北部国境一帯に出没して日本軍を叩き、雑誌『三千里《サムチョルリ》』に二〇代の青年将軍とまで紹介された伝説的な人物だった。しかし、日本軍の大攻勢に押されてソ連に渡った後はソ連軍の末端将校となり、数十名の私兵を訓練しながら歳月を送る立場になってしまった。

満洲地域で伝説的な名声を得たもう一人の人物である武亭《ムジョン》将軍も日本軍に追われて中国内陸奥深くの延安まで敗退していた。延安は中国共産党の臨時首都で、武亭将軍は朝鮮人によって構成された義勇隊を同地に創設したが、戦闘らしい戦闘を一度も交えないまま解放を迎えた。

日帝の敗北が迫ったことを告げる社会主義者たちの一致した宣言にもかかわらず状況は絶望的だった。何の活動もできずに監獄に囚われ、あるいは身を隠して暮らす社会主義者が望んだ唯一つの希望は、連合国側が日帝に敗北をもたらすことだった。ファッショ帝国主義侵略戦争の下で資本主義と社会主義が一つに団結した時期だった。社会主義者にとって資本主義宗主国である米国と英国は社会主義宗主国であるソ連、中国とともに大きな希望だった。

二三　永遠《とわ》の別れ

朴鎮洪《パク・チンホン》が四度目の獄中生活から釈放されたのは一九四四年一〇月九日だった。彼女の年齢は三二歳、四度に亘り丸一〇年を監獄で暮らした。二〇代の青春をずっと日帝の監獄で送ったのだった。

釈放された翌日、朴鎮洪はこれまでと同じように、まず李載裕《イ・ジェユ》に面会するため清州《チョンジュ》行きの列車に乗った。公州《コンジュ》刑務所でも最後まで転向を拒否した李載裕は予備拘禁期間まで七年の刑期を終えても釈放されないまま清州保護矯導所へ移監されていた。転向書を書かなかった思想犯を刑務所と全く同じ体系を備えた保護矯導所へ収監できる思想犯予備拘禁制度によるものだった。

法的な夫婦ではなかったが、警察や刑務所で彼女を李載裕の妻と認めたのでいつでも面会できた。数年ぶりの面会かと、面会室にまず入って鉄窓越しに李載裕が入ってくるのを待ちながらそわそわ浮き浮きしていた朴鎮洪は、青い囚人服を着て入ってくる彼の顔を見た瞬間、びっくりして手で口を押さえ、息を呑んだ。

青い囚人服を着て酒に酔った人間のようにふらつきながら入ってくる彼は明らかにあの李載裕ではなかった。いたずら好きの美少年のような卵型の細長い顔に、向こう見ずだが多情多感な表情、自信満々な歩き方の李載裕ではなかった。凛々しい足取りの代わりにほとんど死にかけた老人のように足をずるずる引きずりながら入ってくる乾いた皺だらけの四十顔は白紙のように真っ白で、聡明さに満ち溢れていた瞳からは力が失せ、焦点を合わせることすら困難なほどぼんやりしていた。

「久しぶりだな。誰かが言っていた。長い間面会がなかったんだ。ここに来てから誰にも会わずに生きてきた」

朴鎮洪を確認した彼は微かに笑った。声に力がなかった。重苦しい疼痛が朴鎮洪の胸の奥を暗く鳴らして通り過ぎた。彼女はひどい渇きを覚え、舌で唇を湿らせた。

「体の調子がよくないみたい。いつからそうなの」

「もともと肺がよくないじゃないか。治療を受けていない。鎮洪は太ったみたいだな。きれいになった」

体は疲弊してもまだ冗談を口にする気力が残っているのが少しは慰めになった。けれども、彼女は冗談を言えなかった。

「むくんだの。一昨日釈放されたのよ」

「ああ、そうだったのか。ごめん。知らなかった。苦労したな。本当に大変だった」

李載裕は喉が腫れて短い単語しか使えなかった。朴鎮洪の目尻に涙がじいんと溜まった。

「でも本当にどうして体の調子がよくないのよ。どこが悪いの」

どこがどう悪いのか、なぜ治療を受けられないのかを朴鎮洪は根掘り葉掘り訊いたが、李載裕はあまりはっきりとは答えなかった。看守が二人の会話を記録してはいたが、監視ゆえにしたい話をできない李載裕ではなかった。長い間の病魔が、疲れ果て、倒れるかもしれない彼の生きる意志までへし折ってしまったかに見えた。やきもきする心情は知る由もなく、いくらも話せないうちに面会時間が終わった。もともとしたかった話は一つもできなかった。最後まであなたを待っている、という言葉を一語も伝えられずに面会は終わった。言ってみたところでむなしい誓いなのだが、その言葉を口にできなかったのがあまりに心残りだった。

「必ず元気で、生きて出てくるのよ」

「ああ。鎮洪も、希望を失わずに……」

言葉尻が消え、看守について行く李載裕の後姿を見つめていた朴鎮洪は、手で顔を覆い、泣き出してしまった。

しばらくして落ち着きを取り戻した彼女は事務室に駆けつけ、病気の人間を一般舎に押し込めておくとはどういうつもりか、今すぐ病舎に移してくれとひとしきり喧嘩した。それだけだった。彼らが彼にどう対処するのか、確認するすべはなかった。彼女は落胆して京城《キョンソン》へ帰る汽車に乗った。汽車の中でも涙を堪え切れず、何度も込み上げてきた。

独房だけが並んでいる舎棟だった。横一・四メートルに縦二・五メートルほどになる狭い房内に入ると、重い木戸が閉まり、李載裕は中央に一人侘しく立った。板の間の真ん中には一枚のぼろのような茣蓙が敷いてあるだけで、ここを使った人々の痕跡としては、石灰を塗った壁のあちこちに南京虫を捕まえてできた小さな血痕が残っただけの、窮屈な空間だった。窓は案外大きく、ガラス窓を通して光が入ってきたが、窓の外側に打ち込まれた太い鉄格子が気持ちまで憂鬱にさせた。

窓の下には木製の仕切りの向こう側に移動式の木製便器が置かれており、入口の右側の隅には、木の三脚台の上にブリキの洗面器が載っていた。水の溜まった洗面器の中の雑巾一枚、箒と塵取り、ぼろぼろで臭う布団と瓦の形に作った木枕が監房備品のすべてだった。

外から固く閉められた出入り戸の上には小さな監視穴があり、下方には食べ物と差入れ品を入れる配膳孔、それから非常時に木切れを廊下側へ飛び出させて看守に救出信号を送る報知器の札があった。

照明は隣の房と一緒に使用する小さな電球が取り付けられていたが、厚い壁を穿った穴の中に入っているので壁のすぐ下には光が届かなかった。一晩中仄かについた電灯はまるで黄昏が敷き詰められた晩秋の夕暮れ時のように監房の中を照らし、いつも気分を憂鬱にさせた。座ったまま一周ぐるっと見渡すだけで胸が張り裂けてしまいそうで、息が詰まり、気が重たくなった。

読める本は限られていて、手紙も安心して書けず、執筆もできなかった。思想犯予備拘禁には期限がなかった。ひょっとすると死ぬまでここで一人暮らさなければならないかもしれないと思い、自由を渇望し続けたが、脱出は不可能だった。

唯一の希望は朴鎮洪だった。釈放されている間は毎週面会に来るが、彼女自身も逮捕されると二、三年間消息がぷっつり途切れ、突然また訪ねてくる、監獄暮らしで白い顔がいつも変わらない女、朴鎮洪だった。莫蓙の上に座り、本を手にとったが、字が目に入ってこなかった。目の前には鎮洪の顔だけが浮かんでは消えた。監獄に閉じ込められている間、ただの一日も忘れたことのない、机を片付ける時も、雑巾がけをする時も、布団の中に潜り込んでいても、いつも現れて声をかけてきたその顔が生々しく浮かび上がった。

掃除でもすれば気を取り戻せそうで、洗面器の水につけた雑巾をつかもうと手を伸ばした。冷水の中に指が入った瞬間、びりっと痛みが走った。はっと驚いて手を引っ込めたが、まだ春だから冷たく感じられるのかと思い、また水の中に入れてみた。やはり冷たすぎた。指が冷たいという程度ではなく、薄ら寒い冷気が足首から肩を伝って心臓にまで押し寄せてくるような気分だった。明らかに水が冷たいからではなかった。疼痛は体の中の奥深くから出ていた。

掃除をやめ、茣蓙の上にへたり込んだが、体がだるく、ぞくぞくと寒気が感じられた。さっとよぎる不吉な予感に、自分の手と足の関節を押してみた。手の指で触れる度に、針で突くような痛みが走った。黙って座っていても胸が重苦しく、目眩《めまい》がし、眠気が生じ、そうなってからもう随分経っていた。明らかに単なる過労や肺病ではなかった。肺病なら二〇年前から持病のように抱えて生活しているので症状はよく分かっていた。肺病よりももっと怖い、考えたくない疾病であるのは確かだった。監獄にいる限り病名を知ることもできず、知ったとしても治療もできなかった。彼は畳の上に自分から倒れて、猛烈な腐臭が漂う布団を手繰り寄せた。

沈黙の中でどれほど臥していたのか、静かだった周囲が突然騒がしくなった。食事の時間だった。無理をして起き、エナメルを被せたブリキ椀を載せた手押し車の転がる音、杓子の音、人々の声がうるさかった。食べ物の入ったブリキ椀を載せた手押し車の転がる音、杓子の音、人々の声がうるさかった。無理をして起き、エナメルを被せたブリキ皿を配膳孔へ突き出すと、油を切った赤い豆と黄色い粟を混合した雑穀の塊一つを見えない手が盛ってくれた。「カダ」と呼ばれる杓子で掬い取った雑穀飯には九等飯という意味で九という数字がつけられたが、粘り気というものがなく、ぼろぼろの雑穀の塊なので文字もぼやけていた。カダの上に乗せた数切れの漬物が配食のすべてだった。たった一粒の米も入っていないので飯とも呼べない雑穀の塊に、他のおかずはもちろん、汁もない貧弱な食事だった。それでも、一粒の豆も、一粒の粟も残さず、きれいに食べ上げなければならなかった。生きていこうと思うならそうしなければならなかった。彼は結局、一粒も残さずに食い切った。熱で腫れて狭くなったのか、蜂に刺されたように痛い喉を手で押さえながら、ぎゅうぎゅう詰め込んで平らげた。

李載裕は翌日から急速に気力を失った。高い熱で一晩中寝られず、苦しくて目が覚めると、全身が汗まみれになっていた。やがて痰が増えると血が混じって出始め、毎日洗面器の底に血が溜まるほど吐いた。医者がいないので体温を測る人間もいなかったが、頭が割れるように痛く、吐く息がほてるほど熱いので、四〇度を超えているのは明らかだった。鉛で作ったチョッキを着たように胸は重苦しく、息をするのが辛かった。食欲が落ち、何を食べても苦いので、非常に飲み込みづらかった。食べようと必死に努めたが、とても飲み下せなかった。看守はようやく雑穀飯の代わりに重湯を入れ始めたが、次の日からは重湯すら十分に食べられなくなった。わずか数日後に気力を完全に無くしてしまった彼は起床時間になっても起き上がれなかった。

矯導所側はようやく李載裕を病舎に移した。病舎は地下洞窟のような独房より随分ましだった。急性肺結核という医師の診断に従って薬も飲める上、一日中寝ていても干渉する人間がいなかった。九等飯の代わりに、粟が少し多く混じり、米も若干入った八等飯が出た。粟は粘り気のある穀物なので、きれいな手拭に飯を入れ、一生懸命に手で揉めば、豆と粟が砕けて混ざった丸い餅になった。それを塩につけて食べると、苦味をある程度消して飲み込めた。

しかし、病状は好転しなかった。しばらくは良くなったと思われた体は次第に悪化し、それでなくても蒼白な顔は長い収監生活で血の気を完全に失い、石灰を塗ったようになった。ようやく来た医者は急性肺結核に持病の脚気まで悪化しているという診断を下した。監獄の治療と食事では改善する見込みがない疾病だった。あまつさえ飯も喉を通らなかった。気力が尽き果て、意識も朦朧とした。彼は、朴鎮洪が面会に来て話をしてくれてから掴み直していた生命の紐を少しずつ緩め始めた。生きなければならないという本能は命の紐を放してはならないと叫んだが、身体が言うことを聞かなかった。

他方、面会から戻った朴鎮洪は、長い間監獄に座っていたために足が弱まり、しっかり歩くこともできず、栄養不足で顔と手がパンパンに腫れた体になっても仲間たちを訪ね歩いた。監獄で広まる話はほとんど日本の敗北に関するものだった。しかし外に出てみると、敗北によって種が絶えつつあるのは日本人ではなく朝鮮人だった。朝鮮人の魂、自尊心だった。

第二次世界大戦が最終段階に達し、朝鮮人が持っているあらゆるものが戦争のために徴発されていた。朝鮮人は、米と麦、茶碗から真鍮製の匙までことごとく奪われ、男は軍人に、女は日本軍の「慰みもの」として徴発され、満洲平原や南太平洋へ引っ張っていかれた。拒否する人間はほとんどいなかった。朝鮮民衆は反抗を忘れたようにみえた。財産と肉体だけでなく精神まで徴発されたようにみえた。名前を日本式に変えろと言われれば変え、戦場へ引っ張れば引っ張られ、処女を捧げろと言われて強制的に捧げさせられた。義兵運動から始まり、民族主義者の抵抗と社会主義運動まで綿々と続いてきたすべての抵抗の精神は完全に終焉したかにみえた。

微かに残った抵抗精神を除去するための装置はいっそう緻密になり邪悪になった。治安保護という名目で危険人物を事前に拘禁する予備検束は次第に厳しくなった。日帝を賛美し戦争を鼓舞する執筆と演説を自発的に行わない知識人や治安維持法による前科者は、警察と憲兵がいつ襲ってくるかも知れないという恐怖に震えた。彼らは必ず夜に来て逮捕していった。何の活動もせず、ただ沈黙によって良心を守ろうとする人々さえ、闇が訪れるだけで訳もなく不安になった。夜になるだけで京城全体が不安に沈んでいるようだった。彼らは酒を飲まなければ大声を出せなかった。

「打つ手はない。最後の瞬間には竹槍でも作っておいて突き刺し、反抗すべきだ。このままずるずる行っていいのか」

口ではそう言っても、警察がいざ踏み込めば屠殺場の牛のようにうなだれて全身を震わせ連行されてしまった。朝鮮半島全体が巨大な沈黙に打ち沈んだかのようだった。

こうした状況で運動を続けるのだと立ち上がる人間を見つけるのは容易ではなかった。金三龍を除けば京城コムグループ事件で逮捕された人間の大部分は釈放されていたが、皆行方をくらましていたので捜す方法がなかった。あちこちで自生的な小サークルが依然として作られてはいたが、大衆的に活動できない、慰め合いの情報を交換する水準だった。

朴鎮洪が探していたのはそうした自己慰安的なサークルでなく全国的な抵抗を組織できる再建のためのサークルだった。社会主義運動を再興しうる不屈の指導者たちだった。朴憲永《パク・ホニョン》が全羅道光州《チョルラドクァンジュ》で労働者として身を隠し、李順今《イ・スングム》が工場の外部で彼の連絡役を担っているという事実は全く知らないまま、彼女はその二人と李鉉相《イ・ヒョンサン》を捜し回った。

信頼できる同志を捜して京城を彷徨った朴鎮洪がかろうじて会えた人物は、京城コムグループ事件で監獄暮らしをして出てきてからそれほど経っていない金台俊《キム・テジュン》ただ一人だった。李載裕と同い年で平安北道雲山《ピョンアンプクトウンサン》出身の金台俊は、早くから漢文学と国文学に精通し、京城帝大教授として名を成した人物で、知識人のみならず一般人の間でも知られた有名な人士だった。朝鮮人が就くことのできる最高の地位の一つである京城帝大教授の職を賭して地下組織に加入した彼の意志は大変純粋で潔癖なものだった。

金台俊は、しかし、実際の活動はほとんどできないまま一九四一年の検挙で捕まってしまった。教授職は即座に剝奪され、三年余りの監獄暮らしが始まった。彼は早婚の風習に従って早く結婚し、四人の子どもをもうけていたが、監獄に行っている間に、母と妻、そして唯一の息子だった末っ子を相次いで亡くした。母と妻は鬱火病〔怒りを抑えすぎて起こる病気〕で、末っ子は病気で死んでしまったのだ。病気保釈で釈放された彼を待っていたのはアカという烙印と貧困だけだった。朴鎮洪が訪ねていった頃、金台俊は自分が面倒を見られずに家族が死んだという自責の念と怒りで辛酸を舐める日々を送っていた。

金台俊が想像していたよりずっと魅力的な人物であることを朴鎮洪は看破した。四〇歳という不惑の年に似合わしい物柔らかな風貌と落ち着いて真摯な口ぶりが初対面から彼女を魅了した。

金台俊も朴鎮洪についてよく知っていた。李載裕の子を生んだという事実が新聞紙上に何度も出ただけでなく、一〇年も監獄で暮らしながら闘争の意志を曲げない大した女性だということは京城の一般人にまで知れ渡った話だった。その上、監獄から出たばかりで顔と手がパンパンに腫れ、まともに歩けない身で来訪し、朴憲永と李鉉相の居場所を尋ねる彼女の姿は、疲れ果てて懐疑に囚われていた彼に新鮮な衝撃を与えた。初めて会った時から強烈な印象を受けた二人はたちまち心を開き、今後どうすべきかを相談する仲になった。

二人とも事情が緊迫していた。監獄から出た人間のところには保護観察所から担当がほぼ毎日やってきて、なぜ早く創氏改名をしないのか、どうして神社参拝をしないのかと脅す状況だった。朝鮮の代表的知識人である金台俊に対しては圧迫の度合いがいっそう激しかった。体の調子が悪くて動けないと言い訳すると、自分たちの機関紙に天皇を賞賛し戦争を賛美する文章でも書けと言った。協力すれば高い職責を与え、食糧配給券もやるが、このまま頑張るのなら飢えて死ぬか保護監護所へ送るほかないと露骨に脅迫した。朴鎮洪に対しても警察と保護観察所から担当が時を選ばずほぼ毎日のようにやってきて転向書を要求し、日帝に協力するよう懐柔と脅迫を加えるのは同じだった。

金台俊は、日帝末期まで放棄せずに地下運動を続けてきた別の重要な指導者である李承燁《イ・スンヨプ》が発刊した『自由と独立』という機関紙を読む小サークルを率いていた。特別な拘束力を持つのではなく、パンフレットを読み、互いの意見を交換する親睦水準の集まりだった。

朴鎮洪が訪ねた頃、金台俊は、一日として朝鮮で耐え続けるのは辛い自身の立場を会員に吐露し、延安に発つという意思を伝えていた。行方をくらました朴憲永がひょっとすると延安に行っているかもしれないという希望も打ち明けた。サークルは彼の意思を尊重して延安行きを決定する一方、別の会員二人はソ連へ行くという意思を表明した。この決定に従って、彼は、成人になった二人の娘を急いで結婚させ、警察に知られないように自分の家を売る契約を良心的な事業家である朴《パク》某とするなど、延安行きを準備していった。

朴鎮洪と金台俊は会う度に時間が過ぎるのを忘れて話をした。監獄で起きた出来事と他の運動家の消息が主な話題だった。二人とも文学に関心が高く、朝鮮の古文学から現代文学、海外文学までさまざまな意見を交わした。李載裕以外でこんなに心を開いて話を交わした男もおらず、そうできる機会もなかった朴鎮洪にとって、金台俊はどんなに長く一緒にいても飽きない家族のようにゆったりできる楽しい相手だった。

二〇歳以後の大部分の時間を監獄で過ごした朴鎮洪ができる面白い話といえば刑務所の女舎であった出来事だけだった。夫の飲酒と暴行に耐えられず、酒に酔って寝入った夫を殺害して監獄に入り、いまはいつ死んでも悔いはないと話した慶尚道《キョンサンド》出身の死刑囚、恋人のために公金を横領し、罪をすべて被ったまま恨めしい日々を送っている若い元銀行員の話、女同士でチョゴリを脱ぎ、誰の胸がよりきれいで見事か賭けをして自分が一等になったという話まで打ち明けた。

金台俊も西大門《ソデムン》刑務所の男舎で聞いた話をした。監獄に入ってもこまめに人々を組織し獄中闘争を指導した朴憲永に大きな感銘を受けたのだと言った。朴憲永が掃除の使役に出て行くと、まるで将軍を取り囲むように支持者たちが集まってきた。朴憲永は短い時間であっても彼らに激励や指示をし、時には監房の窓の中から手を振りあいさつする政治犯に向かって手話で激励の信号を送りもした。朴憲永が国内社会主義者の最高指導者ということは誰も否認できない事実だった。

金台俊はまた、咸興《ハムフン》の有名な労働運動家である朱善奎《チュ・ソンギュ》、朱仁奎《チュ・インギュ》兄弟の話もした。演劇と映画といった芸能に才能を持った上、将来性あるバイオリン演奏家であった朱氏兄弟は、祖国の現実と闘うために音楽家の道を捨て、朝鮮窒素肥料興南《フンナム》工場の労働者として就職し労働運動をしたが、兄の朱善奎には愛する女性がいた。端川《タンチョン》の金持ちの家の娘で、父が心にもない金持ちの家の息子に強制的に嫁がせようとするや家出して朱氏の家に泊まっていた、開化した女性だった。朱氏兄弟が有名な咸興肥料工場ストライキで監獄に入って老母と子どもたちが飢餓状態になると、端川の娘はある飲み屋に自分を売って千円を受け取り、その金で老母と子どもたちを扶養した。朱氏兄弟をよく知っている飲み屋の主人もこれに感動して、彼女には客の酒の相手をさせずに厨房一般を任せた。後になってこの事実を知った娘の父が追ってきて娘を連れて行こうとしたが、飲み屋の主人が三年契約書を取り出して見せ、娘を守ってやった。だが、三年が過ぎてまた現れた父は、娘が土間に膝をついて私を捨ててくれと懇願するのを無理やり引っ張っていってしまった。それからしばらくして彼女が自殺したという知らせが入ってきた。封建的家父長制社会が生んだ悲劇だった。

端川の娘の話に朴鎮洪は感動と憤怒を禁じえなかった。世の中がよくなって自分が文を書きながら暮せるようになったら彼女の話を必ず書くと言った。後日監獄で満期を迎えて出た朱氏兄弟は、解放直後に咸興市人民委員会最高幹部として働き、死んだ端川の娘の恋人だった朱善奎は「金日成《キム・イルソン》将軍の歌」も作曲したが、数年も生きられず肺病で死亡した。そして朴鎮洪はついに彼らの話を小説に書けなかった。

わずか数回会う間に金台俊は朴鎮洪にすっかり魅せられてしまった。女性の身で十数年間監獄暮らしをしても、出るとすぐに活動を再開しようと努める彼女に抱いた尊敬の念は、いつしか愛に変わっていた。朴憲永に会いに行くという理由を挙げてはいたが、事実上の亡命であり逃避である延安行きを決心した時の絶望と嘆息は消え、荒んだ彼の胸に新しい希望と情念が芽生えていた。一日でも彼女に会わないと不安で居ても立ってもいられなかった。

一〇月下旬に差しかかり、切羽詰まった金台俊は、延安に一緒に行かないかという言葉で遠回しに自分の感情を表した。行けない、と朴鎮洪は答えた。朝鮮ですべきことがまだあるというよりは、李載裕から離れられないからだった。

朴鎮洪が李載裕の二度目の面会に行ったのもその頃だった。その日、朴鎮洪は李載裕に会えなかった。重病にかかって病舎で寝ているので面会できないという答えだった。意気消沈した朴鎮洪はそのまま帰るほかなかった。

朴鎮洪が汽車に乗り京城へ戻っているちょうどその時、彼女が来たという事実を李載裕は知らぬまま病舎で臥し、昏睡状態に陥っていた。汚い布団のそばには、溢れる血に染まった赤い手拭が置かれていた。脚気で腐り始めた手足は所々が真っ青になり、やせ衰えて骨だけ残った蒼白な顔は老人のように皺だらけになっていた。

朴鎮洪が領置しておいた数冊の本と果物を看守が房内に入れた時も、彼は目を閉じたまま、何の気配もなしに臥してばかりいた。力なく伸びた彼の手を看守は握り、領置金領収欄に印鑑を押させた。戸の閉じる音が聞こえ、手押し車を引いていく音が聞こえる時分になってやっと、李載裕はつらそうに目を開けた。死の影が差した目の縁は真っ黒に落ち込み、ぼっこり凹んでいた。看守が置いていった本を彼はぶるぶる震える手でつかみ取った。李北鳴《イ・ブンミョン》の新しい小説だった。読む気力はなかった。力なく置こうとした彼は、窓を通して入ってくる光に屈折して微かに見える文字の痕跡を発見した。他人に見られないようにヘアピンで押し書いたのだった。

「解放はもうすぐです。必ず生きて出てきてください。鎮洪」

李載裕は手で文字をなぞってみた。人一倍力を入れてぎゅうぎゅう押し書く朴鎮洪の正字体が指先を通してそっくりそのまま伝わってきた。突然鼻が凍み、力なくつぶった目じりに涙が溜まった。日本が太平洋戦争で連敗しているという知らせは新しく入ってきた政治犯から聞いていた。春には咸興刑務所で一般囚と政治犯が暴動を起こし数名の看守と囚人が死んだ、抱川《ポチョン》で徴用に抵抗する青年八名が派出所を襲撃した、平壌《ピョンヤン》と大邱《テグ》の地で徴用を忌避した若者たちが山中を逃げ回った末に暴動を起こした、という知らせも伝わってきた。戦時体制の抑圧は極限に達していたが、体制が瓦解する兆候がはっきり現われていた。朴鎮洪の書いた通り、日帝の敗北が夢ではなく現実として近づいているのは明らかだった。しかし、自分が生きて監獄を出られるだろうという気はしなかった。考えはするが、意志が生まれなかった。気力が落ち、目をつぶりさえすれば自然に眠りに入った。本を垂らした彼は、朦朧とした夢の中へ落ちていった。

どれほど過ぎただろうか。李載裕ははっと目を開いた。息が詰まっていた。尻から首までだけをやっと乗せ掛けられる椅子に縛られて水拷問を受ける時のように、朝鮮人刑事が靴を履いたまま胸に上がって手拭で轡を噛ませる時のように、胸から喉まで巨大な塊が込み上げてぎゅっと息を封じ込めた。自力で気管をこじ開けるために咳をしてみた。肉を裂くように激しい咳が噴出して血の臭いが鼻を突いたが、気管は開かなかった。喉を鷲づかみにしてあちこちを転げ回った彼は、渾身の力を込めて手を伸ばし、報知器の札を倒した。看守が駆けてくる音が遥かに遠のいていった。

昏睡状態に陥った李載裕はその日の夕方を越えられずに息絶えた。呼吸が止まった時、そばには誰もいなかった。しばらく経ってからやっと看守は彼の体が硬直しているのを発見した。彼に好意的だった日本人看守が、何かに向かって恐ろしげにかっと見開いたその両眼を閉じさせた。一九四四年一〇月二六日だった。享年四〇歳、倉洞駅で捕まってから八年目の年だった。日本で始まった監獄生活まで合わせると一三年間の監獄暮らしであり、あれほど渇望していた日帝の敗北と朝鮮の解放をわずか一〇ヶ月前にした時期だった。

李載裕の死体は腹違いの兄弟に引き取られ、矯導所の裏にある共同墓地に埋められた。彼の墓前には花一輪も供えられず、墓碑も立てられなかった。もちろん葬式なども行われなかった。ぞんざいに作られた赤子の墓のようにかなり低く盛り上げられた土の部分は翌年の梅雨の時期にほとんど洗い流され、草薮に覆われて形さえ見分けるのが困難だった。続いて同じ年の夏に解放を迎えても、激しい混乱の中で彼の墓に参る人間はおらず、戦争を経る中で雑草と木で覆われたまま跡形もなく消え去ってしまった。

朴鎮洪が李載裕の死亡の事実を知ったのは埋葬が終わって何日か過ぎた後だった。李載裕の又いとこの子である李粉善《イ・ブンソン》を通して状況を聞いた朴鎮洪は、帰宅するなり部屋の戸を閉めて鍵を掛け、声を殺して泣き始めた。夜が更けるまで灯りも点けないまま、眠るように布団を被り、声を潜めて泣いた。前回面会に行った時に冷たい予感がしたが、死がこんなに早く訪れるとは思わなかった。

真夜中になり、気を取り直して冷え冷えとした庭に出ると、淋しさが突然襲ってきた。こんな日に手でも握って泣いてくれる友が一人もいないという現実に今更のように胸が痛んだ。同徳《トンドク》女高から退学になって以降、獄外で送ったわずかな日々をすべて掻き集めても二年にもならなかった。新しい友人に出会ったり男と付き合ったりするには短すぎる時間だった。歳月がどんなに流れても友情の変わらぬ同徳女高の友人たちは皆散り散りになっていた。彼女たち全員の先生であり友であった李載裕が死んだけれども、逝った人間を一緒に追悼し、涙だけでも流してくれる人間は誰もいなかった。李載裕の死とともに、自分を朝鮮に繋ぎ止めていた紐は完全に切れたと思った。あまりにも孤独だった。まんじりともせずに夜を明かして迎えた暁に、彼女はついに延安行きを決心した。

二四　延安行き

朴鎮洪《パク・チンホン》の承諾を得た金台俊《キム・テジュン》は延安に発つ準備を急いだ。警察が嗅ぎ付けないように自分が京城《キョンソン》を出発した後に家族が引っ越す条件で家を売り、残金は事前に片をつけた。大切にしていた本まですべて売ることにした。知識と同じである貴重な蔵書を学者が売るというのはあまりにも胸の痛むことだったが、仕様がなかった。良心的な金持ちである洪《ホン》某氏に処分してくれるよう頼んだ。戦争で通貨の価値が暴落していたが、依然として大金である二万円を得ることになった。警察が感づくのを防ぐため、金銭は最初に受け取るが、本は自分が京城を発った後に持っていかせることにした。中国で長らく事業をした洪氏は、延安へ行く間日帝の検問を避けるため、阿片商人が利用する秘密ルートまで詳細に教えてくれた。頭のいい金台俊は彼の話の一句一句を石に刻むように記憶しておいた。

警察が彼の行動におかしな気配を感じ取ったのはそれから少し経ってからだった。家の周辺に潜伏刑事と思われる怪しい商人たちがうろつき始めるなり、保護観察所の職員が警察とともに訪ねてきた。ちょうど外出中だった金台俊は逮捕を免れたが、捕まればそのまま保護監護所へ連行されるのは明らかだった。

朴鎮洪は李載裕《イ・ジェユ》が死んだ清州《チョンジュ》保護監護所に金台俊までも送ることはできなかった。彼女はとりあえず彼を家に連れて行き、自分の部屋に隠れさせた。

他の朝鮮人と同じように窮屈な瓦葺の家に両親と兄の家族までひしめき合いながら暮らしてきた朴鎮洪の家に出し抜けに現れた見知らぬ男は家の中をてんやわんやにしてしまった。李載裕との恋愛事件だけでも京城で嘲笑の対象となって大恥をかいたところに見知らぬ男まで連れ込んで自分の部屋に隠れさせたので、家族が感情を高ぶらせるのは当然だった。父と兄に加え兄嫁まで鎮洪を罵倒し責めた。大人からどういう話を聞いたのか、年端の行かぬ甥まで自分の叔母を拳でめちゃくちゃに殴り罵詈讒謗の限りを尽くした。彼女を弁護しようと努めたのは昔も今も母洪氏だけだった。

朴鎮洪の家族が激昂したのには別の理由もあった。彼女に求婚する者がすでにいたからだ。活動を一時ともにしたことのある人物だった。その男は監獄で転向書を書いて出所した後、自発的に日本に協力する親日人士になっていた。彼は雑誌と新聞への投稿を通して社会主義運動を誹謗する一方、第二次世界大戦は日本帝国が西洋帝国からアジアを救う神聖な戦争であるから朝鮮人も先頭に立つべきだ、という文を書いて食べていた。彼のような親日転向者には他の朝鮮人が享受することのできない経済的特恵が与えられた。当時の困難な時期にも朴鎮洪の家に来る度に米を持参し、甥姪に小遣いもやった。家族はとにかく二人を結婚させたかった。朴鎮洪の感情などといったものは重要でなかった。家族は露骨に結婚を強要し、これを拒否する朴鎮洪を虐待した。

このことを知った保護観察所まで懐柔に乗り出した。その男と結婚さえすれば監視を解いてやるというのだった。女性を男性の占有物のように考えていた日帝警察は、女性運動家が結婚すると言えば取調べ中でも放してやり、監獄から釈放までしてやった。北京で捕まり、監獄暮らしを終えて再び北京へ発った李鍾嬉《イ・ジョンヒ》の後をついて、彼女の家で一緒に暮らしながら李陸史《イ・ユクサ》とともに地下活動をして捕まった李丙嬉《イ・ビョンヒ》も、結婚を前提に釈放され、急いで北京で結婚届けを出した。

家族としては結婚さえさせれば朴鎮洪の問題はすべて解決すると考えるほかなかった。ところが、とんでもない男を連れ込み、家族の見ている前で同居し始めたものだから、憤怒が高まらずにいられなかった。家族のいじめでなくとも、警察や保護観察所の職員が彼女の家をいつ襲って捜索するかわからなかった。たった一日でも延ばすわけにいかなかった。

一九四四年一一月二六日、朴鎮洪はまずソウル駅から汽車に乗った。新義州《シニジュ》にすぐには着かず、枇峴《ピヒョン》というところにいる運動家金載甲《キム・ジェガプ》の家で宴が行われたことを言い訳に、彼の妹とともに出発したのだった。金載甲と弟の金載丙《キム・ジェビョン》はそれぞれ京城帝大と普成《ポソン》学校に通い、社会主義運動に身を投じたが、弟の金載丙は京城で工場に入って労働運動をし、京城コムグループに加入した後に捕まり、ひどい拷問を受けた末に後遺症で獄死した。妹もまた労働運動をする中で朴鎮洪と親しくなった人間だった。朴鎮洪が警察の過酷な取調べを受けながらも最後まで彼女の名を隠したので、警察の調書に名前は出てこない、したがって後世までその名前が永久に表れることのない数十名の関係者のうちの一人だった。

翌日の宵の口、金台俊は大学病院助手だった娘婿に会い、身分偽造に取りかかった。まず婿の名が縫われた国防服に国防帽を被り、色眼鏡までかけた。婿の身分証に自分の写真を貼り、新義州方面へ出張に行くという偽造出張命令書も取り揃えた。細かい部分までもっともらしく見えるように婿の名前になっている京城帝大図書館出入証を準備し、大きな革の鞄には往診器と注射器、若干の薬瓶に書類まで入れ、医者が一般的に使う用語も覚えた。本を買うことになった洪氏が急な用事で地方へ出かけたので金が手元にない状態だったが、これ以上延ばすわけにはいかなかった。ともかく新義州行きの列車に乗った。

汽車が平壌《ピョンヤン》を経て定州《チョンジュ》を過ぎる時、移動警察隊の検問があった。二人の日本人刑事が前後の出入口を封鎖し、内側へ間隔を縮めながら、梳き櫛で髪を梳くように一人一人調べ始めた。金台俊が尋問を待ち構えていると、刑事が来て肩をぽんと叩き、日本語で問うた。

「私は警察の人間だが、姓名は」

金台俊が婿の名前を言うと、刑事は手を伸ばした。

「名札はありませんか」

当時は身分証を名札と呼んでいた。京城帝大医学部助手金某《キム》と書いてある名札とともに、出張命令書、図書館出入証、大学助手身分証などを一度に刑事の掌へ渡した。刑事のポケットの中には手配者や要視察対象者の写真帳が必ずあった。刑事が少しでもおかしい気配を感じれば写真帳を取り出して覗き込むだろうから、彼の正体がばれるのは時間の問題だった。刑事が自分を疑わず写真帳を取り出して見る暇がないように、金台俊はさまざまな書類をいっぺんに押し付けてしまったのだった。思った通り刑事はおおよそを斜め読みしてから鞄を開けるように命じた。注射器と聴診器、薬瓶や医学書籍が出てきた。刑事は何も言わずに書類を返し、他の人間の調査に移ってしまった。第一関門を無事に通過したのだ。

汽車が新義州まで至らず、枇峴という小さな駅に着いた時、金台俊は移動警察隊の目を避けてすばやく下車した。あらかじめ把握していた通りサンデ村の金載甲の家を訪ねた金台俊は、やきもきしながら待っていた朴鎮洪と金載甲の家族から安堵の歓迎を受けた。愛情表現が禁忌視されていた時期なので、朴鎮洪は人々の後ろに立ち、きらきらする眼の光彩と包み隠さぬ喜びの表情で彼を迎えた。この時の彼女の視線が眩しかったと金台俊は後に語っている。

初冬ではあるが南部の真冬よりもっと激しい風が吹く国境の小さな村で、朴鎮洪夫婦と金氏一家は夜を明かして笑い、騒ぎ、酒を飲んだ。労働運動と監獄暮らしで起こったおかしな出来事や涙を誘う話で、長い冬の夜がほんのりと明けてくるのも分からなかった。

あたりが明るくなってから、二人は再び別々に出発しなければならなかった。金台俊はすでに移動警察隊に顔を知られてしまったので汽車に二度と乗れなくなったからだ。朴鎮洪だけ汽車に乗せて先に新義州へ送り、自分は歩いていかなければならなかった。新義州には彼の古書を買う予定である洪氏の親戚がおり、その家で合流することにした。

洪氏の家にはすでに京城から長距離電話が入っていた。鴨緑江《アムノッカン》検問所では一人当たり二百円以上は持って行かせないので、洪氏の親戚は、二人がひとまずその額だけ持って国境を越えた後、奉天と天津で暮らす洪氏の別の兄弟を通じて渡すことにした。最大の難関である万里の長城の山海関をうまく突破するようにと京城の洪氏が激励したという話も伝えた。二人は深々と頭を下げて感謝し、鴨緑江検問所へ向かった。鴨緑江の橋の入口には税関と警察が両辺に立ち、一名ずつ荷の風呂敷を解かせ、中をかき分けていた。

「どこへ行く」

警察の問いに金台俊は流暢な日本語で答えた。

「大学病院の医師ですが、出張に来たついでに安東に渡って夕飯でも食べてこようと思います」

「荷物はないのか」

「ありません。飯を一杯食べに行くのです」

税関は二人が手ぶらであることを確認し、そのまま通過させた。二人は散歩のようにゆったりと手をつなぎ、鴨緑江の橋をゆっくり渡った。海が遠くない下流なので、白い鴎が橋脚の間を踊るように飛び回り、穏やかで青い川の上を数隻の帆掛け船がゆっくり進んでいた。絵のように美しい風景だった。だが、祖国を失った無数の愛国者が悔恨の涙を飲んで渡ったこの橋を踏む二人の口は固く結ばれたまま開かなかった。

苦労して朝鮮半島を抜け出したが、鴨緑江の向こうの満洲大陸も日本に支配されていることに変わりなかった。形式的には清国の最後の皇帝溥儀が統治する満洲国だったが、実際は日本軍がすべてを決定する、操り人形による傀儡国家だった。日本軍は道の要所に検問所を設置しており、少しでも怪しければその場で銃殺してしまうのが常だった。

零下四〇度まで下がる大陸の極寒は検問所に劣らず脅威だった。検問を避けるために風除け一つない田畑を突き進み、徹夜で歩くことが茶飯事だった。都市に入ると日本憲兵とスパイがひしめき合い、都市を離れると馬賊がいつ現れて生命まで奪い取っていくかもしれなかった。奉天では日本軍が市場の周辺を包囲して人々をことごとく捕まえていく現場に出くわしたが間一髪で逃げたこともあった。

死の峠を数回越え、大変な思いをして満洲国を通過したが、中国本土の状況も大して変わらなかった。日本軍が北京まで占領していた時期である上、日本軍が掌握する都市を抜け出しても、共産党であればその場で即決処刑してしまう蒋介石の国民党軍隊が至る所に陣取っていた。蒋介石の軍隊は共産党と国共合作をしてはいたが、これは表面的に掲げた姿勢にすぎず、実際は日本軍以上に共産主義者を憎んだ。その上、腐敗はいうに及ばず、軍隊とは名ばかりで、実際は盗賊の群れ同然だった。略奪と殺人は基本で、若い女性を見さえすれば強姦するという噂がもっぱらだった。延安へ行く道全体が地雷畑のような危険地帯だった。

金台俊は医師に成り済ますために着た国防服を脱ぎ捨て、日本人商人夫婦、あるいは中国人農夫に偽装して度重なる検問を通過していった。京城で洪氏の話を聞きながら心に刻みつけた中国の地理と日本軍を避けていく方法が役に立っただけでなく、中国の隅々にまで行き渡って暮らしている知人の援助が決定的だった。二人は初めての都市に到着すると町内と食堂の名前をまず覚えてその地域住民の振りをしたので、抜き打ちの検問を受けた時も無事に通過できた。旅館に泊まることになったとしても、日本軍の臨検を避けて夜中の一二時頃に泊り、明け方に出た。

辛く緊張した旅路でも新婚夫婦のように楽しい時を過ごすよう朴鎮洪は努めた。彼女は文学の話が一番好きだった。列車でも宿でも時間さえあれば文学作品の中に登場する愛国者、亡命者の話をした。ツルゲーネフの小説『その前夜』に出てくる女主人公が亡命青年を愛し、青年の祖国であるブルガリアのために身を捧げる話や、女性としての限界を克服し科学者として名声を得たキュリー夫人の話もした。金台俊もすべて知っている話だったが、朴鎮洪がそれなりに分析し解説するのが面白く、ずっと耳を傾け続けた。よく話すのはやはり朴鎮洪で、寡黙な金台俊はおとなしく微笑を浮かべたまま頷いて聞く側だった。

商人を装った二人は万里の長城の関門である山海関を無事に通過して北京へ入ることができたが、日本をはじめ世界列強の角逐の場となっている北京こそスパイと泥棒がうごめく危険地帯だった。二人は東洋文化の母胎ともいえる古色蒼然たる建物とここで編まれた伝説に一時も関心を向けられないまま市街地をただちに通過して荒野に出た。知り合いは大勢住んではいたが、みな外出中だった上、朝鮮人で日本軍に協力して生きている人間が多く、一晩も留まれない状況だった。

第一の目的地は李家荘という小さな村だった。京城の監獄で金台俊とともに牢屋暮らしをした武装独立運動家の張千祥《チャン・チョンサン》が、李家荘村に着いて崔洛雅という村長を訪ねれば八路軍とつながることができ、八路軍の案内を得て延安まで行けると教えてくれたことがあったからだ。

ところが、夜を徹して歩いていた二人は夜明け近くに突然現れた十数名の日本軍に取り囲まれてしまった。李家荘からいくらも離れていない唐県という小さな城郭の入口だったが、暗いため検問所が見えなかったのだった。共産党遊撃隊が出没する戦闘地域に夜を潜り抜けて現れた日本人夫婦の行脚は疑惑を買うに十分だった。日本の将兵たちは検問所へ連れて行き、微に入り細に亘って訊き始めた。

「どこから来た人間だ。何をしに行く」

すでに何度も検問を経験したが、今度は本当に生死の岐路だという恐怖心が湧き上がってきた。天津にある羊皮工場の支配人で朝鮮人独立運動家に支援を惜しまない金輝明《キム・フィミョン》という人物からもらった偽名札を金台俊は見せ、自分は羊皮商人だが、唐県に住む同業者が金だけ持って行って連絡が取れないので訪ねて行く途中だと述べた。日本人と全く区別できない流暢な日本語に加え、夫婦ともに日本人の服装をしているにもかかわらず、日本軍憲兵は疑いを捨てなかった。

「羊皮の値段を言ってみろ」

金台俊はあらかじめ覚えておいた通り、天津の羊皮相場と唐県の相場を話し、唐県で羊皮を買って天津で売ればいくら残るかという話まで商売人の語調で大げさにわめき散らした。すべて羊皮工場支配人金輝明に説明を聞いて覚えたものだった。その間に憲兵らが二人の荷物を調べたが、金輝明からもらって入れておいた天津と北京近隣にある日本軍部隊の将校の名刺数十枚が出た。憲兵らは将校の名刺を見てそれ以上疑わず、通過させた。朴鎮洪が浅薄な日本の商人の女に偽装しようと生まれて初めてパーマをかけ、洋装のスカートに赤いワイシャツ、まだら模様の襟巻きをしているのも役に立った。

小さな邑である唐県邑を抜けるまで一四ヶ所もある日本軍の検問所をその都度同じように通過しなければならなかった。問題は最後の個所だった。これまで日本軍に話した通りなら、中国人同業者に会った後、来た方向に戻らなければならなかったが、二人の目的地である李家荘はその反対方向だった。夜出れば目には付かないだろうが、城門が閉まるので出る方法がなく、昼に出ようとすれば軍人に言ったことと異なる方向へ行くのが発見されるのは間違いなかった。

「どうする」

旅館一つない小さな邑なので、うどん屋に座って時間を過ごしながら脱出する方法を思いめぐらす金台俊に、朴鎮洪が目をぱっと開いた。

「走って逃げましょう。天津へ戻る振りをして李家荘の方向へ駆けるのです」

「大丈夫か」

学者らしい慎重さに慣れている金台俊とは違い、実践家である朴鎮洪は自信満々だった。

「私は走れます。勘定を済ませて早く出ましょう」

食堂を出て検問所で日本の憲兵らに日本語で丁重にあいさつをした二人は、検問所の憲兵が見守る中、天津方向へ歩き始めた。数百歩は進んだろうか。城門を出てから後ろを振り返っていないので憲兵がどういう状態なのか分からない中、二人は用でも足そうとするかのように畑の中の道へ折れた。玉蜀黍の茎が生い茂って人の影を覆うほどのところへ達すると金台俊が力を込めて叫んだ。

「走れ！」

何も考えずにひたすら南西方向にむかって駆け出した。城門の上には機関銃が並んでいた。今にも銃弾が飛んでくるようであり、日本軍の騎馬隊が走ってくるようだった。畑へ、田の畦へ、渾身の力で走るが、後頭部がゴム紐で引っ張られるようだった。金台俊もよく走ったが、朴鎮洪もしっかりついて行った。柳や棗の木が林のように生い茂って機関銃も城門も見えないところに達してやっと走るのを止め、汗を拭った。

幸い銃声は聞こえず、騎馬兵が追いかけてくる気配もなかった。中国人の農民に出会い、李家荘へ行く道も確かめた。ところが、しばらく息を整えてから再び歩き始めていくらも経たないうちに、またもや軍服の青年たちが警備している村に出くわした。まさしく李家荘だった。極度の神経過敏に陥っていた二人は瞬間的に日本の軍隊と判断した。李家荘も日本軍に占領されていると見なした。

「もう一度逆方向に走りましょう」

朴鎮洪が言った。数キロを走って全身の力が尽きたにもかかわらず、疲れを知らないようだった。慎重な金台俊は首を横に振った。

「いや。もうわれわれに気づいたようだから、ここで逃げると本当に捕まえに来る。中国八路軍の民兵ならもっけの幸いだが、倭〔日本〕兵なら道を間違ったとしらを切ろう」

第一の目的地である李家荘に到着したのだから戻ることはできなかった。二人が近づくと、入口を警備していた青年たちが銃を持って取り囲んだ。

運のいいことに八路軍の民兵隊だった。中国共産党の傘下には八路軍と新四軍の二大軍があったが、八路軍はさらに正規軍、民兵隊、遊撃隊に分かれていた。正規軍が正式に軍服を着て日本軍と戦闘を交える軍隊であるとすれば、遊撃隊は民間人の服装で山中に入って潜み、日本軍を奇襲するパルチザン部隊であり、民兵隊は村に居住する住民からなり、自分たちの村を自主的に守る義勇部隊だった。日本軍と中国軍が一進一退を繰り返す前線地帯にとうとう到達したのだ。

李家荘は棗の木や柳が広がる平穏な通りの両側に百余世帯の土壁の家が集まった小さな村だった。しかし、日本軍と対決して戦っていた村の住民たちは日本人の服装をした見知らぬ夫婦に深い警戒心を表した。民兵隊に引っ張られて李家荘に入った夫婦はすぐに村の人々に取り囲まれた。敵対心の燃えたぎる視線と激しい叫び声が降り注いだ。今すぐにでも捕縛され暴行される雰囲気だった。

「私たちは崔洛雅村長に会いに来ました。私たちを村長のところに連れて行ってください」

金台俊が拙い中国語と朝鮮語を混ぜて言うと、民兵たちはどういう意味なのかを聞き取ったようだったが、どこの馬の骨とも分からない日本人に村長を面会させようとはしなかった。彼らは険悪な顔で文を書けと言った。万年筆を持っていた金台俊は小さな紙切れに漢文で自分の意思を記した。

「崔洛雅郷長様。唐突に一面識もない異国の老同志に、乱文乱筆ですが、お会いできることを願っております。私は朝鮮人で、祖国に身を置けない境遇となって彷徨っているのですが、ちょうど貴下が懇意にされている張千祥君の特別な紹介をもらって貴下を訪ねることになりました。張は私の旧友で、私たち女男は倭の奴らの手先ではありませんので安心してください。言葉をうまく話せず、風習が互いに異なり、倭の奴らから余りにひどい迫害を受けているので神経が過敏になって私たちを郷里に入れようとせず、また崔先生を紹介しようともしないからといって、誰を責めましょうか。倭の奴らのせいです。空の下で一緒には暮らせないあの敵、倭の奴らをたたき出しましょう。朝鮮人金台俊」

万年筆で書いた流麗な漢文体の効果があったようだ。民兵たちが紙切れを持って行ってから十分ほどすると、還暦を過ぎたぐらいの老人が現れた。長い指導者生活に慣れているらしく、とても親切で落ち着いており、正義感に溢れる人物だった。二人を自分の家に連れて行き、食べ物を出しながら、この村に数カ月間留まった朝鮮人張千祥を脱出させた話をした。日本軍地域を通過するために中国人患者に偽装した話だった。頭と足はもちろん、口も開けないように顔まで包帯を巻いた後、還暦の老人が直接背に負ぶって車に乗せ、天津まで連れて行ってやったのだと語った。

夕食後、さらに数キロは離れたところにある八路軍政治工作隊へ崔洛雅村長は二人を案内した。李家荘よりさらに小さい農村であるそこは四方に「打倒日本帝国主義」といったスローガンが書き付けられていた。日本人の前では大きな咳もできない朝鮮の地で生きてきた二人にとって非常に驚き感激する光景だった。

二十数名の若い男女の兵士たちに囲まれてあいさつを交わした二人は、張中水という政治工作員から質問を受けることになった。肺病にかかったようにがりがりに痩せた庶民的な風貌の中年だった。張中水はまずいくつか試験問題を出した。「朝鮮人民の生活状態はどうか。朝鮮で何をしたか。なぜここに来ることになったのか。鴨緑江と山海関をどのように越えたのか。今回の戦争の性格はどういうものか。この戦争で日本が勝つか、中国が勝つか」という問題だった。

金台俊は万年筆を取り出して手にし、流麗な漢文体で質問ごとに誠実で長い答弁を書いた。ここまで来ることになった長い経緯とともに、この戦争は民主主義国家と反民主ファッショ国家との戦争であり、毛沢東の『論抗日戦』に載っているように三段階を経て中国が勝つと記した。

しきりに頷き笑いながら文を読んだ張中水は「朝鮮の同志たちも毛沢東の文を読んだのか」という漢文を書いて見せた。数年前朝鮮の雑誌『改造』に毛沢東の論文が翻訳されて載ったことがあると答

える と大変な喜びようだった。張中水の態度はあまりにも親切で純粋で平民のようで、傲慢さや官僚的な感じは全くなかった。誰が誰を審問しているのか分からないほどだった。朝鮮から来た革命家から中国人よりも立派な漢文体で世間を巡っている話を聞けたことに張中水はとても満足し、逆に、夜遅い時間だから寒くないか、疲れていないかと確かめ続けるのだった。

朗らかな気持ちで質問を終えた張中水は、ここは日本軍がいつ襲撃してくるか分からないと言い、二〇里ほど歩いて安全な村へ行くよう勧めた。真夜中に馬車が用意された。民兵隊員二人が少し離れて前に位置することで前哨兵の役割をし、六名が馬車を囲んで夜道を発った。張中水は直接馬車に乗り二人を護衛した。馬車が谷間の曲がりくねった道をごとごとと進む間、どこかへ消えた前方の前哨兵二人は安全だという意味の信号を時折送ってきた。前哨兵が月夜に遠い山を上り下りする様子がとても勇ましく思えた。

月光の下で寝静まった小さな村に到着した一行は狭い部屋に集結し、布団もなく外套を各自被って寝なければならなかった。真冬の寒さを和らげるために室内で一抱えの粟稗の茎を抱えて敷き、火を起こすと煙で呼吸も困難になった。政治工作員として三年間こうした生活をして肺病にかかった張中水は首を切られるかのように一晩中ひどく咳き込んだ。

夜を明かしたせいで翌日遅く眠りから覚めた二人は数十名の村人に取り囲まれていた。相変わらず日本人の服装をしていたために日本人と誤解した村の人々は、倭の奴らは角があるというがどうして角がないのかと尋ね、田舎では全く見たことのないパーマの頭髪に飲み屋の女のような浅薄な服を着た朴鎮洪を指して、男より女の格好がもっとおかしいと騒ぎ立てた。日本の服を脱ぎ捨てて張中水が持ってきた中国の平服に着替えるとやっと静かになった。

次の日、村人たちは遠いところを訪ねてきた朝鮮人夫婦のために大々的な歓迎の宴を開いてくれた。小学校の運動場に高粱酒と食べ物を用意し、寒い天気にもかかわらず千名近くの住民が集まって盛大な歓迎式を行った。八路軍の命令ではなく自主的に動いて朝鮮人革命家夫婦を迎えたのだった。

高粱酒が次から次へと出回る宴の席で、中国の学生たちは「八路軍と人民は血肉が通い合っているので永遠に分離できない」という内容の歌をうたった。

朴鎮洪はこれに答え、「東海《トンヘ》〔日本海〕が干上がり、白頭山《ペクトゥサン》がすり減るまで、数千年の長い歴史が骨髄に流れる」という歌詞の「愛国歌」と「赤旗歌」をうたった。同徳《トンドク》女高と西大門《ソデムン》刑務所で名を上げた、明瞭で澄んだ声の朴鎮洪の歌は住民をうっとりさせるのに充分だった。

久しぶりの休息だったが長く留まることはできなかった。唐県検問所で両眼とも開けたまま怪しい男女を見逃してしまった日本軍が遅れて李家荘に押し寄せ、捜索していったためだ。李家荘一帯に駐屯していた八路軍部隊長は民兵隊の青年二名を前哨兵につけて延安方向へ案内させた。

道は次第に険しくなり、経済事情も悪化して、食べて寝ることまで苦労した。皆同じように辛く腹が減ったが、八路軍民兵隊員らは朝鮮から来た革命家夫婦のために己の体を省みなかった。貴重な米の飯を二人にやり、自分たちは別の部屋で粟飯を食った。道を進みながらも、喉が渇いていないか、辛くないか、と休む暇なく訊いてきた。

二人は唐県と名付けられた小さな村でようやく八路軍の大部隊と出会えた。金台俊夫婦が初めて検問を受けた本来の唐県城を日本軍に奪われた中国人が自分たちの手で新しく建設した八路軍根拠地に唐県という名を付けたのだった。

新唐県でもすばらしい接待を受け、八路軍幹部らと夜を明かして話し、交わることができた。八路軍の兵士はおしなべて揉め事を起こさず、勇敢な態度で、礼儀正しく、親切だった。西洋人が聖書を持ち歩くように携帯用に小さく印刷したスターリン選集と毛沢東選集を手離さないというのも共通点だった。

口数が少なく人と付き合うのに時間のかかる金台俊とは違い、朴鎮洪は誰とでもすぐに親しくなった。彼女は満洲出身の岳山という名の八路軍兵士とたくさんの会話を交わした。満洲で日本軍と戦う時、朝鮮人独立軍と親しく付き合ったと岳山は言った。金日成《キム・イルソン》を知っているかと朴鎮洪が訊くと、よく知っていると答え、金日成遊撃隊と一緒に日本軍を奇襲した話を得意げに大声で話した。彼は、長い旅の疲れにぐったりした二人のためにきれいな部屋を提供し、次の日出発する時には驢馬一頭まで買ってやった。近いうちに東北部の山岳で日本軍と闘うことになるはずだからそこでまた会おうと言って別れる時、二人は胸いっぱいの感謝を伝えた。

驢馬に乗るのは容易ではなかった。初めて動物に乗る朴鎮洪は何度も驢馬から落ちた。一度は頭から地面に落ちて気絶までした。しかし、驢馬と格闘してかえって状況がつらくなっても、朴鎮洪は話を止めなかった。彼女の豊かな感性は干上がらない泉のように途切れることなく話を編み出した。朴鎮洪は、英国皇帝が離婚暦のある女性のシンプソン夫人を愛して王座を捨てた話をして自ずと感傷に浸ってしまった。けれども、聞き手の金台俊がその話に特に興味を示さなかったので、彼女はひどくがっかりしたのだった。

「あなたは理知的過ぎて恋情の世界を理解できないのよ」

朴鎮洪の言葉に金台俊は見えるか見えないかほどの微笑を浮かべるだけだった。

「鎮洪は感傷的な恋愛至上主義に陥ったのではないか」

金台俊は冗談だったが、朴鎮洪は真剣だった。

「革命の基本動力は愛ではありませんか」

早口で激しい咸鏡道《ハムギョンド》の訛りでよく笑いよく感動した李載裕とは異なり、教授出身の金台俊は口数が少なく表情がとぼしかった。激烈な論争を交える時でさえもゆったり落ち着いた話しぶりを保ち、怒ってもめったに感情を表に出さなかった。特に女性の前ではいっそう自分の考えや感情を隠す習慣をもっていた。生まれつき寡黙な性格であるのに加え、国内最高の言文学者として慎重な言語選択と思索的な態度が体に染み付いてしまったせいだった。幼い頃、故郷で徹底した漢文教育を受けた影響もあった。多くの人の前で笑ったり泣いたりする姿を見せてはならず、熱い汁に舌をつけてもふうふう吹かず、夕立が来ても走らないのが両班《ヤンバン》だと習ったせいだった。

朴鎮洪は金台俊のぶっきらぼうな態度を、女性を対話の相手として認めない儒教的男尊女卑思想のためだと考えた。彼女は彼の謹厳な表情と傲慢に聞こえるゆったりした話し振りが嫌いだった。幼い頃からどこへ行っても上座にすわり、最もよく騒ぎ、最もよく笑い、また泣きもした彼女だった。人生で一番幸せだった同徳女高の頃は最もよく笑った時期でもあった。風が肺に吹き込んだかのように皆が一日中笑った。笑うべきこれといった理由もない、取るに足りないことでもキャッキャッと爆笑し、そうした姿を互いに眺め合ってまた笑い、そして涙を絞った。二〇代の青春一〇年を執筆が禁止された監房で過ごし、しばらく釈放されている間も警察に追われて文を書く余裕は全くなかったが、彼女の夢は常に文学であり続けた。作品といっても、同徳女高時代の同盟休校を主導しながら保護者に送った手紙と、京城コムグループ機関紙に労働者のストライキの消息と生活の現場を書いた記事、あるいは元山《ウォンサン》の李舟河《イ・ジュハ》に送った手紙が全部だったが、文を書くたびに称賛の声を聞いた。いつか解放されて余裕ができれば万事を整理して文学を始めるのが彼女の唯一の夢だった。故郷明川の幼い頃、同徳女高の美しい思い出、工場と監獄生活、李載裕との愛、そして金台俊との延安への長い旅、このすべてを文学作品として記録するつもりだった。金台俊の理知的な表情と理路整然たる語調、偏狭で古臭い生活態度は、自由、文学、革命、愛といった単語から抜け出せない感情豊かな彼女にはなかなか受け入れられなかった。彼を愛しているのは確かだが、わずか二ヶ月ほど経つともう不満が溜まっていくのだった。彼女は言った。

「理性と感情、道徳と愛情が階級的に統一された夫婦生活でなければ真実の愛とは言えません。私が見るところ、あなたはあまりに理性的で学究的だから、豊かな情緒が少し必要です。いつ見ても謹厳で無表情なのです。封建的習性が染み込んだあなたの女性観と表情の欠如が、私にはどうしても納得できません」

「そうか」

金台俊はただにこにこ笑うばかりだった。朴鎮洪の感傷が度を越した余り、自分を冷静で理知的な人物と誇張することに対しても、ただかわいいというように眺めてばかりいた。言い返すより、時々手を上げて彼女の髪を触るだけだった。論争よりは朴鎮洪の話を聞くこと自体を楽しんでいるようにみえた。

朴鎮洪は、彼の態度が女の感情や不満をつまらないことと心に刻んで無視してしまう封建的思考の反映だと批判したが、彼は最後までただにこにこしていた。相手が李載裕だったら声を高めて論争したはずだが、金台俊との言い争いはいつもこのように味気なく終わるしかなかった。

朴鎮洪は自分の主張が少しも受け入れられないことに怒りはしたが、長く心に留めてはおかなかった。労働者出身の天才李載裕の激情を愛したのと同じように、知識人の典型である金台俊の慎重で節制された言行も憎めなかったからだ。彼女は、自分を振り落とした驢馬を許したように、金台俊も許してやった。

李家荘民兵隊の青年たちは朝鮮人義勇軍が駐屯している泉家溝というところまで二人を連れて行き、帰った。泉水が出るという意味の泉家溝は、朝鮮とほぼ同じ面積の広範な地域を管轄する革命政府が駐屯するところだったが、近代的な建物はおろか、ただ農家十数戸だけの極めて小さな山村だった。延安へ向かう朝鮮人義勇軍志望者が留まっているために朝鮮語で書かれた壁新聞があちこちに張ってあり、四十数名の朝鮮人がいるのでまるで朝鮮の山里の小さな村のようだった。革命のために祖国を後にしてきた日本人青年も何人かおり、なおさらそうだった。

農地が不足している山岳地帯なので住民も八路軍も粟に木の葉を入れた粥で糊口をしのいでいるにもかかわらず、泉家溝政府は朝鮮人革命家夫婦のために歓迎会を開いてくれた。

中国の広大な大地の上を　朝鮮の若者が行進するぞ
進もう　血潮たぎる同志よ　切り裂け　敵の鉄条網
揚子江と黄河を越え　血に染まる満洲平野の決戦へ
敵を東海へ叩き落とし……

朝鮮人青年らによって朝鮮語で「義勇軍歌」がうたわれる間、二人はつないだ手を離さなかった。
朝鮮の地を去ってから初めて聞く朝鮮人がうたう朝鮮語の歌だった。青年たちは何もはばかることなく思う存分大きな声でうたい、叫び、金台俊と朴鎮洪も声が枯れるまで大きな声で後についてうたった。

食べ物があまりない質素な歓迎会は将棋大会へと移ったが、朝鮮の各地からやってきた人々がおのおの「アリラン」と「六字《ユッチャ》ベギ」、「陽山道打令《ヤンサンドタリョン》」に流行歌まであらゆる朝鮮の歌をうたった。歌であれば引けを取らない朴鎮洪はここでも熱唱の連続で人気を独り占めした。

しかし、奇妙だった。中国人は新たに来た二人のために歓迎の宴まで開いてくれたが、本来歓迎してくれるべき朝鮮人の視線はまったく温かくなかった。数千キロ離れた異国で同胞に会ったのだから抱き合って大泣きするかと思っていたが、最後まで冷え冷えとさえしていた。朝鮮人義勇軍指導者と尋問に近い対話を通して自分たちの身分を確認させた後は雰囲気が和らいだ。朝鮮人が同胞に冷たく接する理由もやっと分かった。

中国内陸に奥深く入ってきた朝鮮人の大部分は阿片売りや日本軍スパイなのでまず疑ったのだった。実際、二人が来る前に到着した朝鮮の女は日本軍情報員だったという。国境を越えてきた朝鮮人のうち、独立運動をしようと思うのは極少数で、大部分は阿片売りか、単に満洲で農業をするための農業移民だった。満洲を越えて中国内陸まで入ってきた人々の相当数はむしろ日本軍によって雇用された情報員だった。泉家溝の朝鮮人が同じ朝鮮人亡命者に送る冷やかな疑惑の視線には十分な理由があったのだ。

遠い他郷で同じ民族から認められなければならない二人はまず現地の朝鮮人指導者である孔明宇《コン・ミョンウ》と親しくなろうと努力した。朝鮮人としては珍しく八路軍政治幹部だった彼は、朱星という中国式の名前まで得た、老練であるが勇敢な革命家だった。

孔明宇が朝鮮を離れたのはもう一〇年前らしかった。開城《ケソン》の労働者出身で、労働運動をして検挙され、監獄暮らしを六年して出ると、両親は二人とも病死してしまい、残ったのは傾いた空き家だけだった。恨み骨髄に徹した彼は満洲に渡って武装抗日運動に飛び込み、八路軍幹部となるまで死の峠を何度も越えた。一〇年もの間険しい山岳地帯を縦横無尽に動き回りながら遊撃隊生活をしてきた彼の格好は粗末でみすぼらしかった。つらい山中生活の飢餓と過労でぐったりした老兵の顔は骨だけ残ったようにげっそりして、他の人間と同じように肺が深く傷つき、激しい咳が休む間もなく続いた。

義勇軍に加わるために来た朝鮮人を審査して延安へ送る責任を負っていた孔明宇は、国内の労働運動家の名前を挙げて金台俊に近況を尋ねたが、自分の同志である尹滋瑛《ユン・ジャヨン》、金一洙《キム・イルス》といった人間について話すと大変な喜びようだった。李載裕の脱出事件も知っていた孔明宇は、彼が監獄で死んでしまったという話を聞いて深く哀悼の意を表した。

二人を固く信頼するようになった孔明宇は、当地の特産物である棗と飴を持ってきて分けて食べながら、中国での生活で注意すべき点を詳しく教えた。『レーニン主義の基礎』『ソ連共産党史』といった本三冊も贈り物として渡した。朴鎮洪がこれに答えて、天津で贈物としてもらった基礎化粧品を取り出すと、男が化粧をして何になる、銃を磨く時にでも使おう、と高らかに笑うのだった。

数日後の一九四五年一月一日、新年を迎え、宴会が設けられた。いつもは腹を空かせた人々もこの日ばかりは山のような食べ物で腹を満たした。中国人、朝鮮人、日本人の区別なく、一五歳の子どもから中年まで徹夜で焚き火を焚き続け、楽しく食べ、うたった。延安へ発つ朝鮮人にとっては泉家溝での最後の余興でもあった。はるか遠い延安までどのような苦難をまた経なければならないのか分からなかった。

朴鎮洪はこの日の夜も快い朗々たる声を披露し、列席者を魅了した。まず「延吉監獄歌」が故郷を離れた人々の感情を刺激すると、続く「遊撃隊追悼歌」は全員を粛然とさせた。

風の激しい南北満洲　広漠たる野で赤旗と爆弾を握り　暴れ回っていた身が

延吉監獄に閉じ込められ　体は衰えるが　革命の赤い血は冷めようか

両手に枷をはめ自由のない身　敵のお前が俺の名前を呼ぶからといって　屈服したと笑うな

かつて赤い種を沢山蒔いた　やがてお前らを征服するだろう……

胸に手をやって木の下に倒れた遊撃隊員が自分を見て飛んでくるカラスに向かって、体は確かに死んだが革命精神は生きていると語る場面では、あちこちですすり泣く声まで聞こえた。聴衆の烈火のような呼び声に再び立ち上がってうたった「機会主義者」という歌は列席者を爆笑の渦へ引き込んだ。打令の曲調で、朝鮮国内で日本に忠誠を誓わなければならない理由をあれこれ挙げる機会主義的な知識人の弁明を盛り込んだおどけた歌詞は人々から熱烈な喝采を浴びた。低い背に顔立ちはそれほどでもない、しかし自分たちが見てきたどの朝鮮人よりも鋭く才知に溢れる三二歳の新妻に人々は熱烈な喝采を繰り返し送った。彼女は一行全員に愛される女になった。

楽しい余興が終わって数日もしないうちに朝鮮人は四組に分かれて延安への長い行軍を始めた。また、別の支援兵を待って泉家溝に残った孔明宇は金台俊一行について遠くまで見送りを出した。彼は遠方へ発つ同胞を一人ずつ抱きしめ、また手を握った後も、一行が完全に消えて見えなくなるまでその場に立っていた。朴鎮洪は涙まで浮かべて手を振った。

日本軍に強制徴集された後に脱営して出てきた学徒兵と朝鮮人民の子どもたち、日本軍の密偵と疑われているおしゃべりな女、社会主義軍隊にはまるで似合わない篤実なキリスト教信者など多種多様な人間からなる金台俊組は、延安に向かって一日二、三〇キロずつ行軍を進めた。日本軍とぶつからない山道を選んで歩くのに加え、寝ることのできる村落を見つければ早い時間でも行軍を止めなければならず、村落のない山奥では夜営のために陣営を張る時間が必要なので、歩く距離は平均すると長くなかった。

食事といっても粟飯に塩汁で全部だったが、たまに人参が汁に入っていれば、みな畑から採った人参なので惜しんで食べた。肉や脂は見ることもできなかった。飢餓状態で山岳行軍を続けるので、人々は骨と皮ばかりになり、病気が後を絶たなかった。オルドス砂漠で旅の疲れは頂点に達した。いずこも草木が生い茂り、澄んだ泉の水が溢れるように流れる朝鮮の錦繡のように美しい山河で暮らしてきた彼らにとって、身を切るような激しい冬の風に吹かれ、目を開けるのも困難な砂の風に逆らって進むのはあまりに辛かった。夜は零下数十度以下に達する砂原なので野営は不可能だった。土で城郭を巡らし、城門の中に数十戸から数百戸に至る土壁の家が集まった村に行き着くまで歩かなければならなかった。それゆえ、何も見えない闇の中で村を探して夜零時まで歩いたこともあった。

寒さや砂漠よりもっと恐ろしいのは日本軍だった。石家荘と太原に駐屯する日本軍は八路軍を根絶やしにするために無慈悲な焦土化作戦を度々繰り広げた。敵性地帯と目星をつけた地域に攻め入って目に付く全員を射殺し、遊撃隊が利用できる家と食糧になる作物を残らず焼き尽くす残酷な作戦だった。一行が着いたある村は、千世帯余りにもなる市街地がほとんどすべて焼け落ち、原形をとどめた家は一軒もなく廃墟になっていた。一晩泊まって出発したある村はまさにその翌日に日本軍の奇襲を受けて占領され、多くの人が射殺されるということもあった。

日本軍の日常的な内情探索活動にも注意を払わなければならなった。日本軍は朝鮮人社会の内部に密偵を植えつけたのと同様に、中国人社会の内部にも無数のスパイを送り込んでいた。漢族の奸臣という意味で「漢奸」と呼ばれた密偵は、八路軍が現れたり彼らを助ける人々がいたりすると直ちに日本軍に連絡して出動させ、どこへ行ったのか情報を提供した。中国共産党と八路軍の本部がある延安へ行く朝鮮人一行は当然通報対象だった。

したがって、どの村に入っても朝鮮人だということを言ってはならなかった。八路軍は、漢奸が日本軍に密告するかもしれないから、どこに行っても朝鮮人であることを明らかにせず、食べる物を探してさすらう中国流民の振りをするよう繰り返し強調した。

朝鮮語を絶対に使わず、行き先も言ってはならないと忠告した。漢奸に発見されればその場で逮捕されて即刻処刑されるのは明らかだった。

こうして戦争のどん詰まりの窮地に追い込まれた日本軍の横暴にもかかわらず、八路軍の勢いは止まらなかった。旧式の単発小銃一丁で武装した八路軍は、あらゆる野砲と飛行機にタンク、重機関銃を有する日本軍の絶え間ない攻撃にも数が減るどころか次第に増えていった。日本軍の焦土化作戦は八路軍の根拠となっている農村と住民を破壊し殺害したが、八路軍の撲滅はおろか、さらに多くの同調者を量産する結果を生んだだけだった。

日本軍の攻撃があるという秘密情報はなんらかの経路を通して住民と八路軍に伝えられた。電話はもちろん電気も電報もない山間の村だった。時間をおいて情報を知った時は人づてに連絡したが、日本軍が突然奇襲してくる場合はあちこちの山々で烽火が燃え上がった。子どもたちは山頂で大きな旗を振って連絡を伝え、夏の日の夜であればあらかじめ捕まえておいた蛍の光を一度に飛ばして信号を送ることもあった。

言づてを受け取った老人と婦女子は子どもたちを連れて羊の群れや家畜を追い、家財道具をまとめて、ひっそりとした谷間の洞窟に身を隠した。食糧は脱穀する時に前もって山に埋めておき、必要になったら掘り出して食べたので、日本軍が村に侵入した時はいつも人の影がなく、どの家にも食糧が一粒もない物寂しい幽霊村になっているのだった。

八路軍正規部隊は至る所で日本軍を大々的に攻撃し、すでに多くの都市を奪還していたが、金台俊一行を護衛する民兵隊や遊撃隊が重火器を用意し、虐殺を無慈悲に敢行する日本軍と対決して銃撃戦を交えるのは容易ではなかった。日本軍が慣れない山道を辿っていく時に林の中に隠れて照準射撃をするか、あるいは村を占領して多少油断している時に攻撃を一頻り浴びせてから逃げる、というのが民兵隊と遊撃隊の基本戦術だった。

金台俊一行が通り過ぎた場所の一つである折口鎮という地域は地雷で日本軍を苦しめるところとして有名だった。完成した地雷が補給されるのではなく、この地域で採れる硫黄を利用して地雷を作り、日本軍が踏み込む可能性のあるすべての場所に埋めていた。道の要所だけでなく、畑、小川、村の手前、台所、米を入れる甕、厩と、ところかまわずどこにでも仕掛けておいた。うっかり歩いたり物を触ったりすると爆発し、手足が吹っ飛んだ。その地域の日本軍は地雷のため非常に苦しんでいた。「李勇」という遊撃隊員は地雷だけで百名を超える日本軍を殺害したので「殺敵英雄」と呼ばれていた。

八路軍が巧みに日本軍を苦しめながらもほとんど被害を受けなかったのは住民の絶対的な支持があるからだった。中国共産党の厳格な指示に従って、八路軍は住民に被害を与えないために最善を尽くした。食料と衣服、小遣い銭をすべて自給自足するのが絶対原則だった。彼らは豆を挽いて作った炒り粉や米を肩に掛けた長い巾着に入れて歩き、水に混ぜるか直接料理して食べた。どうしても食糧徴発が必要であれば現金か金品を必ず渡し、それすらない場合は革命公債も発行した。夕方に村へ入っても台所や庭で寝た。村の人々を集めて抗日闘争の意味を説明する学習時間を持つ以外は住民を煩わせなかった。近づく度に村を破壊し住民を虐殺する日本軍と国民党の軍隊に歯軋りしていた中国人は八路軍であればどこでも歓迎した。八路軍は解放軍と呼ばれた。八路軍と中国人民は水と魚のようによく交わっていた。

八路軍は朝鮮人を格別に重んじた。朝鮮義勇軍は朝鮮に戻って重要な役割をする人々だから、目の前の戦闘に取り組むよりは体を大切にして勉強だけするようにと常に言った。金台俊一行を護衛して行く途中で日本軍に追われてくる避難民に会うと、八路軍は戦闘態勢を直ちに整えた。

まず朝鮮人を避難民と一緒に身を隠させた後、自分たちだけ出て行って熾烈な銃撃戦を交えた。戦闘で押されるとすばやく逃げたが、戦闘が有利に進む場合は朝鮮人を現場に出させて見物させることもあった。どのように遊撃戦を行うかを学び、朝鮮に帰ってからやってみろ、ということだった。おかげで金台俊と朴鎮洪も戦闘場面をたくさん目撃できた。四方から銃声だけが上がるのみで、実際に銃弾に当たって死んだり怪我をしたりする者はほとんどいなかったが、延安の武亭部隊に合流しようと旅立った金台俊にはいい勉強になった。

八路軍の温かい保護にもかかわらず一行の苦しみは甚だしかった。零下三〇度以下になる寒波の中で火も焚かないがらんとした部屋に粟稗の茎を買って敷き、紙切れのように薄い布で体を巻いて眠りを誘えるだけでも幸運だった。庭に粟稗の茎で焚き火を起こしておき、囲んで座っていると、背中や首がしびれるほど冷えて一睡もできなかった。真夜中に日本軍に追われ夜を明かして行進したこともあり、日本軍が出没するため、ある村に閉じ込められ数日間過ごしたこともあった。

思いがけなく安全な村に着いた日に、学徒兵の一人が懐中時計を売って買ってきた犬を料理して飽きるほど食べたこともあり、粟稗の茎を買ったお返しに台所を借りて水を汲み、久し振りに湯に浸かった後、服を一つ一つ見て蠢く虱を潰したこともあったが、そんな幸運はほとんどなかった。

多様な構成員からなる一行には些細な問題も次々に起こった。朝鮮人という事実を口外しないよう注意されていたにもかかわらず、日本軍スパイと疑われている女が酒に酔って村に入り、前後をわきまえずに朝鮮語で騒ぐ事件が起きた。村ごとに大きな家が数軒あったが、大抵それは伝統的な地主で、八路軍が来ても喜ばず、入れないようにする場合が多かった。彼らの大部分は日本軍の密偵漢奸だったり蒋介石部隊に協調したりしていた。食糧を買うために仕方なく訪ねていく途中で酒を飲んで朝鮮人であることを彼らに自己暴露したのだから問題にならないわけがなかった。このことで金台俊組は八路軍指導部の批判を受けることになった。だからといって女を追い出すわけにもいかず、注意を払うしかなかった。

一日二食を間に合わせるのも大変な実情だったので一日中空腹に苦しんだが、これを我慢できない一人の若者が不平不満を吐露し、配給された食べ物を定量以上食べて他の人間をひもじくさせる事件も起きた。酒が好きで、行く先々で酒を買って飲み、酔っ払って叫びまくる者もいた。学徒兵出身者を中心とした知識人層と農民出身者の間の目に見えない対立も激しかった。学生出身者は農民出身者を蔑んで理論だけを掲げる傾向がある反面、農民出身者は学徒兵出身者を口先だけだと嫌った。

朴鎮洪はこうしたさまざまな対立や些細な感情問題を解決するのに最適の人物だった。彼女は、相手の気持ちが傷つかないように自らの誤りを認めさせることに優れた資質を発揮した。人々は、朴鎮洪の話はおとなしくちゃんと聞いて反省した。長い監獄生活と理論学習をした革命家らしく、自分から進んで最も模範的に行動する上、豊かな感情で人々の心を理解し、話を聞いてやるからだった。朴鎮洪は、革命家は一日一回工作をすべきだと信じていた。毎夕焚き火の周りに人々を集め、歌を教え、革命的理論と革命的実践は一致しなければならないと教育する彼女の姿を、金台俊は幸せに満ちた表情で見守るのだった。

しかし、真冬の寒さとひもじさにとうとう朴鎮洪まで倒れてしまった。八路軍司令部から派遣された百余名の八路軍に護衛されて三角村という小さな村を発ち、名も知らぬ大きな山を越え、数十キロを行軍している時だった。穀物を見ることもできないまま道端に積もった雪で腹を満たし、激しい風と吹雪がふきつける尾根を無理やり歩いていた一行は完全に疲れ果ててしまった。満洲へ移民した農民の息子に生まれ、祖国へ一度も行ったことがなく義勇軍に飛び込んだ少年が倒れると、スパイと疑われながらも根気強く付いてきた女が倒れて他の人間の背に負ぶわれた。そして、ついに朴鎮洪まで倒れた。目を開けることさえ困難な殺伐とした風が吹きつける峰だった。時間は夜九時。星も月もない漆黒のような夜だった。

「私は、これ以上、行けません。ここで、あなたと、別れなければなりません。あなた一人で、故国へ帰って、この真相を、同志たちと母に、伝えてください」

己の死を予感した朴鎮洪の消えゆく声は、風の音に掻き消されて聞き分けることすらほとんどできなかった。闇の中で息が凍り付き、氷の粒でうっすらと白く覆われた彼女の顔を金台俊は撫でさすり、頬を触って揉んだ。彼の口も凍り、言葉がうまく出なかった。

「駄目だ！　起きろ！　行くんだ！」

起こそうとするが、朴鎮洪はピクリとも動かなかった。しばらく休めば良くなるかと思い、抱きしめていると、金台俊自身も疲れ果て、息が切れて意識が遠のいた。金台俊まで気力を失い、眠りに落ち始めたのだった。何分そうしていただろうか。突然闇の中から何かが飛び出してきた。鹿だった。二人のそばを鹿一頭がぱっと駆け抜け、逃げていくのだった。

金台俊がはっと意識を取り戻すと妙な気分だった。朴鎮洪の顔からは息遣いも聞こえず、動いてもいなかった。びっくりして体を激しく揺すったが何の反応もなかった。顔があまりに冷たく、死んだのか生きているのかも区別できなかった。カチカチに凍って感覚もない手を彼女の服の中に入れ、胸と腹をさすってみた。まだ温もりが残っていた。

「起きろ！　お前！　ここで倒れては駄目だ！」

金台俊は声が枯れるまで叫び、彼女を揺さぶって背負い、渾身の力を込めて坂を下った。二〇里を歩き、山の中腹の小さな村にようやく着いた時は、金台俊もほとんど息が途絶える寸前だった。先に到着した先発隊がジャガ芋をふかしておいた。朴鎮洪は温かいジャガ芋と水を摂り、やっとのことで意識を取り戻した。やはりジャガ芋を食べて生気を回復した金台俊は、彼女を火のそばへ近づけて座らせておき、肩を引き寄せて抱いたまま、静かに涙を浮かべた。朴鎮洪は彼の子を孕んでいた。石英のように頑丈だった彼女が倒れてしまったのも妊娠したからだった。妻の肩をしっかりつかんだまま目を閉じている彼の耳に、気力を取り戻した青年たちの合唱する声が聞こえてきた。「掃蕩歌」という歌だった。

進め　同志よ　一つになって
重い鉄鎖を打ち砕き
骨髄に刻まれた怨みを晴らそう
三千万大衆よ　みな進め
勝利はわれらを急きたてる……

心が弾む力強い曲調に我知らず頷き、拍子を合わせようとするうちに少しずつ生気が戻ってくる気がした。一小節の歌がこんなに大きな力を持っていることをこの時知った。

千辛万苦の末に二人がついに延安に到着したのは一九四五年四月上旬だった。太行山に根拠地を置いて日本軍と戦闘を交えていた武亭将軍の朝鮮義勇軍は延安で再編成して勢力を糾合している最中だった。

金台俊夫婦と似た境遇の朝鮮人亡命者と日本の部隊から脱営した朝鮮人学徒兵が続々と延安へ結集していた。金台俊は彼らとともに朝鮮義勇軍に正式に入隊して教育と武装訓練を受け、戦闘に参加する準備を行った。

二人は延安滞留中に八路軍司令官である朱徳将軍に会った。台風の通過した田で稗取りをして濁り酒を一杯やろうと歩いて出てきた農夫のように気さくな面持ちの人物だった。階級章もない軍服と軍帽に深い皺一杯の顔でにっこり笑う姿は並大抵の田舎臭さではなかった。朴鎮洪は彼が金三龍《キム・サムニョン》の印象と似過ぎていると述べた。金台俊はそういう平凡な人間が中共軍最高司令官だということ自体が中国共産党の正統性を雄弁に物語っていると言った。

日本が戦争に負けて朝鮮が解放されたのは、訓練を終えた金台俊が実践に配置されるための手続きを踏んでいた一九四五年八月一五日だった。あの遥かな道のりを歩いてきてからわずか四カ月目に、日本軍に銃を向ける前に戦争が終わってしまったのだった。

それでも嬉しかった。朴鎮洪は金台俊を抱きしめてぴょんぴょん飛び跳ねた。他の人間も同じだった。お互い親しくなかった人たちの間でも気兼ねなく抱き合い、万歳を叫び、涙を流した。ある人はおいおいと通哭し、ある人は忘我状態で野原を飛び回り、銃を撃ちまくった。朝鮮義勇軍駐屯地では万歳の声が何日も何日も続いた。

解放の歓喜がまだ静まる前に故国へ帰る行列が始まった。満洲と中国で漂流生活をしていた数多くの朝鮮人が帰国の途についた。方向は東だった。列車に乗る人も歩く人もみな太陽が昇る方へ向かった。朴鎮洪夫婦も延安に一緒に入った朝鮮義勇軍とともに朝鮮に向けて出発した。

朴鎮洪はすでに臨月の身だった。延安へ行く途中ひどい苦労をしながらも流産せずに、子どもが足で蹴るのを毎日感じることができた。臨月の身で数千里の道を歩いていくのは産みの苦しみよりもっと辛かった。朴鎮洪は八路軍からもらった馬に乗り、金台俊は手綱を引いて一日に数十キロを歩き、また歩いた。くたびれて居眠りをし、馬から落ちたことが何度もあった。義勇軍から支給された小銃に銃弾まで持っているのでなおさら大変だった。

朴鎮洪は熱河省ラムピンというところでついに男の子を生んだ。栄養不足で体躯は小さかったが、健康で整った顔立ちの息子だった。産後の養生をする状況ではなかった。朝鮮が南北に分かれて往来すらできないという噂が周りにまで聞こえてきていた。朝鮮義勇軍の隊列から落伍してはならなかった。帰郷を急がなければならなかった。金台俊は長い棒切れを組み合わせて馬につけて結わえ、布団を敷いて担架を作り、風呂も十分に入れてやれない赤ん坊と妻を乗せ、歩みを速めた。

監獄の鉄窓の下で漢《おとこ》らしく生まれたという意味で李鉄漢《イ・チョラン》という名を李載裕の子に付けた朴鎮洪は、金台俊の子には、金氏一族の者に共通につける文字である「セ」の字に、延安で生んだという意味の「延」の字をつけて金《キム》セ延《ヨン》と名付けた。

朝鮮の地がまさに目の前に迫る鴨緑江に着いた時、朝鮮義勇軍の行進が中断した。中国共産党に所属する延安派朝鮮義勇軍が武装したまま帰国するのを、朝鮮北部を先に占領したソ連軍が許さなかったからだ。武装独立運動の英雄であった武亭将軍さえ銃を捨て、個人の資格で入国しなければならなかった。

社会主義の友邦と信じてきたソ連軍が前途を妨害したという事実に全員が激昂して騒ぎが起こったが、なすすべがなかった。日本は退いたが、朝鮮人が朝鮮の主人として振舞うことが依然としてできなかった。銃を捨てるつもりはないと興奮し嘆いていた人々は結局自ら武装を解いて国境を越えた。金台俊夫婦も遠い道を苦労して持ってきた小銃と拳銃を捨て、体一つで鴨緑江の橋を渡った。

金台俊は故郷の平安北道雲山《ピョンアンプクトウンサン》に寄ることもできずに真っ直ぐ南下の道を急いだ。解放直後に呂運亨《ヨ・ウンヒョン》の主導で樹立された「朝鮮人民共和国」は延安から戻ってもいない金台俊を勝手に中央委員に選任した状態だった。朴憲永《パク・ホニョン》の主導で結成された「朝鮮共産党」も、彼を中央委員に、朴鎮洪を女性部幹部にすでに選出しており、二人が帰るのを待っていた。

二人が延安を出発してソウルに到着するまでの三カ月間、新しい国家の主導権を握るための権力闘争と離合集散が朝鮮の地で渦巻いていた。二人は、自分たちの知らない間に重要な政治勢力の一員となり、巨大な混乱の中へ巻き込まれていった。

二五　消される記憶

李孝貞《イ・ヒョジョン》が朴鎮洪《パク・チンホン》と再会したのは、解放された年の冬に呂運亨《ヨ・ウンヒョン》が行った講演会においてだった。左派だが共産党に直接加入したことのない、穏健で大衆的な指導者呂運亨は、解放直前まで大衆運動の第一線にいたので、解放直後最も人気のある政治家として浮上していた。

講演会場はかき分けて入れる隙間もなく満員だった。彼女が講堂に入った時は李鉉相《イ・ヒョンサン》がマイクを持って賛助演説をしている最中だった。冷静でありながらも扇動的な李鉉相の演説に人々は拍手を続けていた。その中、壇上近くで人々に何かを指示している小さくて太った女が目に入ってきた。李順今《イ・スングム》だった。

「順今！」

嬉しすぎて体面もなく大声で名前を呼びながら駆け寄ると、李順今も両手をぱっと開いて走ってきた。李順今は誰よりも感情表現が豊かだった。声を上げに上げて喜ぶのだった。二人が抱き合い、ぴょんぴょん跳んで喜んでいると、人波の間から背の低い主婦がもう一人、子どもを抱いて現れた。朴鎮洪だった。延安から帰ってきたばかりで、赤子を抱いたまま公式行事の場に初めて現れたのだった。朴鎮洪の顔は長旅の疲れと出産の苦しみで真っ黒に焼け、元気がなかったが、目だけはまだきらきらしていた。金台俊《キム・テジュン》がいつも自慢する澄んだ目はそのままだった。

「鎮洪、鎮洪！」

おかしなことに朴鎮洪を見ると涙が溢れた。李孝貞は朴鎮洪を抱きしめ、涙を流し、言葉が続かなかった。涙がひとりでに止処《とめど》なく溢れた。抱きしめたまま話しては泣き、互いの顔を触りながら笑ってはまた泣いた。二度と会えないだろうと思っていた彼女たちが周りから注目された。四隅が丸い四角形のような顔の許《ホ》マリアと、人形のように可愛い沈桂月《シム・ゲウォル》、鄭泰植《チョン・テシク》の妻金月玉《キム・ウォロク》など、ソウルに住んでいる女性運動家はほとんど皆来ていた。李載裕《イ・ジェユ》の故郷の友人安宗浩《アン・ジョンホ》と甥の李仁行《イ・インヘン》も来た。短くて一年、長ければ三年ぶりに会う顔だった。誰彼なしに抱き合い、掴んだ手を離さなかった。

講演会が終わり、朴鎮洪の家に一緒に行った李孝貞は、自分の三人の子どもも連れて彼女と一緒にしばらく過ごすことにした。夫が朝鮮共産党幹部の仕事を引き受けてソウルに留まることになったのに加え、朴鎮洪が一緒にいようと懇願したからだった。朴鎮洪の生活はあまりに貧しかった。以前あった財産は延安へ発つ際にすっかり売り払ってすべて使ってしまった。金台俊が朝鮮人民共和国（以下、人民共和国）の高位職を引き受けたが、それでも生活の状況は良くならなかった。きちんと食べることもできないので乳もあまり出なかった。思う存分に乳を吸わせられない赤ん坊はがりがりに痩せていた。生活が苦しいのは同じだったが、それでもよりましに暮らしているからと同徳《トンドク》女高の同窓生たちが米や小麦粉といった食材を集めてくることもあった。世の中が変わるには変わった気がした。

朴鎮洪は長旅の疲れがなかなか取れない上、産後の養生をしていて外ではほとんど活動しなかった。二人の友は子どもたちと一緒に一日中話し、餅や炒め物を作って食べ、遊ぶことができた。小さな家には子どもたちが騒ぐ声とともに二人の母親の笑い声が絶えなかった。通り過ぎる風にも笑わずにはいられなかった同徳女高時代がまた戻ってきたようだった。

李孝貞は朴鎮洪の家にひと月も泊まり、離れていた長い間に起こった話をすべて聞くことができた。しゃべり友達に会った朴鎮洪は、これまで自分に起きた出来事を一つ一つ話した。李載裕との同居生活と彼が死ぬ前に面会に行ったこと、李孝貞が結婚して慶州《キョンジュ》へ行ってしまった後、李順今兄妹とともに京城コムグループを作った過程、金台俊と会ったいきさつと延安へ行く長旅の途中であったすべての事件を、休むことなく大声でしゃべった。

朴鎮洪は李載裕に領置しておいて返された小説の本や金台俊からもらった恋愛の手紙を見せたりもした。革命か愛かで悩みに悩んだという言葉で始まる、漢字がたくさん混じった長文の手紙だった。彼女が保管している所蔵品には李載裕が書いた控訴理由書の写本もあった。一九三七年に西大門《ソデムン》刑務所で書いたもので、李載裕の優れた文章力と温かい感情がよく伝わる文章だった。李載裕がなぜ労働運動をするようになり、どのような世界を目指して命を捧げようとしたのかがそれにはよく表されていた。

朴鎮洪はセ延《ヨン》をとても可愛がった。父に似て品のある顔立ちの子だった。朴鎮洪は子どもにほとんどすべての問題意識を奪われていた。丸一日しゃべり、他の仕事をしながらも、常に子どもに注意を向けていた。ちょっと泣いただけでも手が痛くなるまであやしすかし、遊びが何かもまだ知らない赤子であるにもかかわらず、眠りから覚めさえすればおもちゃを振ったり、赤ん坊がまったく聞き分けられもしない昔話を話してやったりした。日帝時代の女性運動家の中で一番長く監獄で暮らし、左翼右翼を通じて最も賢い女性であることに間違いない彼女が、幼子に持っている愛着がどれほど強いかを眺めていると不思議で仕様がなかった。

その上、朴鎮洪は子どもをもっと産みたいと思っていた。娘を産む時に備えてセジュという名前まであらかじめ付けておいた。しかし、解放直後の混乱は子を産もうという気持ちの余裕を与えなかった。産後の養生をする間も多くの団体から働いてくれという要請が絶え間なく入ってきていた。二人目の子どもを持つ余裕はなかった。

多くの職責を引き受けて何がなんだか分からなくなるほど忙しい金台俊は家に戻れない日がことさら多かった。たまに家にいる日は妻の横にくっついて座り、子をあやし、絶えずにこにこしていた。優雅で気品のある印象を与えると李孝貞を褒めたりもした。金台俊が声を荒げることなど到底ありえず、むやみにしゃべりもしなかった。人情がないわけでもなく、以前社会主義運動をして今は貧しく暮らす人々を一人でも多く助けるために働き口をあれこれ探すのが重要な日課だった。人民共和国と共産党の最高の地位にありながらも権威的な態度は少しも見せなかった。李孝貞の目から見て金台俊は本当に素敵な人だった。

小母さんになった二人は子どもを連れて李観述《イ・グァンスル》の家に押しかけ、食事を作って食べ、遊んだこともあった。日帝末期に家を離れて暮らす間、同徳女高の教え子と浮気をして子どもまで作った李観述は、今は本妻に忠実な夫に戻っていた。李順今があれほど可愛がった長女の善玉《ソンオク》は、貧しい中でも素直にすくすくと育ってくれた。善玉は変装と逃避の鬼才として知られた父のように知恵が働き、大人たちの愛情を独り占めした。一人で彦陽《オニャン》の祖父宅へ行って、もらった金を胴巻きに入れ腹に巻いて帰ってくるお使いまでこなした。

兄と同じように多くの職責を引き受けた李順今はほとんど家に戻れなかった。金三龍《キム・サムニョン》と一時同居していた彼女は、金三龍が本妻の元へ返った後も結婚しないまま、ひたすら共産党活動に日々を捧げた。たまに家にいる日には親日派が勢いを盛り返す現実を嘆いて喉が痛くなるまで大声で叫んだ。

　李順今が休みの日は三人一緒に益善洞《イクソンドン》の李鉉相の家を訪ねて夜遅くまで話をしたこともあった。李鉉相は依然寡黙で目つきの恐ろしい人だった。硬直した雰囲気で、言ってみれば元山《ウォンサン》から来た李舟河《イ・ジュハ》に似ていた。全く笑わない上、社会主義運動を数十年してきたという人々さえも慌てさせる生真面目な原則主義で名の知られた李舟河は地下運動家の象徴のような人物だった。同じ地下運動をしてきても、金三龍が豪放で大衆的な人物であるのに比べ、李鉉相と李舟河の頑固さと鋭さは尋常ではなかった。だが、日頃のそうした態度のおかげで、たまに出る、思いやりに涙するほどの一言がことさら値打ちのあるように感じられた。李鉉相が子どもを抱いたり煎餅などの菓子を買ってきて分け与えたりするとなおさら温かく洒落て見えた。

　朴鎮洪と李孝貞は子どものために忠武路《チュンムロ》百貨店通りに遊びに行ったりもした。女性たちの唇に塗られるリップスティックは解放を象徴した。日帝時代には見られなかった真っ赤な紅を塗った女性が通りごとに溢れた。民族の解放だけでなく固陋な封建意識から女性が解放された象徴のように、誰もが真っ赤なルージュを塗って行き来した。二人は口紅を塗って外出することもなく、身なりも質素だったが、心だけは溢れる解放感を共有できた。

　陽光が暖かい日は子どもたちと一緒に昌慶宮《チャンギョングン》と洗剣亭《セゴムジョン》渓谷に遊びに行き、他の友達にも声をかけて集まり、すいとんをすくって食べ、麺を作って食べ、あの長く苦しかった歳月を振り返りながら遊んだりもした。苦しかった思い出であるほど楽しい話題になった。あんな苦しみは二度とないだろうと思った。米軍政の政策が全く不吉ではあったが、少なくとも解放された年の秋までは幸せな時間が全員に与えられた。若い時期に心に積もった恨を解くには十分ではなかったが、ささやかな補償にはなる時間だった。

李孝貞は、夫が慶州人民委員会の幹部を引き受けてひと月ぶりに慶州へ帰る時まで過去十数年の苦しみが報われたかのように幸せを思う存分味わった。朴鎮洪と別れる時も、未来について一点の恐れもなかったので、またすぐに会えるかのように楽しく笑えた。その一ヶ月間の幸せを二度と味わえないだろうとはとても思えなかった。日帝よりもっと恐ろしい暗黒の歳月が自分と友人を待っていようとは想像もできなかった。

李孝貞を見送った後、朴鎮洪は朝鮮で最も忙しい女性の一人になった。生活は母洪《ホン》氏に任せて政治の第一線に戻った。彼女は主に宣伝活動を行った。人民委員会と女性同盟は彼女にもっと重要な任務を委ねようとしたが、彼女は宣伝部署にこだわった。

朴鎮洪は忙しい間も文学をしたい欲望に時々駆られることがあった。忙しく不安な中でも時折夢を描いていて、現実の前に引き戻されて驚くこともあった。解放になれば政治から解放されるだろうと思ったが、そうはいかない現実が残念ながらあった。それでも、多くの組織の宣伝部長として働くことに不満はなかった。朝鮮の将来が決まる激動の時期に自分の文学的才能を宣伝活動に捧げられるという事実に満足した。

朴鎮洪の家庭はきわめて民主的だった。夫婦が二人とも忙しすぎて家庭的な団欒を味わうことは全くなかったが、金台俊は妻を家事だけに引き止めておいたり抑圧したりする人ではなかった。二人の会話は先生と教え子の間のように落ち着いて、政治問題に関するものが大部分だった。しかし、時に金台俊は、女性問題や社会問題について妻の書いた文章を読み、女がどうしてこんな文を書くのかと不思議に思うこともあった。同時代で最も進歩的知識人だといわれる夫が持つ固陋な女性観に対して朴鎮洪は辛辣に批判もしたが、夫婦喧嘩に発展することはなかった。

女性運動の象徴になった朴鎮洪は男女平等と封建思想打破を叫ぶ演説を行い執筆するのが仕事だった。だからといって夫に対して敵対的な女ではなかった。封建道徳に縛られた右翼婦女運動を彼女は批判したが、家庭を軽蔑し夫を闘争の対象とすることも誤りだと考えた。朴鎮洪はそうした内容の文章を書き、実際にそうした家庭を作るために努力した。夫婦喧嘩が起こるはずがなかった。

人々は金台俊夫婦の延安への旅をめぐり、日帝の下での運動における史上最高のロマン的な恋愛事件だと話した。雑誌社が二人の恋愛と延安行き、そして今の生活を取材して載せたこともあった。延安への長い旅、そして解放後一年余りの新婚の時間は彼女の人生で一番幸せな日々だった。解放の喜びと嬉しさが一年目で無残に崩れ去るとは朴鎮洪も思っていなかった。

同徳女高同窓生の幸せの上に、日帝時代の数十年間に被ったものよりずっと恐ろしく残忍な不幸が押し寄せてきていた。祝賀の時は一年を超えられないまま終わってしまい、日本人すら手を付けなかった残酷な殺戮が同じ民族の手で行われる呪われた時間が迫ってきていた。

日帝が退いた朝鮮半島で自らを堂々と押し立てられる政治勢力は主に左翼だった。右翼民族主義者の大部分は久しく前に変質し、新しい社会の主人として登場する立場になかった。米軍と上海臨時政府が入ってくる前に呂運亨の主導でうち建てられた朝鮮人民共和国の主力は当然社会主義者だった。人民共和国はわずか二週間の間に全国のすべての地域に「地域人民委員会」を作った。

他方、解放直後に結成された朝鮮共産党は、日帝末期まで転向せず運動を続けた社会主義者によって構成された。朴憲永《パク・ホニョン》を代表に、金三龍、李鉉相、李順今、李観述、鄭泰植、金台俊などが中央委員に選出された。中央委員の中には、李載裕と国際線問題で討論を一時重ね、その過程で逮捕された金炯善《キム・ヒョンソン》も入っていた。当時李載裕との統一をなしえなかったまま逮捕された金炯善は転向を拒否して持ち堪え、解放される日まで丸一三年間監獄で暮らし、釈放されるとすぐに中央委員に選出されたのだ。

朝鮮共産党は一国一党の原則に従って南北朝鮮を総指揮する権限を持ったため、実質的に京城コムグループ出身者が共産党の権力を掌握したわけだ。遡ってみれば、京城コムグループの主力が京城トロイカ出身者だった。李載裕は死んだが、解放後の朝鮮共産党指導部の主力が京城トロイカ出身者だといえた。

人民共和国と同様に朝鮮共産党はわずか数ヶ月間で数万名の党員を確保するという旋風を巻き起こした。その相当数が日帝末期に転向書を出し運動を放棄した人々だったが、新しい世の中で若干の傷は問題にならなかった。その上、社会主義とさして関係のなかった出世主義者と機会主義者まで押し寄せてきた。日本軍少佐として独立軍を討伐していた朴正熙《パク・チョンヒ》のような人物まで左翼運動に割り込むほどだった。

しかし栄光は片時だけで、帝国主義間の戦争で勝利し日本に代わって朝鮮南部を占領した米国は自分の占領地で共産主義が「蠢動」することを許さなかった。米軍政は日帝の支配体制をそのまま引き継ぐ一方、人民共和国を解散させてしまい、共産党幹部に対する逮捕を開始した。

解放されはしたが変わったことはなかった。面〔行政区画の一つで、郡の下、里の上〕事務所に行っても日帝時代に面書記をして財産を貯めた者が書記として居座っており、日本人の元で小作管理人の仕事をしていた者が日本人の残していった土地を手に入れ、成金として登録した。左翼右翼を問わず独立運動家を拷問した悪辣な朝鮮人刑事が依然として運動家の後を監視して回った。米軍は自分たちと英語が通じる親日派をより高い要職へ就かせた。そのため、日本人が離れ去った高位管理職には日本人の元で媚びへつらっていた者が昇進していった。

米軍政の保護の下で金と権力がすべて一方的に右翼へ流れる中で、左翼が頼れるのは大衆的支持だけだったのだが、これすら失わせたのが信託統治事件だった。

解放された年の一二月、米国とソ連は朝鮮半島を五年間共同で統治するという決定を発表した〔事実は、米英ソ三国外相による共同宣言であり、臨時政府を作る過程で米英ソ華四カ国の審議を経ることが定められた〕。即時の独立と南北統一を求めたほとんどすべての人々がこれに反対し立ち上がった。

最初にこれを否定して立ち向かったのは他でもない金三龍だった。信託統治案が出るやいなや、金三龍は人民の意志を無視した仕打ちであるとして朝鮮共産党名義の長い声明を真っ先に発表した。

ところが、年末に北朝鮮に行った朴憲永は信託統治に対する説明をソ連から聞いて戻り、突然態度を変えた。信託統治をするにはひとまず三八度線を無くして南北朝鮮を統一させなければならなかった。朴憲永はこれこそ引き裂かれた祖国を一つにできる絶好の機会と考えた。信託統治五年間はソ連が米国とともに朝鮮全体を管轄することになるから共産党活動を保証してくれるだろうという計算もあった。朴憲永は全組織に賛託〔信託統治賛成〕運動に転換するよう指示した。共産党は新年初日から賛託運動を開始した。大衆の心理をよく知る金三龍はこれに反対したが、党の決定なので従うほかなかった。

即時の独立ではない別の形による五年間の植民統治を一般国民は理解できなかった。共産党は一斉に売国奴と糾弾され始めた。守勢に追い込まれていた右翼がこの機を逃さず、政治の前面に登場した。信託統治に賛成する共産党員に対する武力テロが全国で繰り広げられた。代表的な民族主義者だった宋鎮禹《ソン・ジヌ》は、朴憲永と金三龍の説得を受け入れて信託統治に賛成すると発表したところ、まさにその日に暗殺された。朝鮮共産党の人気は真っ逆さまに転落した。

思いがけぬ好材料を得た米国は、自分たちが最初に信託統治を提案したことを隠したまま、立場を変えて反託〔信託統治反対〕運動を後押しし、親日派と右翼の活動領域が拡大するよう支援した。米軍政の庇護の下で政治権力の版図は完全に引っくり返っていった。それが始まりだった。共産党は南朝鮮社会の隅々で押し出され始めた。社会主義者の悲劇が始まった。

賛託と反託で政局が渦巻いていた春、金台俊は京城帝大から名称を変えたソウル大学の総長候補にまで挙がったが、左翼ということで学生数千名とともに追放されてしまった。朴鎮洪とセ延の暮らしにも影が差した。

初夏には李観述が連行された。朝鮮共産党本部にある精版社《チョンパンサ》という印刷所で偽ドル札を刷ったという容疑だった。人民委員会宣伝部長を務めながら一度も公式の場に現われなかった李観述だった。あらゆる人間が共産党にしがみつき権力の座に就こうと暗闘を繰り広げている間、彼は公式行事に現れて自分の存在を示したことが一度もなかった。彼の席には常に名前と職名を記した三角錐の木片がぽつんと置かれているだけで、体はいつも精版社印刷所でインクにまみれて働いていた。変装のためでなければ端正な背広を着たり髪油をつけたりして通うこともしない人間だった。孔徳里《コンドンニ》で李載裕とともに『赤旗《チョッキ》』を刷り出していた姿そのままに、作業服の格好で、文を書いて胼胝ができた手と顔までインクにまみれて歩き回った。その李観述が二度と出られない監獄に閉じ込められてしまった。共産党は、偽造紙幣のようなものは作ったことなどなく、右翼の陰謀だと強く抗議したが、数多くの救命運動にもかかわらず李観述は無期懲役を宣告されてしまった。

解放されてから一年目に共産党は完全に非合法となり、幹部全員が逮捕されるか指名手配になった。朴憲永と李鉉相は北へ行き、日帝の下で元山労働運動の英雄だった李舟河は逮捕されたが、釈放されると直ちに北へ渡った。

ただし、金三龍は残って地下運動を続けた。日帝時代に最後の最後まで李載裕とともに監獄に残っていたように、彼は迫りくる災いから逃げなかった。

他方、朝鮮北部は金日成《キム・イルソン》を中心として社会主義建設に拍車がかかっていた。土地と産業の国有化が順に進められ、金日成を首班とする北朝鮮労働党が創建された。これに伴い、朝鮮南部の共産主義者は南朝鮮労働党〔南労党〕へ再組織されなければならなかった。

一一月、朴憲永は朝鮮南部の地に近い海州《ヘジュ》に留まって南労党を創建する過程を指揮した。南労党は当時もまだ合法的に建設され、相当な影響力を依然持っていたが、基盤はすでに完全に潰れていた。結成されると直ちに実質的な党首である金三龍をはじめ主要幹部が連行されるか指名手配になった。

李孝貞はこの頃、家の近所の小学校で児童を教えていた。解放直後に作られた教員養成所で三ヶ月間教育を受けて教師資格証を得たのだった。幼い児童を教えること以外に特別な政治活動はしなかった。日帝の下で愛国者を捕まえ責め立てた売国奴が再び権力を握り大声でわめく様があまりに悔しく厭わしく思えたが、夫が人民共和国や南労党の仕事で収入が全くないので、三人の子どもを食べさせて育てるには自分も働かなければならなかった。

それでも夫は南労党地区党を結成した直後から警察に追い回され、いくらもしないうちに逮捕されてしまった。アカの妻となった李孝貞も先生の仕事を辞めるほかなかった。日帝時代のあの厳しい拷問も耐え抜いてインク瓶という別名までもらった彼女だったが、貧しさの前には意思の強さも役に立たなかった。野原に出て麦と米の落穂を拾い、山菜を摘み、薪を集めるために山中を彷徨い歩いた。腹を空かせた子どもに麦粥だけでも思う存分食べさせてやりたいと願った。

貧しさと不安に耐えられず、李孝貞は子どもたちを舅姑に預けてソウル行きの汽車に乗った。朴鎮洪や李順今に助けてもらうためだった。夫の裁判に弁護士でもつけてやれないかと望みをかけた。だが、友の事情はさらに厳しかった。

朴鎮洪の夫金台俊は逮捕されており、李順今はすでに北へ渡っていた。夫を失った李観述の妻は、極右派が家に来て嫌がらせをするため、子どもを連れてどこかへ隠れてしまった。李鉉相と金三龍も姿をくらましていた。李鉉相の妻も二人の子を連れて北へ渡ったという噂が流れていた。

ため息ばかりが出た。あれだけ努力して苦労した報いがこれかと思うと、胸が苦しくなり、心臓が締め付けられた。怒りが込み上げて止まず、そういう時はいつも本当に息が詰まって死ぬかと思った。

朴鎮洪は自分を訪ねてきた李孝貞の手をとり、しばらく言葉も出なかった。金台俊が連行と釈放をまだ繰り返している頃だったが、そうこうしているうちにいずれ監獄から永久に出られなくなるだろうということを彼女は予想していた。泣きはしなかった。涙まで枯れてしまったようだった。解放された祖国でこんな悲惨な目に遭うとは誰も思っていなかった。この国、この地が嫌でたまらないと言う彼女の顔には絶望と憎悪が満ち溢れていた。

「孝貞。私、北へ行くわ。ここでは暮らしたくない」

朴鎮洪の言葉に李孝貞は気を遣い、止めようとしなかった。

「金台俊さんは。一緒に行くの」

朴鎮洪は首を横に振った。当時は三八度線の警戒が強化され、渡ろうとして捕まればその場で銃殺される時期だった。朴鎮洪は、南に派遣されるスパイや北へ渡る者のために作られた労働党ルートと呼ばれた秘密の通路を利用できたので、北行きを決心したのだった。

「孝貞も一緒に行こう。ここではもう生きたくない」

李孝貞は、しかし彼女の誘いに応じなかった。家族全員が南朝鮮に住んでいるからだった。

朴鎮洪が北へ渡るのを見送れないまま、李孝貞は別れのあいさつをしなければならなかった。どこかで日帝高等係出身の刑事が監視しているかもしれない中、家の前の路地で別れる際に、李孝貞は涙を堪えることができなかった。憎しみの気持ちで涙までなくしてしまったように見えた朴鎮洪も最後は泣き出してしまった。辛く悲しい別れだった。

何の成果もなく慶州へ戻ると、思いがけず夫が釈放されて家に戻っていた。夫が社会主義運動のようなことはもう止めて家族の面倒でも見てくれることを李孝貞は望んだ。しかし夫は引き止めるのを振り切って、北へ行くのだと言った。南朝鮮でも社会主義運動さえしなければいくらでも幸せに暮らせるではないかと懇願したが、夫は、親日派と売国奴が牛耳る汚い地で生きていること自体が苦痛だと我を折らなかった。

何日か喧嘩し哀願して疲れ果てたある日の晩、夫は闇の中へ忽然と消えてしまった。明け方、眠りからぱっと覚めた李孝貞は、夫のいた場所が蛻の殻で衣類が乱れているのを発見し、肌着のまま庭に駆け出た。夜明けの冷たい風だけで誰も見当たらなかった。別れのあいさつもできず、喧嘩している間に送り出したことがあまりにも無念だった。微光が闇を片付け始めていた。もう涙も出なかった。

李孝貞はそれでも希望を持とうと決心した。三八度線は臨時に引かれた分断線にすぎない、近いうちに統一されるはずで、また会えるだろうと自分を慰めた。大部分の人々が実際そう信じていた。

三八度線が消えるその日まで耐えよう、その時まで暴力を避けておけば大丈夫だろうと考えた。それが夫との永遠の別れになろうとは思いもよらなかった。

社会主義活動をしなければうまくいくだろうという見通しも外れた。夫を捜していた警察に取り押さえられて連行された李孝貞は手ひどい暴力を受けているうちに手首が折れてしまった。手がだらりと垂れ下がる彼女を警察は何の治療もせず留置場に放置した。安東《アンドン》で南労党婦女部長の仕事をしたという理由で肌着まで全部脱がされたまま血まみれになるまで鞭打たれて留置場に入ってきた女が、自分の服で縛ってくれたおかげで何とか骨はくっついたが、手首の曲がった障害者になった。釈放されて出てからも警察は時を選ばず家に出入りして暴力を振るい雑言を吐いた。夫について行ってしまうべきだったと悔やんだが、後の祭りだった。

李孝貞の夫が北へ渡る頃、南朝鮮の社会主義運動は完全に地下へ潜行した状態で、日帝時代に労働運動を主導した人々によって率いられていた。南労党党首は朴憲永だったが、彼は北朝鮮に留まっており、現実的な指導力がなかった。実質的に南労党を率いた総責任者は金三龍だった。北に渡ってまた戻ってきた李舟河は金三龍の責任秘書として彼とともに南労党を事実上指揮した。やはり北に渡ってから南に戻り、智異山《チリサン》に入った李鉉相は、一九五一年五月、南朝鮮六道道党委員長会議で南朝鮮パルチザン総責任者に任命され、戦争が終わった後も抵抗を続けることになる。

左右対立は本格的な武力衝突に拡大していった。共産党に対する弾圧と同時に共産主義者によるゼネラルストライキと武装闘争が続いた。繰り返されるゼネラルストライキと自然発生的に起こった大邱《テグ》暴動、麗水《ヨス》と順天《スンチョン》における軍隊内部反乱と済州島《チェジュド》四・三事件とにおいて途方もない人命が殺傷された。生き残った南労党員は智異山へ入ってパルチザンになり、北は太白《テベク》山脈と海上を通じて人力と装備を供給した。状況は内戦へ近づいており、全面戦争の雰囲気が醸し出されていった。

これとともに南労党指導部も次々に捕まった。監獄から出た金台俊はソウルに潜み、南労党文化部長として働きながら智異山の李鉉相に送る文化宣伝隊を組織していた。彼が逮捕されたのは一九四九年夏だった。警察は彼がある種の陰謀を計画していて逮捕されたと発表するのみで、具体的な内容には言及しなかった。南労党文化部長であると同時に智異山遊撃隊幹部として公開された金台俊は短い裁判過程を経て一一月初めに死刑を言い渡されたが、大統領李承晩《イ・スンマン》がこれを延期した。西大門刑務所に収監された金台俊は朝鮮戦争勃発直後に処刑された。

翌春には南労党の実質的な指導者である金三龍と李舟河の二人が逮捕された。二人の怪物を捕まえるのに決定的な役割を果たしたのは転向者だった。解放直後に朝鮮共産党が大衆的人気を享受した頃はありとあらゆる人々が入党したが、非合法に追い込まれると皆転向して敵に回っていた。南労党ソウル市支部が非合法になり解体が始まってから朝鮮戦争が起こるまでの一年間に二〇万人に達する共産党員が脱党声明書を出し転向した。その中で名前が知られた人々は列を成して転向を知らせる広告を日刊新聞に出した。新聞社広告局職員は検察庁に常駐して転向者から広告を取る仕事を日課とするほどだった。はじめから信念もなく加入して結局自己の利益のために転向した人々は、手配された人間にとっては一般人よりも恐ろしい存在になった。

警察と転向者の監視網が至る所に敷かれたソウル一帯を金三龍は悠々と駆け巡った。日帝時代にそうしたように肉体労働者を装って髭を生やし、麦藁帽子を深めに被って、古びた荷物運搬用自転車を乗り回した。生まれつき浅黒く野暮ったいおかげでそうした身なりがよく似合った。一緒に活動していて転向し顔をよく知っている人間を通さなければ彼を捕まえる手立てがなかった。

警察は転向した南労党出身者を通して金三龍の動向を追跡した結果、金三龍が孝悌洞《ヒョジェドン》にある総菜屋をアジトにしているという事実を突き止めるのについに成功した。何日も続いた張り込みの末、金三龍が自転車を引いて総菜屋へ入る姿を確認した警察は、近くの路地すべてに刑事隊を配置し、家の周囲には警察学校の学生を動員して取り囲んだ。

雨がそぼ降る春の日の夜だった。店の入口が正門の役割をするようになっているので店を閉めた後は出入りする場所がなく、ブロックを積んだ裏の塀は高さが一・五尋にもなる上に鉄条網が巻かれていて簡単には飛び越えられないところだった。それでも万が一を考えて塀の下の方まで警察学校の学生を配置した警察は一斉に店の門を破って突入した。

「金三龍！　動くな！　手を上げろ！」

けたたましい叫び声とともに拳銃を持った刑事隊が飛び込んでいったが、彼の妻と幼い子どもだけで金三龍はいなかった。部屋は二つしかなく、隠れることもできない狭い家だった。その時ドスンと何か倒れる騒がしい音が聞こえてきた。

「裏だ！」

刑事隊が押し寄せるとブロック塀が倒れており、金三龍が見当たらない中で警察学校の学生だけが右往左往していた。刑事隊が迫りくる瞬間、裏手へ飛び出した金三龍が雨を含んで緩くなった塀を何度も蹴って倒し逃げたのだった。塀がどんどんと揺れるや、警察学校の学生は怖気づいて引いてしまい、塀が倒れると同時に飛び出た金三龍を目前で見逃してしまったのだった。

雨がしとしと降る中で状況を点検していた警察は路地に残った血痕を発見した。金三龍が塀を壊す時に足を切って大怪我をしたのは明らかだった。追跡隊は痕跡を追って東崇洞《トンスンドン》の裏山の駱山《ナクサン》へ差し掛かる道まで行ったが、雨水に洗われてそれ以上痕跡を見つけられなかった。

必死の夜間追跡が続いた。使いをする足の不自由な青年と妻を総菜屋から連行した警察は、金三龍がよく行くもう一つのアジトである礼智洞《イエジドン》の家を割り出し、直ちに奇襲した。ところが、とんでもないことにそこで発見したのは金三龍ではなく李舟河だった。警察が金三龍の家を襲撃した事実を知らない李舟河が無防備状態でそこに身を潜めていたのだった。

警察は激しい乱闘劇の末に李舟河を捕縛できた。意外な収穫を得た警察は意気揚々と引き上げたが、護送車の中で李舟河がいきなり険しい顔つきになり、体をよじり始めた。毒薬を飲んで自殺を図ったのだった。警察は無理やり水を飲ませ、医者を呼んで強制的に胃洗浄して彼を生き延びさせた。

「いっそのこと殺せ!」

李舟河は泡を吹きながら叫んだが、手足ががちがちに縛られたまま息を吹き返し、ソウル市警に移された。彼は激しい拷問を受けても金三龍が隠れる可能性のある場所を言わなかった。いっそ殺せ、と叫ぶばかりだった。ソウル市警はそれ以上情報を引き出せなかった。金三龍追跡は袋小路に入ってしまった。

この日、重傷を負って逃走した金三龍を捜し出した機関は驚くべきことに治安局だった。治安局は、南労党幹部をしていて転向し警察に積極的に協力していたある人物を確保していた。「大瓢箪」という別名で呼ばれていたその男は、金三龍が足を怪我したという話を聞き、今行けるところは北阿峴洞《プガヒョンドン》の某医師の家以外にないと情報提供した。陽が昇る前に直ちに治安局刑事隊が出動し、足を治療していた金三龍を簡単に制圧し逮捕できた。

治安局分室に連行された金三龍は捜査官のどんな質問にもただ軽蔑の微笑をにやっと浮かべるのみ

で、はっきりと答えなかった。どんなに拷問を加え説得しても効き目がなかった。彼の口を初めて開かせた人間は南労党ソウル市党副委員長を務めた洪《ホン》という人物だった。南労党が非合法化された後に転向して警察に入った彼は警部補の階級まで得て社会主義者を捜し出す仕事をしていた。

「こんな形で会うことになり、すみませんが、お互い立場が違うので分かってください」

洪をぼんやり眺めていた金三龍は、その時分まで木の棒で打ちのめされても噤んでいた分厚い唇を開き、初めて一言発した。

「分かった」

しかし、それだけだった。彼はすでに明らかになっている自分の身上に関する内容以外のどのような情報も吐かなかった。警察が最も集中して探り出そうとしたのはパルチザン総責任者李鉉相との非常連絡線だった。北に渡り無気力になった朴憲永に代わり南労党総責任者を担っている金三龍がそれを知らぬはずがなかった。だが、いかなる拷問と懐柔にも口を開かなかった。総菜屋で捕まった妻と三歳になる息子を見せられ、転向すれば一緒に暮らせるようにしてやると懐柔したが、何の役にも立たなかった。

金三龍は隠さなければならない情報については最後まで一言も話さなかったが、自分の心情を吐露することはあった。尋問が何日も何日も続く間、比較的近しいある警察幹部に言った。

「日本の統治下で俺たちがやつらの力を奪おうと闘っている間、お前らは自分の力を大きくした。俺たちが学業と生業を捨てて工場と監獄を彷徨う間、お前らは国家を運営する技術を学び、人を雇う金を貯めた。日帝が退くと、俺たちのような人間は使い道がなく、お前のような人間がこの国を支配しているのだな。本当に虚しいよ。虚しいよ」

金三龍が捕まって三ヶ月後、朝鮮民主主義人民共和国〔以下「共和国」と略。原文は「北韓」〕は北側に抑留されていた民族主義者曺晩植《チョ・マンシク》を釈放するから、金三龍、李舟河の二人と交換しようと提案した。しかし韓国の李承晩大統領はこれを拒絶し、先に曺晩植を送れと答えた。共和国はこれに何の返答も送ってこなかった。代わりに二日後、三八度線全域で戦車と軍隊をおし進め南下してきた。朝鮮戦争が起こったのだ。

ソウルの外郭で砲撃音が振動する頃、李舟河と金三龍の二人を処刑しろという緊急命令を国防長官申性模《シン・ソンモ》は憲兵司令官に下達した。まだ太陽が西側の空の真ん中に浮かんでいた六月下旬の夕方六時、憲兵司令部第三課長松《ソン》ホスンと警備隊長車《チャ》ウィドに引率された憲兵五名が金三龍と李舟河の二人を南山《ナムサン》の憲兵司令部裏門から五百メートルほど離れた山麓へ引っ張っていった。

「松へ別々に縛れ！」

松ホスンが指示した。ソウル北方の空では戦車の砲撃音と銃声が暗闇とともに押し寄せてきていた。死を前にした二人と同じくらい戦争の恐怖にかられた憲兵は急いで二人を鉄鎖で松に縛り付けた。遺言を残す時間すら与えることができなかった。立会人として付いてきた陸軍法務官某少佐の指示が下されるや警備隊長が叫んだ。

「撃て！」

けたたましい銃声とともに、二人は一言の遺言も残せないまま血だるまになって息絶えた。憲兵は松の後ろ側に人の背の高さに掘っておいた穴の中へ死体を投げ入れ、土を被せた。そして急いで撤収してしまった。一九五〇年六月二七日だった。

処刑直後にソウルに進入した朝鮮人民軍は八月三日になってようやく二人が埋葬された地点を発見

した。二人が縛られていた松は、雨霰《あられ》のように降り注いだ銃弾で皮が粉々に散ったまま、一本には七発、もう一本の松には五発の銃弾が突き刺さっていた。

翌八月四日、二人の死体は鉄道工場労働者によって発掘され、共和国政府要人と朝鮮労働党および社会団体の幹部が雲集する中で盛大な葬式が執り行われた。だが、南山の麓に作られた二人の墓は、長い戦争を経る中で跡形もなく消えてしまった。

二六　生き残った人々

朝鮮戦争は国全体を燃やし尽くした。南と北の戦争は民族全体に深い傷を残した。それは、当事者が死なない限り永遠に癒されることのない傷となった。

戦争初期の民間人被害は主に韓国軍や米軍の集団虐殺によるものだった。パルチザンと避難民を区別するのが困難な米軍が避難民を集団虐殺する事故があちこちで起きた。一方、過去左翼活動をした二〇万名余が警察と国軍によって山のように銃殺される未曾有の事件が起きた。国民保導連盟員に対する集団処刑だ。

共産党を壊滅させることに成功した韓国政府は、一時共産党活動をしたが反省して転向した人間を「国民保導連盟」という名の団体に加入させていた。転向しても、警察署に連行されて取り調べに苦しめられ、その過程で一般化していた過酷な行為に恨みを抱き、智異山《チリサン》に入ってパルチザンになる場合が多かった。呉制道《オジェド》など共産党剔抉に赫赫たる功を立てていた検察幹部は、こうしたことを防ぐ目的で基金を集め、鮮于宗源《ソヌ・ジョンウォン》を代表にして国民保導連盟を作り、加入した人間は捜索を受けないようにした。

左翼運動に一時加担して転向した人々、あるいはその家族という理由で警察と軍隊に呼び出されて苦しめられた数多くの人々が連盟に加入した。地方では警察ごとに加入割当数があり、社会主義運動とは何の関係もない農民を無作為に加入させることも頻繁にあった。会員の中には小説家黄順元《ファン・スヌオン》、詩人の金起林《キム・ギリム》と鄭芝溶《チョン・ジヨン》、国語学者梁柱東《ヤン・ジュドン》など当代の有名な知識人が多く、彼らの主導で文化公演をしたり、地域ごとに奉仕活動の先頭に立ったりした。

もともと転向した左翼出身者を保護するために作られたこの保導連盟は思いも寄らぬ戦争の勃発とともに殺生名簿に変わってしまった。戦争が起きると警察と国軍は地域別に保導連盟加入者をすべて呼び出した。村ごと郡ごとに数十名から数百名の連盟加入者が引きずり出されて学校や会館に集まった。警察と国軍は彼らにただの一言も弁明の機会を与えずに集団で射殺してしまった。全国各地で数え切れない人たちが抗議を一言も上げられずに死んでいった。その内の相当数は、割当数を埋めようとする担当警察官や官吏からの依頼で、あるいはゴム靴などの土産をやるというので判を押した田舎者の農夫だったのであり、個人的恨みによってアカの濡れ衣を着せられた者もいたが、名簿は彼らを区別しなかった。

人々は恐ろしくて近づくこともできないまま死体の山を放置し、真夏の暑さで腐った臭いが村全体に広がった。人民軍が攻勢で南下してきた後になってそこへ行ってみたが、死体がもつれ合ったまま腐っており、誰が誰だか見分けられなかった。人々は多くの場合、服や履物を見て自分の家族と思われる死体の骨を抜き取り、墓を作った。炭坑の坑道に数千の死体が投げ入れられて穴を塞いだり、数夜に亘り燃やしたりしたため、初めから死体を見つけられない場合がことさら多かった。

李孝貞《イ・ヒョジョン》の身内では父のいとこ二人と夫の実兄が処刑された。小手に「奮闘努力」という漢文を刺青して満洲で独立運動をしていた父のいとこもその時死んだ。社会主義運動に対する未練を捨てて久しかったので、山に隠れよう、あるいは人民軍が来ているという北の方へ行こうという考えもなく、家に残っていたところ、結局引っ張られていき、腐敗した死体になって帰ってきた。かつて社会主義に同調した人々は転向しても生き残れずに死んだのだ。

攻勢で南下していた人民軍は、米軍の参戦により洛東江《ナクトンガン》一帯でそれ以上先に進めず、三ヶ月間持ち堪えたが、再び北へ追われていった。社会主義と資本主義が世界的に勢力均衡をギリギリとなして冷戦時代が始まった頃だった。米国と中国の支援をそれぞれ受けた韓国と共和国は、どちらにも押されないまま以前の三八度線付近で一進一退を繰り返した。三ヶ月あれば韓国全体を占領できるだろうとの計算の下に内戦を始めた共和国としては非常に厳しい戦争だった。

米軍が存在する限り勝てないことを悟った共和国は休戦協定に応じた。交渉が始まるとともに共和国内部では南労党に対する大々的な粛清が始まった。

前線が膠着状態に陥った一九五二年初め、朴憲永《パク・ホニョン》をはじめとする十数名の南労党指導部が逮捕された。すでに二千名近くの南労党幹部出身者が平安北道天摩山《ピョンアンプクトチョンマサン》の中に建てられた収容所に監禁された後だった。

日帝の下で社会主義者は米国と英国をファシズムに抗して闘う人民戦線の仲間と見なした。米国のヘミングウェイをはじめとしてヨーロッパの多くの進歩的知識人がスペインで起きた右翼反乱に抗し、命をかけて戦争に参加したということ、「ヒストリートゥデイ」という世界的な知識人団体でこれを支援しているということを知っていた。当代の進歩的知識人であれば、誰もがソ連とともに米国と英国を民主主義勢力と認め、彼らと人民戦線を結ぶことを自然に考えていた。

英語が達者な朴憲永は米国の宣教師アンダーウッドと交流していたことが知られていた。解放直後には米軍が解放軍と認識されて社会主義者から歓待された。朴憲永は朝鮮共産党代表として彼らを公式に歓迎し、個人的にも多くの人と交流した。だが、第二次世界大戦を通して世界の強国として登場した米国は、自らが帝国主義強大国になり、社会主義国家となった中国、ソ連と対立するようになった。この新たな情勢が共和国において南労党出身者に対する評価を一変させた。

戦時状況で半年以上続いた裁判の結果、李承燁《イ・スンヨプ》、李康国《イ・カングク》、林和《イム・ファ》、崔容達《チェ・ヨンダル》など八名の南労党指導部が、米国のスパイとして韓国の社会主義力量を破壊するために極左的な暴動を起こしたという罪目で死刑に処せられた。他の下級幹部も、忠誠を誓った一部を除いて全員が地位を剥奪されたまま炭鉱や前線に送られ、名もなく死んでいった。共和国は後に金三龍《キム・サムニョン》、李鉉相《イ・ヒョンサン》など韓国で闘って死んだ南労党指導部を全員復権させたが、この八名に対する罪目はそのままだった。

共和国で南労党指導部に対する裁判と粛清が進められる中でも、李鉉相は智異山一帯でパルチザン総隊長として韓国軍との遊撃戦を指揮していた。四〇代中盤で背が低く太った体格に八字髭を蓄えた、厳格ではあるが温厚な人相の中年男になった彼は、韓国軍隊で当時最も恐れられた伝説的な人物だった。濃い灰色の人造羽毛の半コートを着た李鉉相は、本当に灰色熊のように非常な直観力で韓国軍の奇襲をかわし、吹雪荒ぶ山岳を縦横無尽に動き回った。彼の部隊を伝説にしたのは戦闘能力と同様に優れた対民衆心理戦だった。「南部軍」として知られた李鉉相部隊は自らの保護幕である民間人の人心を失わないよう努めた。民間人被害がないように規律を厳格にする一方、韓国軍を捕虜として捕まえても殺さずに銃だけ奪って逃がしてやり、同時に、士卒は自分たちの敵ではなく同じ被害者だと慰めた。それゆえ南部軍はなかなか壊滅しなかった。

李鉉相の死は共和国における南労党の没落に起因した。米国との休戦協定が締結された直後、共和国は李承燁などに対する死刑を執行した。そして智異山般若峰《ハニャボン》南方のピョクチョムゴルで組織委員会を開いて朴憲永糾弾大会を行い、李鉉相が委員長だった第五地区党を公式に解体するとともに李鉉相を平党員に降格させた。これにより南労党出身者はパルチザン指導部からも一斉に粛清された。

一九五三年九月一八日、慶尚道《キョンサンド》党へ移動せよという命令を受けた李鉉相は別の二人のパルチザンとともに智異山を離れようとしてピッチョムゴル入口で韓国軍の待伏せ部隊に発見された。午前一一時頃だった。潜伏していた待伏せ部隊がカルミ峰北側から百メートルずつ距離を置いて注意深く下山している三人のパルチザンを発見した。韓国軍は彼らの先頭が十数メートル前を歩いてくるまで身を潜め、一斉に射撃を開始した。パルチザンは慌てて踵を返し走り出したが、韓国軍兵士の一人が声を上げた。

「李鉉相だ！　李鉉相が逃げるぞ！」

晩秋の落葉の中をかき分けて逃走するパルチザンの中に李鉉相がいた。彼の手には拳銃一丁しかなかった。意外な事態に緊張した韓国軍部隊員は一斉に立ち上がってパルチザンを追いかけ始めた。李鉉相が振り返ったのはこの時だった。彼はまるで自殺でもしようとするかのように走るのを止め、振り返って応射し始めた。三分も経たない交戦の挙句、李鉉相は集中射撃を受け、その場で死亡した。一緒に山を降りてきていた他のパルチザンはその隙を利用して逃走してしまった。最後まで仲間を守ろうとしたのか、あるいは自殺を選んだのか、誰にも分からなかった。

次の日、李鉉相が自殺したという内容のビラが飛行機を使って智異山全域に撒かれ、残ったパルチザンが支離滅裂となるのに大きな影響を与えた。パルチザンの解体を最後に、韓国における社会主義と資本主義の対立は資本主義の圧倒的な勝利に終わった。李鉉相は、日帝時代に始まった国内社会主義運動の最後の指導者として、自分の名声にふさわしい死を選んだ。

韓国軍討伐隊長の車一赫《チャ・イルヒョク》総警は敵将に対する礼をもって彼の死体を僧侶の読経の中で丁重に火葬した。彼の遺灰は車一赫総警が蟾津江《ソムジンガン》に直接撒いた。死亡当時の李鉉相はきちんとアイロン掛けしてある米国製の服にきれいなバスケットシューズを履いていた。ポケットには手帳と数珠が入っていたが、手帳には漢詩数編が記されていた。彼の遺品はソウルへ運ばれ、昌慶苑《チャンギョンウォン》に展示された。

李鉉相を最後に京城トロイカの指導者は大部分が死んだ。李載裕《イ・ジェユ》は日本によって、李観述《イ・グァンスル》、金三龍、李鉉相は韓国によって殺された。

戦争が終わって二年後、監獄に監禁されていた朴憲永は共和国の最高裁判所で米国のスパイという最終判決を受け、銃殺された。朴憲永の死とともに日帝時代に国内で抗日運動を主導した革命勢力はその大部分が消え去った。

ただし、女たちは生き残った。

共和国の李順今《イ・スングム》は金日成《キム・イルソン》社会主義青年同盟指導委員と人民会議代議員を重任するなど要職に起用された。一九八〇年秋には共和国に友好的なイエメン大使の歓迎大会で演説をし、一九九〇年代初めまで全国人民会議代議員を務めた。

朴鎮洪《パク・チンホン》は朝鮮戦争の過程で死んだと思われる。息子セ延《ヨン》と新たに産んだ娘セジュが別の母の下で育ったという記録が残っている。

韓国の李孝貞は戦争期間に人民軍の帽子を一度として見なかった。父のいとこと夫の兄弟が保導連盟で処刑され、ソウルで夫とともに建築事業をしていた李丙嬉《イ・ビョンヒ》や、奉化郡《ポンファグン》の実家の大人たちが慶州《キョンジュ》まで避難しにきて戻っていっただけだ。もしかして北へ渡った夫が帰ってくるかと、遠い町から犬の鳴き声が聞こえるだけで寝られなかったが、夫は戦争が終わるまで現れなかった。

夫が戻ったのは、李承晩《イ・スンマン》が独裁者になり、永久大統領になろうと試みた一九五〇年代末だった。スパイになった夫は、彼女と子どもたちには立ち寄りさえしないまま弟にだけ会って戻ったが、このことが明らかになると、弟だけでなく李孝貞まで連行され、夫の行方を言えと拷問された。彼女は夫が行き来したという事実すら知らずにいたが、申告しなかったという罪でその後一年半も監獄で暮らさなければならなかった。釈放されて出てくると、拷問の後遺症で精神的に追い詰められた弟は青酸カリを飲んで自殺していた。

李孝貞が監獄から出てしばらく経ち、独裁者李承晩は学生デモで追い出され、自分の故郷に他ならない米国へ逃亡してしまった。張勉《チャン・ミョン》の新政府は共和国との関係で少しは方向転換した態度を見せるものと期待された。しかし、翌年に軍事クーデターが勃発して朴正煕《パク・チョンヒ》が権力を掌握し、極右反共政策はさらに強化され、彼女の試練はより過酷になった。

三人の子を食べさせ養うこと自体が大変だった。大邱《テグ》のメリヤス工場に就職したが、刑事がやってきて前科がばれたので居られなくなった。やっとのことである鉄工所に経理として入ったが、社長は、刑事が来てスパイの女房だと告げても、仕事をきちんとするので解雇しなかった。だが、社長が病気で死ぬと、また追い出されなければならなかった。地方新聞社で校閲する職も得たが、やはり失職した。安定した職場はそれが最後だった。

普通の就業が不可能なので、他人の子どもの世話をする保母の仕事をしたり、道端でホットクを売ったりした。頭に卵を載せて歩きながら売り、牛乳配達や市場の入口で野菜を売った。しかし商売の技量がなく、体が弱いので、生計すら維持できず、職業は替わり続けた。どこへ行っても、何をしても、警察が後をつけて理由もなく家の中を捜索し、スパイの女房だと近所の人々に噂を撒き散らすので、すぐにいたたまれなくなって引っ越さなければならなかった。食べさせることすらできず、子どもたちを孤児院に送り、しばらくしてから迎えに行ったこともあった。

一間の部屋の生活からずっと抜け出せなかったが、警察は有無を言わせず小さな部屋に押し入り、家財道具をめちゃくちゃに引っくり返し、夫がいつ来ていつ出て行ったのかととりとめのない尋問をした。なぜこんなことをするのかと言い返すと、その場で頬を打たれ、蹴りを入れられた。母さんを殴るなとしがみ付いた子どもまで刑事にさっと持ち上げられて投げつけられ、足蹴にされたこともあった。刑事はアカの女房と子どもを人間として扱わなかった。子どもを叩きのめし、家財道具をめちゃくちゃに引っくり返して投げ、叩き壊すことをなんとも思わずにやってのけた。暴力を行使する己を非常に誇りに思っているようだった。朝鮮戦争以後、反共が愛国だという信念が韓国の人々の唯一の価値観になってしまったようだった。

一人娘に依存し生きてきた李孝貞の母はいつも涙で歳月を送ってきた。しょっちゅう連行されて対共分室で数日間取調べを受け帰ってくる娘に対する心配で、眼が赤くなるまで一睡もできずに夜を明かした。母と一緒に編み仕事で生計を立てていた時、理由も分からないまま手錠を嵌められ連行されて納品できず、損害賠償まで払ったこともあった。噂が変に広がり、町内の人間からスパイだと申告されたために、拳銃を持って突然なだれ込んできた刑事らに連行されたこともあった。

李孝貞には子どもたちがきちんと大きくなってくれること以外に希望がなかった。両親ともに生きているにもかかわらず孤児院に捨てられまでした子どもたちは、幸い、素直で賢く育ってくれた。二人の息子は幼い頃から美術に才能があった。長男は中学校もやっとのことで出られたが、独学で絵を習い、看板屋として働いて生き延びたので、年をとってから全国大会で賞をもらい、画家になった。次男は彫刻家になったが、美術大学を出なかったのでまともに扱われず、六〇歳になってやっと光を見た。しかし、二人とも赤貧から抜け出せたわけではなかった。七〇歳になり、他人の家の家政婦として暮らすのも難しくなった時、彼女が頼れる所は馬山《マサン》へ嫁に行った娘の家以外になかった。

娘の家で孫の世話をし、家事をしながら、初めて彼女は警察の超法規的な暴力から逃れることができた。一八年間の独裁の果てに朴正煕が死んだ後、全斗煥《チョン・ドゥファン》の再度の軍事独裁を経て、民主主義のための激動の時代が始まった影響だった。全斗煥を追い出すための六月抗争が勝利した後は、警察がむやみに家に押し入ったり、仕事場まで追ってきて嫌がらせをしたりすることがなくなった。新しい時代が拓かれたのだった。

完璧ではないけれども長い試練を通して実現された若干の民主主義は彼女をイデオロギーから自由にした。捨て去ってからすでに半世紀以上になる思想のために被ってきた数多くの苦痛をこれ以上経験しなくてもよくなり、それとともに彼女の夢は変わった。若い時期は社会主義が彼女の夢だったが、今は民主主義が彼女の理想になった。

彼女は、大学生がデモをして催涙弾に当たって死に、拷問で命を落とす事件が起こるたびに彼らを追悼する詩を一人で書いた。同徳《トンドク》女高を卒業してから半世紀ぶりに書く詩だった。心の休まる日が一日もなく、一人娘を心配しながら生き、そして死んだ母を追慕する詩を書き、娘のこぢんまりした洋館の家の庭に座り、馬山の沖合から吹いてくる風を味わいながら、花が咲き葉が散る風景を表現した。

娘の勧めで書道学校にも登録した。幼い頃、曽祖父と学校の先生から字を書くのがうまいと褒められたものの満足に学んだことがない書道をしてみたかった。幼い子どもたちの間に座って筆で字を書いた。こんなに気持ちが楽になることは他になかった。

七六歳で文人協会の主催する詩文競作の公開行事で当選し、詩人として認められた彼女は、『回想』という表題で初の詩集を出した。大衆的に知られてはいなかったが、一六歳から始まった苦難が、六〇年の歳月が流れてやっと報われた気がした。初の詩集の前半部分は女高時代に書いたと思われる叙情的な内容だったが、彼女の関心は時代の痛みから離れなかった。詩集の大部分は七〇年前の回想と今日の韓国に対する思いからなっていた。

初めての詩集が出た日、一番恋しく思ったのは朴鎮洪だった。女流小説家になりたかった友、この世に生まれて一番好きだった友の顔が浮かんでは消え、涙を抑えることができなかった。朴鎮洪に会いたい気持ちで一晩中胸が焦がれ、眠れなかった。朴鎮洪がすでに死んだことを彼女が知るはずもなかった。

八〇を過ぎて出版した第二詩集でも話の糸口は歴史と人間だった。彼女は自分の詩を詩と呼ぶことを拒否した。死を目前にした年寄りの単なる愚痴だと自分で貶すばかりだった。それでも彼女の詩は読む者に静かな感動を与えた。もういつ死んでもいいと思った。第二詩集を出した後は、死を準備するために体に良いという食べ物と薬は一切取らず、一日三食、米粥と小麦粉の煎餅だけで生きることにした。

彼女は長く苦しい歳月を送りながら資本主義の世の中が変わる生々しい過程を見つめた。戦争の廃墟の上に巨大な工場と家々が建てられ、埃の舞い上がっていた道がアスファルト道路に変わり、その上に数え切れないほど多くの車が走る光景を眺めた。一日二食の草粥も食べるのが大変だった人々が溢れる肉と果物を処理できず肥満で悩む姿を凝視した。途切れることなく続く民主化闘争とその結果としてやってきた自由と平等の社会を見た。

しかし、彼女は、若かった自分が社会主義運動に携わったという事実を恥ずかしいとは思わず、後悔してもいなかった。民族主義者がこの国の精神を蘇らせ、経済繁栄をなし遂げたように、人と人の間の平等と自由については社会主義もそれなりの役割を果たしたという信念を捨てていなかった。一日八時間労働、週五日勤務、医療保険制度と国民年金実施のように、今日に至っては当然すぎることが自分たちの主張から始まったという事実について誇りを捨てていなかった。今も続く貧富の格差や人種差別、男女不平等、世界を戦争へ追い込んでいる米国の帝国主義問題についても、社会主義が掲げた人道主義的な関心は今も重要な判断基準と考えた。資本主義は人類が自然に選択した合理的な制度だけれども、統制の手綱を放してしまうと呪われた怪物になりうるという信念は今も変わらなかった。

九〇を超えてからは手が震えて詩が書けなかったが、心は依然として少女詩人のようだった。二人の息子の絵と彫刻を品評し、曾孫が幼稚園で描いてきた絵を見つめる彼女の視角は相変わらず鋭かった。読む速度が落ちはしたが、一日も本を手から離さない彼女の頭脳は依然として明晰であり続けた。記憶力と言語駆使能力も非常に優れ、年が二、三〇歳ずつ若い仲間の女流詩人たちは彼女に「驚くべき美しい九〇歳」という別名を付けた。

京城トロイカ組織員のうち李孝貞とともに生き延びた李丙嬉《イ・ビョンヒ》もまた九〇をうかがう老婆になった。彼女はソウル東部のある庶民用賃貸アパートで暮らしながら老人会館の総務となって町内の老人と一日中おしゃべりに興じ、花札を打って遊んだ。複雑な金銭の計算や官公署との面倒な交渉はすべて彼女の仕事だった。引っ越してきた新参のハルモニたちは、彼女が七〇歳にまだなっていないと思い友達言葉で話す。顔が若く見えるだけでなく、電話だけではまったく年が区別できないほど活気に満ちた声のせいだ。

二人は時折市外通話をする。父の従姉妹の李丙嬉が先週老人会館で起こった年寄りのくだらない葛藤や恋愛事件の話をすると、姪の李孝貞は、今日は孫たちが拾ってきた菊と銀杏、紅葉を本のページの間に挿しておいたと違う話をする。馬山沖から吹いてくる風の温度と湿気、そして香りは彼女のいつもの話題だった。

南北の離散家族の再会と金剛山観光が始まってから、二人の会話の中には昔の友人がどんどん登場し始めた。

「丙嬉おばさん、鎮洪はまだ生きているかしら。息子のセ延はどういう風に大きくなったかしら。北で何をして暮らしているかしら。会いたいわ。本当に会いたい」

「そう。私は李鍾嬉《イ・ジョンヒ》に会いたい。北京であの子の家で暮らした時、本当によくしてくれたのよ。この頃も時々、鍾嬉と弟の鍾国《チョングク》と三人で寄り添って座って、中国料理を作って食べたのを思い出すわ。同徳女高に通っていた頃、あの子の別名が曹白魚《ヒラ》っていっていたかしら。孝貞が付けたの」

李孝貞は、受話器の前でも手で口を押さえて笑う。

「全部私が付けたのよ。どうしてみんなに魚の名前を付けたのかは分からない。朴鎮洪が鯛、李順今が平目、李鍾嬉は曹白魚、全部私が付けてやった別名よ。私に介党鱈と別名を付けてくれたのが鎮洪だったの」

穏やかな目尻の皺に涙が宿り、声が湿った。

「丙嬉おばさん、本当に変だわ。最近になって、あの子たちの顔が、以前よりはっきり浮かぶのはなぜかしら。会いたい。私、死ぬ時が来たのかしら。とても会いたい。あの子たちが、今も北で皆生きていて、私たちを待っている気がする。本当に会いたくて仕様がない……」

結局言葉を継げられず、受話器を置いた。そして、歳月に疲れきった目を上げ、外を眺めた。南の海から吹いてくる薫風が、小さく赤い花の蕾でいっぱいの百日紅《サルスベリ》の幹を揺らしていた。九〇を過ぎてから絶えず襲ってくる眠気で一度もきちんと眺めたことのなかったきれいな花房が、夢うつつのように揺れていた。李孝貞は両手を前で合わせ、慎ましく座り、静かに目を閉じた。二〇〇四年六月、ある初夏の日だった。

訳者あとがき

本書は韓国で二〇〇四年八月に韓国の㈱社会評論から出版された小説『경성트로이카』を翻訳したものである。著者である小説家の安載成《アン・ジェソン》氏は一九六〇年に京畿道の龍仁に生まれ、江原大学校在学中に一九八〇年の光州民主化運動で拘束され、除籍処分を受けた。また、一九九〇年代中盤までソウルの九老工団の東一製鋼、清渓被服労働組合、江原道の太白炭鉱地帯、ソウルの九老人権会館などで労働運動に参加した後、執筆活動に入り、現在も活躍している。

この小説で描かれているのは、一九三〇年代の日本帝国主義支配下朝鮮における民衆運動の群像である。彼らは労農大衆を基礎とし、「トロイカ」という独創的な運動方法によって、日本による植民地支配からの解放と社会主義革命実現のために苦闘した。本書の歴史的背景については、井上學氏と元吉宏氏の共訳により、同時代社から出版される金炅一《キム・ギョンイル》著『李載裕とその時代——一九三〇年代ソウルの革命的労働運動——』をご参照願いたい。

また、本書には個性豊かな女性活動家が登場する。彼女たちは同徳《トンドク》女子高等普通学校（同徳女校）の出身であった。当時の朝鮮においては義務教育が行なわれなかった。そして、女子高等普通学校を卒業した女性は全体のごく僅かであり、れっきとしたエリートであった。ただし、社会主義運動に従事した彼女たちは女子高等普通学校を卒業した後も日本や米国に留学することなく、そのほとんどが朝鮮に留まった。一九三〇年前後に労働運動や農民運動が先鋭化する時期に、光州学生運動への連帯デモを挙行して官憲の弾圧に遭遇するなどの体験を通して、彼女たちは植民地支配下の朝鮮における民族矛盾と階級矛盾に正面から立ち向かう道を選択したのである（植民地朝鮮における女子教育については、金富子『植民地期朝鮮の教育とジェンダー――就学・不就学をめぐる権力関係』（世織書房、二〇〇五年）を参照されたい）。

ところで、私がこの小説に出会ったのは二〇〇四年の夏であった。知人による紹介からこの小説の存在を知り、韓国旅行の折に購入したのだった。それまで、私は朝鮮史を専攻する者でありながら、李載裕《イ・ジェユ》という人物について、朝鮮で活動していた社会主義者ということ以上に詳しく知らなかった。組織方法を三頭馬車に例えた「トロイカ」方式という言葉についてもよく知らなかった。しかし、私は本書を少しずつ読むうちに、どんどん李載裕と彼とともに活動した社会主義者たちの半生が描かれた世界に引きずり込まれるのが分かった。

訳者である以前に、読者の一人として本書の魅力を挙げるとするならば、著者の安載成《アン・ジェソン》氏と李載裕グループの一人である李孝貞《イ・ヒョジョン》氏との出会いをおいて他にないだろう。この出会いがなければ、おそらく『京城トロイカ』という小説は存在しなかった。

この出会いというのも奇遇というしかないものであった。ソウルの仁寺洞《インサドン》といえば、ソウルの中心に位置する骨董品街で多くの観光客で賑わうところである。著者はその街の路地裏にある小さな画廊に偶然立ち寄った。そこで、著者は李孝貞氏の息子の美術作品と、彼女が書いた詩集を手にしたのだった。このことがきっかけとなり、著者は李孝貞氏を訪ねては、彼女の話を聞くことになった。労働運動家であった著者が李孝貞氏の体験談に関心をもたないはずがなかった。

「さあ、この死に際に立った老いぼれから何を知りたいのですか」と李孝貞氏が言うと、著者はすかさずこう語りかけた。

「すべてを知りたいです。本に出ようが出まいが、日帝時代の京城《キョンソン》で皆さんがやってきたことについて全部知りたいです。」

李孝貞氏はこの言葉を聞き、著者を信用したのだろう。それは、やがて彼女が著者に語った、次の言葉から察することができる。

「今はわかりませんけどね、日帝時代には社会主義が民族の将来を開く一つのかがり火だったのです。民族解放の道を切り開いてね、またそのために最後まで闘いましたからね。日帝時代の初めは民族主義者たちが多くの活動をしたことは否定できません。でも、二〇年代以後にはね、社会主義者が本当に多くの活動をしたのです。私はね、今でも青春を社会主義運動に捧げたことを後悔しません。」

この言葉こそ、著者に静かな興奮をもたらし、李載裕グループの話を書かねばという情熱をもたらしたのだった。そして、著者は彼女の証言を元に、当時の活動家の意識や立場を誠実に理解した上で、この小説を書き上げたのである。

冒頭でも述べたように、この小説では朴鎮洪《パク・チンホン》、李順今《イ・スングム》をはじめとする主要な女性活動家について、同徳女校時代から生き生きと描かれている。彼女たちの叙述は李孝貞氏からの聞き書きを感動的に織り交ぜてあり、本書の大きな魅力となっている。おそらく、著者が李孝貞氏の体験談にぐいぐいと引き込まれたように、私も彼の叙述に引き込まれてしまったのだろう。

「解放」後の南北分断という冷戦体制において、彼らの活動は正当な評価を受ける機会がない時期が継続した。しかし、とりわけ一九八〇年代末から民主化のプロセスが始まった韓国において、朝鮮人社会主義者について再検討を試みる研究が増えてきている。このような状況において、ようやく朝鮮民族の歴史の影に追いやられた「トロイカ」のメンバーにも光が当てられるようになったのである。一九三〇年代の植民地朝鮮という絶望的な状況において、民族解放と社会主義革命の実現に向かって、献身的に生き抜いた人々の記録が一人でも多くの人々に読まれることを期待したい。そして、彼らの物語が日朝人民の相互理解のための掛け橋となればと願うばかりである。

翻訳は吉澤文寿が前半(第一三章まで)、迫田英文が後半(第一四章以降)を担当した。尚、序文の「消えた時間を探して」は今回の翻訳出版に合わせて、著者の安載成氏が書き下ろした「日本語版によせて」と題した原稿をいただいた。なお、今回の翻訳作業において、『李載裕とその時代』の訳者である両氏に大いに助けていただいた。金玄謹《キム・ヒョングン》氏と常岡雅雄氏にはとくに後半部分についてご教示をいただいた。また、迫田が韓国で安載成氏に直接面会し、単純な事実及び表現のレベルで修正すべき点について協議し、了解を得ることができた。ただし、植民地期における地名については、変更された時期が曖昧なものもあるという理由で、原文通り表紙した。「乞食」「下人」などの表現についても時代背景や文脈を考慮した結果、そのまま訳出した。尚、安載成氏の連絡先を教示してくださったのは『李載裕とその時代』の著者の金炅一《キム・ギョンイル》氏である。

当初、私が単独で翻訳する予定であったが、私自身の怠惰と諸般の事情により作業が進展しなかった。昨年末、すでに原著を読んでいた迫田が翻訳に加わることになり後半を担当してもらうことが出来た。この間多くの方々に迷惑を掛けてしまったことを、関係者の方々にお詫び申し上げたい。そして、このような翻訳出版を快諾してくださった川上徹同時代社社長に感謝申し上げたい。

二〇〇六年七月
吉澤　文寿

訳者略歴

吉澤 文寿（よしざわ・ふみとし）

1969年生。朝鮮現代史、日朝関係史を専攻。2004年7月に一橋大学大学院社会学研究科博士後期課程を修了。2006年4月より新潟国際情報大学助教授。著書に『戦後日韓関係—国交正常化交渉をめぐって』（クレイン、2005年）がある。

迫田 英文（さこだ・ひでふみ）

1962年熊本県生。2001年8月にソウル大学語学研究所韓国語課程研究班と漢陽大学国際語学院韓国語課程専門班を修了。2004年から通訳案内士、韓国語通訳・翻訳、個人レッスン講師。りんどうむくげ工房 http://www.rindomukuge.com

京城トロイカ

2006年8月15日　初版第1刷発行

著　者　安 載 成（アン・ジェソン）
訳　者　吉澤文寿／迫田英文
装　幀　藤原邦久
発行者　川上　徹
発行所　㈱同時代社
〒101-0065　東京都千代田区西神田2-7-6　川合ビル
電話 03(3261)3149　FAX 03(3261)3237
印刷・製本　中央精版印刷株式会社

ISBN4-88683-581-3